SARAH LOTZ

Tag Vier

GOLDMANN
Lesen erleben

Buch

Die Kreuzfahrt der »Beautiful Dreamer« durch den Golf von Mexiko sollte eigentlich nur fünf Tage dauern und an Neujahr nach einer feuchtfröhlichen Silvesternacht in Miami enden. Aber am vierten Tag kommt das Schiff mitten auf See plötzlich zum Stillstand. Die Maschinen lassen sich nicht wieder starten, es gibt keinen Strom, keinen Funkempfang – weder Passagiere noch Crew können Rettung anfordern. Kurz darauf geschehen merkwürdige Dinge. Ein Zimmermädchen begegnet immer wieder einem kleinen Jungen, der wie aus dem Nichts auftaucht. Der Schiffsmechaniker berichtet von einer rätselhaften dunklen Erscheinung, die er nicht zu deuten weiß. Und Celine del Ray, die als Medium Teil des Unterhaltungsprogramms an Bord ist, verhält sich plötzlich, als wäre sie besessen. Als die Leiche einer jungen Frau in ihrer Kabine entdeckt wird, bricht Panik aus. Doch der Albtraum hat gerade erst begonnen …

Weitere Informationen zu Sarah Lotz sowie zu lieferbaren Titeln der Autorin finden Sie am Ende des Buches.

Sarah Lotz

Tag Vier

Thriller

Aus dem Englischen
von Thomas Bauer

GOLDMANN

Die englische Originalausgabe erschien 2015 unter dem Titel »Day Four« bei Hodder & Stoughton, Hachette UK, London.

Dieses Buch ist auch als E-Book erhältlich

FSC
www.fsc.org
MIX
Papier aus verantwortungsvollen Quellen
FSC® C014496

Verlagsgruppe Random House FSC® N001967

1. Auflage
Taschenbuchausgabe Dezember 2018

Umschlaggestaltung: UNO Werbeagentur, München
Umschlagmotiv: Getty Images/Michael Melford
Redaktion: Kerstin von Dobschütz
KS · Herstellung: kw
Satz: Buch-Werkstatt GmbH, Bad Aibling
Druck und Bindung: GGP Media GmbH, Pößneck
Printed in Germany
ISBN: 978-3-442-48054-8
www.goldmann-verlag.de

Besuchen Sie den Goldmann Verlag im Netz

Für meinen Dad,
Alan Walters (alias »The Doc«)

Willkommen an Bord der *Beautiful Dreamer!*

Herzlichen Glückwunsch, dass Sie sich für eine Foveros-Kreuzfahrt entschieden haben, Ihr One-Way-Ticket zu Erholung und Spaß, Spaß, Spaß!

* * * *

Beginnen Sie den Urlaub Ihres Lebens mit einem Cocktail an einer unserer zahlreichen sonnenüberfluteten Bars, während unsere Musiker Sie mit ihren unverkennbaren Klängen erfreuen. Kühlen Sie sich anschließend im Pool ab, oder machen Sie eine Rutschpartie auf Foveros' WaterWonder™-Rutschen. Hunger? Kein Problem! Unser Speisesaal und unsere Büfetts bieten Gaumenfreuden in Hülle und Fülle, vom Fünf-Sterne-Menü bis zur leckeren Hausmannskost wie früher bei Mama! Und, hey, versäumen Sie nicht, sich in unserem erstklassigen Wellnessbereich zu verwöhnen – Sie haben es sich verdient! Unsere Varieté-Vorstellungen werden Sie begeistern, also machen Sie es sich auf Ihren Stühlen bequem und freuen Sie sich darauf, unterhalten zu werden wie nie zuvor! Tanken Sie Sonne während einer unserer vielen aufregenden Exkursionen, bei denen Sie in unseren zahlreichen Shops bis zum Umfallen einkaufen, im türkisfarbenen Meer schnorcheln, auf Pferden an wunderschönen Stränden entlangreiten und auf unserer märchenhaften Privatinsel unter freiem Himmel dinieren können. Und warum statten Sie nicht dem Kasino einen Besuch ab? Wer weiß, vielleicht ist es Ihr Glückstag!

Tage eins, zwei und drei

Die Kreuzfahrt verläuft
ohne Zwischenfälle

Tag vier

Die Helferin der Hexe

Maddie wartete, bis sich Celine mitten in ihrem Eröffnungsmonolog befand, dann bahnte sie sich den Weg zwischen den Schalenstühlen hindurch und steuerte auf den leeren hinteren Bereich der Starlight Dreamer Lounge zu. Als sie beinahe dort angelangt war, dröhnte die Stimme des Kreuzfahrtdirektors aus der Lautsprecheranlage und übertönte Celines Geplapper mit seiner Erinnerung, dass die Silvesterfeierlichkeiten in »T minus zwei Stunden« beginnen würden.

»Stimmen von oben«, scherzte Celine, doch Maddie ließ sich von dieser Zurschaustellung guter Laune nicht täuschen: Celine hatte sich den ganzen Tag wie ein Rottweiler mit Zahnschmerzen benommen, hatte den Techniker hinter der Bühne zur Schnecke gemacht, als er sich beim Befestigen des Mikrofon-Senders an ihrem Rollstuhl in ihrem Kleid verhakt hatte, und hatte sich darüber beklagt, dass sich der Spot nicht an der richtigen Stelle befände, um ihr Haar zu nimbieren.

»Sie müssen wissen«, fuhr Celine fort, nachdem die Durchsage verklungen war. »Wenn Sie alle wieder zu Hause ankommen, erholt und sonnengebräunt und vielleicht ein paar Pfund schwerer«, sie wartete, bis ein Anflug von Gelächter wieder verebbte, »werden Sie nicht allein sein. Meine Freunde, nach all den

Jahren, seit ich Menschen helfe, mit Verstorbenen in Kontakt zu treten, kann ich Ihnen zwei Dinge versichern. Erstens: Es gibt keinen Tod. Und zweitens: Die Seelen derjenigen, die die materielle Welt verlassen haben, sind immer bei uns …«

Nachdem Celine wieder auf Kurs war, gestattete sich Maddie, ein wenig abzuschalten. Sie lehnte sich gegen eine Säule und versuchte vergeblich, die Kopfschmerzen zu lindern, die sie seit dem ersten Tag der Kreuzfahrt quälten, indem sie sich den Nacken massierte. Vermutlich handelte es sich nur um eine Nebenwirkung des Medikaments gegen Reiseübelkeit, das sie einnahm, doch die grellbunte Umgebung war auch nicht gerade hilfreich. Wer auch immer die Innenausstattung des Schiffs entworfen hatte, stand total auf Neon nach Las-Vegas-Art und nackte männliche Engel; man konnte nirgendwohin gehen, ohne von einer beleuchteten Palme geblendet oder von einem Cherub lüstern angeglotzt zu werden. Aber: Nur noch eine Nacht, dann wäre sie raus aus diesem schwimmenden Drecksloch. Wenn sie wieder in ihrer Wohnung war, würde sie sich als Erstes ein Bad einlaufen lassen und sich das Schiff von der Haut schrubben. Anschließend würde sie sich bei Jujubee's etwas zum Mitnehmen holen – würde sich das Krabben-Special mit Glasnudeln und Extra-Knoblauch gönnen. Die Kalorien konnte sie sich erlauben; sie hatte im Lauf der Woche bestimmt fünf Pfund abgenommen.

»Hey, Baby«, flüsterte ihr eine Stimme ins Ohr.

Sie drehte sich um und sah Ray auf ihre Brüste stieren. Er hatte seine übliche Kombination aus Shorts und dunkelblauem T-Shirt zugunsten von Jeans und einem dünnen cremefarbenen Hemd über Bord geworfen, was ihn wie einen schäbigen Lounge-Sänger aussehen ließ.

»Solltest du nicht an der Tür stehen, Ray?« Die heutige Abendveranstaltung war ausschließlich für »Freunde von Celine« – die Gruppe von Auserwählten, die tief in die Tasche gegriffen hatten, um mit »Amerikas Medium Nummer eins« eine Kreuzfahrt zu unternehmen –, und Ray wusste genauso gut wie sie, dass Celine ausrasten würde, wenn ein Passagier hereinspaziert käme, der nicht bezahlt hatte.

Er zuckte mit den Schultern. »Ja, ja. Hör mal, wir haben doch gestern auf Cozumel angehalten …«

»Und?«

»Ich habe mir von einem der Kellner eine Flasche Spitzen-Tequila einschmuggeln lassen. Richtig gutes Zeug.«

Eine Freundin, die am Rand der Gruppe saß, drehte sich mit einem knirschenden Geräusch auf ihrem Stuhl um und forderte sie mit einem »Pst!« auf, still zu sein. Maddie schenkte ihr ein entschuldigendes Lächeln und fauchte Ray an, er solle leiser sprechen.

»Meinetwegen. Also, hey – nachher Party in meiner Kabine. Bist du dabei?«

Weitere Köpfe drehten sich in ihre Richtung. »Ich meine es ernst, Ray, halt endlich die …«

»Denk drüber nach«, entgegnete er mit einem Grinsen. »Ich hole mir ein kühles Bier, während die Chefin ihr Ding durchzieht.« Maddie sah ihm hinterher, als er zur Bar schlenderte und auf dem Weg eine Kellnerin unter die Lupe nahm.

Arschloch.

Die Spannung im Raum stieg, als Celine zum Höhepunkt des Abends überleitete. Sie leckte sich die Lippen, legte eine Hand auf die Brust und sagte: »Ich empfange ... Wer ist Caroline? Nein, halt ... Katherine? Jemand mit ... es ist ein C oder ein K. Nein ... definitiv Katherine. Oder vielleicht Kathy.«

Maddie unterdrückte einen Anflug von Schuldgefühlen, als sich Jacob, einer der älteren Freunde, schwankend erhob. Sie hatte eine Schwäche für Jacob. Sie bewunderte sein Stilgefühl (er kleidete sich, als sei er auf einer Homohochzeit zu Gast), und er war nicht so aufdringlich wie einige andere. Celine hatte für einen großen Teil der Kreuzfahrt vorgetäuscht, krank zu sein, und sich bei den verschiedenen Kennenlern-Veranstaltungen und Cocktailpartys kaum blicken lassen, sodass Maddie nichts anderes übrig geblieben war, als für sie einzuspringen. Celines Anhängerschaft Honig ums Maul zu schmieren gehörte zu ihrem Job, doch online mit den Einsamen und Verzweifelten zu kommunizieren war etwas völlig anderes, als von Angesicht zu Angesicht mit ihren Bedürfnissen fertigzuwerden. Den Hoffnungen der Freunde Gehör zu schenken, dass Celine mit ihren Angehörigen, vermissten Verwandten und in manchen Fällen verstorbenen Haustieren in Verbindung treten werde, hatte sie ausgelaugt. »Kathy ist meine Schwester!«, rief Jacob.

»Das ist es, was ich empfange«, erwiderte Celine mit einem Nicken. »Sie müssen wissen, sie tritt genau in diesem Moment vor. Halt ... warum rieche ich Truthahn?« Sie kicherte. »Und Süßkartoffelauflauf? Und noch dazu guten Auflauf.«

Jacob schnappte nach Luft und riss die Augen auf. »Sie ist Ende der Siebzigerjahre verschwunden, um Thanksgiving herum. Hat sie ... hat sie Frieden gefunden?«

»Ja. Sie müssen wissen, sie hat die materielle Welt verlassen und ist ins Licht gegangen. Sie möchte Sie wissen lassen, dass ihre Seele jedes Mal bei Ihnen ist, wenn Sie an sie denken.«

Jacob wartete auf mehr, doch Celine lächelte ihn nur vage an, und er nickte und setzte sich wieder hin.

Celine legte abermals eine Hand auf die Brust. »Ich empfange ... Es wird schwieriger zu atmen. Da ist jemand, der ... der verfrüht gestorben ist. Ich spreche von Selbstmord. Ja.«

Leila Nelson, eine knochige Frau mit leichtem Haarausfall, kreischte und sprang von ihrem Stuhl auf. »O mein Gott! Mein Mann hat sich vor zwei Jahren das Leben genommen.«

»Sie sollen wissen, dass er nach vorne tritt, meine Liebe. Warum die Atemnot? Ich vermute, er ist erstickt? Ergibt das für Sie einen Sinn? Ich schmecke Kohlenmonoxid.«

»So hat er es getan! In der Garage, in seinem Chevy.«

»In seinem Chevy.« Celine hielt inne, um das bei den Freunden sacken zu lassen. »Und was hat es mit dem Monat April auf sich?«

»Er hatte im April Geburtstag.«

»Er hat also im April Geburtstag. Ja, das empfange ich von ihm. Ein großer Mann, ergibt das einen Sinn?«

Leila zögerte. »John war eins dreiundsiebzig.«

»Aus meiner Perspektive ist das groß, meine Liebe«, verbesserte sich Celine. »Ich empfange, dass … War John unglücklich in seinem Beruf? Ergibt das einen Sinn für Sie?«

»Ja! Er hat seinen Job verloren. Danach war er nie wieder der Alte.«

»Was hat es mit den Schuhen auf sich?«

»O mein Gott, mit seinen Schuhen war er sehr eigen. Er polierte sie immer, seit er nicht mehr bei den Marines war.«

»Genau das empfange ich. Das Gefühl, dass er ein sehr eigener, gewissenhafter Mensch war. Sie müssen wissen, er möchte Ihnen mitteilen, dass das, was ihm zugestoßen ist, die Art und Weise, wie er gestorben ist, nichts mit Ihnen zu tun hat. Er will, dass Sie Ihr Leben weiterleben.«

»Dann hat er also nichts dagegen, dass ich wieder heirate?«

Scheiße. Dieses Detail hatte Leila bei der Cocktailparty der Freunde von Celine am Vorabend nicht erwähnt, doch Celine ließ sich davon nicht aus dem Konzept bringen. »Sie müssen wissen, er ist stolz auf Sie, dass Sie so gut zurechtkommen.«

»Er war nämlich enorm eifersüchtig. Also muss ich wissen, ob ...«

»Meine Liebe, ich muss Sie leider unterbrechen, da Archie sich meldet.« Celine presste eine Hand an ihren Hals. »Ich spüre sein Gewicht. Er tritt jetzt ganz deutlich in Erscheinung.« Maddie unterdrückte ein Schaudern. Erfunden oder nicht, Archie, Celines wichtigster Geistführer – ein Gassenkind, das angeblich im London des späten neunzehnten Jahrhunderts an Schwindsucht gestorben war –, bereitete ihr heftige Gänsehaut. Heutzutage gab es nicht viele Medien, die mit den Stimmen ihrer Geistführer sprachen, und Maddie war insgeheim der Ansicht, dass Celine immer klang wie Dick van Dyke, nachdem er Ätznatron gegurgelt hatte, wenn Archie »aus ihr sprach«.

Celine legte eine dramatische Pause ein. »Hier ist ein Bursche, der ein Wörtchen mit Juney sprechen möchte«, rasselte Archies Stimme aus Celines Rachen.

Juanita, die Freundin, die Ray aufgefordert hatte, still zu sein, sprang auf. »Das bin ich! Juney ist mein Spitzname!«

Celine fiel in ihre normale Stimmlage zurück: »Juney, Sie brauchen sich keine Vorwürfe zu machen, weil Sie vergessen haben, das Insulin wieder in den Kühlschrank zu legen. Er weiß, das war keine Absicht.«

Maddie bekam Gänsehaut an den Armen. Von Insulin hatte Juanita am Abend zuvor nichts erwähnt. Celine war erfahren im Cold Reading, doch das war ein ungewöhnlich präzises Detail. Normalerweise beschränkte sie sich auf allgemeine Äußerungen.

Juanita verzog das Gesicht. »Jeffrey? Jeffrey, bist du's?«

Ein Lichtstreifen durchschnitt die Dunkelheit, als ein Mann durch die Tür auf der anderen Seite in die Lounge schlüpfte. Er war zwei Jahrzehnte jünger als Celines Kernzielgruppe, seine Beine steckten in hautengen Jeans und Stiefeln, und seine Arme waren mit Tätowierungen übersät. Ray hatte den Eindringling nicht bemerkt; er saß zusammengesunken mit dem Rücken zur Tür auf einem Barhocker.

»Celine del Ray!«, rief der Typ, marschierte auf die Bühne zu und hielt ein Handy mit Kamera in Celines Richtung. »Celine del Ray!«

Scheiße. In der Woche, nachdem Celine als Gaststar bei der Kreuzfahrt angeheuert hatte, war Maddie via Twitter zu Ohren gekommen, dass sich möglicherweise ein Blogger an Bord befinden würde, und es sah so aus, als habe er letzten Endes beschlossen, in Erscheinung zu treten.

»Wer ist da?«, rief Celine und blickte mit zusammengekniffenen Augen ins Publikum.

»Irgendeinen Kommentar dazu, dass Lillian Small Sie verklagen möchte?«

Kollektives Nach-Luft-Schnappen. Es waren zu viele Hindernisse im Weg, als dass Maddie problemlos zu dem Mann hätte gelangen können, und sie konnte nicht darauf zählen, dass das Bedienpersonal einschreiten würde. Zum Glück hatte Ray bemerkt, was vor sich ging, und eilte zu ihm.

»Sie kennen ja die Geschichte, oder?«, sagte der Mann triumphierend zu den Freunden, die ihn mit offenem Mund anstarrten. »Dieses sogenannte *Medium,* diese *Ausbeuterin,* hat Mrs Small mit Botschaften bombardiert, dass ihre Tochter und ihr Enkel angeblich noch am Leben sind und sich in Florida aufhalten, während DNA-Spuren beweisen …« Er geriet ins Stocken. »Beweisen, dass …« Er presste sich die Hand vor den Mund. »Oh, verdammt.« Dann wirbelte er herum, schob sich an Ray vorbei und rannte hinaus, wobei sich die Tür zischend hinter ihm schloss.

Ray warf Maddie einen Blick zu, und sie signalisierte ihm, dass er dem Mann folgen solle.

Celine kicherte abermals, doch es klang gezwungen. »Ähm. Ich sage Ihnen, das war … Gönnen Sie mir eine kurze Pause.« Sie trank einen Schluck Evian aus der Flasche in der Tasche an ihrem Rollstuhl. Der Raum verfiel in unbehagliches Schweigen. »Wissen Sie, es wird immer Zweifler geben. Aber ich kann nur wiederholen, was der Geist mir sagt. Diese Situation … wissen Sie … Moment … Ich empfange noch etwas anderes. Wissen Sie, manchmal treten die Geister so deutlich in Erscheinung, dass ich schmecken kann, was sie schmecken, und spüren kann, was sie spüren. Ich empfange … Rauch. Ich rieche Rauch … Ich höre …

Hat jemand hier einen Angehörigen bei einem Brand verloren? Ergibt das für irgendjemanden einen Sinn?«

Niemand meldete sich zu Wort. Maddie wand sich.

»Es könnte sein … ja, wissen Sie, ich rieche Benzin. Möglicherweise handelt es sich um einen Autounfall. Ich empfange … Welche Bedeutung hat die Interstate 90?«

Einer der Freunde rief, ein Großcousin von ihm sei vor Jahren auf diesem Highway bei einem Frontalzusammenstoß ums Leben gekommen. Maddie gestattete sich, wieder zu atmen. Ray schlüpfte wieder in den Raum und signalisierte ihr, dass alles in Ordnung sei. Sie warf einen Blick auf ihr Handy: noch fünf Minuten. Dann machte sie sich langsam auf den Weg zu Celine und gab ihr zu verstehen, dass es an der Zeit war, zum Ende zu kommen. Ray sollte besser seinen verdammten Job erledigen und alle so schnell wie möglich hinauskomplimentieren. Für die Freunde waren beim zweiten Essensdurchgang Plätze reserviert, deshalb mussten sie sofort aufbrechen, wenn sie keinen gummiartigen Hummerschwanz wollten.

Celine wünschte den Freunden ein frohes neues Jahr und spulte ihren üblichen Sermon ab, dass auf ihrer Website Links zum Erwerb ihrer elf Bücher zu finden seien. Maddie sprang auf die Bühne, bevor ihre Chefin von einer Welle von Gratulanten überrollt wurde. Celines Rollstuhl wäre nicht unbedingt erforderlich gewesen (wenngleich sie ihn mit dem Geschick eines Paraolympioniken voranbewegen konnte, wenn sich ein übereifriger Fan zu nähern drohte), doch an diesem Abend war Maddie froh über ihn. Aus der Nähe sah man Celine ihr Alter tatsächlich an; ihre wächserne Haut sah aus wie ein Apfel, der zu lange kühl gelagert worden war, und ihre Lippen hatten die Farbe von altem Aufschnitt.

Maddie steckte das Mikrofon aus und reichte es dem Techniker, ehe Celine sich erholen und ihn wegen des Problems mit der Lautsprecheranlage zur Schnecke machen konnte.

»Alles okay, Celine?«, murmelte sie.

»Schaffen Sie mich sofort hier raus.«

»Celine?« Leila kam auf sie zugelaufen, bevor Maddie einschreiten konnte, und schwenkte ein Exemplar des zweiten Teils von Celines Autobiografie *Medium to the Stars and Beyond.* »Ich wollte Sie schon gestern Abend bei der Cocktailparty bitten, aber Sie waren nur so kurz da … Würden Sie das bitte signieren?«

Celine schenkte ihr ein eisiges Lächeln. »Das wäre mir ein Vergnügen, meine Liebe.«

»Würden Sie bitte schreiben: ›Für Leila, meinen größten Fan‹? Ich besitze alle Ihre Bücher. Auch die E-Book- und Hörbuch-Ausgaben.«

Maddie reichte Celine einen Stift und warf einen Blick auf Leila, um zu sehen, ob sie Celines zitternde Hände bemerkt hatte; zum Glück war sie viel zu sehr damit beschäftigt, ihr verzückt ins Gesicht zu starren. »Sie haben mir so sehr geholfen, Celine. Sie und Archie natürlich.« Leila presste sich das Buch an die Brust. »Ihretwegen habe ich endlich Frieden gefunden. John … er war nicht gerade einfach und … Ich weiß nicht, wie Sie das machen.«

»Das ist eine gottgegebene Gabe, meine Liebe. Ihr Vertrauen und Ihre Unterstützung bedeuten mir eine Menge.«

»Und Sie bedeuten mir eine Menge. Dieser fürchterliche Mann, der hier reingeplatzt ist, hat keine …«

»Celine ist sehr müde«, fiel ihr Maddie ins Wort. »Mit dem Geist in Verbindung zu treten verlangt ihr eine Menge ab. Ich bin sicher, Sie verstehen das.«

»Oh, ja, ja«, erwiderte Leila. Sie hüpfte und verneigte sich und huschte dann davon, um sich den anderen Freunden anzuschließen, die sich am Ausgang drängten.

Ray kam herbei. »Tut mir leid wegen vorhin, Celine.«

Celines Augen – die infolge eines missglückten Liftings in den Achtzigerjahren schwere Lider hatten – wurden schmal. »Ach ja? Was fällt Ihnen ein, Ray? Bezahle ich Sie etwa *dafür*?«

»Wie gesagt, Celine, ich habe Mist gebaut. Kommt nicht wieder vor.«

Celine schnaubte. »Verdammt richtig, dass das nicht mehr vorkommt. Wo ist er eigentlich hin?«

»Er ist in die Toilette gerannt. Sah aus, als müsste er kotzen.«

Maddies Magen revoltierte. Nachdem sie dummerweise in der *Huff Post* eine Enthüllungsstory über Viruserkrankungen auf Schiffen gelesen hatte, wusch sie sich bei jeder Gelegenheit die Hände und warf Probiotika ein wie eine Süchtige. Allerdings erklärte das, weshalb sie von dem Blogger bislang noch nicht belästigt worden waren. Vermutlich hatte er sich während der gesamten Dauer der Kreuzfahrt in seiner Kabine verkrochen und den Porzellangott angebetet.

»Soll ich Sie zurück zu Ihrer Kabine begleiten?«, fragte Ray.

»Ich habe eine Suite«, fauchte Celine. »Und nein. Gehen Sie mir aus den Augen. Madeleine kann mich begleiten.«

Ray nickte betreten und schlich von dannen. Maddie wusste nur sehr wenig über sein Privatleben, allerdings hatte er erwähnt, dass er einer seiner Verflossenen Alimente zahlen musste. Er mochte ein Lustmolch und ein Dummschwätzer sein, doch sie hatte beinahe Mitleid mit ihm: Er konnte von Glück reden, wenn er bei ihrer Ankunft in Miami noch einen Job hatte. Celines Bodyguards konnten sich nie lange halten.

»Gottverdammte Blogger und Undercover-Journalisten«, schimpfte Celine und fuchtelte mit der Hand in der Luft herum, um zu signalisieren, dass sie sich in Bewegung setzen sollten. »Ich mache das jetzt seit vierzig Jahren. Das ist eine gottgegebene Gabe …«

Maddie ließ Celine weiterschwafeln, während sie den Rollstuhl zum Bühneneingang hinausmanövrierte und blinzelte, als ihre Augen von der überall auf dem Promenade-Dreamz-Deck angebrachten pink- und goldfarbenen Beschilderung bombardiert wurden. Passagiere strömten zum zweiten Abendessen-

Durchgang in Richtung Treppe, und Twens in engen weißen Shorts und T-Shirts mit der Aufschrift »Foveros = Fun! Fun! Fun!« huschten umher, tanzten Rumba zu der Calypso-Musik im Hintergrund und verscherbelten Plastik-Engelsflügel und Teufelshörner für die Silvesterparty am Abend, die unter dem Motto »Himmel und Hölle« stand. Maddie hatte nicht die Absicht, sich auch nur in die Nähe der Feierlichkeiten zu begeben. Sie wollte Celine ins Bett bringen, sich beim Zimmerservice ein gegrilltes Käsesandwich bestellen (schon beim Gedanken daran, den massenproduzierten Fraß im Speisesaal und an den Büfetts zu essen, krampfte sich ihr Magen zusammen) und dann hinauf zur Jogging-Strecke über dem Lido-Deck gehen. Heute hatte sie noch keine Gelegenheit gehabt, um ihre fünf Meilen zu laufen.

Ein Trio korpulenter Männer, die fluoreszierende Heiligenscheine auf ihren kahl rasierten Köpfen trugen, machten ihnen Platz, als Maddie Celine in den Aufzug bugsierte, der wie üblich leicht nach Erbrochenem roch. Sie drückte mit dem Ellbogen den Knopf für das Veranda-Deck und schob Celine so weit wie möglich von dem feuchten Fleck auf dem Teppich weg. Eine Reggae-Version von *Rehab* ertönte, während sie durch das Atrium nach oben befördert wurden und die verglasten Seitenwände langsam die Lobby und die Cocktailbars unter ihnen offenbarten.

»Meine Güte, ich brauche einen Drink«, sagte Celine.

»Fast da.«

Maddie zerrte den Rollstuhl aus dem Aufzug und nahm Kurs auf die VIP-Kabinen. Zwei kichernde ältere Damen pressten sich an die Korridorwand, um ihnen Platz zu machen. Maddie schenkte den beiden ein strahlendes Lächeln, um Celines mürrische »Meinetwegen«-Antwort auf ihre Neujahrswünsche wiedergutzumachen, und winkte Althea zu, der Kabinenstewardess auf diesem Deck, die gerade mit einem Stapel Handtücher unter dem Arm aus einer benachbarten Suite kam.

»Guten Abend, Mrs del Ray und Maddie!«, rief Althea. »Brauchen Sie Hilfe?«

Celine ignorierte sie, doch Altheas Lächeln geriet nicht ins Stocken. Maddie hatte keine Ahnung, wie Althea so gut gelaunt bleiben konnte, während sie Arschlöchern wie Celine hinterherputzte. Der Großteil des Personals verströmte eine ermüdende (offensichtlich vorgetäuschte) Heiterkeit, doch Maddie war sich sicher, dass es sich bei Altheas guter Laune nicht um Fassade handelte.

Maddie musste die Kabinenkarte mehrmals durch das Türschloss ziehen, bis es endlich grün aufleuchtete, dann wuchtete sie den Rollstuhl in den schmalen Eingangsbereich und schob Celine in Richtung Balkon und ihrer Alkohol-Sammlung.

Celine deutete mit einer Klaue auf das Fernsehgerät. »Um Himmels willen, schalten Sie um, verdammt noch mal. Wie oft habe ich dieser gottverdammten Frau schon gesagt, sie soll die Finger davon lassen?«

Auf dem Bildschirm präsentierte Damien, der

Kreuzfahrtdirektor – ein Australier mit dem starren Blick von jemand gefährlich Manisch-Depressivem – einmal mehr seine Tour durch das Schiff. Maddie zappte eine *Saturday-Night-Live*-Parodie des gescheiterten republikanischen Kandidaten Mitch Reynard und einen Shopping-Sender weg, auf dem zwei Frauen mittleren Alters in höchsten Tönen eine Wendejacke anpriesen, bevor sie sich für die Ball-Drop-Zeremonie am Times Square entschied. Ohne auf eine Aufforderung zu warten, schaufelte sie Eiswürfel in ein Glas und schenkte Celine einen doppelten Scotch ein.

Celine riss ihn ihr aus der Hand und trank einen großen Schluck. »Meine Güte, schon besser. Sie sind ein braves Mädchen, Madeleine.«

Maddie verdrehte die Augen. »Habe ich gerade richtig gehört?«

»Archie sagt mir, Sie denken darüber nach zu kündigen.«

»Celine, ich denke immer darüber nach zu kündigen. Vielleicht würde ich das nicht tun, wenn Sie damit aufhören würden, mich ein nutzloses Miststück zu nennen.«

»Sie wissen doch, ich meine das nicht so.« Sie deutete wieder auf den Fernseher. »Ich brauche nicht daran erinnert zu werden, dass wieder ein Jahr rum ist. Legen Sie einen von meinen Filmen ein.«

»Welchen denn?«

»Pretty Woman.«

Maddie schloss die Festplatte an und scrollte durch das Menü, bis sie beim Julia-Roberts-Ordner angelangte. Sie konnte Celines abgebrühte Lebensauffassung noch immer nicht mit ihrer Sucht nach Romantikkomödien der Neunzigerjahre in Einklang bringen; Maddie hatte den Überblick verloren, wie oft sie schon auf zerkratzten Motelstühlen gesessen und darauf gewartet hatte, dass ihre Chefin einschlief, während sich *Harry und Sally* oder *French Kiss* ihrem vorhersehbaren Ende näherten.

Celine klapperte mit den Eiswürfeln in ihrem Glas, um nachgeschenkt zu bekommen. »Also. Was unternehmen wir wegen Ray?«

»Sie sind der Boss.«

»Sie wissen, dass er eine Schwäche für Sie hat.«

»Ray hat eine Schwäche für alles, was eine Vagina besitzt. Er ist ein Schwachkopf.«

Celine seufzte. »Ich weiß. Das sind die Hübschen immer. Er muss weg. Aber das löst nicht Ihr Problem, oder?«

»Ich habe ein Problem?«

»Sie brauchen einen Mann in Ihrem Leben, Madeleine. Es wird Zeit, dass Sie Ihre Vergangenheit zu den Akten legen.«

»Nicht das schon wieder. Was zum Teufel soll ich denn mit einem Mann anfangen?«

Celine lachte hämisch. »Na ja, wenn ich Ihnen das erklären muss …«

»Erklären Sie mir doch mal, wie ich eine Beziehung aufrechterhalten soll, wenn ich neun Monate im Jahr mit Ihnen auf Tour bin?«

»Ja, ja, machen Sie der alten Frau ein schlechtes

Gewissen. Sie sollten heute Abend zu der Party gehen. Sehen Sie, ob Sie sich eines von den niedlichen Crewmitgliedern in ihren engen weißen Hosen angeln können. Wie lange ist es her? Sie wissen schon, seit Sie das letzte Mal …?«

»Das geht Sie gar nichts an.«

»Das ist keine Antwort. Soll ich mal Archie fragen, was er …«

»Schluss jetzt mit Privatangelegenheiten, Celine.«

»Ich sage doch nur, Sie haben was Besseres im Leben verdient.«

»Dürfte ich mal Ihre Toilette benutzen?« Wenn sie sich Zeit ließ, würde Celine in der Zwischenzeit mit etwas Glück vor dem Fernseher einschlafen, und sie wäre in der Lage, sich heimlich davonzumachen, ohne eine Standpauke zu bekommen.

»Nur zu.«

Maddie flüchtete ins Bad und verriegelte die Tür. Es war dreimal so groß wie das Bad in ihrer Kabine, mit einer Whirlpool-Badewanne und einer Pyramide zusammengerollter Handtücher. Sie setzte sich auf den Toilettendeckel und rieb sich die Schläfen. Dank diesem Hipster-Typen würde Celine mindestens eine Woche lang beunruhigt sein. Und was er gefilmt hatte, war bestimmt schon überall auf YouTube. Auf dem Kreuzfahrtschiff hatte Celine nur angeheuert, um der Aufregung nach dem Lillian-Small-Debakel zu entkommen, doch ihnen beiden war bewusst gewesen, dass das Ganze auch nach hinten losgehen konnte.

Nachdem alles aufgeflogen war, hatte Maddie nie behauptet: »Das habe ich Ihnen doch gesagt.« Sie hatte Celine davor gewarnt gehabt, in Eric Kavanaughs Gedenkshow zum Schwarzen Donnerstag aufzutreten; der dreiste Moderator war berüchtigt dafür, Medien, Scientologen und Spiritualisten scharf zu kritisieren. Außerdem hatte Celine dem viel geschmähten »Kreis von Medien« angehört, die sich zusammengeschlossen hatten, um ihre »vereinte Energie zu nutzen« und so die scheinbar mysteriösen Gründe für die vier Flugzeugabstürze zu ermitteln, die sich im Jahr 2012 ereignet hatten. Kavanaugh hatte hämisch über die Medien hergezogen, als die US-Flugsicherungsbehörde ihre Untersuchungsergebnisse veröffentlichte und sich herausstellte, dass sie in allen Punkten falschgelegen hatten. Um ehrlich zu sein, hatte sich Celine wacker gehalten, bis das Gesprächsthema auf den Absturz in Florida fiel. Maddie hatte noch immer keine Ahnung, was ihre Chefin geritten hatte, dass sie beharrlich behauptet hatte, Lori Small und ihr Sohn Bobby, zwei Passagiere an Bord der Maschine, die in die Everglades stürzte, seien noch am Leben. Selbst als Bobbys und Loris DNA in den Trümmern gefunden wurde, verkündete Celine weiterhin, Mutter und Sohn befänden sich irgendwo da draußen, würden durch die Straßen von Miami wandern und an Gedächtnisverlust leiden. Sie war bereits zu weit gegangen, um einen Rückzieher zu machen. Tragischerweise hatte Loris Mutter Lillian Small ihre gesamten Ersparnisse dazu verwendet,

Privatdetektive zu engagieren, damit sie dieser zweifelhaften Spur folgten, und jetzt hatte ein geschäftstüchtiger Anwalt ihren Fall übernommen und machte Jagd auf Celine.

Das war nicht das erste Mal gewesen, dass Celine falschlag – aber keiner ihrer anderen Schnitzer hatte so großes öffentliches Interesse erregt. Andererseits … Maddie war nicht ganz fair, oder? Hin und wieder *hatte* Celine richtiggelegen, nicht wahr? Zunächst einmal war da die Insulin-Enthüllung am heutigen Abend (es war allerdings möglich, dass Ray diese Information weitergegeben hatte – das musste sie noch überprüfen). Ihr war bewusst, dass Celine statistisch gesehen auf ein paar Fakten stoßen musste, mit denen sie nicht von Maddie oder irgendeinem glücklosen Expolizisten gefüttert worden war, den sie engagiert hatte, damit er ihren Bodyguard spielte, aber sie hatte trotzdem ein ungutes Gefühl. Und die Schuldgefühle, die sie sich normalerweise vom Leib halten konnte, machten ihr mit einem Mal zu schaffen. Stichelten sie. Es war ein Fehler gewesen, die Freunde persönlich kennenzulernen. Vielleicht sollte sie einfach kündigen. *Und was dann?* Bei ihrer Vorgeschichte war ein beschissener Mindestlohn-Job das Beste, worauf sie hoffen konnte. Allerdings konnte sie immer noch mit eingezogenem Schwanz nach Großbritannien zurückkehren. Ihrer Schwester würde das gefallen: *Ich hab's dir doch gesagt, Maddie. Ich habe dir gesagt, dass alles in Tränen enden wird.*

»Sind Sie reingefallen?«, rief Celine.

»Ich komme!«, rief Maddie zurück. So viel dazu, dass Celine womöglich einschlafen würde. Sie wollte gerade aufstehen, als der Fußboden schwankte und sie dazu zwang, sich am Toilettenpapierhalter festzuhalten. Ihre Knie begannen zu zittern, und sie spürte eine starke Vibration unter ihren Füßen. Das Licht flackerte, ein langes mechanisches Gähnen war zu hören, und dann … Stille.

Maddies Puls pochte in ihrem Hals, als sie die Tür entriegelte und in die Suite eilte. »Celine? Ich glaube, mit dem Schiff stimmt irgendwas nicht.«

Maddie rechnete damit, dass Celine irgendetwas sagen würde, wie: »Sie haben verdammt recht, dass mit dem Schiff irgendwas nicht stimmt; es ist ein Drecksloch.« Doch sie hatte den Kopf auf die Brust gesenkt, und ihre Arme hingen schlaff seitlich am Stuhl herab. Das Glas war ihr offenbar aus den Fingern gerutscht und lag auf dem Teppichboden.

Auf dem Bildschirm fuhr Richard Gere langsam den Hollywood Boulevard hinunter. Dann ging der Fernseher aus.

»Celine? Alles in Ordnung mit Ihnen, Celine?«

Keine Antwort.

Maddie näherte sich langsam und berührte die kreppartige Haut an Celines Unterarm. Keine Reaktion. Sie ging um sie herum, bis sie vor ihr stand, dann sank sie auf die Knie. »Celine?« Ohne den Kopf anzuheben, holte Celine Luft und begann, eine fröhliche, jazzige Melodie zu summen, die Maddie an Lizzie Bean erinnerte, einen anderen (wenn auch schweigsameren) Geistführer von Celine. »Celine?« Maddie hatte einen Kloß im Hals. »Hey, kommen Sie schon, Celine.«

Celine hob den Kopf an, und aus ihrem Blick sprach derart blankes Entsetzen, dass Maddie aufschrie und auf ihr Hinterteil kippte. »Um Himmels willen!«

Maddie sprang auf, um zum Telefon zu stürzen, doch dann ging das Licht abermals aus, und sie stolperte, als sich das Schiff nach links neigte. Sie kämpfte, um ihre Atmung unter Kontrolle zu bringen, was ihr auch beinahe gelang, als eine Stimme die Stille durchschnitt. »Na, Schätzchen«, gackerte Archie. »Das wird ein Spaß.«

Der Verurteilte

Gary presste die Stirn gegen die Wand und zitterte, als ihm das kalte Wasser den Rücken hinunterlief. Die Haut an seinem Bauch und an den Innenseiten seiner Oberschenkel brannte, nachdem er sich dort mit Marilyns Nagelbürste abgeschrubbt hatte; seine Fingerkuppen waren runzelig und vom Wasser aufgeweicht. Er stand seit mehr als einer Stunde unter der Dusche, und der Pantene-Gestank wurde langsam unerträglich. Er hatte das gesamte Gratis-Duschgel und Marilyns Shampoo für die Kleidungsstücke des Vorabends aufgebraucht und war auf ihnen herumgetrampelt wie ein verrückt gewordener Kelterer. Sie lagen zu einer Kugel zusammengeknüllt in der Ecke der Duschkabine: ohne Bleichmittel gab es keine Garantie dafür, dass sie keine Spur der DNA der jungen Frau enthielten. Er musste sie so schnell wie möglich über die Reling werfen.

Konzentriere dich aufs Wasser. Richte deine Gedanken auf die Kälte. Doch das funktionierte nicht; die düsteren Gedanken kamen zurückgekrochen. Marilyn hatte ihm seine Magen-Ausrede abgenommen, doch er bezweifelte, dass sie ihn die Feierlichkeiten am Abend schwänzen lassen würde, es sei denn, er rang mit dem Tod. Vermutlich würde es ihm gelingen, sich in ihrer Hörweite zu übergeben, wenn er sich den Finger in den Hals steckte, doch inzwischen hatte ihn eine solche Angst gepackt, dass er es wahrscheinlich gar nicht würde vortäuschen müssen.

Denn mittlerweile war die junge Frau sicher gefunden worden. Die Stewardessen waren gründlich, sie machten die Kabinen zweimal täglich, und es war mehr als zwölf Stunden her, seit …

Ein Poltern unter seinen Füßen; ein Ruck. Der Duschstrahl geriet ins Stottern, und als Gary die Augen öffnete, war er von Schwärze umgeben. Einen Moment lang war er überzeugt, erblindet zu sein – *eine Strafe Gottes!* –, dann, als ein Vibrieren durch seine Fußsohlen nach oben schoss, dämmerte es ihm, dass mit dem Schiff irgendetwas nicht stimmte. Er drehte das Wasser ab, tastete nach einem Handtuch und lauschte. Das Hintergrundsurren der Klimaanlage war verstummt, was dafür sorgte, dass sich sein Kopf irgendwie leichter anfühlte, als könne er endlich klar denken. Er tastete am Waschbecken nach seiner Brille, dann schob er sich langsam aus dem Bad. Er wartete darauf, dass sich seine Augen an die Dunkelheit gewöhnten – was sie selbstverständlich nicht taten, da es in der Kabine kein natürliches Licht gab; er buchte immer eine der billigeren Innenkabinen. Ein Alarm piepste mehrfach, es ertönte eine unverständliche Durchsage begleitet von Rauschen und Knistern, und dann: »Guten Tag, meine Damen und Herren, hier spricht Damien, Ihr Kreuzfahrtdirektor. Ich möchte Ihnen nur mitteilen, dass wir ein elektrisches Problem haben. Es besteht kein Grund zur Beunruhigung. Begeben Sie sich bitte zu Ihrer eigenen Sicherheit in Ihre Kabinen und warten Sie auf weitere Instruktionen. Vielen Dank. Und wie gesagt, es besteht kein Grund zur Beunruhigung. Wir werden Sie in Kürze genauer informieren.«

Gary bewegte sich Zentimeter für Zentimeter zur Tür und drückte sie auf: Ein Typ mit nacktem Oberkörper, der Teufelshörner aus Plastik trug, kam um die Ecke, und eine Frau im Bikini mit goldfarbenen, hochhackigen Sandaletten stöckelte hinter ihm her. Als sich die beiden näherten, verliehen die Fluchtwegmarkierungen auf dem Boden ihrer Haut einen unheimlichen Grünton. Der Fußboden senkte sich, und Gary trat einen Schritt zurück und ließ die Tür zufallen. Speichel flutete seinen Mund. Draußen schlugen Türen zu, eine Frau schrie, und irgendjemand rief einem gewissen Kevin zu, er solle seinen »verdammten Arsch in Bewegung setzen«.

Er schlurfte zurück zum Bett, dann zuckte er zusammen, als das Licht flackernd wieder anging. Die Beleuchtung war wesentlich trüber als sonst und tauchte die Kabine in einen fahlen Schimmer. Wasser kroch zwischen den Haaren an seinen Beinen hindurch, und seine Panik war inzwischen so intensiv, dass er sie beinahe als etwas Materielles am Rand seines Blickfelds wahrnahm.

Es handelte sich nur um einen kleinen technischen Defekt – so etwas passierte ständig. Foveros war berüchtigt dafür. Und wenn er inzwischen gefunden worden war, würden sie ganz bestimmt nicht das Schiff anhalten. Nein. Er ließ nur wieder seine Paranoia die Oberhand gewinnen. Er drückte sein Handgelenk, klammerte sich an das schwache Pochen seines Pulses, zwang sich, von hundert herunterzuzählen. Dann noch einmal. Und noch einmal. Gut. Jetzt fiel es ihm wieder leichter zu atmen.

Das Türschloss klickte, die Tür flog auf, und Marilyn stürmte herein. »Gary! Du bist hier?«

Sag was. »Wo sollte ich denn sonst sein?«

»Schatz, ich denke, wir sollten von hier verschwinden. Sollten zur Sammelstation gehen. Ich könnte schwören, dass ich Rauch gerochen habe.«

»Damien hat gesagt, wir sollen in den Kabinen bleiben.«

»Hast du mich nicht gehört? Ich habe *Rauch* gerochen, Gary.« Sie war außer Atem, und auf ihrem flachen Gesicht glänzte Schweiß. »Die Aufzüge funktionieren nicht mehr – da stecken bestimmt Leute drin fest. Was, denkst du, ist passiert?«

»Irgendein technisches Problem. Nichts Ernstes, du wirst schon sehen.« Seine Stimme klang unsicher, eine Tonlage höher als sonst, doch das fiel ihr offenbar nicht auf. Marilyn war keine besonders aufmerksame Person – einer der Gründe, weshalb er sie geheiratet hatte.

Marilyn kniff die Augen zusammen. »Schatz, warum hast du denn nichts an?«

»Ich habe geduscht.«

»Schon wieder? Bei allem, was hier los ist?«

Tief durchatmen, nicht ausrasten. »Ich stand unter der Dusche, als es passiert ist.«

»Und du meinst wirklich, dass es nichts Ernstes ist?«

»Ja. Weißt du noch, was mit der *Beautiful Wonder* passiert ist? Das wurde im Handumdrehen repariert.«

»Oh. Wahrscheinlich ... Ich denke trotzdem, wir sollten gehen. Paulie und Selena haben gesagt, dass sie auf Deck elf auf uns warten. Da ist auch unsere Sammelstation, erinnerst du dich, Schatz?«

»Wer zum Teufel sind denn Paulie und Selena?«

»Ein total nettes Pärchen. Wir sind beim Abendessen ins Gespräch gekommen. Ich hatte beschlossen, nicht in den Dreamscapes Dining Room, sondern zum Lido-Büfett zu gehen, obwohl die Schlangen an der Pasta-Bar so lang waren! So sind wir ins Gespräch gekommen: beim Anstehen. Wir saßen gemeinsam auf dem Tranquility-Deck, als es passiert ist. Und, Schatz, das wirst du niemals erraten.«

»Was?« Er gab sich alle Mühe, interessiert zu klingen und zu wirken. Seine Wangen taten ihm weh.

»Die beiden sind Silver-Foveros-Kreuzfahrtpassagiere, genau wie wir, und waren letztes Jahr auch auf der *Beautiful Wonder* – auf der Bahamas-Route –, nur eine Woche nach uns!«

»Unglaublich.«

»Ja, nicht wahr? Genau das habe ich auch gesagt. Sie waren echt besorgt, als ich ihnen erzählt habe, dass du dich nicht wohlfühlst.« Typisch Marilyn: Sie machte es sich zu ihrer Mission, auf ihrer alljährlichen Kreuzfahrt mit möglichst vielen Fremden Bekanntschaft zu schließen. Die meisten ihrer neuen Freundschaften waren wegen ihrer Launenhaftigkeit allerdings kurzlebig. Gary spielte mit der Idee, sie zu fragen, ob sie seine Abwesenheit am frühen Morgen zur Kenntnis genommen habe. Das wäre nicht weiter ungewöhnlich gewesen, da er seit Jahren Schlaflosigkeit vortäuschte, und sie hatte bislang noch keinen Widerspruch gegen seine Ausrede erhoben, dass diese sich einzig und allein durch einen Spaziergang heilen ließe. Doch das war etwas anderes. Wenn sie in den frühen Morgenstunden aufgewacht war und bemerkt hatte, dass er verschwunden war, wäre sie dann bereit, ihm ein Alibi zu geben? Er war sich nicht sicher. Er stellte sich vor, wie sie im Gerichtssaal saß und schluchzte, weil sie ein Monster geheiratet hatte.

»Gary!«

»Hm?«

»Ich habe gesagt, ich denke, wir sollten trotzdem gehen. Willst du dir nicht was anziehen?«

»Geh du. Ich komme nach.«

»Aber was ist, wenn …«

»Geh einfach, Marilyn.«

»Du brauchst mich nicht so anzuschnauzen.«

Reiß dich zusammen. »Keine Sorge, Baby. So was passiert auf Kreuzfahrten ständig.«

»Aber ich brauche dich, Gary.«

»Schatz, ich fühle mich immer noch hundeelend.« Das Wort ließ ihn zusammenzucken – ein Marilyn-Wort –, doch es erfüllte seinen Zweck.

»Oh, Gary, ich habe dich gar nicht gefragt, wie's dir geht.«

»Ich habe mich wieder mal übergeben und musste dein Shampoo nehmen, um meine Klamotten auszuwaschen.«

»Oh, Baby, das macht doch nichts.«

Gary klopfte sich im Geiste selbst auf die Schulter. »Geh jetzt und triff dich mit deinen Freunden, und mach dir um mich keine Sorgen. Damien hätte uns nicht gesagt, wir sollen in unseren Kabinen bleiben, wenn irgendeine echte Gefahr bestehen würde.«

»Wenn du dir sicher bist …«

»Ich bin mir sicher. Wenn sie uns sagen, dass wir uns zu den Sammelstationen begeben sollen, dann komme ich und suche dich.«

»Okay. Ich hasse es, dich allein zu lassen, es ist nur … Ich glaube nicht, dass ich es ertragen würde, hier unten zu bleiben.«

Sie wollte ihn umarmen, doch er wich zurück und ließ sich auf die Ellbogen fallen. »Lieber nicht. Vielleicht bin ich ansteckend.«

»Du bist so rücksichtsvoll. Du weißt, wohin du gehen musst, oder, Baby?«

»Hm. Ich werde mich viel besser fühlen, wenn ich weiß, dass du in Sicherheit bist.«

Er schrie beinahe auf vor Erleichterung, als sich die Tür hinter ihr schloss.

Jetzt. Behalt einen kühlen Kopf und bleib ruhig. Geh das Ganze noch mal in Gedanken durch und raste diesmal nicht aus.

Er spülte die verbliebenen Tabletten in der Herrentoilette vor der Sandman Lounge hinunter, sodass nur noch seine Bekleidung, seine Handschuhe und seine Kappe übrig waren. Diese Dinge konnte er problemlos während der Party loswerden, wenn alle ausgelassen feierten. Aber was war, wenn die Feierlichkeiten abgesagt wurden? Das hing davon ab, ob sie den technischen Defekt oder worum auch immer es sich handelte rechtzeitig würden beheben können. Sie würden ihn beheben. Er durfte sich deswegen keine Sorgen machen.

Außerdem – würden sich ihre Freunde an ihn erinnern? Er hatte keine Aufmerksamkeit erregt, hatte die junge Frau an der Bar nicht einmal angesprochen, und er war stolz auf sein unscheinbares Äußeres. Jahrelanges gewissenhaftes Beobachten hatte ihn gelehrt, dass sich die Leute auf augenfällige Merkmale konzentrierten: auf einen Oberlippenbart, eine Brille, bunte Kleidungsstücke, ein Hinken. Die Überwachungskameras und Gesichtserkennungssysteme sollten kein Problem darstellen – er hatte den Kopf gesenkt gehalten, als er ihr zu ihrer Kabine gefolgt war, und seine Kappe hatte seine kahle Stelle verdeckt. Sobald er seine Bekleidung entsorgt hätte, würde ihn niemand mehr identifizieren können. Außerdem waren sein schlichtes dunkelblaues Freizeithemd und seine kakifarbenen Shorts völlig unauffällig; man hätte sie sogar mit der Uniform des einfachen Personals verwechseln können.

Alles bestens.

Warum hatte er dann immer noch das Gefühl, irgendetwas übersehen zu haben? *Denk nach.*

Die Erkenntnis traf ihn wie Eiswasser: das Schild »Don't Disturb, I'm Cruisin' n Snoozing«. Er hatte den scheußlichen Verdacht, dass er seine OP-Handschuhe bereits abgestreift hatte, als er es an die Türklinke gehängt hatte. O Gott. Seine DNA und seine Fingerabdrücke befanden sich auf dem Schild. Konnte er behaupten, er habe es im Vorbeigehen berührt?

Ja. Nein. Wie sollte er erklären, was er auf ihrem Deck verloren hatte? Ihre Kabine befand sich eine Etage über seiner, lag jedoch in der Mitte eines Korridors, der nirgendwohin führte.

Das war die Strafe dafür, dass er sich nicht an den Plan gehalten hatte. Es hätte am heutigen Abend passieren sollen, am Silvesterabend, wenn alle betrunken und abgelenkt waren. Normalerweise war er enorm gewissenhaft. Berücksichtigte alle Eventualitäten. Überließ nichts dem Zufall. Schluderte nicht. Er hatte ein System. Doch da hatte sie gestanden, alleine an der Bar, und hatte wehmütig ihre Freunde angestarrt, die mit dem Rest der Single-Reisegruppe tanzten und flirteten. Die Gelegenheit war einfach zu gut gewesen, um sie verstreichen zu lassen. Er war der Versuchung erlegen, und jetzt musste er dafür büßen. Es gab einen sehr guten Grund dafür, warum er es sonst immer am letzten Abend der Kreuzfahrt tat: Bei dem

Chaos, das herrschte, wenn die Passagiere am nächsten Morgen vom Schiff getrieben wurden, standen die Chancen wesentlich besser, ungeschoren davonzukommen. Die meisten seiner Mädchen erinnerten sich erst viel später in vollem Umfang, was ihnen widerfahren war. Manchmal dauerte es Tage oder sogar Wochen. Und dann war es bereits zu spät. Außerdem hatte er in zahllosen Internetforen gelesen, dass das Sicherheitspersonal angehalten war, Opfer von sexuellen Übergriffen an Bord zu überreden, keine Anzeige zu erstatten. Das Letzte, was Foveros brauchen konnte, war noch mehr negative Publicity.

Wenn sie allerdings *doch* gefunden worden war, mussten Nachforschungen angestellt werden. Foveros hatte bereits einen schlechten Ruf, was die Sicherheit an Bord anbetraf, und dann gab es noch all die Vorwürfe, dass sich das Unternehmen nicht an die Hygienevorschriften halten würde. Sie wären dumm, wenn sie versuchen würden, die Angelegenheit zu vertuschen.

Was war nur in ihn gefahren?

Vielleicht hatte er sich von einem trügerischen Gefühl der Sicherheit einlullen lassen, da bis dahin alles so gut gelaufen war. Am ersten Tag war er Marilyn gegenüber immer besonders zuvorkommend, fand sich früh ein und reservierte für sie im Wellnessbereich, damit sie beschäftigt war, während er sich einen ersten Überblick über die anderen Passagiere verschaffte. Foveros' Neujahrskreuzfahrten lockten immer einen Haufen erwartungsvoller Singles an, und er war nicht wählerisch, was das Alter anbelangte. Er bevorzugte etwas fülligere Damen, Blondinen oder Rothaarige. Allzu selbstbewusst durften sie nicht sein; Mitläuferinnen waren ihm lieber als Anführerinnen. Im Lauf der Jahre war er zu einem Experten darin geworden, bei Partys das hässliche Entlein herauszupicken, das Mauerblümchen, die zusätzliche Brautjungfer bei Junggesellinnenabschieden. Bei den Neujahrskreuzfahrten waren in der Regel Hunderte von Briten dabei, die es ausnutzten, dass es preisgünstige Kabinen und billige Cocktails gab. Britinnen feierten ausgelassener als Amerikanerinnen und hatten (seiner Ansicht nach) weniger Selbstbewusstsein.

Sein Mädchen hatte er bei der Happy Hour in der Sandman Lounge entdeckt und es aus dem Augenwinkel beobachtet, während Marilyn von Mai Tais zum halben Preis kontinuierlich betrunkener geworden war. Es erstaunte ihn immer wieder, dass er seine Mädchen sofort erkannte, als würden sie ihm zurufen. Sie war genau sein Typ, fünfzehn bis zwanzig Kilo Übergewicht, strähniges blondes Haar, und sie hielt sich am Rand einer großen Gruppe von Menschen in den Dreißigern auf, über deren Scherze sie verlegen lachte. Am zweiten Tag hatte er sie in der Pizza-Schlange gesehen, ihre Oberschenkel und Schultern leuchtend rot von übermäßiger Sonneneinstrahlung, und es war noch deutlicher zu erkennen gewesen, dass sie von den anderen in ihrer Gruppe auf die Ersatzbank verbannt worden war (er freute sich über den niedergeschlagenen Ausdruck in ihren Augen).

Das Ganze hatte weiter Gestalt angenommen, nachdem sie sich entschuldigt hatte und er ihr mit einigem Abstand gefolgt war, als sie sich auf den Weg zu ihrer Kabine gemacht und dabei nicht den Aufzug, sondern die Treppe genommen hatte. Gary hatte sich die Nummer ihrer Kabine gemerkt – M446 – und war daran vorbeigegangen.

Und am gestrigen Abend, na ja ... war es beinahe so gewesen, als hätte es sein sollen. Marilyn war erschöpft gewesen, als sie nach dem Tag auf Cozumel wieder auf das Schiff zurückkehrten. Er hatte sie zu einer Exkursion zu einem Badeort mit anschließender Besichtigung irgendwelcher langweiligen Maya-Ruinen angemeldet (Marilyn hatte sich wie die meisten anderen Passagiere die ganze Zeit über die Hitze und die Moskitos beklagt), und von der ungewohnten körperlichen Anstrengung völlig erschöpft, war sie nach ihrer Rückkehr auf das Schiff fast sofort eingeschlafen. Er war hinausgeschlüpft und hatte eigentlich nur vorgehabt, seine Erkundung fortzusetzen, um absolut sichergehen zu können, dass es sich bei der jungen Frau, die er ausgesucht hatte, auch wirklich um die Richtige handelte.

Und da war sie gewesen und hatte auf ihn gewartet.

Sein Werkzeug trug er stets bei sich: Marilyn durfte auf keinen Fall die kleine Tasche voller toller Sachen finden. Es war ein Leichtes gewesen, in die Herrentoilette zu schlendern, seine Brille einzustecken und die Kappe aufzusetzen. Ein Leichtes, sich zu vergewissern, dass der Barkeeper und die anderen Gäste in der Umgebung abgelenkt waren. Ein Leichtes, die Tablette zu zerkrümeln und in ihr Cocktailglas zu streuen. Ein Leichtes, sich zurückzulehnen und zu beobachten, wie sie langsam den Fokus verlor. Ein Leichtes abzuwarten, bis sie aus dem Raum stolperte. Ein Leichtes, ihr dabei zuzusehen, wie sie sich den Weg in den Aufzug bahnte, während er sich über die Treppe zu ihrem Deck begab. Ein Leichtes, ihr im Korridor zu folgen, zu spüren, wie sein Puls beschleunigte und wie seine Leistengegend vor Erwartung zuckte. Ein Leichtes, ihr behilflich zu sein, als sie mit der Schlüsselkarte herumhantierte. Ein Leichtes, sich in ihre Kabine zu schieben und dabei zu murmeln, er wolle ihr nur helfen. Ein Leichtes …

Gary zuckte zusammen, als aus der Lautsprecheranlage vier laute Pieptöne drangen, gefolgt von: »Guten Tag, meine Damen und Herren, hier spricht wieder Damien, Ihr Kreuzfahrtdirektor. Wir möchten Sie jetzt bitten, sich ruhig und vorsichtig zu den Ihnen zugewiesenen Sammelstationen zu begeben. Es handelt sich nicht um eine Übung, aber es besteht kein Grund zur Beunruhigung. Crewmitglieder stehen bereit, um Ihnen dabei zu helfen, die Ihnen zugewiesenen Stationen zu finden, die auf der Innenseite Ihrer Kabinentüren und auf Ihren Foveros-Fun-Karten deutlich vermerkt sind. Ich wiederhole, es besteht kein Grund zur Beunruhigung. Ihre Sicherheit ist unser Hauptanliegen.«

Aus dem Korridor ertönten laute Stimmen, zuschlagende Türen und schnelle Schritte. Gary rührte sich nicht von der Stelle, sondern lauschte nur, bis das Chaos draußen verklang.

Er zählte abermals von hundert herunter und war bei fünfzig angelangt, als er hörte, wie jemand – vermutlich ein Kabinensteward – an Türen klopfte. Seine Finger schmerzten, da er die Hände immer wieder zu Fäusten ballte. Seine Eingeweide verkrampften sich. Sollte er sich verstecken? Er konnte sich in den Schrank quetschen. Doch was wäre, wenn der Steward die Anweisung hatte, die ganze Kabine zu durchsuchen? Es würde nicht gut aussehen, wenn man ihn in einem Schrank kauernd fand.

Sein Mädchen hätte Nummer vier werden sollen. Seine Glückszahl.

Er hatte ihr hinüber zum Bett geholfen – sie hatte nicht viel gesagt, hatte nur gemurmelt, ihr sei schlecht oder so ähnlich. Sie hatte sich mit glasigen Augen auf den Rücken fallen lassen. Als ihre Gesichtszüge erschlafft waren, hatte er begonnen. Zunächst hatte er sich nicht gestattet, sie zu berühren, sondern hatte sie nur angesehen. Dann hatte er leicht mit den Händen über ihre Oberschenkel, ihre Brüste und ihren Oberkörper gestrichen. Enge Shorts, ein Trägertop. Er hatte das Top nach oben gerissen, und ein hautfarbener BH war zum Vorschein gekommen. Er hatte sie umdrehen müssen, um ihn öffnen zu können, und als er gerade genau das hatte tun wollen, hatte sie gehustet und gegurgelt. Er hatte einen Satz nach hinten gemacht, als sie sich erbrochen hatte. Sie hatte geschaudert, hatte abermals gehustet. Hatte keine Luft bekommen. Sie war im Begriff gewesen zu ersticken. Er …

Peng, peng an der Tür. Er blieb vollkommen still sitzen. Biss sich auf die Lippen und gab trotz allem die Hoffnung nicht auf, dass derjenige, der angeklopft hatte, weitergehen würde. Das Schloss klickte, die Tür ging auf, und ein Asiat streckte den Kopf herein. Nicht die Kabinenstewardess, die normalerweise kam – eine junge Filipina, gegen die Marilyn sofort eine Antipathie entwickelt hatte. »Fühlen Sie sich nicht wohl, Sir?«, erkundigte sich der Steward. »Haben Sie mich denn nicht anklopfen hören?«

»Nein. Mir geht's gut. Ich bin nur müde.«

»Sir, Sie müssen sich zu Ihrer Sammelstation begeben. Wissen Sie, wie Sie dorthin gelangen?«

»Kontrollieren Sie alle Kabinen?«

Der Kabinensteward runzelte die Stirn.

Gary konnte kaum glauben, dass er etwas so Dummes gesagt hatte. »Ich meine, um sicherzugehen, dass alle außer Gefahr sind.«

»Oh, ja, Sir. Ihre Sicherheit ist uns wichtig.«

»Ich muss mich anziehen.«

»Bitte beeilen Sie sich, Sir. Ich komme gleich noch mal.«

Das war es also. Wenn sie noch nicht gefunden worden war, wenn ihre Freunde oder ihre Kabinenstewardess sie wie durch ein Wunder noch nicht entdeckt hatten, bestand jetzt keine Chance mehr, dass sie unentdeckt bleiben würde. Er zog Shorts und ein

Hemd an und versuchte, nicht an die durchnässten Kleidungsstücke in der Duschkabine zu denken. Dann holte er tief Luft und schlüpfte in seine Sandalen.

Seine einzige Chance war, sich dreist aus der Affäre zu ziehen.

Er hatte nicht einmal nachgesehen, ob sie noch am Leben war, da er es wusste. In seinem tiefsten Inneren hatte er gewusst, dass sie tot war. Sein Mädchen war erstickt, während Damien auf dem Fernsehbildschirm gezwitschert hatte, und ihr Handrücken hatte auf die Matratze geschlagen, klatsch, klatsch, klatsch, *»vergessen Sie nicht, sich eine unserer einmaligen Stand-up-Shows in der Starlight Dreamer Lounge anzusehen …«*, klatsch, klatsch, *»… und nur für begrenzte Zeit sind Xenus-Armbanduhren um vierzig Prozent reduziert …«* Nach ein paar unerträglichen Minuten war ein Laut aus ihrer Kehle gedrungen – kein Todesröcheln, sondern ein Zischen. Ein letztes resigniertes Ausatmen. Ohne einen Gedanken an die Konsequenzen seines Handelns zu verschwenden, hatte er sie mit dem Fuß von dem Doppelbett in die Lücke zwischen Bett und Wand gerollt und die Decke über sie geworfen.

Das war sein größter Fehler gewesen. Jetzt würden sie mit Sicherheit wissen, dass jemand seine Finger im Spiel gehabt hatte. Wenn er sie einfach auf dem Bett hätte liegen lassen, wäre ihr Tod aller Wahrscheinlichkeit nach einer Alkoholvergiftung zugeschrieben worden.

Er kroch in den inzwischen menschenleeren Korridor hinaus und winkte dem Steward zu, der gerade die letzten Kabinen kontrollierte und rote Karten in die Kartenschlitze schob. »Danke fürs Warten!«, rief Gary ihm zu. »Tut mir leid, wenn ich Ihnen Unannehmlichkeiten bereitet habe.« Gut. Seine Stimme klang ruhig, kontrolliert. *Der Mann, dem ich begegnet bin, hat nicht verunsichert oder schuldbewusst gewirkt,* hörte er den Schiffssteward in Gedanken zum Chef des Sicherheitsdiensts sagen – oder, Gott bewahre, zum FBI oder zu Scotland Yard oder welche Behörde auch immer mit der Untersuchung des Todes britischer Passagiere beauftragt wurde.

»Kein Problem, Sir. Aber bitte beeilen Sie sich. Ihre Rettungsweste finden Sie an Ihrer Sammelstation.«

Gary ging steif zur Treppe, wobei seine Sandalen auf dem Teppich schmatzten. Hier war es düsterer, und das Treppengeländer war warm von zahllosen Händen. Er schnupperte. Marilyn hatte recht gehabt: Von einer tieferen Ebene waberte der Geruch von Rauch herauf. Er ging schneller, zögerte jedoch, als er auf der Ebene seines Mädchens angelangte.

Es wäre so einfach gewesen, um die Ecke zu huschen und einen Blick den Korridor hinunter zu ihrer Kabine zu werfen. Er machte ein paar Schritte zur nächsten Treppe, dann wirbelte er herum und joggte zurück zum Eingang zu ihrem Deck. Seine Eingeweide krampften sich abermals zusammen – er konnte kaum fassen, was er tat, doch irgendetwas hatte

Besitz von ihm ergriffen, und er konnte sich nicht zurückhalten.

An sämtlichen Kabinentüren, die zu ihrer führten, waren rote Karten eingesteckt worden, die anzeigten, dass die jeweilige Kabine leer stand. Der Korridor erstreckte sich wie eine optische Täuschung, und sein Ende war in Dunkelheit gehüllt. Er eilte ihn entlang, dann blieb er wie angewurzelt stehen, als er sah, dass an der Tür der Kabine seines Mädchens ebenfalls eine rote Karte eingesteckt war.

Jemand hatte die Kabine kontrolliert. Wenn sie dabei gefunden worden wäre, hätte er aller Wahrscheinlichkeit nach jemanden vom Sicherheitsdienst gesehen, es sei denn, man hatte bereits damit begonnen, das Ganze zu vertuschen. *Aber vielleicht ist sie ja doch nicht tot. Sie könnte auf der Krankenstation liegen, erschöpft und verwirrt, und versuchen, die Geschehnisse der vergangenen Nacht zu rekonstruieren.* Er hastete auf demselben Weg zurück, auf dem er gekommen war, und erst als er an der Treppe angelangte, fiel es ihm wie Schuppen von den Augen: Er hatte vergessen, sein Gesicht vor den Überwachungskameras zu verbergen.

Die Magd des Teufels

Althea setzte das Lächeln auf, das sie sich für die schwierigsten Passagiere aufsparte, und wartete auf den Mann, der im Korridor auf sie zugetrampelt kam. Mr Lineman, Kabine V23. Er und seine Frau waren schlichtweg widerlich, ließen ihre Toilettenschüssel verschmutzt zurück und durchnässte Handtücher überall auf dem Fußboden liegen. »Hallo, Mr Lineman«, rief sie, wobei sie ihrer Stimme ein respektvolles Trällern hinzufügte. »Sie sollten sich bereits an Ihrer Sammelstation befinden.«

Er schnaubte, und seine Wangen waren vor Anstrengung gerötet, nachdem er die etwa hundert Meter von der Treppe zu Fuß zurückgelegt hatte. Die schummrige Notbeleuchtung betonte die Falten in seinem schlaffen Gesicht; seine Knie gaben unter dem Gewicht nach, das sie zu tragen hatten. »Was zum Teufel ist mit diesem gottverdammten Schiff passiert?«

»Es tut mir schrecklich leid, Mr Lineman, aber ich weiß auch nicht mehr als Sie.« Das stimmte beinahe – sie hatte auf ihrer Station ein Nickerchen gemacht, als der Bravo-Alarm ertönt war –, doch sie hatte von ihrer Vorgesetzten Maria gehört, dass Deck B wegen des Rauchs evakuiert worden war. Althea machte sich jedoch keine Sorgen. In den vier Jahren, seit sie für Foveros arbeitete, hatte sie einige ähnliche Situationen erlebt, und Maria hatte gesagt, der Brand sei unerheblich.

»Warum in aller Welt können wir nicht in unseren Kabinen bleiben?«

»Das ist zu Ihrer eigenen Sicherheit, Mr Lineman.«

Seine Wangen wabbelten. »Ich dachte, es besteht keine Gefahr? Damien hat doch gesagt, dass keine Gefahr besteht.«

Mit unvermindertem Lächeln erwiderte sie: »Das stimmt, aber in Situationen wie dieser ist es Standardprozedere, dass der Kapitän die Passagiere versammelt. Ich muss Sie wirklich dringend bitten, sich wieder zu Ihrer Station zu begeben.«

»Ich muss meine Medikamente holen. Wollen Sie etwa, dass ich krank werde?«

Nein. Ich möchte, dass Sie einen langsamen, qualvollen Tod sterben. »Natürlich nicht, Mr Lineman. Ein Crewmitglied hätte Sie zu Ihrer Kabine begleiten sollen. Soll ich sie für Sie holen?«

»Das schaffe ich schon selbst.« Er schnippte gegen die rote Karte, die sie in das Schloss seiner Kabine gesteckt hatte. »Was zum Teufel ist das?«

»Das signalisiert, dass Ihre Kabine kontrolliert wurde und leer ist, Mr Lineman.«

»Hm.« Er warf die Karte auf den Boden, schob seine eigene in den Schlitz und trampelte in die Suite.

Althea lehnte sich gegen die Wand und streckte sich wie eine Katze, während sie darauf wartete, dass er wieder auftauchte. Wenn sie nicht bald fertig war, würde Maria, dieses Miststück, Jagd auf sie machen, und sie musste noch Trinings Station im hinteren Bereich des Schiffs auf dem fünften Deck kontrollieren, was sie eigentlich schon vor Stunden hatte tun wollen. Die faule *puta* war in ihrer Mittagspause zu ihr gekommen und hatte behauptet, sie habe nach der Hälfte ihrer Morgenschicht angefangen, sich zu übergeben, doch Althea hatte den Verdacht, dass sie wieder getrunken hatte. Trining war bereits verwarnt worden – das wäre bereits ihr dritter Krankheitstag in diesem Monat –, und sie hatte Althea fünfzig Dollar versprochen, wenn sie für sie einsprang. Zusätzliches Geld kam ihr gelegen, doch heute hätte sie auf die Unannehmlichkeiten gerne verzichtet. Ihre Gliedmaßen fühlten sich vor Erschöpfung schwer an; sie hatte in letzter Zeit nicht gut geschlafen. Sie hatte sich eingeredet, sie sei ständig müde, weil sie zu hart gearbeitet und zu viele zusätzliche Verpflichtungen übernommen hatte.

Über die andere Möglichkeit durfte sie gar nicht nachdenken.

Damiens Stimme dröhnte aus der Lautsprecheranlage und wiederholte noch einmal dieselbe Nachricht. Dieser Typ war in seine eigene Stimme verliebt. Althea hatte noch nie mit ihm gesprochen, aber Rogelio, der einzige philippinische Vertreter des Kreuzfahrtdirektors, hatte gesagt, er sei ein Egoist mit einem bösen Herzen. Rogelio – das war jemand, den sie hätte heiraten sollen. Gut aussehend, fleißig und immer zuvorkommend. Das Gegenteil von Joshua.

Die Toilettenspülung rauschte in Mr Linemans Kabine, und Sekunden später tauchte er mit einer großen Walgreens-Tüte in den Armen wieder auf. Althea lächelte abermals, doch er stampfte ohne ein Wort an ihr vorbei.

»Putang ina mo«, murmelte sie vor sich hin.

Er blieb stehen und drehte sich um. Seine Schweinchenaugen funkelten. »Was war das?«

Scheiße. »Wie bitte?«

»Was sagten Sie gerade? Welche Sprache war das?«

»Tagalog. Das ist eine philippinische Sprache.« *Du ungehobelter Schweinebastard.* »Ich habe Ihnen nur viel Glück gewünscht«, log sie.

»Lernen Sie doch mal Englisch«, murmelte er.

Althea hätte diesem dämlichen Eierkopf gerne gesagt, dass sie fließend Englisch, Spanisch und Tagalog sprach und in fünf weiteren Sprachen fluchen konnte, während er mit Mühe und Not eine sprach, doch sie würde ihren Bonus verlieren, wenn er ihr eine schlechte Bewertung gab. »Tut mir sehr leid. Ich wollte Sie nicht verärgern.«

Er schien ein wenig besänftigt zu sein. Dieses Mal beobachtete sie ihn genau, als er davonstapfte. Das Schiff neigte sich jetzt heftiger, stark genug, um ihn aus dem Gleichgewicht zu bringen. *Gut. Fall hin,* bastardo, *fall hin.*

Sie brachte die rote Karte wieder an seiner Tür an, dann kontrollierte sie die Suite, die sich die beiden älteren Damen Helen und Elise teilten. Makellos – ihr Doppelbett befand sich exakt in dem Zustand, in dem sie es hinterlassen hatte, als sie ihre Kabine früher am Abend gemacht hatte. Sie rechnete mit einem üppigen Trinkgeld von den beiden. Althea hatte bereits auf genug Schiffen gearbeitet, um die großzügigen Trinkgeldgeber zu erkennen, und das waren nie diejenigen, die einmal in der Stunde nach einer zusätzlichen Wasserflasche verlangten, sich über die Temperatur der Klimaanlage beklagten oder jammerten, wenn sie ihnen das Handtuch nicht jeden Abend zu einem anderen beschissenen Tier faltete.

Sie ging weiter zur letzten Suite – V27 –, der Kabine des Mediums. Teufelsarbeit hätte ihre *mamita* dazu gesagt. Mrs del Ray war zweifellos eine mürrische alte Schachtel, aber sie war großzügig – Althea hatte sich bereits etwas dazuverdient, indem sie über die Flaschen Alkohol in ihrer Kabine hinweggesehen hatte. In dem Augenblick, als sie die Master-Schlüsselkarte in das Schloss schob, wurde die Tür aufgerissen, und Maddie, Mrs del Rays dürre Assistentin, stürzte ihr entgegen. »Althea! Ich dachte, Sie wären der Arzt.«

»Sind Sie krank?«

»Ich nicht – Celine. Mrs del Ray.«

Althea folgte ihr in den Schlafraum, wo Mrs del Ray in ihrem Rollstuhl saß und mit leblosem Gesichtsausdruck auf den dunklen Fernsehbildschirm starrte. Im Raum roch es nach Alkohol.

»Celine? Celine? Althea ist hier«, sagte Maddie in einem Singsang-Tonfall, als spräche sie mit einem Kind.

Mrs del Ray blickte auf, wobei ihr der Kopf in den Nacken kippte. Ihr Blick war unfokussiert. Sie kicherte und schlenkerte mit einer Hand als vage Begrüßung.

»Was ist denn los mit ihr?«, fragte Althea, und ihr Blick wanderte zu der leeren Whiskeyflasche neben dem Fernseher. Diese Frau trank zu viel – Althea war diejenige, die ihr Leergut zum Glaszerkleinerer schleppte –, vielleicht fühlte sie sich deshalb nicht wohl.

»Ich weiß es nicht. Sie wirkt verwirrt. Ich habe den beschissenen ... Tut mir leid«, Althea nickte steif, »ich habe sofort den Arzt gerufen, als das Schiff stehen blieb, aber bislang ist noch niemand aufgetaucht.«

»Haben Sie noch mal angerufen?«

»Ja. Immer wieder. Jetzt kommt man gar nicht mehr durch.«

Althea nahm ihr Funkgerät zur Hand und rief ihre Vorgesetzte. »Maria? Bitte kommen, Maria.« Als Antwort ertönte ein Rauschen. Sie versuchte es erneut mit demselben Ergebnis. *Susmaryosep.* »Darf ich es mal mit Ihrem Telefon versuchen, Maddie?«

»Nur zu.«

Althea nahm den Hörer ab und wählte die Nummer der Krankenstation, doch es ertönte nur ein Freizeichen nach dem anderen. Als Nächstes versuchte sie es beim Kabinenservice und beim Gästeservice, doch bei beiden war belegt. »Ich werde persönlich zur Krankenstation gehen und ihnen sagen, dass sie den Arzt schicken sollen.«

»Vielen Dank.«

»Keine Ursache«, entgegnete Althea automatisch. Sie hatte nichts gegen Maddie – Celines Assistentin war immer höflich zu ihr, ohne bevormundend oder übertrieben freundlich zu sein. Und sie war sichtlich besorgt. Vielleicht stimmte mit der alten Frau tatsächlich irgendetwas nicht.

Althea eilte aus der Suite und probierte noch einmal ihr Funkgerät aus. Wieder heftiges Rauschen. Genau so etwas konnte sie jetzt gar nicht gebrauchen. Sie hielt in dem Korridor auf der Backbordseite nach Electra Ausschau, die für die Kabinen in dieser Sektion zuständig war, doch von ihr war weit und breit nichts zu sehen. Die Krankenstation auf Deck drei war schneller über die Passagier-Treppe zu erreichen, wobei das Servicepersonal zu diesem Bereich keinen Zutritt hatte. Sie würde das Risiko eingehen. Da sich der Großteil der Crew vermutlich an ihren Sammelstationen befand und die Passagiere um sich scharte oder sich um die Probleme im Generatorenraum kümmerte, würde sie vermutlich ungeschoren davonkommen. Sie lief immer weiter nach unten und zog den Kopf ein, als sie am Treppenabsatz auf Deck sechs angelangte, wo zwei Techniker einigen murrenden Passagieren aus einem stecken gebliebenen Aufzug halfen.

Als sie zur Tür der Krankenstation joggte, stieg ihr der Geruch von Rauch in die Nase, der durch die Wellblechverkleidung waberte, die den gegenüberliegenden Eingang zum I-95 abdeckte. Sie drückte auf die Klingel neben der Tür und wartete. Nichts. Dann legte sie eine Hand auf die Klinke, und als diese nachgab, trat sie ein. Der schmale Wartebereich, die Apotheke und der Empfangstresen waren leer, doch durch eine Tür am anderen Ende des Wartebereichs drangen laute Stimmen. Sie ging darauf zu, stellte sich auf die Zehenspitzen und spähte durch die Milchglasscheibe. Der neue Arzt platzierte gerade eine Sauerstoffmaske auf dem Gesicht eines hysterischen Crewmitglieds in einem schmutzigen blauen Overall. Neben ihm kümmerte sich ein Krankenpfleger um einen Mann in weißer Offiziersuniform, der ebenfalls an einer Sauerstoffflasche angeschlossen war. Wer jedoch ihre Aufmerksamkeit erregte, war der Mann auf der Bahre, der ihr am nächsten war. Er lag vollkommen still mit ausgestreckten Armen auf der Seite. Von einem Unterarm hing verschorfte Haut wie obszöne Spitze herab und offenbarte ein Stück gelblich-rotes nässendes Gewebe. Als könne er ihren Blick spüren, drehte er den Kopf und sah sie direkt an. Sie schenkte ihm einen mitfühlenden Blick, doch er zeigte keine Reaktion; seine Augen waren leer, als habe er sich in sich zurückgezogen, um die Schmerzen zu bewältigen. Sie hatte schon einmal schwere Verbrennungen gesehen – sie war zu Besuch bei ihrer Mutter in Binondo gewesen, als ein Brand eine Fabrik in der Nähe verwüstet hatte –, doch bei dem Anblick drehte es ihr trotzdem den Magen um. Der Arzt eilte zu dem Brandverletzten und legte ihm sanft eine Hand auf die Stirn.

Zitternd wich Althea in den Wartebereich zurück. Die Schreie aus dem Raum waren zu Gemurmel geworden. Der Brand musste schlimmer gewesen sein, als ihr gesagt worden war. Und es wurde hier unten rasch wärmer; die Klimaanlage war noch immer aus. Da sie nicht wusste, was sie sonst tun sollte, ging sie auf und ab.

Der letzte Arzt, ein Kubaner mit schlechten Zähnen, war angeblich gefeuert worden, weil er eine der rumänischen Bedienungen belästigt hatte, doch sein Nachfolger besaß ein freundliches Gesicht. Sie fragte sich, ob sie ihn in ihrer Situation um Hilfe bitten konnte, dann verwarf sie den Gedanken wieder. So durfte sie nicht denken. Sie strich sich mit einer Hand über den Bauch. Falls sie tatsächlich schwanger war, war es noch zu früh, als dass es für andere zu erkennen gewesen wäre. Sie war höchstens im zweiten Monat. Vielleicht hatte Joshua seine Drohung letzten Endes doch wahr gemacht und an ihrer Pille herummanipuliert. *Bastardo.* Als sie das letzte Mal zu Hause gewesen war, hatten sie sich gestritten, weil sie sich geweigert hatte, ihn und seine Brüder zu bekochen. Wie konnte er es wagen, von ihr zu erwarten, dass sie ihn bediente, nachdem sie auf Schiffen geschuftet und sie alle ernährt hatte? Das ließ sie noch immer vor Wut innerlich brodeln. Er wusste, es war ihre größte Angst, so zu enden wie ihre Schwester, die graue Haut hatte und ausgelaugt war und in Quezon mit fünf Kindern in erbärmlichen Verhältnissen lebte. Was glaubte er denn, würde passieren, wenn sie schwanger wurde? Sie würde gefeuert werden, und dann wären sie alle nur noch einen Schritt von den Slums entfernt. Er und seine ganze beschissene Familie. *Tja, du wirst es nicht glauben, aber diese Zeit wird schneller kommen, als du denkst.*

Schuld war sie allerdings selbst. Sie hätte einen Amerikaner mit Geld heiraten sollen, nicht einen verdammten Filipino, der so bescheuert war, sich von den Schiffen feuern zu lassen. Aber nein, sie hatte sich verliebt – ha, verliebt! – in einen beschissenen Hilfskellner mit einem Muttermal unter dem Auge, der ihr versprochen hatte, dass sie sich gemeinsam hocharbeiten würden. Sie würde sich vielleicht nicht von ihm scheiden lassen können – ihre Familien würden das niemals akzeptieren –, aber sie konnte ihn verlassen. Sie konnte sparen und ein neues Leben beginnen.

Das war ein Plan – ein guter Plan, wenn sie jedoch schwanger war, konnte sie ihn vergessen. Von ihrem Zehnmonatsvertrag hatte sie gerade einmal zwei Monate hinter sich, daher hatte sie keine Chance, es zu verbergen.

»Was haben Sie hier zu suchen?« Althea drehte sich um und sah eine korpulente Frau mit orangefarben getöntem Haar und einer verknitterten Krankenschwesteruniform durch die Eingangstür stürmen. »Sind Sie krank?«

Althea erklärte Mrs del Rays Situation.

Die Frau schenkte ihr ein müdes Lächeln. »Ah. Wahrscheinlich hat Bin den Anruf entgegengenommen, bevor wir überrannt wurden.«

»Die Männer, die bei dem Brand verletzt wurden«, sagte Althea und deutete zur Tür. »Werden sie wieder gesund?«

Die Frau zog einen Schmollmund. »Sie waren da drin? Dieser Bereich ist nur für Patienten.«

»Tut mir wahnsinnig leid«, murmelte Althea und verfiel automatisch wieder in ihr ehrerbietiges Gehabe. »Es war niemand da. Ich habe den Arzt gesucht.«

»Ah. Okay.« Die Krankenschwester fuhr sich mit einer Hand durch ihr verheddertes Haar. Sie hatte dunkle Ringe unter den Augen, und die Haut auf ihrer Nase und ihren Wangen war mit gerissenen Äderchen übersät. Eine Trinkerin. Althea kannte die Anzeichen.

»Meine Vorgesetzte hat gesagt, der Brand wäre nicht schlimm gewesen«, fischte Althea nach Informationen.

»Manches sieht schlimmer aus, als es ist. Machen Sie sich keine Sorgen. Ich gehe jetzt besser mal da rein. Danke, dass Sie uns Bescheid gegeben haben. V27, sagten Sie?«

Althea nickte, und als sie entlassen war, duckte sie sich durch die Plastikabtrennung und ging den I-95 entlang. Trinings Station befand sich im hinteren Bereich des Schiffs auf dem fünften Deck – mindestens fünf Minuten Fußmarsch entfernt. Sie joggte den Korridor entlang, wobei ihr bewusst wurde, dass die Luft immer drückender und der Geruch nach Rauch immer stärker wurde, je näher sie den Maschinenräumen im Heck des Schiffs kam. Sie tauschte eine

Begrüßung mit einer Gruppe von Kellnern, die mit Tabletts an ihr vorbeieilten, auf denen sich Wasserflaschen türmten, doch sie konnten ihr auch nicht mehr sagen, als sie schon wusste. Als sie an den Büros des Kabinenservice vorbeirannte, hörte sie das Bellen von Marias Stimme: »Althea!«

Althea erstarrte, dann drehte sie sich mit gesenktem Blick zu ihr um.

»Ich habe versucht, Sie zu kontaktieren, Althea.«

»Tut mir leid.« Sie tippte auf ihr Funkgerät. »Es funktioniert schon wieder nicht.«

»Haben Sie kontrolliert, ob sich auf Ihrer Station noch jemand in seiner Kabine aufhält? Haben Sie sich an das Prozedere gehalten?«

»Ja, Maria. Aber eine meiner Passagierinnen ist krank und braucht den Arzt. Sie haben auf der Krankenstation angerufen, aber es hat niemand abgehoben.«

Maria sah Althea mit finsterer Miene an, als sei sie persönlich für den schlechten Gesundheitszustand der Passagierin verantwortlich. Althea schwor sich, dass sie diese *puta* irgendwann in die Knie zwingen würde. Sie würde zusehen, wie sie sich wand, und sie Dreck fressen lassen. »Ich kümmere mich darum. Welche Kabine?«

»V27. Es handelt sich um den Gaststar – Mrs del Ray. Ich war bereits auf der Krankenstation und habe dort Bescheid gesagt. Darf ich jetzt bitte gehen?« Das Sicherheitspersonal kontrollierte inzwischen vermutlich, ob sich alle Karten an Ort und Stelle befanden, und Trining würde ihr die Schuld dafür geben, dass ihre Station nicht überprüft worden war.

»Warum haben Sie mir nicht gesagt, dass Trining krank ist?«, fragte Maria in gefährlich sanftem Tonfall.

Gottverdammte Trining. Althea würde sie dieses Mal auf gar keinen Fall mehr decken. »Ich dachte, Trining hätte Ihnen sofort Bescheid gegeben.«

»Sie behauptet, Sie hätten sich bereit erklärt, heute ihre Station zu übernehmen.«

Althea setzte ihre beste Unschuldsmiene auf. »Hat sie das?«

Maria zog ihre aus zwei Stift-Linien bestehenden Augenbrauen hoch. Die beiden passten nie zusammen – eine war immer höher aufgemalt als die andere, und sie bissen sich mit dem Weißblond ihrer Haare. *Lern endlich, einen Spiegel zu benutzen,* puta. »Wir können von Glück reden, dass es keine Beschwerden gab. Sie sagt, sie hat mit der Abendrunde nicht mal angefangen.«

»Tut mir wirklich leid, Maria. Das muss ein Missverständnis gewesen sein.«

»Paulo hat kontrolliert, dass Trinings Kabinen leer sind, aber ich muss sichergehen, dass er gründlich war.«

»Kümmert sich darum nicht der Sicherheitsdienst?«

»Stellen Sie etwa infrage, was ich sage?«

»Nein, Maria.«

»Wenn Sie damit fertig sind, begeben Sie sich zu

Ihrer Sammelstation und warten auf weitere Anweisungen.«

»Ja, Maria. Danke, Maria.«

Wie sie es hasste zu kriechen, doch sie brauchte eine gute Beurteilung, wenn sie überhaupt eine Chance haben wollte, in eine Vorgesetztenposition befördert zu werden. Nicht, dass auf diesem Schiff viel Hoffnung darauf bestanden hätte. Hier kam Vetternwirtschaft zum Tragen: Maria würde nur anderen Rumänen eine Chance geben. So war das Schiffsleben. Manchmal war es für einen selbst von Nutzen, manchmal nicht. Und es spielte keine Rolle, dass Englisch ihre Muttersprache war. Ihre Nationalität war ein Nachteil für sie. Irgendjemand musste die Drecksarbeit erledigen. Sie hatte zwei Jahre gebraucht, um sich von der Personal-Stewardess (und Passagiere konnten wirklich ekelhaft sein, doch sie waren nichts im Vergleich zu einigen Offizieren) hochzuarbeiten und sich die begehrte Station auf dem VIP-Deck zu sichern.

Sie ging durch den Personaleingang zu den unteren Decks, wo ihr abermals der Geruch von Rauch in die Nase stieg. Sie hasste diesen Teil der Treppe: Zwischen den Treppenabsätzen befanden sich jeweils dreizehn Stufen, und sie zählte laut mit, um den Fluch zu verbannen. Ihr war bewusst, dass das lächerlich war, sie konnte den Aberglauben aus ihrer Kindheit allerdings immer noch nicht ganz ablegen. Wenn in der Personalkantine jemand vom Tisch aufstand, drehte sie jedes Mal ihren Teller um.

Als sie die Tür zu Trinings Station öffnete, erregte eine verschwommene Bewegung am hinteren Ende des abgedunkelten Korridors ihre Aufmerksamkeit. Jemand kam auf sie zugerannt – eine kleine Gestalt. Das Licht war hier wesentlich schlechter als auf ihrem Deck, aber die Gestalt sah aus wie ein Kind: ein Junge. Wie war das möglich? Sie hatte bereits auf Kreuzfahrten gearbeitet, bei denen verwöhnte amerikanische Kinder auf dem Schiff herumliefen, als gehöre es ihnen, während ihre Eltern jedes Mal, wenn sich einer der kleinen Bälger verletzte oder verloren ging, das Personal anschrien, doch Neujahrskreuzfahrten waren Volljährigen vorbehalten. Die Notbeleuchtung flackerte und tauchte sie für einen Moment in Dunkelheit, ehe sie zischend wieder anging. Das Kind – hellhäutig, dunkelhaarig und barfuß – war jetzt nur noch zwanzig Meter von ihr entfernt. »Hey!«, rief sie und zuckte zusammen, als das Licht erneut ausging. Sie kämpfte gegen das Bedürfnis an, wieder im Service-Korridor abzutauchen. Die Beleuchtung ging flackernd wieder an – dieses Mal heller –, doch das Kind … das Kind war verschwunden.

Sie bekreuzigte sich automatisch und zuckte zusammen, als eine große Gestalt am Ende des Korridors um die Ecke bog. Als sie das weiße Hemd und die schwarzen Hosen des Sicherheitsdienstes erkannte, fiel ihr das Atmen wieder leichter. Hatte sie sich das Kind nur eingebildet? Spielte ihr Gehirn ihr einen Streich? Sie musste mit weniger als vier Stunden Schlaf pro Nacht auskommen, also war das durchaus möglich.

Der Wachmann stolzierte auf sie zu. Einer aus der indischen Mafia mit kantigem Gesicht. Er baute sich vor ihr auf.

»Haben Sie hier unten einen Passagier gesehen?«, fragte sie ihn und wunderte sich, wie ruhig sie klang.

Er starrte sie mit leerem Blick an. »Nein.« Er deutete auf die roten Karten, die in den Schlitzen steckten. »Sind Sie fertig?«

»Das ist nicht meine Station.«

»Warum sind Sie dann hier?« Seine Hand wanderte zu dem Funkgerät an seinem Gürtel. »Alle Crewmitglieder müssen sich umgehend an ihren Sammelstationen melden.«

»Ich weiß. Meine Vorgesetzte hat mich gebeten zu kontrollieren, ob alles in Ordnung ist.«

»Und, ist es das?«

»Ich bin mir nicht sicher.« Sie wollte ihm nicht sagen, was sie gesehen hatte, falls es doch nur Einbildung gewesen war. Doch das Kind – vorausgesetzt, dort war überhaupt ein Kind gewesen – musste in einer der Kabinen in der Nähe verschwunden sein, obwohl sie sich sicher war, dass sie nicht das Geräusch einer Tür gehört hatte, die aufging und sich wieder schloss. »Haben Sie was dagegen, wenn ich einige Kabinen noch mal kontrolliere? Die Stewardess, die damit beauftragt war, ist neu.« Gut. Eine Lüge, aber sie klang glaubhaft. Sie wartete darauf, dass der Wachmann protestierte, doch er starrte sie nur weiterhin an – vielleicht hatte er irgendetwas in ihrem Gesicht gelesen –, dann machte er eine Handbewegung, als wollte er sagen: »Nur zu.«

Es gab drei Kabinen, in die der Junge hätte schlüpfen können, als das Licht ausging. Sie öffnete die Tür der ersten, machte einen schnellen Schritt ins Bad, dann ließ sie den Blick durch den Hauptraum wandern und machte den Schrank auf, um sicherzugehen, dass sich das Kind nicht darin versteckte. Keine Spur von dem Jungen, doch in der Kabine herrschte Chaos: die Bettwäsche zu einem Ball zusammengeknüllt, der Abfalleimer mit leeren Bierdosen überquellend. Es war deutlich zu erkennen, dass Trining sich am Vormittag überhaupt nicht die Mühe gemacht hatte, sich um ihre Station zu kümmern, und aller Wahrscheinlichkeit nach hatte Paulo nur an die Kabinentüren geklopft und dann die Karten eingesteckt, ohne richtig nachzukontrollieren. Trining musste Gott und alle seine Engel auf ihrer Seite haben – es war ein Wunder, das sich niemand beschwert hatte.

Sie warf einen Blick auf den Wachmann, als sie es mit der nächsten Kabine versuchte, doch dieser fummelte an seinem Funkgerät herum. In dem Moment, als sie die Tür öffnete, schlug ihr der säuerliche Geruch von Erbrochenem entgegen. Sie zögerte, dann drückte sie die Tür gegen ihren Magneten und trat ein. Das Bad war leer, und auch im übrigen Bereich schien sich niemand aufzuhalten. Sie sah sich nach der Ursache für den Gestank um und stellte dabei fest, dass sie noch einen zweiten Geruch ausmachen konnte: Urin. Schwach, aber unverkennbar.

Althea ging langsam um das unordentliche Bett herum. Die Bettdecke lag zwischen Matratze und Wand auf dem Boden, und unter ihr ragten zwei Füße heraus, mit schmutzigen Sohlen und grau. Sie schrie auf und wich zurück, wobei sie gegen den Frisiertisch stieß und dafür sorgte, dass eine Schminktasche zu Boden fiel.

Der Wachmann war binnen Sekunden in der Kabine und rümpfte die Nase. »Was ist denn los?«

»Kommen Sie her«, flüsterte sie. »Sehen Sie.«

Sie betrachtete aufmerksam das Gesicht des Wachmanns, als dieser die Situation erfasste. Er zuckte zurück, tastete nach seinem Funkgerät. »Zentrale, bitte kommen. Zentrale.« Ein Zischen und ein Knistern. Er schlug mit dem Funkgerät auf seinen Handteller.

Althea konnte den Blick nicht von den Füßen lösen. Sie gehörten einer Frau, und sie ertappte sich dabei, dass sie an etwas dachte, was ihre *lola* zu ihr als Kind immer gesagt hatte: dass man den Toten so schnell wie möglich die Schuhe ausziehen müsse, damit sie auf ihrem Weg in den Himmel keine Last zu tragen haben. Ohne sich dessen wirklich bewusst zu sein streckte sie die Hand aus, um die Bettdecke wegzuziehen, doch der Wachmann legte ihr eine Hand auf den Arm. Seine Handfläche fühlte sich heiß genug an, um ihr die Haut zu verbrennen. »Halt.« Der Wachmann stieg aufs Bett, ging auf die andere Seite und hob die Decke vorsichtig dort an, wo sie den Kopf der Frau bedeckte. Strohfarbene Haarsträhnen kamen zum Vorschein. Er beugte sich hinunter, um ihren Puls zu fühlen, dann legte er die Decke genau so zurück, wie sie dagelegen hatte.

»Ist sie tot?«, fragte Althea im Flüsterton.

»Ja.«

Sie standen ein paar Sekunden lang schweigend da. Dann räusperte sich der Wachmann. »Ich muss mal rausgehen und versuchen, ein besseres Signal zu bekommen. Fassen Sie nichts an.« In sanfterem Tonfall fügte er hinzu: »Ist es okay für Sie, alleine hierzubleiben?«

Sie nickte.

»Und noch mal: Bitte fassen Sie nichts an.« Er eilte nach draußen und ließ sie mit der Leiche allein. Die Härchen an ihrem Nacken tanzten. Althea schloss die Augen, bekreuzigte sich abermals, und zum ersten Mal seit Monaten betete sie.

Helen nahm an, es hatte durchaus Vorteile, zu den wenigen Über-Sechzigjährigen an Bord zu gehören; ihr und Elise waren Sonnenliegen zugeteilt worden, während sich alle anderen auf ihrer Sammelstation mit dem Fußboden begnügen mussten. Für sie war es recht bequem, doch auf den Lärm hätte sie verzichten können. Ganz in der Nähe der Stelle, wo sie und Elise saßen, scharte sich ein ganzer Pulk von Männern und Frauen, die aggressiv miteinander flirteten und darum wetteiferten, im Zentrum der Aufmerksamkeit zu stehen. Der Lauteste von ihnen, ein Mann in den Dreißigern mit einer Statur eines Rugby-Spielers und zwei Engelsflügeln auf seinem behaarten Rücken, meckerte darüber, dass man an der Bar derzeit nicht bedient wurde. »Dazu macht man doch so eine beschissene Kreuzfahrt, oder nicht?«, schimpfte er. »Um zu trinken und sich zu amüsieren. Und wenn das Schiff einen auf Titanic macht, möchte ich so voll wie möglich sein.« Ganz in der Nähe drohte ein amerikanisches Pärchen vor allen, die zuhören wollten, lautstark damit, nie wieder an einer Foveros-Kreuzfahrt teilzunehmen. Sie hatte die beiden, die aussahen wie zwei riesige mürrische Kröten, ein oder zwei Mal im Speisesaal gesehen, wo sie jedes Hauptgericht von der Karte bestellt und sich nicht ein einziges Mal beim Kellner bedankt hatten.

Und dann war da noch Jaco, die Ein-Mann-Marimba-Rock-Reggae-(oder was sonst gerade gebraucht wurde)-Band des Schiffs, der gerade eine falsch klingende Akustikversion von *By the Rivers of Babylon* zum Abschluss brachte. Er war vor zwanzig Minuten eingetroffen, vermutlich auf Damiens Veranlassung, um sie von Meutereigedanken abzubringen, während sie darauf warteten, von der Sammelstation entlassen zu werden. Offenbar störte es ihn nicht, dass ihm niemand auch nur die geringste Aufmerksamkeit schenkte. Soweit Helen es beurteilen konnte, schien es tatsächlich Teil seiner Jobbeschreibung zu sein, von allen ignoriert zu werden. Sie hatte ihn schon überall auf dem Schiff gesehen – als Gastgeber beim Michael-Jackson-Gedenkabend oder im Hintergrund lauernd bei einer Karaoke-Veranstaltung. Ihr Blick traf sich mit dem von Elise, und sie beide spendeten ihm eine kleine Runde Applaus. Als wollte er sie für ihre Großzügigkeit bestrafen, begann er eine unbeholfene Version von *Jail House Rock*.

»Ein Jammer, dass Musiker nicht mehr auf dem sinkenden Schiff bleiben müssen«, stellte Helen trocken fest, und Elise lachte.

Die ihrer Sammelstation zugeteilten Crewmitglieder – eine untersetzte Australierin mit harten Augen und ein Filipino mit Wangenknochen wie ein Model – hatten längst aufgegeben, die Passagiere zu bitten, die Ereignisse nicht mit ihren Mobiltelefonen zu filmen, und unterhielten sich jetzt miteinander, wobei sie hin und wieder gelangweilt leere Phrasen zum Besten gaben, wenn aufdringliche Passagiere Informationen von ihnen haben wollten. Zweifellos hofften diejenigen, die mit ihren iPhones herumfuchtelten, die Aufnahmen an einen Fernsehsender verkaufen zu können, sollte das Schiff tatsächlich »einen auf Titanic machen«. Was unwahrscheinlich war. Falls die *Beautiful Dreamer* Gefahr lief zu sinken, hätte sie das inzwischen getan, dessen war Helen sich sicher. Elise und sie hatten gerade im Speisesaal gesessen und sich für eine Vorspeise entschieden, als das Schiff zitternd zum Stehen gekommen und das Licht ausgegangen war. Ein paar Sekunden lang hatte verdutztes Schweigen geherrscht, dann war ein einzelner greller Schrei ertönt, gefolgt vom Klappern von Besteck und aufgeregten Stimmen, und die anderen Speisenden waren fast gleichzeitig zu den Ausgängen geeilt. Elise und sie waren sitzen geblieben und hatten in aller Ruhe ihre sündhaft teuren Champagner-Cocktails ausgetrunken, während die anderen Passagiere an ihrem Tisch vorbeiströmten und das genauso verdutzte Bedienpersonal grob aus dem Weg schubsten. Nur wenige Leute schienen die Bitte des Kreuzfahrtdirektors zu beherzigen, zu ihren Kabinen zurückzukehren; die meisten flohen geradewegs aufs Lido-Deck, wo sich die Rettungsboote befanden. Doch jetzt, ein paar Stunden nachdem sie alle aufgefordert worden waren, sich an ihren Sammelstationen einzufinden, war die anfängliche Panik in Langeweile und Verärgerung umgeschlagen.

»Wie spät?«, fragte Elise.

»Zehn nach elf.«

»So spät schon?«

Sie seufzten gleichzeitig.

»Nachdem sich das Schiff nicht mehr bewegt, können wir es nicht tun«, sagte Helen und sprach damit das Offensichtliche aus. »Sie würden uns einfach wieder rausfischen.«

»Meinst du, sie würden sich die Mühe machen?«

»Wenn uns jemand sehen würde, wäre es denkbar.« Sie hatten am ersten Tag der Kreuzfahrt beschlossen, wo sie es tun würden: auf dem Tranquility-Deck, am Heck des Schiffs. Die Party sollte hauptsächlich auf dem Lido-Deck stattfinden, und sie waren sich einig gewesen, dass niemand zwei ältere Damen zur Kenntnis nehmen würde, die um Mitternacht über die Reling glitten. Allerdings sah es jetzt nicht danach aus, als würde eine Party stattfinden.

»Wir haben immer noch die Schlaftabletten«, sagte Elise.

»Zu riskant.« Aber es war nicht nur das. Helen war felsenfest entschlossen, es so zu tun, wie sie es geplant hatten. Ein Seemannsgrab. Sie hatte recherchiert und wusste, dass es nicht schmerzfrei war zu ertrinken – weit entfernt davon –, doch die Schlaftabletten würden helfen, und es würde bedeuten, dass niemand mit der Erinnerung daran, auf ihre Leichen gestoßen zu sein, zurechtkommen musste. Wenn sie alles richtig machten, würden sie einfach spurlos verschwinden.

»Es ist noch nicht aller Tage Abend«, stellte Elise fest.

Helen schloss die Augen und versuchte, den Hintergrundlärm auszublenden. Nachdem ihr Plan durchkreuzt worden war, musste sie eine Bestandsaufnahme machen. Sie war davon ausgegangen, dass ihnen die Ungeheuerlichkeit dessen, was sie vorhatten, bewusst werden würde, während die Stunden verstrichen. Dem war nicht so gewesen. Sie war sich durchaus darüber im Klaren, dass ihre Einstellung, was die Beendigung ihres Lebens anbelangte, aus psychologischer Sicht anormal war, und sie spürte noch immer einen Hauch der Unbeschwertheit – nicht Glückseligkeit, aber nahe dran –, die sie infiziert hatte, als sie fünf Monate zuvor die Entscheidung getroffen hatte.

Elise hatte die Idee gehabt, es auf einer Kreuzfahrt zu tun. Helen hatte noch nie an einer teilgenommen, und ihr gefiel die Vorstellung, ihre letzten Tage auf einem Luxusliner mit Bettwäsche aus ägyptischer Baumwolle und Fünf-Sterne-Mahlzeiten zu verbringen. Es hätte ihre Version der Blanche DuBois werden sollen, die sich danach sehnte zu sterben, nachdem sie eine vergiftete Weintraube gegessen hatte, während ein gut aussehender Schiffsarzt ihre Hand hielt. Doch es sollte nicht sein. Elise hatte eine Foveros-Kreuzfahrt für sie gebucht – sie hatte glückliche Erinnerungen an eine Schiffsreise mit dem Veranstalter in den Achtzigerjahren –, und obwohl sich Elise im Internet gut auskannte, waren ihr die zahllosen Ein-Stern-Bewertungen auf CandidCruisers.com irgendwie entgangen. Helen war entsetzt gewesen, als sie einige davon gelesen hatte: Ein Passagier hatte festgestellt, dass aus einem Hahn im Bad Urin austrat. Doch sie hatte sich gedacht: Was soll's? Wie schlimm kann es schon werden?

Schlimm, aber nicht schrecklich. Und um fair zu sein, die ersten drei Tage der Kreuzfahrt waren weniger abscheulich gewesen, als sie erwartet hatte, wenngleich sie ein paar dunkle Stunden durchlebt hatte, als sie am zweiten Tag einen Zwischenstopp auf Foveros' privater Insel eingelegt hatten.

»Ist das nicht wunderschön?«, hatte ein Pärchen vor ihnen mit einem Seufzen gesagt, als sie in Beibooten zum Hafen übersetzten, doch Helen hatte nur ein geschmackloses Chaos gesehen, eine ehemals schöne Insel, die jetzt mit Geschäften zugewuchert war, in denen massenproduzierter Ramsch verkauft wurde. Neben der *Beautiful Dreamer* lagen noch zwei weitere Foveros-Kreuzfahrtschiffe vor Anker, und Helen war entsetzt über die Anzahl an Touristen, die aus ihrem Inneren und auf das Duty-free-Gelände strömten. Elise und sie hatten sich einen schattigen Platz bei der Strandbar im Piratenschiff-Design gesucht, und obwohl sie ein tapferes Gesicht gemacht hatte, war sie den ganzen Tag lustlos gewesen. Zurück an Bord war sie sich mehr denn je der Leute bewusst, die Junkfood in sich hineinstopften, schillernde Cocktails hinunterstürzten und halb gegessene Mahlzeiten auf dem Tisch stehen ließen, damit andere sie abräumten.

Dann hatte sie auf der erhöhten Bühne auf dem

Lido-Deck eine Frau alleine zu einem Popsong tanzen sehen, unbefangen und mit übertriebenen Bewegungen. Ein Freund hatte der Frau einen Teller mit Essen gebracht, und sie hatte weitergetanzt und sich dabei beiläufig Pommes frites in den Mund geschoben, ohne einen Schritt auszulassen. Helens und Elises Blicke hatten sich getroffen, und sie hatten beide schallend gelacht. Sie war sich noch immer nicht sicher, warum sie dieser Vorfall aus ihrer Existenzkrise – oder worum auch immer es sich handelte – gerissen hatte, doch sie war mit einem Mal nicht mehr so verzweifelt. Das war ein Widerspruch: Sie würde sterben – diese Entscheidung hatte sie getroffen –, aber sie wollte nicht in dieser Gemütsverfassung sterben. Sie wollte nicht nur eine weitere traurige alte Frau sein, die eine Kreuzfahrt zum ermäßigten Pries gebucht hatte, um sich umzubringen.

Ja, das war das einzige Mal gewesen, dass sie wirklich von sich behaupten konnte, sie sei deprimiert gewesen. Den gestrigen Ausflug nach Cozumel hatte sie durch und durch genossen. Sie hatten bei einer ausgesprochen zwielichtigen Autovermietung einen klapprigen Jeep ausgeliehen, und sie hatte Elise und sich auf der Insel herumgefahren. Dabei hatten sie an einem menschenleeren Strand haltgemacht und waren in den Wellen gepaddelt. Nach zwei Margaritas pro Nase bei Fat Tuesdays hatten sie sich kichernd den Weg zurück durch die obligatorische Duty-free-Einkaufspassage gebahnt, die zum Schiff führte, und sich gegenseitig angestachelt, die scheußlichste Kuriosität zu finden. Nach dem Abendessen hatten sie sich auf dem Balkon amüsiert und für Fotos posiert. Man konnte sich mit einer Tänzerin fotografieren lassen, die Früchte auf dem Kopf aufgetürmt hatte, oder vor einem Flügel. Sie fanden es beide amüsant, dass es sich bei diesen lächerlichen Fotos um den letzten Beweis für ihr Leben handeln würde, um einen Beweis dafür, dass sie bis ganz zum Ende glücklich gewesen waren.

Das Plärren der Lautsprecheranlage riss sie aus ihren Gedanken. »Guten Tag, meine Damen und Herren, hier spricht Damien, Ihr Kreuzfahrtdirektor. Wir möchten uns bei Ihnen für Ihre Geduld bedanken. Wie Sie sich vermutlich schon gedacht haben, arbeiten wir nach wie vor an dem technischen Problem, aber es sollte bald gelöst sein. Der Kapitän hat entschieden, dass die Bars wieder eröffnet werden, während wir den Countdown …«

Damiens Stimme wurde von einem ohrenbetäubenden Jubel übertönt, und der Bereich leerte sich, als ein Exodus zu den Bars einsetzte.

»Möchtest du was?«, fragte sie Elise.

»Nein danke.« Elise gähnte. »Hoppla. Ich werde müde. Das Letzte, womit ich heute gerechnet habe.«

Helen sah abermals auf die Uhr. Dreiundzwanzig Uhr dreißig. Sie war sich sicher, dass in der Nähe des Tranquility-Decks zu viele Leute umherlaufen würden, als dass sie das Risiko eingehen konnten, außerdem konnten sie es ohnehin erst tun, wenn sie die Schlaftabletten genommen und dann etwa eine halbe

Stunde gewartet hatten, bis sie wirkten. Das Zopiclon befand sich noch in ihrer Kabine – Elise hatte vergessen, den Tablettenbehälter in ihre Handtasche zu stecken, als sie aufgefordert wurden, sich zu ihrer Sammelstation zu begeben.

Der Engel mit behaartem Rücken kehrte mit drei Eimern voller Bier triumphierend zu seiner Gruppe zurück, dicht gefolgt von einer Frau in einer hauchdünnen roten Tunika und mit einem Tablett, auf dem mit einer violetten Flüssigkeit gefüllte Schnapsgläser standen. Haarrücken kippte zwei der Gläser hinunter, packte die Frau in Rot und fing an, sie abzuküssen. Sie kicherte und drückte sich an ihn. Er presste seine Lippen auf ihre und schob seine Hand unter ihrem Kleid nach oben, wobei er für einen kurzen Moment einen sonnenverbrannten Oberschenkel und eine verschwommene Tätowierung freilegte, die vermutlich Elmer Fudd darstellen sollte.

»Hättest du dir auch nur im Traum vorstellen können, dich jemals so in der Öffentlichkeit zu benehmen?«, empörte sich Elise.

Haarrückens Freunde feuerten ihn inzwischen an, und der Anblick seiner dicken rastlosen Zunge verursachte Helen leichte Übelkeit. »Lass uns zurück in unsere Kabine gehen und beschließen, was wir als Nächstes tun.«

»Sie haben noch nicht gesagt, dass wir gehen dürfen«, stellte Elise fest.

»Seit wann müssen wir uns an Vorschriften halten?«

Elise lachte. »Verdammt richtig. Gehen wir. Dann

können wir wenigstens was trinken. Und es macht mir nichts aus, dir zu sagen, dass ich gerade eine Toilette brauchen könnte.«

Helen erhob sich und zuckte zusammen, als ein kribbelnder Schmerz ihre Beine hinunterschoss. Schlechte Durchblutung, unter der sie seit Jahren litt (aber hoffentlich nicht mehr lange). Sie streckte eine Hand aus, um Elise aufzuhelfen.

»Danke«, keuchte Elise. Ihr Gewicht war das einzige Thema, das sie in der Regel mieden, und Helens größte Sorge war der Ablauf: Sie war sich nicht sicher, wie sich Elise über die Reling wuchten wollte, wenn der Zeitpunkt gekommen war. »Schau mal«, sagte Elise und stupste sie an. Eine schlanke, dunkelhaarige Frau schoss durch die Menge auf die Crewmitglieder zu. »Ist das nicht die Frau, die vorher das Medium begleitet hat? Celine irgendwas?«

»Celine del Ray.« Ein falscher Name, wenn Helen jemals einen gehört hatte. Sie hatten überall auf dem Schiff retuschierte Fotos von Celine gesehen, die für ihre Veranstaltungen »Friends only« warben. Und Celine war unhöflich gewesen, verdammt unhöflich, als sie ihr auf dem Weg in den Speisesaal im Korridor begegnet waren.

Helen versuchte zu lauschen, doch die Worte der Frau wurden von dem Gejohle der zunehmend betrunkenen Leute um sie herum übertönt. Das philippinische Crewmitglied, dem sie sich näherte, löste sein Funkgerät vom Gürtel und sprach hinein. Der Mann runzelte die Stirn, klopfte auf das Gerät und schüttelte dann entschuldigend den Kopf. Nach einem erhitzten Wortwechsel riss die Frau die Arme hoch und suchte die Menge ab, wobei sich ihr Blick mit dem von Helen traf.

»Oh, oh«, murmelte Helen Elise zu. »Sieht so aus, als würde sie zu uns herkommen.«

Und tatsächlich bahnte sich die Frau den Weg zwischen Grüppchen von Feiernden hindurch zu ihnen. Sie begrüßte sie mit einem schmalen Lächeln. »Entschuldigen Sie, dass ich Sie störe, aber wir haben uns vorher mehr oder weniger kennengelernt. Sie sind auf demselben Deck untergebracht wie meine Chefin.« Die Spur eines regionalen Dialekts – Midlands, vielleicht – entstellt von dem einen oder anderen amerikanischen Vokal.

»Ach ja«, entgegnete Elise. »Die Hellseherin.«

»Eigentlich ist sie ein Medium.«

»Ist das ein Unterschied?«

»Selbstverständlich«, klinkte Helen sich ein. »Ein Medium spricht mit den Verstorbenen, eine Hellseherin blickt in die Zukunft.«

Die Frau schenkte Helen abermals ein knappes Lächeln. »Ja.« Sie blies sich eine Haarsträhne aus der Stirn. Helen konnte jeden einzelnen Muskel an ihren Unterarmen erkennen – sie war viel zu dünn, fast schon anorektisch, und sie knisterte geradezu vor nervöser Energie. »Hören Sie, mir ist bewusst, dass Celine vorhin unhöflich zu Ihnen war, und ich möchte mich dafür entschuldigen. So ist sie eben manchmal. Nur … sie ist erkrankt.«

»Tut mir leid, das zu hören, meine Liebe«, sagte Elise.

»Ich habe mich gefragt ... Sehen Sie, ich muss nach dem Arzt suchen und ihn irgendwie dazu bringen, dass er sie untersucht. Sie haben einen Krankenpfleger geschickt, aber er ist nur fünf Minuten geblieben, und ich mache mir immer noch Sorgen. Würde es Ihnen was ausmachen, sich zu ihr zu setzen, während ich ihn holen gehe?«

»Was fehlt ihr denn?«, erkundigte sich Helen.

»Ich bin mir nicht sicher. Sie ist nicht sie selbst, redet ziemlich wirres Zeug. Ich warte jetzt schon über drei Stunden. Ich will sie nicht alleine lassen, falls sie einen Schlaganfall hatte.«

»Ich könnte ja den Arzt für Sie holen«, schlug Helen vor.

»Wahrscheinlich ist es am besten, wenn ich das mache. Es dauert nicht lang, versprochen.«

Helens Blick traf sich mit dem von Elise. »Wir haben doch nichts anderes vor, oder?«

»Im Moment nicht«, erwiderte Elise.

Die Gesichtszüge der Frau entspannten sich, und die Falten auf ihrer Stirn glätteten sich. »Ich weiß das wirklich zu schätzen. Ich heiße übrigens Maddie.«

»Ich bin Helen, und das ist Elise.«

Sie folgten Maddie über das Deck, die Rampe hinunter auf die Veranda-Ebene und durch die schmutzige Glastür, die zur Treppe und den Aufzügen führte. »Bist du sicher, dass du das tun möchtest, Helen?«, murmelte Elise, die bereits außer Atem war.

Helen hakte sich bei Elise ein. »Vielleicht können wir Celine bitten, uns zu sagen, was die Zukunft für uns bereithält.«

Elise kicherte, und Maddie, die vorausging, drehte sich um und sah die beiden an.

»Ignorieren Sie uns einfach, meine Liebe«, sagte Elise.

Maddie eilte den VIP-Korridor entlang, schloss eine Kabine auf, die sich ein paar Türen hinter der von Elise und ihr befand, und führte sie hinein. Es roch darin wie in einer Brauerei; aber abgesehen davon war die Suite eine exakte Kopie ihrer eigenen – bis hin zu dem türkisen Farbschema und den Aquarellbildern mit Engelsmotiven von der Stange. Celine saß in ihrem Rollstuhl vorm Fernseher, den Kopf in den Nacken gelegt, den Mund leicht geöffnet. Doch Helen entging nicht, dass ihre fast geschlossenen Augen sie beobachteten, als sie den Raum betraten.

Maddie berührte ihre Chefin an der Hand. »Celine. Das ist Helen, und das ist Elise. Die beiden bleiben bei Ihnen, während ich den Arzt hole, okay?«

Celine stöhnte. Helen war der Ansicht, dass Celine weniger wie ein Medium aussah, sondern eher wie eine alternde Kosmetikerin: ein Turm gebleichten Haars, blutrote Krallen und eine Haut, die von Jahrzehnten von Facelifts und chemischen Peelings zeugte.

»Wissen Sie, wohin Sie gehen müssen?«, erkundigte sich Elise bei Maddie.

»Ja. Ich habe einen Deck-Plan. Ich weiß das wirklich zu schätzen.« Mit einem letzten dankbaren Blick eilte Maddie zur Tür. »Ich bin so schnell wie möglich zurück.«

Elise setzte sich aufs Bett und fragte in Lippensprache: »Was nun?«

Helen näherte sich Celines Rollstuhl. »Hallo, Celine. Wie fühlen Sie sich?«

Celines starrer Blick löste sich von ihr, und sie bewegte den Mund, als kaue sie auf irgendetwas.

»Denkst du, sie hatte womöglich einen Schlaganfall?«, fragte Helen Elise.

Elise zuckte mit den Schultern und stellte pantomimisch dar, wie sie aus einer Flasche in ein Glas einschenkte und aus diesem trank.

Helen griff nach Celines Handgelenk und fühlte ihren Puls, der kräftig und gleichmäßig war. Aus der Nähe sah sie die dick überschminkten feinen Linien auf Celines Wangen, die mehligen Fleischfalten unter ihrem Kinn, ihre Hände und ihren Hals, die ihr wahres Alter preisgaben, wie sie es immer taten. Ein paar Zeilen eines Gedichts, das sie schon immer gehasst hatte, fielen ihr plötzlich ein: *Oh, fette weiße Frau, die niemand liebt …*

Celine hob den Kopf, leckte sich über die Lippen und starrte sie direkt an.

»Celine? Können Sie mich hören?«

Helen war sich sicher, in den wässrig blauen Augen der Frau etwas aufblitzen zu sehen.

»Denkst du, es ist in Ordnung, wenn ich die Toilette benutze, Helen?«, fragte Elise.

»Natürlich.« Helen lächelte sie an. Elise gehörte zu den Menschen, die jedes Mal ankündigten, wenn sie auf die Toilette mussten. Helen fand das eher liebenswert als lästig.

»Helen?«, sagte Elise und blieb vor der Badtür stehen. »Helen? Ich glaube, da drin ist jemand.«

»Das ist unmöglich.«

Elise klopfte an die Tür. Von drinnen war ein leises Geräusch zu hören: die Stimme einer Frau, die eine jazzige Melodie summte. Al Jolson oder etwas in dieser Art. Helen unterdrückte einen Anflug von Trauer, ehe er sich ausbreiten konnte – Graham hätte die Melodie erkannt. Sie klopfte noch einmal an die Tür. »Hallo? Ist da jemand?« Das Summen verstummte abrupt. »Vielleicht kommt es aus der Kabine nebenan.«

»Meinst du?«

»Was sollte es denn sonst sein? Hier, versuch mal, die Klinke zu drücken.«

»Hm«, entgegnete Elise. »Mach du das.«

Helen zögerte, dann öffnete sie die Tür. Der Duft von Lavendel waberte heraus, doch das Bad war leer.

Elise schauderte. »Puh. Das hat mir eine Heidenangst gemacht.«

Sie verschwand ins Bad, und Helen ging zurück zu Celine. Die Luft in der Kabine war stickig, deshalb ging sie zum Balkon, um die Tür aufzumachen. Als sie eine schemenhafte Bewegung wahrnahm, hielt sie den Atem an. Hinter ihr stand jemand, ein Mann. Sie sah sein Spiegelbild in der Scheibe der Balkontür.

Groß, breitschultrig, sein Gesicht verschwommen. Sie drehte sich langsam um, wobei ihr das Herz bis zum Hals schlug.

Der Raum war leer.

Sie schrie beinahe auf, als im Bad die Toilettenspülung rauschte. Elise tauchte auf und schüttelte ihre Hände, um sie zu trocknen. »Helen? Alles in Ordnung mit dir?«

Helen rang sich ein Lächeln ab. »Alles okay.«

»Ich sage dir, ich hoffe, Maddie beeilt sich. Ich hole uns was zu trinken.«

Während Elise ihnen beiden üppige Doppelte einschenkte, warf Helen abermals einen Blick auf die Balkontür. Stress, mehr steckte nicht dahinter. Erschöpfung. Ihre Fantasie, die ihr einen Streich spielte.

»Zum Wohl«, sagte Elise mit einem Zwinkern und reichte ihr ein Glas. Helen war keine große Whiskeytrinkerin, stürzte ihn aber dankbar hinunter. Das Brennen, als er ihren Rachen hinunterlief, holte sie auf den Boden der Tatsachen zurück. Die beiden setzten sich auf die Bettkante.

Vom Lido-Deck drang gedämpfter Jubel zu ihnen nach unten, und Elise stieß mit ihrem Glas an dem von Helen an. »Frohes neues Jahr, meine Liebe.«

»Frohes neues Jahr.«

»Frohes neues Jahr, Celine«, sagte Elise.

Celine hob langsam den Kopf, dann schenkte sie den beiden ein wissendes und, wie Helen fand, irgendwie boshaftes Lächeln. »Das wird es«, sagte sie. »Sie werden schon sehen.«

Der Engel der Barmherzigkeit

Jesse wagte es noch immer nicht, durch die Nase zu atmen. Er hatte schon weitaus Schlimmeres gesehen (und gerochen) – schließlich hatte er als Praktikant im Cecilia Makiwane Hospital gearbeitet, zum Teufel noch mal –, doch der Geruch von Magensäure und Verwesung in dieser beengten Umgebung setzte ihm wirklich zu. Sein erster Tod an Bord, und das zusätzlich zu allem anderen, was er auf dem Hals hatte.

Ram, der ranghöhere der beiden Wachmänner, die an der Tür warteten, räusperte sich. »Wie lange brauchen Sie noch, Doktor?«

»Ich bin fast fertig.« Jesse gab es nur ungern zu, aber das Sicherheitspersonal auf dem Schiff jagte ihm eine Heidenangst ein, allen voran Ram, der so etwas wie eine Legende war. Martha zufolge, der Quelle aller Gerüchte auf dem Schiff, war Ram ein ehemaliger Gurkha, ein Afghanistan-Veteran, und jemand, mit dem man sich auf keinen Fall anlegen sollte. Devi, der Wachmann, den Ram bei sich hatte, war dagegen schwer einzuschätzen. Er war fast einen Kopf größer als sein Vorgesetzter, und im Gegensatz zu den anderen Wachmännern war er glatt rasiert: Die anderen trugen fast alle identische Oberlippenbärte. Jesse hatte noch nie zuvor mit ihm gesprochen, wenngleich er ihn ein oder zwei Mal in der Crew-Bar gesehen hatte.

»Können Sie uns den Todeszeitpunkt nennen?« Das kam von Devi. Sein Vorgesetzter warf ihm einen strengen Blick zu.

»Ich bin kein Pathologe«, entgegnete Jesse mit einem Seufzen. Er hatte die Körperkerntemperatur der jungen Frau gemessen und einberechnet, dass die Klimaanlage auf vollen Touren gelaufen war, bevor das Schiff stehen blieb. An den Oberschenkeln und dem Bauch der Toten war das violette Rot von Leichenflecken zu erkennen, und die Leichenstarre war noch nicht abgeklungen, doch er verfügte nicht über die Ausrüstung, um noch viel mehr tun zu können. Allen Anzeichen nach war die Frau seit mindestens zwölf Stunden tot; wahrscheinlich sogar seit achtzehn oder zwanzig. Er musste vorsichtig sein; er durfte nicht riskieren, dass sich die Sache für ihn als Bumerang erwies. »Nageln Sie mich nicht fest, aber ich würde sagen, sie ist zwischen zwölf und zwanzig Stunden tot.«

»Sie ist in den frühen Morgenstunden gestorben?«, fragte Ram.

Jesse zuckte mit den Schultern. »Ich würde sagen, ja. Aber noch mal, ich bin mir nicht sicher.«

»Könnte die Leiche bewegt worden sein?«

»Das bezweifle ich. Es spricht alles dafür, dass sie schon eine Weile hier liegt. Warum hat der Steward sie denn nicht schon vor Stunden entdeckt?« Paulo, Jesses Steward, brachte seine Kabine zweimal am Tag in Ordnung.

»Das werden wir nachprüfen«, sagte Ram. »Wir werden uns mit dem Steward der jungen Frau und mit den anderen Passagieren aus ihrer Gruppe unterhalten.«

»Gruppe?«

»Sie gehörte zu einer Single-Reisegruppe an Bord«, erklärte Devi. »Wir müssen uns auch ...«

»Die Bettdecke lag auf ihr«, fiel ihm Ram ins Wort. »Könnte sie sie auf sich gezogen haben, als sie vom Bett gerollt ist?«

»Nein, Sir«, sagte Devi, bevor Jesse antworten konnte. »Ich habe Fotos vom Schauplatz gemacht, nachdem ich ihren Zustand überprüft habe. Es war offensichtlich, dass jemand sie verbergen wollte.«

»Das können wir nicht mit Sicherheit sagen«, warf Ram ein.

Jesse nahm zur Kenntnis, dass Devi die Lippen aufeinanderpresste, seinem Vorgesetzten aber nicht widersprach.

»Wer hat sie denn gefunden?«, erkundigte sich Jesse.

Devi warf Ram einen Blick zu und sagte dann: »Eine Stewardess und ich haben sie gefunden, als wir kontrolliert haben, ob die Kabinen leer sind.«

»Gibt es irgendwelche Anzeichen für Fremdeinwirken?«, fragte Ram.

»Sexuelle Gewalt?«

»Ja.«

»Ihr Oberteil ist nach oben geschoben, aber abgesehen davon ist ihre Bekleidung intakt. Sie hat keine sichtbaren Verletzungen. Wir wissen es erst, wenn eine Autopsie durchgeführt wurde.« Was Gott sei

Dank nicht seine Aufgabe war. »Sie muss in die Leichenaufbewahrung. Wir können sie nicht hier in dieser Hitze liegen lassen.« Er ging in Gedanken das Prozedere durch und war froh, dass er sich die Mühe gemacht hatte, die Richtlinien der Reederei durchzulesen. Der Kapitän musste von der Situation in Kenntnis gesetzt werden, und er musste dann die technische Abteilung beauftragen, die Leichenaufbewahrung zu kühlen, sofern das bei Stromausfall überhaupt möglich war. *Herrgott.* Der Sicherheitsdienst würde sich mit den Behörden in Miami und auf den Bahamas, wo das Schiff registriert war, in Verbindung setzen, doch es war seine Aufgabe, die Versicherungsgesellschaft, die Zentrale, die Reederei und die Angehörigen der Passagierin zu informieren, wie er all das jedoch bewerkstelligen sollte, nachdem die Satellitenanlage und das Funksystem vollständig ausgefallen waren, war ihm schleierhaft. Er hatte diese neue Wendung der Pechsträhne entdeckt, die ihn an diesem Abend verfolgte, nachdem er versucht hatte, den Ground Support über die Opfer des Brandes zu informieren.

Er wischte sich übers Gesicht; die Anspannung verursachte ihm Schweißausbrüche. Noch nie zuvor – nicht einmal damals, als er um Haaresbreite seine Zulassung verloren hätte – hatte er sich so überwältigt gefühlt. Er konnte mit Stress nicht gut umgehen. Er wusste, wozu das führen konnte.

»Und Sie können nicht spekulieren, was die Todesursache anbelangt?«, fragte Devi.

»Ich kann spekulieren, so viel Sie wollen«, erwiderte Jesse und erntete damit ein Stirnrunzeln von Ram. Seine Nervosität machte ihn schnippisch. »Es könnte sein, dass Erbrochenes ihre Atemwege blockiert hat. Möglicherweise ist sie daran gestorben.«

»Denken Sie, dass Drogen im Spiel waren?«

»Ohne eine Blutuntersuchung kann ich das nicht beurteilen.«

»Vielleicht hat einer ihrer Freunde versucht, sie zu verstecken«, sagte Ram und starrte ihn mit beunruhigender Intensität an. »Vielleicht hatten sie alle zusammen getrunken, vielleicht hat sich die junge Frau unwohl gefühlt, und sie hatten Angst, dass sie deshalb in Schwierigkeiten geraten würden. Wäre das möglich?«

»Ich bin kein Detektiv.«

»Aber es wäre möglich, dass sie gestorben ist, weil sie zu viel Alkohol getrunken und vielleicht Drogen genommen hat?«

»Das wäre möglich. Aber es erklärt nicht, wer die Bettdecke auf sie …«

»Danke, Doktor«, sagte Ram und schnitt ihm das Wort ab.

»Ich werde mich darum kümmern, dass die Tote in die Leichenaufbewahrung gebracht wird.«

»Ja. Und zwar am besten bevor die Passagiere grünes Licht bekommen und wieder in ihre Kabinen dürfen. Wir werden den Tatort sichern.«

»Brauchen Sie mich noch für irgendwas?«

»Das wäre momentan alles.«

»Soll ich den Kapitän informieren?«

»Das ist bereits geschehen.«

»Gut. Dann … dann gehe ich jetzt.«

Jesse schlüpfte an den Wachmännern vorbei nach draußen. Dann ging er geduckt durch die Personaltür, hielt inne und schlug sich mit den Fäusten auf die Oberschenkel. *Atme. Du bekommst das in den Griff.* Er war nicht allein, das musste er im Gedächtnis behalten. Bin und Martha würden ihm Rückendeckung geben. Auf die beiden konnte er sich verlassen. Sie hatten ihn gewarnt, dass Neujahrs-Kreuzfahrten heftig sein konnten, hatten aber mit nichts Ernsterem als mit Problemen im Zusammenhang mit Alkohol und mit der üblichen Welle von Nahrungsmittelallergien gerechnet. Er hatte schnell gelernt, dass sein wertvollster Ausrüstungsgegenstand auf dem Schiff ein Adrenalin-Autoinjektor war.

Er lief polternd die Treppe zum I-95 hinunter, wobei die Luft immer schlechter roch, je tiefer er kam. Ob Tag oder Nacht, im Service-Korridor, der sich über die gesamte Länge des Schiffs erstreckte, herrschte stets reges Treiben, doch an diesem Abend war er abgesehen von zwei erschöpften Kellnern, die in einer Nische neben dem Büro des Chefstewards an Inhalatoren saugten, völlig menschenleer, und die Notbeleuchtung kaschierte die Eintönigkeit des verschrammten Fußbodens. Der Boden schien unter seinen Füßen zu wogen, wobei er sich nicht sicher war, ob es daran lag, dass die Stabilisatoren nicht funktionierten (er verstand nur wenig von der Technik des Schiffs), oder daran, dass er erschöpft war. Und in absehbarer Zeit bestand wenig Aussicht auf eine Pause: Bin hatte ihm vorher eine Schüssel Gemüse-Curry gebracht, doch das war letzten Endes auf seinem Schreibtisch kalt geworden. Seine Finger juckten. *Lass es nicht rein, gib nicht nach.* Denn er wusste, wie es lief: *Hey, Jesse. Komm schon, nur noch ein Mal. Es braucht ja niemand zu erfahren. Verschaff dir Linderung, das hast du dir verdient.*

Nein.

Sie werden es nicht vermissen. Sie werden es nie bemerken.

Nein.

Er zwang sich, an die Opfer des Brandes zu denken. Der Zustand des stellvertretenden Chefstewards und des Mechanikers, die eine Rauchvergiftung erlitten hatten, war stabil, aber er machte sich nach wie vor Sorgen um Alfonso, den Ingenieur mit Verbrennungen zweiten Grades. Er hatte sie mit Brandwundenpflastern behandelt, doch der Mann war völlig teilnahmslos, als habe er einen Schock erlitten, was Jesse überraschte. Er kannte Alfonso nicht besonders gut – der Ingenieur bevorzugte den Umgang mit den anderen italienischen Offizieren –, doch er hatte ihn vierzehn Tage zuvor wegen einer üblen Ohreninfektion behandelt, und Alfonso hatte diese locker weggesteckt, war hart im Nehmen gewesen und hatte Witze gemacht. Außerdem gab es noch zwei Fälle von Brechdurchfall – der eine ein Passagier, der andere ein Steward. Er betete, dass sie es nicht mit dem Beginn eines Virus zu tun hatten. Ausbrüche auf Kreuzfahrtschiffen gelangten immer in die Medien, und in Verbindung mit dem Brand konnte das den ohnehin schlechten Ruf von Foveros endgültig zerstören.

Er drückte die Tür der Krankenstation mit der Schulter auf und wurde von Bin und Martha, die zusammengesunken auf der Couch im Wartezimmer saßen, mit identischem gereiztem Lächeln bedacht. Als er seine Tasche auf dem Schreibtisch abstellte, erhob sich Bin sofort, um die Ausrüstung zu sterilisieren.

»Wie geht es ihnen?«, erkundigte er sich bei Martha und deutete mit einem Nicken auf die Tür, die zum Behandlungszimmer führte.

»Sie schlafen. Ich dachte mir, es wäre das Beste, sie für den Rest der Nacht hierzubehalten.«

»Auch das Brandopfer?«

»Ja. Ich habe ihm was zur Beruhigung gegeben, und er ist auf der Stelle eingeschlafen.«

»Gut.« Das war zumindest etwas.

»Und die junge Frau?«, fragte Martha.

»Tot. Sieht so aus, als wäre sie das schon seit einer Weile.«

»Ach nein. Wie lang denn schon?«

»Zwölf, achtzehn Stunden?«

Martha fluchte, und selbst der sonst unerschütterliche Bin hielt inne, saugte Luft zwischen den Zähnen ein und fragte: »War sie in ihrer Kabine?«

»Ja. Sie wurde neben ihrem Bett gefunden.«

»Seltsam. Der Steward hätte sie schon vor Stunden entdecken müssen.«

»Ich weiß. Beschissene Situation. Sieht so aus, als wäre irgendwas an der Sache faul.«

Martha fluchte abermals. »Wie ist es denn passiert?«

»Ich bin mir nicht sicher. Könnte ein sexueller Übergriff gewesen sein, der schiefgelaufen ist.«

»Wurde sie vergewaltigt?«

»Das weiß ich nicht. Wir müssen die Autopsie abwarten.«

»Armes Mädchen.« Martha hatte ihm erzählt, dass sie im Lauf der Jahre mit mehreren mutmaßlichen Vergewaltigungen an Bord zu tun gehabt hatte – sie waren zur Spurensicherung in solchen Fällen ausgerüstet –, doch soweit sie wusste, war es in keinem dieser Fälle zu einer Verurteilung gekommen.

»Mein Gott, ich hoffe, ich habe alles richtig gemacht. Ram schien ziemlich scharf darauf zu sein, dass ich sage, es war Tod durch Unfall.«

Martha wurde wütend. »Das Letzte, was sie wollen, ist schlechte Publicity.«

»Ich bin mir trotzdem nicht sicher, ob ich alles getan habe, was ich tun konnte. Ich bin schließlich kein Pathologe oder Kriminaltechniker.«

»Machen Sie sich keine Vorwürfe.« Martha tätschelte ihm die Hand. »Sie schlagen sich *großartig*. Morgen sind wir wieder im Hafen.«

»Meinen Sie? Ich muss die Sache melden. Funktioniert das WLAN wieder?«

»Nein.«

Herrgott. »Nichts? Was ist mit dem Funkgerät?«

»Alles tot.«

»Was sagt der IT-Spezialist?«

»Alle sind perplex«, sagte Bin.

Perplex. Ein typisches Bin-Wort. »Dann sind wir also von der Zivilisation abgeschnitten?«

»Vorerst schon. Aber keine Sorge«, sagte Martha mit wenig Überzeugung. »Die kriegen das schon wieder hin.«

»Hoffentlich. Und die junge Frau – sie muss in die Leichenaufbewahrung gebracht werden.«

»Das wird ein Spaß, nachdem die Aufzüge nicht funktionieren«, sagte Martha mit einem Seufzen. »Bin und ich können uns darum kümmern. Wir kennen das Prozedere.«

Jesse schenkte ihr ein dankbares Lächeln. »Noch irgendwas, worüber ich Bescheid wissen sollte? Wie geht's den beiden Passagieren, die über Erbrechen geklagt haben?«

»Unverändert«, entgegnete Bin. »Und ich habe mir die mutmaßliche Schlaganfall…«

»Die *was*? Warum weiß ich davon nichts?« Bin zuckte zusammen, und Jesse hob die Hand. »Tut mir leid, Bin.«

»Machen Sie Bin keinen Vorwurf. Es ist meine Schuld«, sagte Martha. »Ich habe es Ihnen nicht gesagt, weil Sie schon so viel am Hals hatten. Es ist das Medium.«

»Das was?«

»Der Gaststar. Sie gehört zu einer der Sondergruppen an Bord.«

»Und?«, fragte er Bin.

»Ich habe nur Anzeichen dafür gesehen, dass sie betrunken war.«

»Keine Schlaganfall-Symptome?«

»Ich weiß, wonach ich schauen muss, Jesse«, sagte Bin, ohne dabei so zu klingen, als verteidige er sich. »Sie hatte keine Erschlaffungen im Gesicht und keinen Empfindungsverlust, und ihre Pupillen waren normal. Sie roch sehr stark nach Alkohol. Ich habe ihr zwei Aspirin gegeben.«

»Das wird ihren Kater lindern«, sagte Martha mit einem Seufzen.

Jesse wischte sich mit der Hand übers Gesicht. »Was für eine beschissene Nacht.«

»Entspannen Sie sich, Jesse. Sie schlagen sich wirklich großartig.«

»Ja?«

»Ja.«

»Danke.« Er wusste nicht, was er ohne Martha getan hätte. Sie hatte ihm vom ersten Moment an, als er an Bord kam, den Rücken freigehalten und hatte ihn geduldig mit allem vertraut gemacht, mit dem Jargon, den Abkürzungen, der Schiffskultur. Bin war ähnlich nett zu ihm gewesen, er hielt jedoch meistens eine gewisse Distanz, und Jesse fand seine Arbeitsmoral ein wenig einschüchternd. Ihm war bewusst, dass es die beiden brennend interessiert hätte, weshalb ein niedergelassener Arzt mit florierender Praxis sich dafür entschieden hatte, für Foveros zu arbeiten – das zur untersten Kategorie der Kreuzfahrtbranche gehörte –, und ein oder zwei Mal war er drauf und dran gewesen, sich Martha anzuvertrauen. Wäre beinahe mit der ganzen Geschichte herausgeplatzt. Sie war dem Alkohol nicht abgeneigt; er bezweifelte, dass sie ihn verurteilen würde. Und jeder machte Fehler, oder etwa nicht? Es hätte jedem passieren können. Gelegentlich ertappte er sich dabei, dass er sich vorstellte, wie es wäre, mit jemandem wie ihr verheiratet zu sein: solide, zuverlässig, herzlich, humorvoll, unvoreingenommen. Doch sie hatte zu Hause in Irland einen Ehemann und zwei erwachsene Söhne, und sie war nicht sein Typ (falls er heutzutage überhaupt noch einen Typ hatte). Sie ermunterte ihn immer dazu, mit einer der britischen Tänzerinnen oder mit einer der klassisch schönen Osteuropäerinnen aus der Personalabteilung etwas anzufangen. Er vermutete, dass sie im Lauf der Jahre das eine oder andere Techtelmechtel gehabt hatte – zwanglose Liebschaften gehörten schließlich zu den angenehmen Extras des Schiffslebens.

Doch Sex war das Letzte, was er im Sinn hatte. Ihm ging es ausschließlich darum, eine weiße Weste zu behalten. *Ein Schritt nach dem anderen.* »Ich erledige besser mal den Papierkram.«

Die Tür flog auf, und eine große schlanke Frau mit schwarzer Mähne kam hereingestürmt. Sie deutete mit dem Finger auf ihn. »Sind Sie der Arzt?« Ehe er reagieren konnte, fuhr sie fort: »Sind Ihnen Ihre Passagiere eigentlich scheißegal? Ich warte jetzt schon seit zwei Stunden darauf, dass Sie kommen und sich meine Chefin ansehen!«

Er wich verunsichert einen Schritt zurück. »Ich …«

»Der mutmaßliche Schlaganfall, Doc«, sagte Bin.

»Beruhigen Sie sich«, sagte Martha und trat zwischen Jesse und die Frau. »Der Doktor kommt, sobald er so weit ist.«

»Sobald er so weit ist? Wollen Sie mich auf den Arm nehmen?«

Falls Bin sich getäuscht hatte, dass die Patientin betrunken gewesen war, wäre die Kacke am Dampfen. Sie waren nicht dafür ausgerüstet, sich um ein schwerwiegendes Gehirnproblem zu kümmern – normalerweise wäre in einer derart ernsten Situation ein Hilferuf nach Unterstützung von Land ausgesendet worden –, doch er hatte nicht vor, diese Information weiterzugeben. »Selbstverständlich«, sagte er. »Ich komme mit.«

»Ja … gut«, sagte die Frau und strich sich ihr Haar aus dem Gesicht. Eher markant als hübsch – von ihrem Aussehen Farouka nicht unähnlich. *Fang nicht wieder damit an.*

Er drehte sich zu Martha und Bin um. »Können Sie beide sich um die andere Sache kümmern?«

Bin nickte.

»Würden Sie mir bitte die Daten der Patientin geben, Mrs …?«

»Maddie. Mein Name ist Maddie.« Sie starrte Bin wütend an. »Dieser Krankenpfleger da hat alle ihre Daten.«

Martha sagte in Lippensprache »Entschuldigung« zu ihm, als er sich seine Tasche schnappte und Maddie aus der Krankenstation hinaus folgte. Sie ging voraus und marschierte die Treppe so schnell hinauf, dass er laufen musste, um nicht den Anschluss zu verlieren. Er hatte sich immer wieder vorgenommen, den Fitnessraum auf dem Schiff zu nutzen, sich bislang aber noch nicht die Mühe gemacht. Seit er nicht mehr auf Pethidin war, neigte er zu Übergewicht; er spürte, wie sich der Bund seiner lächerlichen weißen Hose in seinen Bauch grub. *Wenn Farouka mich jetzt nur sehen könnte. Sie würde wie der Blitz zu mir zurückkommen.* Er fragte sich, was sie an diesem Abend wohl tat. Vielleicht amüsierte sic sich in Kalk Bay. Eine Party mit Freunden. Mit ihren Freunden, die früher einmal ihre gemeinsamen Freunde gewesen waren.

Gedämpfter Jubel tönte durch das Schiff.

»Frohes neues Jahr«, murmelte er.

Maddie blieb am oberen Ende der dritten Treppe stehen und blickte über ihre Schulter. »Ist es das?« Sie wartete, bis er sich keuchend zu ihr hinaufgekämpft hatte.

»Nein, eigentlich nicht. Die Nacht war die Hölle. Wie alt ist die Patientin?«

»Celine behauptet immer, sie wäre fünfundsechzig, aber ihrem Reisepass zufolge ist sie zehn Jahre älter.« Sie schenkte ihm ein flüchtiges Lächeln.

»Und irgendwelche Vorerkrankungen? Schlaganfälle, Herzinfarkte, irgendwas in dieser Richtung?«

»Nein. Sie hat Probleme mit den Hüftgelenken,

deshalb benutzt sie meistens einen Rollstuhl, um sich fortzubewegen. Sie kann gehen, aber nicht weit.«

»Alkohol, Zigaretten?«

»Sie trinkt ganz gerne mal was.«

Maddie hüpfte die nächste Treppe hinauf, und er folgte ihr den Korridor entlang, der zu den VIP-Suiten führte. Sie schloss die Tür auf und winkte ihn ungeduldig hinein.

Er wurde von zwei älteren Damen begrüßt, eine dürr, die andere fettleibig (Tante Schwamm und Tante Zinke, dachte er lieblos), die auf der Bettkante saßen und leere Whiskeygläser umklammert hielten. Eine weitere Frau – bei der es sich um die Patientin handeln musste – saß mit geschlossenen Augen in einem Rollstuhl vor dem Fernseher.

»Alles in Ordnung mit ihr?«, erkundigte sich Maddie besorgt bei den beiden Frauen.

»Es scheint ihr gut zu gehen«, erwiderte Tante Zinke mit forscher britischer Stimme. Jesse schätzte sie auf siebzig, ihre Haut gebräunt von einem Leben in der freien Natur. »Nachdem Sie gegangen sind, war sie zunächst noch recht träge, aber inzwischen spricht sie wieder.«

»Aber wie sie spricht«, sagte die andere Frau – Amerikanerin, etwa genauso alt. Freundliche Augen, das gerötete Gesicht einer Überempfindlichen. »Sie hat ein paar wirklich verrückte Dinge gesagt.«

»Was zum Beispiel?«

»Zum einen hat sie gesagt, sie wäre sich nicht sicher, ob es funktionieren würde.«

»Ob was funktionieren würde?«

»Es. Mehr hat sie nicht gesagt.«

»Celine?«, sagte Maddie. »Der Arzt ist hier.«

»Hallo, Celine«, sagte Jesse. »Ich werde Sie jetzt untersuchen, um sicherzugehen, dass mit Ihnen alles in bester Ordnung ist.«

Celine gab einen Laut von sich, der irgendwo zwischen einem Stöhnen und einem Lachen lag. Jesse holte seine Stiftleuchte hervor und untersuchte ihre Iris. Beide normal. Als Nächstes griff er in seine Tasche, holte sein Blutdruckmessgerät hervor und befestigte die Manschette an ihrem Oberarm. »Ich messe nur Ihren Blutdruck, Celine.«

»Sie brauchen nicht mit mir zu reden, als wäre ich zurückgeblieben, Doc.«

»Celine! Sie sprechen ja«, hauchte Maddie.

Celine kicherte. »Warum sollte ich denn nicht sprechen?«

»Sie waren eine Weile … ein bisschen weggetreten. Ich habe mir Sorgen um Sie gemacht.«

»Kein Grund zur Sorge.« Sie winkte den beiden älteren Damen mit den Fingern. »Ich habe mir mit meinen neuen Freundinnen die Zeit vertrieben, nicht wahr? Nur wir Mädels. Wir haben uns ein bisschen besser kennengelernt.«

»Kopfschmerzen, Kraftlosigkeit oder ein Taubheitsgefühl in Ihren Gliedmaßen, Celine?«, erkundigte sich Jesse.

»Fehlanzeige. Alles tipptopp, Doc.«

Er pumpte die Manschette auf. »Ich stelle Ihnen

nur ein paar Fragen, okay? Fangen wir mit einer einfachen an. Wie lautet Ihr voller Name?«

Sie bedachte ihn mit einem breiten Grinsen. »Celine del Ray, Medium der Sterne. Wie heißen Sie denn?«

»Dr. Zimri.«

»Zimri. Ungewöhnlich. Der König von Israel, habe ich recht? Und Ihr Vorname, Doc?«

»Jesse.«

»Jesse. Nach dem Banditen?«

»Ja. Mein Vater war ein großer Western-Fan.«

»Ach ja?«

Sie machte auf jeden Fall den Eindruck, als sei sie auf Zack. »Können Sie mir das heutige Datum nennen, Celine?«

»Das hängt davon ab, in welcher Zeitzone Sie sich befinden, Doc.«

»Wer ist der Präsident der Vereinigten Staaten?«

»Was sollen all die Fragen?« Celine presste die Fingerspitzen an die Stirn. »Moment ... Ich empfange ... Jemand auf der anderen Seite tritt vor. Wer ist die junge Frau in Ihrem Leben, die hinübergegangen ist, Doc? Sie hat etwas Trauriges an sich. Irgendein Treuebruch. Und Schmerzen. Körperliche Schmerzen.«

Jesse blinzelte und hatte das Gefühl, als würde ihn eisiger Atem am Nacken kitzeln. »Ich bin mir nicht sicher, was ...«

»Sie ist ein Medium«, erklärte Maddie.

»Ich sehe Tote«, sagte Celine mit einem übertriebenen Blinzeln. »Allerdings – wie ich immer sage – gibt es keinen Tod. Nicht wahr, Maddie?«

Jesse räusperte sich. »Haben Sie irgendwelche Schmerzen im Kopf oder im Hals, Celine?«

Sie lachte hämisch. »Was einen nicht umbringt, macht einen härter. Wissen Sie, Doc, ich habe mir immer gewünscht, die Hand eines gut aussehenden Schiffsarztes zu halten, wenn ich sterbe, weil ich eine vergiftete Weintraube gegessen habe.«

Die Britin schnappte keuchend nach Luft.

»Sagt Ihnen das etwas?«, erkundigte sich Jesse bei ihr.

»Das ist ein Zitat. Blanche DuBois. Aus *Endstation Sehnsucht*.«

»Helen weiß, wo's langgeht, stimmt's?«, johlte Celine in übertriebenem Onkel-Tom-Slang, der alle zusammenzucken ließ. »Oh, ja, das kann man wohl sagen!«

»Celine!« Maddie warf Jesse einen entschuldigenden Blick zu.

»Ich glaube, es ist an der Zeit, dass wir gehen«, sagte Tante Zinke – Helen. Die beiden Frauen erhoben sich.

Maddie, die Celine noch immer mit einer Mischung aus Empörung und Erleichterung anstarrte, stand ebenfalls auf, um die beiden Frauen hinauszubegleiten. »Danke für alles.«

»Gern geschehen, Maddie«, erwiderte Helen steif. »Gute Nacht, Celine.«

Als die beiden Frauen hinausgingen, hörte Jesse

Celine etwas vor sich hin murmeln. Es klang sehr wie: »Schlaft gut, ihr Leckschwestern.« Sie blinzelte ihm abermals zu. »Bekomme ich ein tadelloses Gesundheitszeugnis, Doc?«

»Vorerst ja. Ich untersuche Sie morgen wieder.«

»Reizend. Ich kann es kaum erwarten.« Celine gab Maddie ein Zeichen. »Würden Sie mir meinen Kamm aus dem Bad holen, Madeleine?«

»Natürlich.«

Jesse packte sein Blutdruckmessgerät wieder ein. »Ich denke, das war's. Geben Sie mir Bescheid, wenn …«

Celines Hand schoss vor und packte ihn am Handgelenk. Dann zog sie ihn mit überraschender Kraft zu sich. »Sie waren ein unartiger Junge, nicht wahr? Zeit, es wiedergutzumachen. Sie werden wieder auf die Probe gestellt werden, Doc. Die Frage ist, werden Sie bestehen oder nicht?«

Der Geheimnishüter

Die junge Frau hörte nicht auf zu schluchzen, und ihr Make-up rann ihr in schmierigen Spuren über die Wangen. Sie zupfte an ihren Haaren, um die Teufelshörner zu entwirren, die ihr schief am Kopf hingen. »Wie ist es denn passiert? War es ein Unfall? Ist sie gestürzt, als das Schiff stehen geblieben ist, oder was?«

»Es war kein Unfall, Mrs Williams«, sagte Devi und warf Ram einen Bestätigung suchenden Blick zu. Sein Vorgesetzter hatte ihn instruiert, so wenige Fakten wie möglich preiszugeben, was den Tod der jungen Frau anbelangte.

»O Gott. O nein. Sie hat sich doch nicht umgebracht, oder? Sich *getötet*?«

»Gibt es einen Grund, warum Sie diesen voreiligen Schluss ziehen, Mrs Williams?«

»Emma. Ich heiße Emma. Nein … mein Gott. Aber hat sie?«

»Nein.«

»Was dann? War es … O mein Gott! Wurde sie ermordet?«

»Niemand hat gesagt, dass es sich um einen Mord handelt, Mrs Williams«, schaltete sich Ram ein. »Wahrscheinlicher ist, dass es Tod aufgrund widriger Umstände war.«

»Was soll das heißen?«

»Möglicherweise hatte sie zu viel getrunken.«

»Was, Sie meinen, sie ist an einer Alkoholvergiftung gestorben?«

»Solange keine weiteren Untersuchungen durchgeführt wurden, können wir das nicht mit Sicherheit sagen.«

»Mein Gott. Arme Kelly. Sie war so … Ich kenne niemanden, der gestorben ist. Bis auf meine Oma, aber die war richtig alt. Also muss ich mit der Polizei sprechen, wenn wir wieder in Miami ankommen? Mit dem FBI und so?«

Ram seufzte. »Das können wir im Moment noch nicht sagen.«

Sie rückte die Träger ihres hauchdünnen roten Kleids zurecht und leckte sich die Lippen. Ihre Tränen waren vergessen. Devi erkannte jetzt die Begeisterung in ihrem Blick, und Rams angewidertem Gesichtsausdruck nach zu urteilen, erkannte er sie ebenfalls. Devi seufzte innerlich. Es war offensichtlich, dass die junge Frau gar nichts wusste. Nachdem sie als engste Bekannte der verstorbenen Passagierin identifiziert worden war, hatte Ram Devi beauftragt, sie ausfindig zu machen. Er hatte sie schließlich auf dem Tranquility-Deck gefunden, wo sie auf dem Rand eines Whirlpools saß, den Arm um einen Mann mit nacktem Oberkörper gelegt. Die beiden hatten kräftige Schlucke aus einer Walgreens-Saftflasche getrunken – ein beliebtes Hilfsmittel, um Alkohol an Bord zu schmuggeln.

Devi streckte verstohlen seinen Rücken durch und

rieb sich die Augen, die wegen Schlafmangels wehtaten. Er war inzwischen seit mehr als zwanzig Stunden im Dienst und hatte sich seit dem Mittagessen nicht mehr als ein Sandwich und eine Cola holen können. Ram zeigte wie üblich keinerlei Anzeichen von Ermüdung, obwohl er sich bereits weit in der zweiten Schicht befand. Sie hatten inzwischen auch mit Trining Aquido gesprochen, der Deck-Stewardess, die die Kabine der jungen Frau gemacht hatte, doch sie hatte nur wenig beitragen können. Sie hatte gesagt, sie sei nach der Hälfte ihrer Morgenschicht krank geworden, was erklärte, warum die Leiche erst so spät entdeckt worden war. Aquido hatte außerdem darauf beharrt, dass Althea Trazona, die Kabinenstewardess, die die Tote gefunden hatte, ihr versprochen hätte, für sie einzuspringen, doch der Vorgesetzten der beiden zufolge, hatte Trazona das abgestritten. Was auch immer die Wahrheit war, Devi war sich sicher, dass Trazona etwas verschwieg. Er war überzeugt davon, dass ihr schockierter Gesichtsausdruck, nachdem sie die Leiche entdeckt hatte, echt war, deshalb bezweifelte er, dass sie jemanden deckte, doch es war ein zu großer Zufall, dass sie von all den Kabinen auf dem Deck ausgerechnet diese kontrolliert hatte. Fürs Erste – wenngleich er nicht genau wusste, warum – wollte er das jedoch für sich behalten, bis er die Gelegenheit bekam, noch einmal mit ihr zu reden.

Es klopfte an der Tür, und Ashgar, der eigentlich die Überwachungskameras im Auge hätte behalten sollen, streckte den Kopf in den Raum und gab Ram ein Handzeichen. »Dürfte ich mal mit Ihnen sprechen, Sahib?« Durch die halb geöffnete Tür sah Devi Rogelio draußen im Korridor an der Wand lehnen, und ihre Blicke trafen sich kurz. Als Damiens Stellvertreter organisierte er die meisten Aktivitäten der Single-Gruppe, und Ram musste Rogelio zur Befragung herbeordert haben, während Devi das Schiff nach der jungen Frau abgesucht hatte.

Ram erhob sich und signalisierte Devi, dass er fortfahren solle.

»Wann haben Sie Kelly Lewis das letzte Mal gesehen, Mrs Williams?«, fragte Devi. Nachdem Ram den Raum verlassen hatte, entspannte er sich ein wenig.

»Ähm ... gestern Abend. Vorgestern Abend, meine ich.«

»Und warum haben Sie sie nicht früher als vermisst gemeldet?«

Sie verschränkte abwehrend die Arme. »Ist mir eben nicht aufgefallen.«

»Und wie kommt das? Waren Sie denn nicht befreundet und sind gemeinsam gereist?«

»Doch. Aber wir waren nicht die besten Freundinnen oder so. Sie ist nur mit mir mitgekommen, weil Zoe in letzter Minute abgesprungen ist. Kelly arbeitet – arbeitete – in unserem Salon an der Rezeption, und als Zoe abgesprungen ist, hat sie gesagt, dass sie ihren Platz übernehmen möchte.«

»Und Sie gehörten beide der Single-Gruppe an?«

Sie schniefte und wischte sich mit dem Handrücken die Nase ab. »Ja.«

»Wo haben Sie sie das letzte Mal gesehen?«

»In der Sandman Lounge. Ein paar von uns haben beschlossen, dorthin zu gehen, nachdem wir von Cozumel zurückgekommen sind. Kelly hatte eigentlich keine Lust, ist aber letzten Endes doch mitgekommen.«

»Hat sie Alkohol getrunken?«

»Ja, das haben wir alle. Aber nicht sehr viel. Nur ein paar Cocktails und so.«

»Keine Kabinennachbarin?«

»Nein. Sie wollte eine Einzelkabine, obwohl Zoe und ich uns eine teilen wollten. Kelly hat den Aufpreis gezahlt und alles. Ich teile mir eine Kabine mit einem anderen Mädchen aus der Gruppe: Donna, sie ist Amerikanerin.«

»Hat die Kreuzfahrt Kelly gefallen?«

»Ja. Ich denke schon. Keine Ahnung. Sie war total aufgeregt, bevor es losging, aber sobald wir auf dem Schiff waren, war sie nicht mehr so begeistert. Sie hat ein paarmal gesagt, dass ihr ein bisschen schlecht ist. Hat nicht immer bei allem mitgemacht. Mir ist gerade eingefallen ... Weiß ihre Mum schon Bescheid? Sie hat ständig von ihrer Mum erzählt.«

Devi zögerte. »Ihre Angehörigen werden so bald wie möglich informiert.« Es hatte keinen Sinn, die Nachricht zu verbreiten, da das Satellitensystem nicht funktionierte.

»Mein Gott. Das wird ein solcher Schock für sie. Denken Sie, sie werden mir die Schuld geben? Weil sie ... nur meinetwegen mitgefahren ist?«

»Hat ihr während der Kreuzfahrt irgendjemand besondere Aufmerksamkeit geschenkt?«

»Wer, Kelly? Nein. Da war ein Typ beim Speeddating, der ihr ganz gut gefallen hat, aber sie hat mit niemandem was angefangen.« Die junge Frau blickte zu ihm auf, schniefte abermals. »Moment mal ... Warum fragen Sie mich das eigentlich? Ich dachte, Sie sagten, sie wäre gestorben, weil sie zu viel getrunken hat?«

Devis Gesichtsausdruck verriet nichts. »Ich möchte nur mehr über ihren Hintergrund erfahren.«

»Oh. Was passiert eigentlich mit dem Schiff? Wird es repariert oder was? Mein Flug geht nämlich morgen. Sind wir bis dahin zurück?«

»Die Ingenieure arbeiten an dem Problem«, erwiderte Devi automatisch. Er wusste allerdings nur, dass der Brand die Kabel zerstört hatte, die vom Motor zu den Generatoren verliefen. Die *Beautiful Dreamer* war eines von den älteren Schiffen – trotzdem hätte das bei dem vorhandenen Sicherungssystem nicht passieren dürfen. Madan, mit dem er sich seine Kabine teilte, gehörte der Feuerwehrcrew an und hatte deshalb sicher genauere Informationen.

»Wo ist sie denn jetzt?«

»Was meinen Sie damit?«

»Kelly. Wo ist sie jetzt?«

Ram tauchte wieder auf und bewahrte ihn davor, antworten zu müssen. »Devi. Bitte kommen Sie mal mit raus, damit ich mit Ihnen sprechen kann.«

Die junge Frau sackte auf ihrem Stuhl zusammen, als Devi aus dem Raum und zu Ram in den Korridor ging. Rogelio war verschwunden – Devi war sich nicht sicher, ob er erleichtert oder enttäuscht war. »Ja, Sir?«

»Der Kapitän hat eine Notfall-Besprechung mit allen Abteilungsleitern angesetzt. Kann ich Ihnen die Angelegenheit überlassen? Wir müssen zeigen, dass wir uns von Anfang an an das Prozedere gehalten haben.«

»Ja, Sir. Soll ich mich jetzt mit den anderen Mitgliedern der Single-Gruppe unterhalten, Sir?«

»Das können wir morgen tun, wenn es nötig ist.« Ram ließ die Andeutung im Raum stehen. Nach Plan sollte das Schiff um acht Uhr morgens anlegen – in sechs Stunden. Was auch immer passierte, sie würden Verspätung haben, und das hätte verärgerte Passagiere und zusätzliche Pflichten für das gesamte Sicherheitspersonal zur Folge. Unter normalen Umständen wäre es ihre Aufgabe, den Schauplatz des Zwischenfalls zu sichern und von allen potenziellen Zeugen eine Aussage zu Protokoll zu nehmen; um den Rest würden sich landgestützte Behörden kümmern.

»Funktioniert das Satellitensystem inzwischen wieder, Sir?«

Ram wischte sich über die Augen und zeigte zum ersten Mal Ermüdungserscheinungen. »Nein. Immer noch kein Internetzugang und keine Funkverbindung.«

»Wie ist das möglich?«

Ram zuckte mit den Schultern. »Es wurde ein Notsignal ausgesandt, also sollten wir bis zum Morgen Unterstützung von Land bekommen, wenn wir welche brauchen. Fürs Erste bitte ich Sie nur, die Situation unter Kontrolle zu halten.«

»Sir, ich halte es für das Beste, wenn ich das Bildmaterial von heute Morgen aus den Überwachungskameras überprüfe. Vielleicht können wir denjenigen, der in ihrer Kabine war, ja identifizieren.«

»Sie sind hier nicht bei der Kriminalpolizei, Devi«, sagte Ram leise.

Devi gab sich alle Mühe, einen neutralen Gesichtsausdruck beizubehalten. Er hatte sich schon oft gefragt, wie viel Ram über seine Vergangenheit wusste. Sein Boss hatte nie gefragt, warum ein Unterinspektor mit vielversprechenden Karriereaussichten sich dafür entschieden hatte, auf einem Schiff zu arbeiten, und Devi überlegte manchmal, was er sagen würde, wenn er gefragt wurde. Schließlich war er für seine Position überqualifiziert. Die anderen Wachmänner waren ohne Ausnahme nur für den Sicherheitsdienst ausgebildet. Ashgar hatte zum Beispiel in einem Touristenhotel gearbeitet; die anderen hatten ihre Beziehungen genutzt, um sich weiterempfehlen zu lassen.

»Wir müssen zeigen, dass wir unser Möglichstes getan haben«, fuhr Ram fort. »Aber ich wäre nicht erfreut, wenn auf dem Schiff Gerüchte die Runde machen, dass ein Raubtier an Bord ist. Ich vertraue auf Ihre Diskretion.« Ram hielt inne und sah Devi direkt in die Augen. »Gerade Sie sind doch geschickt darin.«

Devi leckte sich über die Lippen, doch sein Mund war trocken. »Verstanden, Sir.«

»Gut. Bitte begleiten Sie die Passagierin zurück zu ihrer Kabine.«

Ram stolzierte davon, sodass Devi kurz durchatmen konnte. *Gerade Sie sind doch geschickt darin.* Hatte Ram damit womöglich sagen wollen, dass Devi als ehemaliges Mitglied der berüchtigten korrupten Maharashtra-Polizeikräfte geübt darin war, seine Meinung für sich zu behalten? Das war die einzige Erklärung, da er jede mögliche Vorsichtsmaßnahme ergriffen hatte. Nicht einmal Madan wusste von seiner überstürzten Liebschaft mit Rogelio.

Devi kehrte ins Büro des Sicherheitsdienstes zurück und setzte die junge Frau in Kenntnis, dass es ihr freistand, wieder in ihre Kabine zu gehen. Keiner von beiden sagte etwas, als er sie durch die Service-Korridore und hinaus auf das Hauptdeck auf Ebene fünf geleitete. Ohne funktionierende Klimaanlage war die Luft stickig, doch die Schwüle störte ihn nicht. Er hasste die künstliche Kälte, die durch die Rohrleitungen blies. Das war einer der Gründe, weshalb es ihm nichts ausmachte, an Hafen-Tagen am Ausgang zu arbeiten. Die Tätigkeit war wahnsinnig langweilig, aber die frische Luft war es wert.

Ihre Kabinen-Mitbewohnerin kam in dem Augenblick zur Tür, als diese aufging. »Was ist denn los?«

»Es geht um Kelly«, sagte die junge Frau schluchzend. »Sie ist *tot.*«

Devi ließ die beiden allein. Es hatte keinen Sinn, sie zu bitten, die Nachricht für sich zu behalten.

Er ging auf demselben Weg zurück, auf dem er gekommen war, und steuerte auf den Raum mit den Überwachungsbildschirmen zu, anstatt zu seiner

Kabine abzudrehen. Ram hatte ihm nicht ausdrücklich untersagt, das Bildmaterial aus den Überwachungskameras zu sichten, und da die Monitore und die Kameras, die Bewegungen aufzeichneten, direkt mit dem Back-up-System verbunden waren, würden sie mit Notstrom versorgt werden.

Im Security-Raum stank es nach Schweiß und übel riechendem Atem. Ashgar schlief mit dem Kinn auf der Brust. Auf den Bildschirmen liefen noch immer Passagiere auf dem Lido-Deck herum – einige von ihnen saßen dicht gedrängt neben der Bühne, andere ließen die Füße in den Pool hängen. Ein Pärchen befand sich eng umschlugen in einem der Whirlpools auf dem Tranquility-Deck, das eigentlich schon vor einer Stunde hätte gesperrt werden sollen. Jemand musste die beiden auffordern, den Bereich zu verlassen, doch das konnte warten. Er schob einen Stuhl neben Ashgar und setzte sich. Seine Müdigkeit war verflogen, und er fühlte sich seltsam energiegeladen, so, wie er sich früher immer gefühlt hatte, bevor die Routine des Alltags an Bord seinen Verstand hatte einrosten lassen. Auf den kürzeren Kreuzfahrten bestand nur selten Grund zur Aufregung: Hin und wieder gab es von Alkohol ausgelöste Schlägereien oder unbedeutende Fälle von Alkohol- oder Drogenschmuggel – meistens Marihuana.

Dem Arzt zufolge war die junge Frau bereits zwölf bis achtzehn Stunden tot gewesen. Das bedeutete, dass er das Bildmaterial aus dem Zeitraum zwischen zwei Uhr nachts und sechs Uhr morgens sichten musste, um ganz sicherzugehen. Zum Glück wurden die Kameras auf den Passagierdecks von Bewegungsmeldern aktiviert, sodass es ihm erspart blieb, mehrere Stunden, in denen sich nichts getan hatte, im Schnelldurchlauf zu sichten. Er tippte den Befehl ein und lehnte sich zurück, um sich die Ereignisse anzusehen.

03:01 Uhr: Ein afroamerikanisches Paar stolperte lachend den Korridor entlang. Die Frau gab dem Mann im Spaß eine Ohrfeige, der sie daraufhin gegen die Wand des Korridors presste. Die beiden küssten sich leidenschaftlich, dann folgte er ihr in eine Kabine in der Nähe.

03:32 Uhr: Ein Kabinenkellner schlüpfte durch die Service-Tür, die zum Personalaufzug führte, und balancierte ein Tablett, auf dem sich Gerichte unter Kunststoffabdeckungen stapelten. Er klopfte an eine Tür in der Mitte des Korridors, die von einem weißen Mann mit einem Handtuch um die Hüften geöffnet wurde, und betrat die Kabine. Zwei Minuten später tauchte der Kellner wieder auf, machte eine obszöne Geste in Richtung Kabinentür und verschwand im Personalaufzug.

04:17 Uhr: Eine Frau, deren Statur und Haarfarbe auf Kelly Lewis passten, kam von der Treppe um die Ecke gebogen. Dreißig Sekunden später tauchte hinter ihr ein Mann mit Baseballkappe auf. Die Frau bewegte sich unsicher und stützte sich dabei mit der Hand an der Wand ab, um nicht das Gleichgewicht zu verlieren.

Schweiß kribbelte auf Devis Kopfhaut, als er die Aufzeichnung anhielt und näher heranzoomte: Es handelte sich zweifelsfrei um das Opfer. Sie ließ ihre Karte zu Boden fallen, und der Mann eilte herbei, um ihr zu helfen. Er drückte die Tür auf und folgte ihr in die Kabine.

04:38 Uhr: Der Mann tauchte wieder auf, hängte das Schild »Bitte nicht stören« an die Türklinke und joggte zurück zur Treppe.

Jetzt wusste Devi also sicher, dass es jemand auf sie abgesehen gehabt hatte. Er notierte sich, das Bildmaterial aus der Sandman Lounge zu sichten, bei der es sich zweifellos um den Ort handelte, an dem der Mann seine Beute entdeckt hatte. Devi sah sich die Aufzeichnung noch einmal an und hoffte, die Gesichtserkennungssoftware würde Kellys Angreifer womöglich identifizieren. Doch es gab nicht genug Punkte, an denen das Programm einen Abgleich hätte vornehmen können. Das Gesicht des Mannes war unter seiner Schildmütze verborgen, und er hielt den Kopf gesenkt. Devi würde nachprüfen müssen, wer aus der Single-Gruppe der Beschreibung des Mannes entsprach: weiß, untersetzt, ungefähr einen Meter dreiundachtzig groß. Rogelio wusste vermutlich, auf wen die Beschreibung passte.

Und was war mit dem Schild »Bitte nicht stören«? Er konnte sich nicht daran erinnern, es gesehen zu haben. Vielleicht hatte der Steward, der geschickt worden war, um die Kabinen zu kontrollieren, es entfernt.

Sie sind hier nicht bei der Kriminalpolizei, Devi.

Ram hatte recht. Das Ganze konnte den US-Behörden überlassen werden, aber ... *aber.* Vielleicht war das seine Art, alles wieder ins Lot zu bringen. Seine Art, um wiedergutzumachen, was er getan hatte – oder was er nicht getan hatte. Er hatte das Mädchen noch genau vor Augen, mit erschlafftem Körper, leerem Blick, nicht viel älter als seine Cousine Misha. Die Frau, die sie aufs Revier gebracht hatte, war hysterisch gewesen, hatte nicht verstanden, weshalb ihr Schützling blutete. Er hätte für das Mädchen kämpfen können. Er hätte für sie kämpfen *sollen.* Doch er hatte die Befindlichkeiten seiner Familie über die Gerechtigkeit gestellt.

Feigling.

Er konnte jedoch niemandem helfen, wenn er in der Vergangenheit herumhackte wie ein Aasgeier in einem Kadaver.

Auf seinem letzten Schiff hatte es zwei sexuelle Übergriffe gegeben, beide die Crew betreffend. Eine Kellnerin hatte einen Hilfsingenieur beschuldigt, sie auf dem Ladedeck überfallen zu haben, und ein Crewmitglied war festgenommen worden, nachdem der Mann einer Teenagerin in einen der Aufzüge gefolgt war und unsittliche Andeutungen gemacht hatte. Er war am nächsten Hafen zurück nach Indien geflogen worden – das Standardprozedere, um zu verhindern, dass die amerikanischen Behörden involviert wurden und die Presse sich auf die Geschichte stürzte. Die Familie der Teenagerin hatte Freikarten bekommen, und damit war die Sache erledigt gewesen. Doch das war etwas anderes: Der Mann, der Kelly nachgestellt hatte, hatte genau gewusst, was er tat.

Wenn ihn niemand stoppte, würde er es wieder tun.

Devi sah sich die Aufzeichnung noch ein weiteres Mal an, dann tippte er die ungefähre Uhrzeit ein, zu der Althea Trazona und er die Leiche entdeckt hatten. Trazona war nervös gewesen, als er ihr auf dem Korridor begegnete. Er hätte sie genauer befragen sollen, doch das konnte er morgen auch noch tun.

Der Bildschirm schaltete um und zeigte Althea, wie sie ein paar Minuten, bevor Devi ihr begegnet war, durch die Service-Tür trat. Sie hielt inne und fasste sich mit einer Hand an den Hals, dann ging sie weiter. Ihre Lippen bewegten sich, als sie irgendetwas sagte. Über ihr Gesicht huschte ein Ausdruck von Verwirrung, gefolgt von Angst. Das Licht im Korridor ging aus, die Infrarotbeleuchtung schaltete sich ein und verwandelte ihre Augen in schaurige schwarze Halbkugeln. Es folgte eine kurze Bildstörung, schwarz und grau, und dann …

Devi schrie auf und sprang in seinem Stuhl zurück, wobei er Ashgar aufweckte, der zusammenzuckte und murmelte: »Was?«, ehe er wieder einschlief.

Mit zitternden Fingern klickte Devi zurück zum Beginn der Aufzeichnung und wappnete sich dafür, sie noch einmal abzuspielen. Was er gesehen hatte – oder glaubte, gesehen zu haben – war unmöglich.

Doch da war sie wieder: eine Hand, eine Handfläche, die das Objektiv der Kamera abdeckte.

Tag fünf

Der Wildcard-Blog

Mein furchtloser Kampf gegen die Unaufrichtigkeit, damit er Ihnen erspart bleibt

1. Januar

Frohes neues Jahr.
Ist es leider nicht. Zumindest nicht für mich.
Als Erstes: Entschuldigung. Ich weiß, ich habe tägliche Updates versprochen, wie ich die Ausbeuterin unschädlich mache, aber es ist eine Menge passiert.
Ich fange mit der großen Sache an. Das Schiff ist im Eimer, und wir sitzen offiziell irgendwo im Golf von Mexiko fest. Ja, Sie haben richtig gelesen oder werden richtig lesen, sobald ich das hier posten kann. Das WLAN ist nämlich ausgefallen, und ich habe keinen Internetzugang. Ich könnte mir vorstellen, dass das Absicht ist, um die Leute daran zu hindern, wütende Anti-Foveros-Tweets zu senden, aber wir werden sehen. Die Crewmitglieder, mit denen ich gesprochen habe, wissen anscheinend genauso viel (oder wenig) wie wir. Das Schiff soll eigentlich in fünf Stunden (um acht Uhr morgens) in Miami anlegen, aber dazu wird es nicht kommen, da wir uns nach wie vor nicht von der Stelle bewegen. Wir können nicht mehr tun, als auf weitere Neuigkeiten zu warten, die uns von Damien übermittelt werden, dem Kreuzfahrtdirektor, der nicht nur seinen eigenen Fernsehkanal hat, sondern

auch jeden Satz mit *G'day* beginnt. Er ist Australier und möchte, dass wir das alle wissen. Ich will jetzt nicht über Australier lästern – ich muss fairerweise sagen, dass Damien der erste Australier ist, der mir auf die Nerven geht. Wahrscheinlich wurde der Typ aus seinem Land rausgeschmissen, weil er so ein Idiot ist. Aber auch sonst ist die Kacke am Dampfen. Nachdem ich gestern Abend mit einer Clique von Typen, die Gras durch Inhalationsgeräte geraucht haben (ich bin nicht in Versuchung geraten – siehe unten!), Stunden an der Sammelstation verbracht habe, bin ich zurück zu meiner Kabine (eine düstere Höhle auf Deck fünf, das auch als »Majestic-Deck« bekannt ist) und musste feststellen, dass eine Kabine drei Türen von meiner entfernt vom Sicherheitsdienst versiegelt worden war, die Tür wie an einem Tatort mit Absperrband verbarrikadiert. Habe ein Foto gemacht, das ich ebenfalls posten werde, sobald ich kann.

Und der Grund dafür, warum ich mich nicht gemeldet habe? Ich war krank. Die Art von Magen-Darm-Grippe, bei der man die Götter anfleht, dass sie einen sterben lassen. Ich habe mich gefühlt, als wollte sich mein ganzer Körper nach außen drehen. Angefangen hat es eine Stunde nachdem das Schiff in Miami abgelegt hat. Ich habe rumgeschnüffelt, habe nach irgendeiner Spur von der Ausbeuterin Ausschau gehalten, als … Okay, die Details möchten Sie wahrscheinlich nicht hören. Denken Sie an Jackson Pollock, nur dass es an beiden Enden rauskam. Hut ab vor Trining, meiner Kabinenstewardess. Diese Frau hat einen eisernen Magen. Am zweiten Tag ist eine Krankenschwester gekommen und hat mir 97 Dollar dafür abgeknöpft, um mir mehr oder weniger zu sagen, dass ich nichts dagegen tun kann, außer genug zu trinken. Bin immer noch ein bisschen zittrig.

Okay. Und jetzt zu der Angelegenheit, wegen der Sie das hier lesen:
Wie Sie wissen, hatte ich keine Gelegenheit, um mich als ein »Freund« der Ausbeuterin anzumelden, da alle Plätze bereits nach Minuten gebucht waren, als die »Kreuzfahrt mit Celine del Ray« auf Zoop und Facebook angekündigt wurde. In der Meinung, es wäre meine letzte Chance, sie zu konfrontieren, hievte ich gestern Abend meinen schmerzenden Körper aus seinem Krankenbett und torkelte los, um in ihre letzte Veranstaltung reinzuplatzen. Dabei war ich nicht gerade diskret. Es gelang mir, in die Starlight Dreamer Lounge zu schlüpfen (die genauso kitschig aussieht, wie der Name vermuten lässt), und stieß direkt auf die Ausbeuterin, die gerade ihre Artful-Dodger-Nummer abzog. Obwohl ich mich immer noch beschissen fühlte und befürchtete, jeden Moment kotzen zu müssen, konfrontierte ich sie wegen Lillian Small. Lange konnte ich nicht filmen, da ich ein ganz dringendes Bedürfnis verspürte.
Für mich ist es gar nicht schlecht, dass das Schiff stehen geblieben ist. Auf diese Weise bekomme ich die Gelegenheit, die alte Betrügerin noch mal zu konfrontieren.
Ich melde mich mit einem Update, sobald ich mehr weiß.

Die Helferin der Hexe

Maddie setzte sich zu schnell auf und blinzelte, als das Sonnenlicht sie in den Augen stach. Ihr Hals pochte, nachdem sie in Celines Suite auf der Couch geschlafen hatte, und ihr T-Shirt klebte ihr am Rücken. Sie konnte sich nicht daran erinnern, eingeschlafen zu sein – sie musste eingedöst sein, während sie darauf gewartet hatte, dass Celine einschlief. Doch jetzt war das Bett leer, die Bettdecke kaum verknittert. »Celine?«

Keine Antwort. Sie musste im Bad sein. Die Lautsprecheranlage piepte und ließ sie zusammenzucken, dann biederte sich Damiens Stimme an.

»Guten Tag, meine Damen und Herren, hier spricht Damien, Ihr Kreuzfahrtdirektor. Ich möchte Sie nur auf den neuesten Stand bringen. Wie Ihnen sicher nicht entgangen ist, haben wir immer noch ein Elektrikproblem, aber es besteht kein Grund zur Besorgnis, was Ihre Sicherheit und Ihr Wohlbefinden anbelangt. Uns ist bewusst, dass einige von Ihnen am Vormittag einen Flug erwischen müssen, und wir möchten Ihnen versichern, dass wir uns um diese Angelegenheit in Kürze kümmern werden. Wir bitten Sie höflichst, davon Abstand zu nehmen, sie zum jetzigen Zeitpunkt beim Gästeservice vorzubringen. Außerdem müssen wir Ihnen mit Bedauern mitteilen, dass die Speisesäle derzeit geschlossen sind. Das Frühstück wird an unserem Lido-Büfett serviert, wo unser Personal sein Möglichstes tut, um sicherzustellen, dass Sie sich wohlfühlen und gut versorgt sind.«

Maddie sah auf ihrem Handy nach der Uhrzeit: zehn nach acht. Der Rückflug nach La Guardia, den Celine und sie gebucht hatten, ging am frühen Nachmittag, daher bestand noch immer die Chance, dass sie ihn erwischen würden, wenn sich das Schiff innerhalb der nächsten Stunde oder so wieder in Bewegung setzte. Sie streckte sich, bis sie ihre Rückenmuskulatur schnalzen spürte, dann erhob sie sich und stolperte, als sie gezwungen war, die Balance zu halten. Herrgott, das Schiff neigte sich jetzt leicht nach links, was nicht gerade dafürsprach, dass die Lage unter Kontrolle war. Sie tappte zur Badtür. »Celine? Sind Sie da drin?«

Sie spähte hinein, und ein Hauch von Poison, Celines Parfüm, waberte ihr entgegen. Keine Spur von Celine, aber in ihrer Schminktasche herrschte Unordnung – die Schachtel mit ihren falschen Wimpern stand geöffnet neben dem Waschbecken –, also fühlte sie sich an diesem Morgen offenbar besser. Trotzdem war es seltsam, dass sie sich allein auf dem Schiff bewegte. Schließlich konnte sie nie wissen, ob nicht plötzlich ein Freund auf sie zukam und sie um ein Autogramm oder eine spontane Séance bat. Sie konnte allerdings nicht weit sein, nur am Pool oder auf dem Hauptdeck, den einzigen Orten auf dem Schiff mit Rollstuhlrampen. Es sei denn, sie hatte beschlossen, zu Fuß zu gehen, was eine Premiere gewesen wäre. Und nicht den fehlenden Rollstuhl erklärt hätte.

Maddie vermied es, in den Spiegel zu schauen (es gab schon genug schlechte Nachrichten für einen Morgen), spritzte sich kaltes Wasser auf die Wangen, drückte sich eine erbsengroße Menge Zahnpasta auf die Fingerkuppe und verrieb sie auf ihren Zähnen. Ihre allgegenwärtigen Kopfschmerzen setzten ihr nach wie vor zu, und sie durchwühlte Celines Kosmetikkoffer nach einer extrastarken Schmerztablette. Als Nächstes einen Kaffee holen. Celine suchen. Ray suchen, der gestern Abend offenkundig abwesend war. Hinunter in ihre Kabine gehen, duschen und umziehen. Anschließend nach den Freunden sehen, was sie eigentlich schon gestern Abend hätte tun sollen.

Sie trat hinaus auf den Korridor und wäre beinahe mit einem übergewichtigen Pärchen zusammengestoßen, das in Richtung Treppe trampelte. Maddie murmelte eine Entschuldigung, obwohl es schwerlich ihre Schuld war. Sie war den beiden schon ein paarmal im Aufzug begegnet und hatte sie nie lächeln sehen. An diesem Morgen trugen die beiden in einem Akt passiver Aggression, den Maddie widerwillig guthieß, T-Shirts mit der Aufschrift: »Ich ♥ Carnival Cruise Lines.«

»Was halten Sie jetzt davon?«, meckerte der Mann Maddie an. »Ich sage Ihnen«, fuhr er fort, bevor sie die Gelegenheit hatte zu antworten, »das ist typisch für Foveros. Keine Antwort vom Kabinenservice.« Er fuchtelte mit seiner Frühstück-Bestellkarte herum. »Sechs Uhr morgens, habe ich hier aufgeschrieben. Sechs Uhr morgens. Niemand ist gekommen und hat sie abgeholt.«

»Wenn der Strom ausgefallen ist, haben sie vielleicht Probleme in der Küche«, sagte Maddie.

»Ha. Das ist inakzeptabel. Um halb zwei geht unser Flug zurück nach Galveston.«

»Genau um halb zwei«, echote die Frau. Maddie nahm an, dass die beiden verheiratet waren, doch mit ihren ähnlichen Kurzhaarfrisuren und ihren ähnlichen untersetzten Staturen hätten sie auch Geschwister sein können. »Wenn wir ihn verpassen, dann rollen Köpfe.«

Helen streckte den Kopf zur Tür heraus und ersparte Maddie damit, antworten zu müssen. »Oh, Sie sind's, Maddie. Ich dachte, Sie wären vielleicht Althea.«

Mit einem knappen, an Maddie und Helen gerichteten Lächeln watschelte das Pärchen zur Treppe davon.

»Fühlt Celine sich heute besser?«, erkundigte sich Helen.

»Anscheinend. Sie ist nicht in ihrer Kabine. Sie haben sie nicht zufällig gesehen, oder?«

»Nein. Elise und ich sind gerade erst aufgewacht.«

»Nochmals vielen Dank für Ihre Hilfe gestern Abend. Ich weiß nicht, was ich ohne Sie gemacht hätte.«

»Keine Ursache.«

Elise tauchte hinter Helens Schulter auf. »Oh, hey, Maddie. Wie geht's denn Celine heute?«

Maddie wiederholte, was sie Helen gesagt hatte.

»Ich bin froh, dass sie wieder auf den Beinen ist. Darf ich Sie mal was fragen, Maddie? Das klingt jetzt vielleicht seltsam …«

Maddie musste beinahe lachen. »Ich arbeite seit drei Jahren für ein Medium, da ist ›seltsam‹ mein zweiter Vorname.«

»Gestern Abend hatten Helen und ich das ganz starke Gefühl, dass noch jemand in der Kabine war.« Helen stieß Elise an und sagte ihr, sie solle still sein. »Es schadet doch nicht, das zu erwähnen«, mokierte sich Elise.

»Wie meinen Sie das denn?«, fragte Maddie, obwohl sie sich nicht sicher war, ob sie es wirklich wissen wollte.

»Na ja, das mag verrückt klingen, aber wir haben Musik gehört. Jemand hat gesungen. Helen dachte, dass es womöglich aus einer anderen Kabine kommt. Sie geht mir nicht mehr aus dem Kopf.« Sie summte eine Melodie, die ganz ähnlich klang wie diejenige, die Celine gesungen hatte, kurz nachdem das Schiff stehen geblieben war – die Melodie, die Maddie an Lizzie Bean erinnerte, Celines stilleren Geistführer. Celines Geistführer gaben ein ziemlich auffälliges Stereotypen-Pärchen ab (ihre Chefin war alles außer dezent): Archie, das tragische Cockney-Gassenkind, und Lizzie, die tragische 1920er-Jahre-Gesellschaftsdame, die aus den Buchseiten von *Der große Gatsby* hätte gepurzelt sein können. Und dann war da noch Papa Noakes, wenngleich Maddie seine Stimme nie tatsächlich gehört hatte. Als »ehemaliger Sklave aus Mississippi« war Papa Noakes schon vor Jahren aus Celines Repertoire verschwunden – Maddie kannte ihn nur aus einer Erstausgabe von Celines Memoiren (aus den Nachauflagen und den E-Book-Ausgaben war er gestrichen worden). Sie dankte ihren Glückssternen, dass er vor dem Internetboom ins Regal gewandert war; sie konnte sich nur vorstellen, welche Munition er der Armee von Celines Gegnern geliefert hätte. Andererseits hatte Celine am Abend zuvor mit dieser fürchterlichen Stimme gesprochen und alle in Verlegenheit gebracht, vor allem den Arzt, doch politisch korrekt war sie noch nie gewesen. Hin und wieder fragte sich Maddie, ob Papa Noakes der wahre Grund war, weshalb Celine sie engagiert hatte: Eine gemischtrassige Assistentin zu haben beugte vielleicht möglichen Rassismusvorwürfen vor.

»Vielleicht hat Celine sie gesummt«, sagte Maddie. Sie war überrascht, dass die beiden nicht an diese Erklärung gedacht hatten.

Helen zuckte mit den Schultern. »Vielleicht. Spielt ja auch keine Rolle. Ich bin sicher, da hat uns nur unsere Fantasie einen Streich gespielt.«

»Wollten Sie beide heute nach Hause fliegen?«, fragte Maddie, um das Thema zu wechseln.

Elise atmete lautstark ein, und sie und Helen wechselten einen Blick, den Maddie nicht deuten konnte.

Maddie war am Abend zuvor zu gestresst gewesen, um sich Gedanken über das Verhältnis zwischen den beiden Frauen zu machen. Sie waren offensichtlich nicht miteinander verwandt – schon allein deshalb nicht, weil Helen Britin und Elise Amerikanerin war. Vielleicht waren sie ein Liebespaar: Zwischen ihnen bestand eine Verbindung, die über Freundschaft hinausging.

»Geben Sie uns Bescheid, wenn wir irgendwas tun können«, sagte Helen.

»Mache ich. Noch mal, ich weiß Ihre Hilfe wirklich zu schätzen.«

Maddie ging vorsichtig zum Ende des Korridors und spähte über den gläsernen Balkon in das Atrium. Eine Schlange murrender Passagiere erstreckte sich vom Gästeservice-Schalter zu den Cocktailbars. Einige von denen, die sich beschwerten, trugen noch ihre Verkleidungen: in weiße Leintücher gewickelte bierbäuchige Männer, Frauen mit goldfarbenen Sandaletten und blonden Perücken, hier und da ein vereinzelter Teufel. Die vermeintlichen Geschwister hatten sich am Ende der Schlange angestellt und fügten dem Chor ihre Stimmen hinzu.

Von ihrem Aussichtspunkt sah Maddie, dass die Catalina-Coffee-Verkaufsstelle geschlossen war, was bedeutete, sie wäre gezwungen, das kostenlose abscheuliche Gebräu zu trinken, das am Lido-Büfett serviert wurde. Sie bahnte sich den Weg durch die Fotogalerie, wo aufdringliche Schilder sie baten, nicht zu vergessen, »Erinnerungen halten ewig!«, und ging durch die Glastür, die aufs Pool-Deck führte, wo sie salzige Luft mit einem Hauch Diesel einatmete. Sie stieg die Wendeltreppe hinunter und hinaus aufs Hauptdeck, auf dem viel regeres Treiben herrschte als sonst um diese Tageszeit. Sämtliche Liegestühle waren belegt, und Reinigungskräfte flitzten hin und her, hoben Müll auf und verteilten Wasserflaschen. Die meisten von ihnen hielten den Blick gesenkt, um den Kontakt mit den Passagieren auf ein Minimum zu beschränken, und bewegten sich heimlich wie Soldaten, die durch ein Minenfeld kriechen.

Maddie schlängelte sich zwischen den Gruppen hindurch, die sich um die Whirlpools und die Außenbühne scharten, und ließ den Blick auf der Suche nach Celine über die Gesichter schweifen. Sie hielt dabei meistens den Atem an, um dem Gestank gegrillter Hotdogs und gekochter Tomaten zu entgehen, der rund um die Uhr aus dem Innen-Sitzbereich nach draußen strömte, aber offenbar waren keine warmen Speisen im Angebot. Nur eine Büfettstation war in Betrieb, an der mehrere schwitzende Köche Sandwiches zusammenklatschten. Einige Leute starrten Maddie verärgert an, als sie sich zwischen ihnen hindurch zum Kaffeeautomaten zwängte, schlossen die Reihen und hielten ihre Teller an die Brust gepresst. Der Kaffee floss stotternd in die Tasse, und ihr war sofort klar, dass er kalt war. Sie trug ihre Tasse ins Freie, wobei sie über weggeworfene Wasserflaschen und über ein quallenartiges Etwas stieg, das aussah wie ein benutztes Kondom, und bahnte sich den Weg hinunter zum Tranquility-Deck. Es war unwahrscheinlich, dass Celine bis auf diese Ebene gelangt war, doch es lohnte sich nachzusehen.

Allem Anschein nach war dieser Bereich noch überfüllter, der Whirlpool randvoll mit rowdyhaften britischen Männern.

Keine Celine.

Maddie wollte gerade wieder umkehren, als ihr ein dunkelhaariger Mann ins Auge fiel, der auf einem Liegestuhl neben der Handtuchstation saß: der Blogger vom Abend zuvor. Er hielt den Kopf gesenkt und fummelte an seinem iPhone herum. Anstatt weiterzugehen, ertappte sie sich dabei, wie sie – befeuert von einem Anflug von Verärgerung – sagte: »Fühlen Sie sich besser?«

»Wie bitte?« Er blickte auf, und sie starrte ihr Spiegelbild in den beiden Gläsern seiner Retro-Pilotensonnenbrille an.

»Als gestern Abend. Bei Celines Event.«

Er musterte sie von Kopf bis Fuß. »Sie waren da?«

»Ich bin Celines persönliche Assistentin. Also ja. Ich hoffe, Sie sind glücklich.«

Er zuckte mit den Schultern. »Nicht wirklich. Ich fühle mich, seit ich an Bord gegangen bin, mehr oder weniger hundeelend. Mir geht's immer noch nicht toll.«

»Oh, wie schade.«

»Die persönliche Assistentin, hm? Schreiben Sie ihr auch ihre Ausreden?«

Maddie suchte nach einer scharfen Erwiderung, als ein Piepen ertönte, das eine weitere Durchsage von Damien ankündigte: »Guten Tag, hier spricht Ihr Kreuzfahrtdirektor Damien. Nachdem das neue Jahr nicht gerade perfekt begonnen hat, wie wär's, wenn wir den Trübsinn mit einer Extrapartie Bingo vertreiben?«

»Gott sei Dank haben wir Damien«, sagte der Blogger. »Was würden wir nur ohne ihn tun?« Er schenkte ihr ein sarkastisches Lächeln und erwischte sie damit unvorbereitet. »Ist diese Scheiße zu glauben?« Er fuchtelte mit seinem Telefon. »Kein Empfang. Kein Internet. Ich kann mich nicht einloggen.« Ein Kreischen ertönte, und als Maddie über ihre Schulter blickte, sah sie zwei Frauen im Bikini auf die Männer im Whirlpool springen. »Finden Sie es nicht komisch, dass wir niemanden zu Gesicht bekommen haben?«, fuhr der Mann fort. »Wie zum Beispiel einen Helikopter oder ein anderes Kreuzfahrtschiff? Inzwischen müsste doch jemand losgeschickt worden sein. Ich war den größten Teil der Nacht hier oben. Im Golf wimmelt es von Bohrinseln, aber nichts. Keine Lichter. Null. Nada. Irgendwas geht hier vor sich, was sie uns verheimlichen.«

»Foveros bekommt jede Menge schlechte Presse. Wahrscheinlich wollen sie die Sache unter Verschluss halten. Wollen vermeiden, dass sie in alle Schlagzeilen kommt.«

»Was das betrifft, kennen Sie sich ja aus, oder?«

»Super. Sie haben mich erwischt.« Sie hatte es herausgefordert. Warum unterhielt sie sich überhaupt mit diesem Typen, verdammt? Wenn er sich die Mühe gemacht hatte, sich einen Platz auf dem Schiff zu buchen, musste er einer der hartnäckigen Enthüller sein, die Stunden mit dem Versuch zubrachten, Celine dazu zu verleiten, ihnen auf Facebook, Zoop und Twitter zu antworten. Maddie, die all diese Accounts verwaltete, machte sich nie die Mühe, mit ihnen Kontakt aufzunehmen, sie zu widerlegen oder Kommentare in einem ihrer Blogs zu hinterlassen. Darum kümmerten sich die Freunde. Zeit, sich zu neuen Ufern aufzumachen.

»Hey! Hey, warten Sie. Tut mir leid.« Sie zögerte, dann drehte sie sich um. Der Mann setzte seine Brille ab. Dunkelblaue Augen, helle Wimpern – sein Haar war definitiv gefärbt. »Ich vermute, ein Interview kommt nicht infrage?«

»Da vermuten Sie richtig.«

»Sie kommen aus England.«

»Sie sind echt clever.«

Ein weiteres schiefes Lächeln. »Wie lange arbeiten Sie denn schon für Celine?«

»Ich habe doch gesagt: kein Interview.«

»Dann eben inoffiziell.«

»Ja, klar.«

»Sehen Sie, ich mache nur meinen Job. Sie müssen doch zugeben, was mit Lillian Small passiert ist, war echt beschissen. Es ist ohne den geringsten Zweifel erwiesen, dass Lori und Bobby Small am Schwarzen Donnerstag ums Leben gekommen sind, und trotzdem behauptet Celine …«

»Wie Celine sagt, sie kann nur verwenden, was der Geist ihr mitteilt.«

Er schnitt eine Grimasse, und Maddie wich einen Schritt zurück. »Keine Sorge, ich muss nicht kotzen. Das war mein angeekeltes Gesicht. Ich kapiere das einfach nicht. Warum arbeiten Sie für sie?«

Weil niemand anderer, der bei klarem Verstand ist, mich engagieren würde. »Das geht Sie nichts an.«

»Sie ist eine Ausbeuterin. Sie beutet Trauernde aus.«

»Sie gibt Menschen Hoffnung und hilft ihnen abzuschließen«, erwiderte Maddie automatisch.

»Tatsächlich? Hat sie Lillian Small Hoffnung gegeben und geholfen abzuschließen?«

»Ich brauche mir das nicht anzuhören.«

»Da haben Sie recht. Das brauchen Sie nicht. Aber finden Sie nicht, Sie sollten? Celine hat ein verdammtes Vermögen damit verdient, indem sie Trauernde ausgenommen hat.«

»Menschen brauchen Hoffnung. Sie wollen wissen …«

»Dass es noch mehr gibt? Dass es ein Leben nach dem Tod gibt?«

»Ja.«

»Das kann ich verstehen. Aber einer Mutter zu sagen, dass ihre Tochter und ihr Enkel noch am Leben sind, obwohl es unwiderlegbare Beweise gibt, dass dem nicht so ist? Ich bitte Sie.«

»Das Ganze ist nicht absolut sicher.« Maddie zuckte innerlich zusammen.

»Das ist keine Entschuldigung, und das wissen Sie auch. Geben Sie es doch zu. Es ist alles Blödsinn.«

»Vielleicht glaube ich ja, dass sie eine Gabe besitzt.«

»Das kaufe ich Ihnen keine Sekunde lang ab. Dafür sind Sie zu sehr auf Zack. Und Sie sehen nicht aus wie jemand, der andere absichtlich täuschen würde.«

»Netter Versuch.« Ihrem Ego zu schmeicheln war ein cleverer Schachzug. Er durfte nicht erfahren, dass ihr Ego denselben Weg eingeschlagen hatte wie ihre Selbstachtung schon vor langer Zeit. »Ich glaube, wir sind hier fertig.«

»Moment. Wie heißen Sie denn?« Er grinste und nahm ihr abermals den Wind aus den Segeln. »Nur damit ich weiß, über wen ich schlecht rede.«

»Sie zuerst. Nur damit ich weiß, wen ich verklagen soll.«

»Ich bin unter dem Namen Xavier bekannt.«

»Sie sind ›bekannt unter dem Namen‹ Xavier? Wie alt sind Sie? Zwölf?«

Er lachte – ein tiefes, polterndes Lachen, das sie von ihm nicht erwartet hätte. »Finden Sie ihn etwa nicht cool? Strippermäßig cool? Das ist übrigens mein echter Name.«

»Klar ist er das. Viel Spaß beim Schreiben Ihrer Geschichte. Sieht so aus, als hätten Sie diesmal eine echte.«

Er lachte, und sie ertappte sich dabei, dass sie lächelte. Sie war keine Idiotin: Ihr war klar, dass dieser Typ sie in seinem nächsten Blog in Stücke reißen würde, doch nach ihrer Unterhaltung war sie seltsam beschwingt. »Man sieht sich«, sagte er.

»Zählen Sie nicht drauf.«

Sie ging durch den Innen-Sitzbereich des Büfetts zurück. Celine musste sich irgendwo auf dieser Ebene befinden. Es sei denn ... *Scheiße.* Warum hatte sie nicht früher daran gedacht? Vielleicht hatte Celine nach dem Verlassen der Suite wieder gesundheitliche Probleme bekommen und war auf die Krankenstation gebracht worden. Ray. Es wurde Zeit, dass der Mistkerl seinen Job erledigte. Wie sie war er in einer der billigeren Kabinen im Inneren des Schiffs untergebracht. Sie wühlte in ihrem Gedächtnis nach seiner Kabinennummer, dann trottete sie wieder die Stufen hinunter, vorbei am Eingang zum Promenade-Dreamz-Deck, dem Kasino und der Kunstgalerie. Die Neonbeleuchtung war aus, und ohne sie wirkte das Innere des Schiffs trostlos, wie ein alterndes Showgirl ohne sein Make-up. Sie joggte mehrere Treppen nach unten und vermied es dabei, durch die Nase zu atmen. Die Luft hier unten war eine faulig feuchte Brühe, gewürzt mit einer Prise Abwasser. Sie lief den Korridor entlang, der zu den Kabinen mit ungeraden Nummern führte, und klopfte an die Tür, von der sie hoffte, dass es sich um die von Ray handelte.

»Ja?«, rief eine verschlafene Stimme. Sie klang nach Rays.

»Ich bin's, Maddie.«

Über eine Minute verging, bis Ray die Tür öffnete, ein Handtuch um die Hüften. »Hey, Maddie«, sagte er und fuhr sich mit den Fingern auf seiner nackten Brust hin und her. »Heiß, nicht wahr?«

Aus der Kabine war ein Kichern zu hören, und eine Frauenstimme rief: »Beeil dich, Ray!«

Ray drehte den Kopf. »Bin gleich da, Baby.«

Eine füllige Frau in knapper Unterwäsche tauchte hinter ihm auf, schlang die Arme um seinen Oberkörper, legte ihr Kinn auf seine Schulter und starrte Maddie mit großen Augen unbefangen an. Ihre Haut war ein Flickwerk aus roten und weißen kreuz und quer verlaufenden Bräunungsstreifen. »Hi.«

»Hi.«

»Das ist Maddie, Baby«, sagte Ray mit einem Grinsen. »Wir arbeiten zusammen.«

»Ach ja?« Die Frau gähnte und löste ihre Umarmung. »Ich gehe mal duschen.«

Ray zwinkerte Maddie zu. »Ich leiste dir gleich Gesellschaft.«

Die Frau kicherte abermals und verschwand im Bad.

Maddie warf Ray einen Blick zu. »Du warst beschäftigt.«

Ray zuckte mit den Schultern, ohne dass sein Grinsen verschwand. »Ich habe beschlossen, meine eigene Party zu schmeißen, nachdem du meine Einladung nicht angenommen hast. Wir haben uns an der Sammelstation kennengelernt. Hey, wo warst du eigentlich?«

»Nett von dir, dass dir das aufgefallen ist.« Und wo sie gerade darüber nachdachte, nett von Foveros, dass es ihnen aufgefallen war. Sie konnte sich nicht erinnern, dass ein Mitarbeiter durchgezählt hätte. »Ich war bei Celine. Unserer Chefin, erinnerst du dich? Sie … Gestern Abend ist irgendwas mit ihr passiert.«

»Oh, echt? Was denn?« Er kratzte sich am Bauch und verlagerte sein Gewicht, sodass Maddie einen Blick in die Kabine werfen konnte. Der Fußboden war ein Schlachtfeld aus leeren Bierdosen und Tellern, die mit einer Sauce von der Farbe von getrocknetem Blut beschmiert waren.

»Hast du Celine heute Morgen schon gesehen?«

»Was glaubst du? Wie du schon festgestellt hast, ich war beschäftigt.«

»Ich muss sie finden.«

»Viel Glück.«

»Du hast also nicht vor, mir zu helfen?«

»Wie schwierig kann es denn schon sein? Du bist auf einem Schiff. Sie sitzt im Rollstuhl.«

»Das ist deine Aufgabe, Ray. Ich habe letzte Nacht kaum geschlafen.«

»Dann wären wir schon zwei.«

»Gut. Weißt du was? Vergiss es. Vielen Dank auch.«

»Hör mal, Maddie. Weißt *du* was? Du kannst dir deinen Schwachsinn sonst wohin stecken.«

»Wie bitte?«

»Ich hab's satt, dass du mich höhnisch angrinst, dass du mich von oben herab betrachtest.« Das war eine Facette von Ray, die bislang verborgen geblieben war.

»Gut. Von mir aus.«

»Du hältst dich für so überlegen, stimmt's? Tja, Schätzchen, ich werde dir jetzt mal was verklickern. Du bist nur irgend so eine verstockte Britin, die einen Komplex hat. Du weißt doch, was du brauchst, oder? Einen guten Fi…«

Der Wutausbruch war unvermittelt und überwältigend. Maddie rammte ihm beide Handflächen gegen die Brust. »Ich sage dir, was ich brauche, du Scheißkerl: dass du mir aus den Augen gehst.« Speicheltröpfchen flogen ihm ins Gesicht. Sein geschockter Gesichtsausdruck wich Belustigung, was sie noch mehr in Rage versetzte.

Er hob die Hände. »Hey, immer mit der Ruhe, Schätzchen. Ich habe doch bloß Spaß gemacht.«

»Arschloch.« Sie wirbelte herum und rannte zur Treppe, zitternd und mit einem Rauschen in den Ohren. Sie pfiff darauf, zu ihrer Kabine zu gehen und ihre Habseligkeiten zu holen; das brachte sie jetzt einfach nicht fertig. Sie hielt sich am Geländer fest. Verfluchter, *verfluchter* Ray. Sie durfte nicht zulassen, dass er ihr an die Nieren ging. Sie hielt inne, um sich zu sammeln – sie musste zuerst wieder nach oben zum Atrium und dann hinunter zur Krankenstation. Als sie noch nicht einmal beim ersten Treppenabsatz angelangt war, kam ihr ein Mann entgegengesprintet, der sich eine Hand vor den Mund hielt, als müsse er sich jeden Moment übergeben.

O *mein Gott*. Maddie verschränkte die Arme mit unter die Achseln geschobenen Händen und rannte los, da sie dringend frische Luft brauchte. Ihre Kopfhaut prickelte, ihre Handflächen fingen an zu schwitzen, und sie hatte das Gefühl, als würde ihr jemand die Kehle zuschnüren. Sie stolperte hinüber zum Balkon des Atriums und versuchte, ihr Herz zu verlangsamen, das den Eindruck vermittelte, als wolle es sich gewaltsam den Weg zu ihrem Mund hinausbahnen. Der Boden unter ihren Füßen neigte sich, und ihre Eingeweide rollten träge.

»Maddie?« Sie blickte auf und sah Eleanor, eine von den Freunden, auf sie zusteuern. »Alles in Ordnung mit Ihnen?«

Maddie brachte zunächst kein Wort heraus. *Meine Güte.*

»Kommen Sie, setzen Sie sich hin.« Eleanor rieb ihr den Rücken.

»Mir geht's gut. Ich war nur … Mir geht's gut.«

»Sind Sie sicher?« Eleanor war eine von den Haustier-Fanatikern, wollte unbedingt mit dem Geist ihres Hundes in Kontakt treten. Maddie wühlte in ihrem Gedächtnis nach seinem Namen – Denny oder Dirk oder so ähnlich, ein Name, der besser zu einem Pornostar gepasst hätte. »Soll ich Ihnen Wasser holen? Es ist furchtbar stickig hier drin, nicht wahr?«

»Mir geht's gut.« Die Worte auszusprechen schien zu helfen. Ihr zugeschnürter Rachen schien sich zu weiten. »Vielen Dank, Eleanor. Mir war nur einen Moment ein bisschen schwindelig.«

»Das überrascht mich nicht. Sie sind zu dünn, Maddie. Haben Sie schon gefrühstückt?«

»Nein.« Und sie hatte gestern das Abendessen verpasst – hatte sich letzten Endes doch keinen Käsetoast bestellt. »Ich habe nach Celine gesucht.«

»Tja, meine Liebe, sie ist in der Starlight Dreamer Lounge.«

»Hm?« Das konnte nicht stimmen. »Was zum … Was macht sie denn da?«

»Na ja, also ich bin heute Morgen früh aufgestanden und zum Büfett gegangen, um mir ein Müsli zu holen – ich habe letzte Nacht wegen der ganzen Sache so schlecht geschlafen, obwohl Damien uns sagt, dass es keinen Grund zur Besorgnis gibt –, und habe sie auf dem Lido-Deck getroffen. Sie hat mich gebeten, alle Freunde zusammenzutrommeln.«

»Celine hat *was* gemacht?«

»Gott segne sie. Sie ist jetzt seit zwei Stunden bei uns und sorgt dafür, dass wir uns wohlfühlen. Ein paar Freunde waren wirklich beunruhigt, vor allem diejenigen, deren Flüge heute gehen, aber Celine hat ihnen gesagt, dass sie sich überhaupt keine Sorgen zu machen bräuchten. Ich war gerade auf dem Weg in meine Kabine, um meine Vitamine zu nehmen, aber das kann warten. Soll ich Sie zu ihr bringen?«

»Das schaffe ich schon.«

Eleanor gab einen Laut des Missfallens von sich. »Ich lasse Sie in dieser Verfassung nicht alleine.«

Sie hakte sich mit einem dicken Arm bei Maddie ein und badete sie in Maiglöckchenduft.

»Wie ist Celine denn dort runtergekommen?«

»Na, sie ist natürlich zu Fuß gegangen. Sie hat sich

Zeit gelassen, aber sie hat gesagt, sie fühlt sich dazu in der Lage.«

»Und ihr Rollstuhl?«

»Oh, mit dem haben ihr Jacob und Jimmy geholfen.« Maddie ließ sich von Eleanor vorbei an dem menschenleeren Kasino und durch den Gang zum Eingang der Lounge führen. Eine kleine Gruppe von Freunden hatte sich davor versammelt, und Jacob kam zu ihnen geeilt, bekleidet mit einer lavendelfarbenen Weste, einer rosafarbenen Krawatte und einem Hemd mit Nadelstreifen.

»Maddie fühlt sich nicht wohl, Jacob«, sagte Eleanor. Sie ließ Maddie los und tätschelte ihr den Arm.

»Oh, Sie armes Ding. Aber Sie sind an den richtigen Ort gekommen. Wir werden uns um Sie kümmern.«

Maddie gab sich Mühe zu lächeln. Eigentlich hielt sie die Freunde für Versager – für menschliche Puzzleteile, denen ein wichtiges Stück blauer Himmel fehlte –, doch hier waren sie und unterstützten sie.

»Ich habe Maddie gerade erzählt, wie wundervoll Celine zu uns ist«, sagte Eleanor.

Jacob nickte begeistert. »Oh, ja. Celine *und* Archie. Archie hat sich heute sehr oft zu Wort gemeldet. Celine sagt, der Geist möchte uns wissen lassen, dass wir mit alldem spielend leicht fertigwerden müssen.«

»Jacob«, sagte Eleanor, »erzählen Sie Maddie doch, was Archie zu Ihnen über Kathy gesagt hat.«

»Kathy?«, fragte Maddie.

»Seine Schwester. Sie erinnern sich doch bestimmt,

Maddie. Sie ist gestern Abend in Erscheinung getreten – sie ist an Thanksgiving verschwunden.«

Natürlich. Wie konnte Maddie das vergessen haben? Sie selbst hatte die Details an Celine weitergegeben, nachdem Jacob sie ihr bei ihrem ersten Kennenlerntreffen anvertraut hatte. Ein weiterer Anflug von Schamgefühl.

Jacobs Augen nahmen einen verträumten Ausdruck an. »Sie ist diesmal gemeinsam mit Archie vorgetreten. Er hat gesagt, sie trägt ihr weißes Lieblingskleid, und möchte, dass ich genau erfahre, was ihr zugestoßen ist.« Maddies Finger begannen wieder zu kribbeln, und sie bohrte die Fingernägel in ihre Handflächen. »Archie hat mir die ganze Geschichte erzählt. Kathy ist nach San Francisco davongelaufen, wo sie eine Weile gelebt hat, aber schlechten Umgang hatte.« Seine Stimme klang mit einem Mal belegt. »Sie starb ganz allein in einer verbarrikadierten Wohnung an einer Überdosis, ein Jahr nachdem sie uns verlassen hatte.«

»Das tut mir ja so leid«, erwiderte Maddie. Welches Spiel spielte Celine, verdammt? Sie handelte mit Hoffnung, nicht mit Verzweiflung.

»Das braucht Ihnen nicht leidzutun. Ich wollte es ja wissen. Ich *musste* es wissen. Kathy wartet darauf, dass ich ihr Gesellschaft leiste. Sobald ich ins nächste Leben übertrete, wird sie zur Stelle sein.«

»Wie inspirierend«, hauchte Eleanor.

Die Glastür wurde von einem Keil gerade so weit offen gehalten, dass Eleanor sich hindurchzwängen konnte – jeder, der noch fülliger war, hätte Probleme gehabt –, und Maddie folgte ihr in die düsteren Tiefen der Lounge. Annabeth und Jimmy, eines der wenigen Paare, die sich für die Kreuzfahrt mit Celine angemeldet hatten, gluckten über ihr. Maddie murmelte eine vage Begrüßung und näherte sich der Bühne, wo Celine in ein Gespräch mit Leila vertieft war.

Celine blickte auf, und ihre Blicke trafen sich. »Danke, meine Liebe«, sagte Celine zu Leila. »Madeleine braucht mich jetzt.«

Ohne ein Murmeln und nur mit dem leisesten Lächeln in Maddies Richtung schwebte sie davon, als wäre sie an einer unsichtbaren Schnur gezogen worden. Maddie kletterte auf die Bühne.

Celine neigte den Kopf zur Seite und musterte sie. »Sie sehen müde aus, Madeleine. Haben Sie gut geschlafen? Sie haben geschlafen wie eine Tote, als ich heute Morgen gegangen bin.«

»Ja, genau darum geht es. Warum haben Sie mich denn nicht geweckt?«

»Sie mussten sich ausruhen.«

»Wie fühlen Sie sich denn, Celine? Sollten Sie das wirklich tun?« Was auch immer »das« war, es war nicht richtig: Celine hatte die gesamte Kreuzfahrt damit zugebracht, den Freunden aus dem Weg zu gehen, und jetzt war sie hier, ihre neue beste Freundin.

»Ich fühle mich wunderbar. Einfach wunderbar. Wie ein neuer Mensch.«

Maddie musste zugeben, dass sie seit Monaten nicht mehr so gut ausgesehen hatte. Ihr Make-up war weniger aufdringlich als sonst, was sie jünger aussehen ließ, weniger verbraucht. »Jacob und Eleanor haben behauptet, Sie hätten sie heute Morgen gebeten, alle Freunde hierherzuholen. Was führen Sie im Schilde?«

»Die Leute sind beunruhigt, Madeleine. Wir müssen alle unsere Schuldigkeit tun.«

»Okay. Kann die echte Celine jetzt bitte zurückkommen?«

»Oh, sie ist ganz in der Nähe. Sie wird sich schon bald zeigen. Sie müssen wissen, ich habe vor, so vielen Menschen wie möglich zu helfen.«

»Was meinen Sie mit ›helfen‹?«

»Den Menschen muss der Weg gezeigt werden, Maddie. Sie brauchen Führung. Ich bin hier, um ihnen eine helfende Hand zu reichen. Ich und der Geist natürlich.«

»Sagen Sie mir, dass Sie mich auf den Arm nehmen, Celine.«

Celine nahm ihre Hand. Die Finger ihrer Chefin waren eiskalt, obwohl in der Lounge wie auch überall sonst auf dem Schiff eine lähmende Schwüle herrschte. »Wo ist Ray?«

»In seiner Kabine.«

»Na ja, er wird sehr bald auftauchen. Das werden sie alle, wenn sie wissen, was gut für sie ist.« Celine zwinkerte ihr zu. »Los, setzen Sie sich. Sehen Sie sich die Show an. Ich glaube, Sie wird Ihnen gefallen.«

»Ich glaube nicht, dass Sie das tun sollten, Celine.«

»Meine Liebe, das ist es, wozu ich geboren wurde.«

»Gestern Abend …«

»Los, setzen Sie sich hin, Maddie«, sagte Celine, wobei sich ihr Tonfall von honigsüß in aufbrausend verwandelte, was beruhigend war. Mit einer gereizten Celine konnte Maddie umgehen. »Sie wollen doch jetzt keine Szene machen, oder?«

»Celine, bitte sagen Sie mir, was Sie …«

»Genug. Los jetzt.«

Maddie besaß nicht die Kraft, um zu diskutieren. Celine hatte bestimmt persönliche Gründe, warum sie diese Rolle spielte. Vielleicht hatte es etwas mit den Anschuldigungen des Bloggers am gestrigen Abend zu tun. Vielleicht hoffte sie, die Freunde würden in Scharen zu ihrer Verteidigung herbeiströmen, wenn Xavier (oder wie auch immer sein richtiger Name lautete) den Clip in sämtlichen sozialen Netzwerken verbreitete. Vielleicht hatte in ihrem Gehirn irgendetwas nachgegeben und eine neue, altruistische Seite freigelegt.

Maddie bahnte sich den Weg zu einer Sitznische in einer Ecke des Raums. Sie hatte den Techniker entdeckt – den jungen Mann, den Celine am Abend zuvor zur Schnecke gemacht hatte. Er war in ein Gespräch mit Juanita vertieft, die Maddie verstohlen zuwinkte. Sie ließ sich auf einen Stuhl fallen und wartete, während ihr Kopfschmerz in ihren Schläfen pulsierte. In der Starlight Dreamer Lounge kehrte Stille ein, als Celine aus eigener Kraft über die Bühne rollte, und Maddie wurde das Gefühl nicht los, dass sie jeden Moment sehen würde, wie eine verwirrte Prophetin im Rollstuhl zu ihren Gefolgsleuten sprach.

Der Verurteilte

Gary lag so still wie möglich da und beobachtete, wie Schweiß an seiner Bauchbehaarung Tröpfchen bildete. Marilyn hatte die Kabine vor einer Stunde verlassen, nachdem sie sich beklagt hatte, sie bekäme keine Luft. Er hatte vor, sich in der Kabine zu verschanzen, bis das Problem behoben war, doch ohne Klimaanlage verwandelte sie sich schnell in eine Sauna. Die Hitze und sein niedriger Blutzucker sorgten dafür, dass ihm übel war; er würde sich hier unten nicht mehr lange komfortabel aufhalten können. Und zu schlafen war unmöglich. Da er nicht in der Lage war, den andauernden Dialog in seinem Kopf zu stoppen, hatte er nicht viel mehr getan als gedöst, seit Marilyn und er letzte Nacht von der Sammelstation zurückgekehrt waren. Zumindest hatte er das unbeschadet überstanden. Er war die ganze Zeit über in höchster Alarmbereitschaft gewesen, war jedes Mal zusammengezuckt, wenn ein Wachmann oder ein Crewmitglied vorbeiging, doch Marilyn hatte keine Bemerkung zu seinem Verhalten gemacht. Vermutlich hatte er das ihren Kreuzfahrt-Bekannten zu verdanken, die ihre gesamte Aufmerksamkeit in Anspruch genommen und unaufgefordert eine Nonstop-Flut von Kommentaren über den Zustand des Immobilienmarkts in Minnesota abgelassen hatten, sodass er sich in eine dunkle

Ecke zurückziehen und sich so unauffällig wie möglich verhalten konnte.

Wenn sie dich verhaften wollten, hätten sie es inzwischen getan. Entspann dich.

Aber was ist mit dem Schild »Bitte nicht stören«? Was ist, wenn sie das haben?

Na und? Selbst wenn *sie es auf Fingerabdrücke untersuchen, deine sind nirgendwo gespeichert.*

Wenn wir wieder im Hafen sind, nehmen sie vielleicht von jedem Fingerabdrücke.

Und wenn schon? Es ist völlig nebensächlich. Sie haben andere Sorgen. Du bist in Sicherheit. Du hast das Schlimmste überstanden.

Die Videoaufzeichnung – vielleicht erkennen sie mich.

Niemals.

Tatsächlich? Was ist mit gestern Abend? Wie soll ich erklären, warum ich zu ihrer Kabine gegangen bin?

Du standest unter Schock, warst orientierungslos, weil das Schiff plötzlich stehen geblieben ist.

Und DNA-Spuren? Meine DNA ist bestimmt überall in ihrer Kabine.

Sie werden nicht jeden an Bord testen.

Das kann man nie wissen.

Sie werden die Sache nicht an die große Glocke hängen. Du weißt ja, wie so was läuft. Inzwischen sind sie zu der Überzeugung gekommen, dass sie an einer Alkoholvergiftung gestorben ist. Was sollte sonst der Grund dafür sein, dass sie die Crew und die Passagiere nicht befragen?

Er musste das glauben. Er setzte sich auf und humpelte mit leichter Schlagseite ins Bad, da sich das Schiff inzwischen nach links neigte. Er brachte sich wieder ins Gleichgewicht und vermied es, einen Blick auf die Kleidungsstücke zu werfen, die er am Abend zuvor in der Duschkabine hatte liegen lassen und die Marilyn dort an einer Leine aufgehängt hatte. Das Wasser sprudelte aus dem Hahn, und er spritzte es sich auf die Wangen. Er beschloss, sich nicht die Mühe zu machen, sich zu rasieren – alles, was dazu beitrug, dass sich sein Äußeres veränderte, würde helfen. Er sprühte sich mit Deodorant ein, schlüpfte in ein frisches Hemd und in frische Shorts, verließ die Kabine und ging zur Treppe. Ein Crewmitglied, das den Handlauf polierte, beäugte ihn argwöhnisch, als er im Vorbeigehen auf dem geneigten Fußboden das Gleichgewicht verlor und ins Stolpern geriet. Er durchquerte das Atrium, zwängte sich durch eine Horde aufgebrachter Passagiere, die darauf warteten, bis sie an der Reihe waren und das Personal des Gästeservice anbrüllen konnten. Die Frau an der Spitze der Schlange schrie: »Meine Hunde sind in der Hundepension. In Zwingern! Ich hätte sie heute abholen sollen!«

Als er hinaus aufs Lido-Deck trat, wo es von Menschen wimmelte, schlug ihm eine Wand von Lärm entgegen. Sämtliche Liegestühle waren belegt. Das Sonnenlicht stach in seinen Augen, und das von der Reling eingerahmte Meer wogte schwerfällig.

»Sie werden bald hier sein«, sagte ein Mann mittleren Alters zu einer Gruppe von Frauen, die sich um ihn scharten und sich gegenseitig mit Sonnencreme einrieben. Gary stieg über die ausgestreckten Beine einer Passagierin, die sich mit einem Exemplar von Damiens täglich erscheinendem Veranstaltungsprogramm Luft zufächelte, und suchte die Umgebung nach Marilyn ab.

»Gary!« Er reckte den Hals und entdeckte sie neben dem Eingang zum Innen-Sitzbereich des Büfetts. Sie schwenkte die Arme über dem Kopf. »Gary! Hier drüben, Schatz!« Als er sich den Weg zu ihr bahnte, drehten sich andere Passagiere um und sahen ihn an, woraufhin er rot anlief und den Kopf gesenkt hielt. Sie saß mit einem Pärchen am Tisch, das jünger und auffälliger war als das vom gestrigen Abend. Das war keine Überraschung: Er hatte damit gerechnet, dass Marilyn ihr Glück woanders versuchen würde.

»Hey, Schatz«, sagte Marilyn. »Das sind Samantha und Mason Patchulik.«

Der Mann – Ende zwanzig, harte Augen, Bürstenhaarschnitt, verbrannte Kopfhaut – nickte ihm zu. »Das ist ein Urlaub, was?«

»Du musst es als Abenteuer sehen, Baby«, balzte die Frau – Samantha –, schlug die Beine übereinander und bedachte Gary mit einem kalkulierten Lächeln. Falsche Brüste, falsche Haare, gebleichte Zähne. Eine künstliche Frau. Nicht Garys Typ. »Ich würde mir nur wünschen, ich könnte meinen Leuten zu Hause sagen, was los ist. Denken Sie, Foveros hat alle informiert? Sie fahren in einer Stunde los, um uns am Flughafen abzuholen.«

Gary blickte sich nach einem freien Stuhl um, doch es waren alle besetzt. Ihm blieb nichts anderes übrig, als unbeholfen neben dem Tisch stehen zu bleiben.

»Samantha und Mason sind aus Michigan«, sagte Marilyn, die sein Unbehagen nicht zur Kenntnis nahm.

»Ach, tatsächlich? Das ist ja toll.«

Mason schüttelte den Kopf, als habe Gary etwas fürchterlich Dummes gesagt. »Meinen Sie? Wir haben uns zu Hause den Arsch abgefroren. Wir dachten uns, wir würden ein bisschen Sonne abbekommen, und haben in letzter Minute zum Schnäppchenpreis gebucht, aber schauen Sie, was wir sonst noch bekommen haben. Wir sitzen fest. Werden unseren Flug verpassen. Die sollten uns lieber mal in der Businessclass nach Hause fliegen, um das wiedergutzumachen. Oder uns zumindest eine Freikreuzfahrt geben.«

Marilyns Augen leuchteten auf. »Oh, daran habe ich noch gar nicht gedacht. Meinen Sie, das würden sie tun?«

»Wenn sie nicht verklagt werden wollen, werden sie es tun. Wegen Verdienstausfall werde ich sie auch drankriegen.«

Viel Glück damit, dachte Gary. Er hatte bei der Buchung das Kleingedruckte gelesen; er las es jedes Jahr gewissenhaft durch, und er wusste, dass sich Foveros gegen wirklich alles absicherte. Das Unternehmen konnte die Passagiere mehr oder weniger an somalische Piraten verkaufen, ohne dass sie rechtliche Ansprüche geltend machen könnten.

»Also, Gary«, fuhr Mason fort. »Marilyn sagt, Sie sind Lehrer, was?«

»Ja, das bin ich.«

»Highschool?«

»Acht- bis Zwölfjährige.«

»Wer kein Macher ist, unterrichtet, habe ich recht?«

Gary rang sich ein steifes Lächeln ab. »So ähnlich.«

»Hey, nichts für ungut. Ich habe nur Spaß gemacht. Ich bin in der Baubranche.«

»Er hat seine eigene Firma«, brüstete sich Samantha und rieb seinen Oberschenkel.

»Ja. Ich habe meine eigene Firma gegründet. Bin mein eigener Boss. Kann selber bestimmen, wie viel ich arbeite.« Mason gehörte eindeutig zu den Männern, die andere immer übertreffen mussten – Gary kannte diese Sorte. Er sah jeden Tag heranwachsende Masons auf dem Schulhof. Er selbst war nie einer von ihnen gewesen – aber auch keines ihrer Opfer. Er wusste, wie man den Kopf einzog, untertauchte, mit dem Hintergrund verschmolz. Er war geübt darin, den Dramen im Lehrerzimmer und den gelegentlichen Beschwerden von Eltern bei der Arbeit aus dem Weg zu gehen. Und er wusste, was seine Schüler von ihm hielten: Mr Johansson, der langweiligste Lehrer der Welt. Im Unterricht hatte er nur selten Probleme; er hatte den Eindruck, dass die Schüler keinen Sinn darin sahen zu rebellieren. Sie hatten herausgefunden, dass er seine Arbeit völlig mechanisch verrichtete.

Er blickte sich um und hielt Ausschau nach anderen aus der Gruppe seines Mädchens. Möglicherweise verbarg sich jemand von ihnen unter einem der Leintücher, die einige als Sonnenschilde an der Reling befestigt hatten.

»Hat jemand gesehen, was es zum Frühstück gibt?«, fragte Marilyn in die Runde. »Sandwiches!«

»Ich weiß schon«, keuchte Samantha. »Ich habe einen von den Kellnern gefragt, und er hat gesagt, dass sie wegen des Stromausfalls nicht viele Möglichkeiten haben.«

Mason (was für ein Name war »Mason« überhaupt?) schüttelte den Kopf. »Sie sollten eigentlich ein redundantes System haben.«

»Ein redundantes System?«

»Ein System, das sich in einer Situation wie dieser einschaltet. Das ist Standard. Habe ich bei Cruise Critics gesehen. Nach dem Zwischenfall mit der *Beautiful Wonder* hätten eigentlich alle Foveros-Schiffe damit ausgestattet werden sollen.«

»Wie clever Sie sind, dass Sie so was wissen!«, sagte Marilyn und beäugte Mason ehrfürchtig. Gary hasste sie dafür.

»Das Mindeste, was sie tun könnten, wäre, ein anderes von ihren Schiffen zu schicken, um nach uns zu sehen. Oder einen Helikopter oder so«, sagte Mason. »Hey!«, rief er einem vorbeigehenden Crewmitglied hinterher, das einen Hinderniskurs mit auf dem Bauch liegenden Körpern durchlief und dabei Plastikbecher und weggeworfene Wasserflaschen einsammelte. »Wann erfahren wir endlich, was los ist, verdammt?«

»Der Kapitän macht bald eine Durchsage, Sir«, entgegnete das Crewmitglied mit einer Stimme ohne jegliche Intonation.

»Das heißt es schon den ganzen Vormittag. So ein Schwachsinn.«

»Schatz«, sagte Samantha. »Es ist nicht seine Schuld.«

»Ich habe diese Scheiße satt. Ich habe einen Haufen Geld bezahlt, um hier zu sein.«

»Ich weiß, Baby. Ich sage ja nur …«

»Und ich brauche mir nicht von dir sagen zu lassen, was ich tun soll.«

»Das mache ich doch nicht.«

»Ach ja? Klingt für mich aber so.«

»Entschuldige, Baby«, sagte Samantha mit einem Schmollmund wie ein kleines Mädchen.

Diese unerwartete Unterhaltung ließ Marilyns Augen leuchten. Mason plusterte sich auf wie ein Gockel und winkte das Crewmitglied weg. Der Mann zog sich zurück und wurde daraufhin von einer Gruppe von Passagieren belästigt, die am Nachbartisch saßen und ihm dieselbe Frage stellten.

»Das wird ein heißer Tag«, murmelte Samantha und zupfte an den Trägern ihres Oberteils.

»Da fällt mir ein«, sagte Marilyn und drehte sich zu Gary. »Schatz, ich habe meinen Hut in unserer Kabine liegen lassen. Würdest du ihn mir bitte holen? Ohne ihn verschmore ich hier. Und du schaust am besten mal beim Gästeservice vorbei und findest raus, was los ist.«

»Klar.« Auf diese Weise konnte er zumindest den Patchuliks entkommen. Hoffentlich hatte Marilyn bald genug von ihnen. Wenn nicht, würde er wieder Unwohlsein vortäuschen und sich irgendein Versteck auf dem Schiff suchen, wo es nicht so stickig war wie in der Kabine. »Kann eine Weile dauern. Die Schlange sah aus, als ob …« Gary erstarrte, als ein Wachmann am Pool-Deck vorbeischlenderte; er hätte schwören können, dass der Typ ihn direkt ansah.

»Schatz?« Marilyn und die Patchuliks sahen ihn neugierig an. »Alles okay mit dir?«

»Entschuldige. Sicher. Ich gehe jetzt. Bis später.«

Gary zwängte sich durch die Menge und steuerte auf das Herz des Schiffs zu. Die Schlange am Gästeservice-Schalter war inzwischen fast doppelt so lang und der Protest doppelt so laut. Er ging an der Kunstgalerie vorbei und trottete zu seinem Deck hinunter. Im Gegensatz zu dem Lärm im Freien und im Atrium herrschte auf den unteren Decks beinahe unheimliche Stille. Eine Tür schlug zu und ließ ihn zusammenzucken. Er redete sich ein, dass das lächerlich war, schließlich war er gerade erst hier unten gewesen. Normalerweise machten ihm die niedrigen Decken und die endlosen Korridore nichts aus – genau genommen gefiel ihm die Vorstellung sogar, dass er sich unter der Wasserlinie bewegte, umgeben von Meilen von Meer –, doch aus irgendeinem Grund machte sich Nervosität bei ihm breit. Die Beleuchtung war trüber als zuvor, dessen war er sich fast sicher, und die Siebdruck-Kunstwerke an den Wänden, die allesamt miteinander ringende Engel zeigten, waren jetzt nur noch ein verschwommenes Durcheinander von klumpigen Gliedmaßen und Löchern anstelle von Augen. Der grellbunte Teppichboden schien zu atmen, und dann hörte er ein gleichmäßiges Pochen. Einen kranken Herzschlag. Als käme jemand auf ihn zugelaufen.

Er drehte sich um. Niemand zu sehen. »Hallo?«

Ohne Vorwarnung krampften sich seine Eingeweide zusammen. Er tastete nach seiner Schlüsselkarte, ließ sie auf den Teppichboden fallen. Die Härchen auf seinen Armen und an seinem Nacken stellten sich auf, und sein Herz schlug schneller. Gary glaubte von sich selbst nicht, dass er eine überaktive Fantasie besaß, doch es kam ihm tatsächlich so vor, als sei er hier unten allein – der einzige Passagier auf einem völlig menschenleeren Schiff. *Bumm, bumm, bumm* – er wirbelte abermals herum, doch der Korridor war leer. Woher das Geräusch kam, konnte er nicht mit Sicherheit sagen: von unten oder vielleicht auch aus einer der Kabinen. Er probierte noch einmal die Schlüsselkarte aus, und dieses Mal funktionierte sie. Dann drückte er die Tür auf, bis sie an ihrem Magneten anschlug, und betätigte den Schalter. Das Licht funktionierte nicht. Sein Hemd war inzwischen klatschnass, deshalb zog er es aus und tastete im Schrank nach einem anderen. Ihn überkam das dringende Gefühl, dass er die Kabine unbedingt verlassen musste, doch seine Eingeweide krampften sich abermals zusammen, und ihm blieb nichts anderes übrig, als ins Bad zu eilen. Er schaffte es gerade noch rechtzeitig. Die Spültaste gab ein hohles Geräusch von sich. Er versuchte es noch einmal. Fehlanzeige. Pfeif drauf.

Hau ab, hau ab, hau ab.

Er taumelte in den Korridor und wollte gerade loslaufen, als ihm bewusst wurde, dass er Marilyns Hut vergessen hatte. Widerwillig machte er kehrt. Die Kabine stank nach seinen eigenen Exkrementen, und er würgte. Der Hut, ein rosafarbener Strohhut, den Marilyn auf Cozumel gekauft hatte, hing unschuldig an einer Ecke des Fernsehers. Er rannte darauf zu und hatte ihn fast schon in der Hand, als die Tür hinter ihm zuschlug. Er blickte sich panisch um, glaubte, in der Dunkelheit eine Bewegung ausmachen zu können, hatte den Eindruck, dass auf der anderen Seite des Raums zwei dunklere Umrisse zuckten.

Gary wich zurück, wobei er mit den Kniekehlen gegen die Bettkante stieß.

Schon okay, schon okay, schon okay. Niemand hat es auf dich abgesehen, hier ist niemand, du bist nur …

Er schrie auf und biss sich auf die Zunge, als ein Gewicht auf seiner Brust landete und ihm die Luft aus der Lunge presste. Er versuchte, um sich zu schlagen, doch seine Arme wollten – oder konnten – sich nicht bewegen. Wie gelähmt musste er über sich ergehen lassen, dass eisiger Atem seine Wangen kitzelte und kalte Finger langsam an seinem Oberschenkel hinaufkrabbelten.

»Ich konnte niemanden entbehren, der heute Morgen Ihre Kabinen hätte übernehmen können«, sagte Maria zur Begrüßung zu Althea. »Trining ist immer noch krank, und Joan sagt, sie ist heute nicht in der Lage zu arbeiten.«

Althea nickte in Erwiderung darauf. In Marias Gesicht befanden sich heute keine Augenbrauen, nur ein Schmierer, wo sie hätten sein sollen. Dadurch entstand der Eindruck, als würden ihre Gesichtszüge langsam verschwinden. Vielleicht würde morgen ihre Nase weg sein, dann die Augen, dann der Mund, und anschließend gäbe es nur noch glatte Haut. Althea schüttelte sich im Geiste – wie kam sie auf solche Gedanken? Sie strich mit der Zunge über ihre Zähne. Vergangene Nacht hatten sie extrem realistische Albträume geplagt: Ein Mann – sein Gesicht hatte sie nicht gesehen – hatte ihr mit einer rostigen Zange einen Zahn nach dem anderen herausgerissen. In Gedanken konnte sie noch immer das Knirschen hören, mit dem sich jede Wurzel aus ihrem Zahnfleisch löste. Ihre *lola* glaubte fest daran, dass Träume eine Bedeutung hatten, und Althea hatte irgendwo gehört, dass schwangere Frauen häufiger unter Albträumen litten. Und dann war da noch der Junge … Er hatte sie zwar nicht in ihren Träumen heimgesucht, doch in gewisser Weise war das noch schlimmer.

»Althea? Hören Sie mir überhaupt zu?«

»Entschuldigung, Maria. Könnten Sie noch mal wiederholen, was Sie gerade gesagt haben?«

»Ich habe gesagt, dass der Sicherheitsdienst so bald wie möglich mit Ihnen sprechen möchte.«

»Ja, Maria.« Althea hatte damit gerechnet. Sie musste sich ihre Geschichte zurechtlegen. Sie konnte kaum erzählen, ein Geisterjunge habe sie zu dieser bestimmten Kabine geführt, oder zugeben, dass sie langsam verrückt wurde. Nachdem der große Wachmann, der in Begleitung seines Vorgesetzten zu der Kabine der toten jungen Frau zurückgekehrt war, Althea hatte gehen lassen, war sie in ihre eigene Kabine geflüchtet. Sie war dankbar gewesen, dass Mirasol, mit der sie sich die Kabine teilte, gerade nicht da gewesen war, und hatte sich in ihre Bettdecke eingewickelt, die Augen fest zugemacht und so getan, als sei sie bewusstlos. Darin war sie geübt, da sie dasselbe auch zu Hause tat, wann immer sie Joshuas Zuwendungen aus dem Weg gehen wollte. Einige Zeit später – es konnten Minuten oder Stunden gewesen sein – war sie eingeschlafen. Sie konnte sich vage daran erinnern, dass Mirasol an diesem Morgen versucht hatte, sie aufzuwecken, doch als sie schließlich aus dem Bett gekrochen war – drei Stunden nach Beginn ihrer Schicht –, war die Kabine leer gewesen. Und jetzt fühlte sich ihr Gehirn an wie verkochter Reis; sie musste einen klaren Kopf bekommen, musste ihren Verstand schärfen.

Maria strich mit einem Finger über die kahle Stelle, an der sich eigentlich ihre linke Augenbraue hätte befinden sollen. »Ich weiß, was gestern Abend vorgefallen ist. Ich weiß von der toten Passagierin.«

»Der Sicherheitsdienst hat Sie informiert?« Althea hatte niemandem von der jungen Frau erzählt, doch es überraschte sie nicht, dass Maria Bescheid wusste. Maria hatte es sich zur Aufgabe gemacht, alles über ihr Personal zu wissen, und es klang logisch, dass der Sicherheitsdienst mit ihr hatte sprechen wollen.

»Ja. Sie mussten sich mit Trining unterhalten. Das muss ja ein Schock für Sie gewesen sein. Ist es in Ordnung für Sie, heute zu arbeiten?«

Althea zog in Betracht, Nein zu sagen, es wäre nicht in Ordnung für sie zu arbeiten, aber was sollte sie sonst tun? Die einzige Alternative war, in ihrer Kabine oder in der Kantine herumzusitzen und sich in die Sache mit dem Jungen hineinzusteigern, während alle darauf warteten, dass die Ingenieure das Problem behoben oder dass Foveros ein Rettungsboot schickte. Sie spürte ein Stechen im Unterleib. Einen kurzen, scharfen Schmerz. Eine Erinnerung an das, worum sie sich noch Sorgen machen musste. »Ich kann arbeiten.«

»Gut.« Ein flüchtiges Lächeln. Althea wurde bewusst, dass sie Maria noch nie zuvor hatte lächeln sehen. »Sie sind die Beste in meinem Team.«

Althea blinzelte und war überrascht über den prickelnden Anflug von Stolz, den dieses unerwartete Kompliment bei ihr auslöste. »Vielen Dank, Maria.«

»Sie sollten wissen: Trining muss gehen. Wenn wir im Hafen ankommen, wird sie direkt zum Flughafen gebracht.«

»Aber … sie macht ihre Arbeit doch gut«, sagte Althea, da sie wusste, was von ihr erwartet wurde, obwohl es ihr völlig egal war, wenn Trining gefeuert wurde. Diese dumme *puta* hätte die junge Frau finden sollen, nicht sie selbst. Sicher, sie würde das zusätzliche Geld vermissen, das Trining ihr zahlte, damit sie für sie einsprang, doch es gab eine Menge Möglichkeiten, wie man sich etwas dazuverdienen konnte. Althea scheute sich nicht, sich die Hände schmutzig zu machen. »Haben Sie es ihr schon gesagt?«

»Nein. Aber bald. Und da ist noch was. Ein paar von den Vakuumpumpen, die das Abwassersystem betreiben, sind ausgefallen.«

»In welchen Bereichen?«

»Probleme wurden aus den meisten öffentlichen Toiletten und aus den Kabinen im mittleren und hinteren Bereich des Schiffs gemeldet.«

»Aus dem VIP-Bereich nicht?«

»Soweit ich weiß, nein. Aber Ihre Gäste müssen informiert werden. Es gibt in Kürze eine Durchsage. Ich habe die anderen bereits gebrieft. Sie kennen ja das Prozedere.«

Althea kannte es. Sie und die anderen Kabinenstewardessen würden losgeschickt werden, um den Passagieren Kotbeutel auszuhändigen, was ihr den Tag noch mehr vermiesen würde. Sie war mit einer Situation wie dieser in ihrer letzten Anstellung nach einem

Monat konfrontiert gewesen, als ein Antriebsproblem das Abwassersystem außer Kraft gesetzt und dazu geführt hatte, dass das Schiff mehrere Tage vor Cozumel festlag. Doch in diesem Fall hatte es keine Passagiere gegeben, um die man sich hätte kümmern müssen; sie waren alle von Bord gebracht worden, während an der Lösung des Problems gearbeitet wurde. Althea spielte mit dem Gedanken, Maria zu sagen, dass sie doch nicht imstande sei zu arbeiten. Andererseits, wenn sie unter Beweis stellte, dass sie zuverlässig war, würden womöglich ihre Chancen steigen, befördert zu werden. *Sie sind die Beste in meinem Team.* »Maria, wissen Sie, wann Hilfe eintreffen wird?«

»Nein. Ich bin nicht informiert worden.«

Althea war sich sicher, dass Maria mehr wusste, als sie zugab. Paulo, einer der Crewstewards, hatte ihr erzählt, er habe Maria mehr als einmal in die Kabine des zweiten Offiziers schlüpfen sehen. »Die Passagiere werden sich erkundigen.«

»Sagen Sie ihnen, es wird eine Durchsage geben, sobald wir mehr wissen.«

Althea bezweifelte, dass das etwas bringen würde. Es war beinahe Mittag, vier Stunden nach ihrer geplanten Ankunft im Hafen von Miami. »Soll ich zuerst zum Sicherheitsdienst gehen?« Althea war sich nicht sicher, was weniger verlockend war: von der indischen Mafia verhört zu werden oder sich dem Zorn der Passagiere zu stellen, wenn sie erfuhren, dass sie ihr Geschäft ab jetzt in Plastiktüten verrichten mussten.

»Nein. Stellen Sie zuerst sicher, dass sich Ihre Gäste wohlfühlen, bevor Sie zum Sicherheitsdienst gehen. Ich sage dort Bescheid, dass Sie nach Ihrer Schicht kommen.«

»Vielen Dank, Maria. Dürfte ich bitte vorher in die Kantine gehen und was essen?« Althea hatte keinen Hunger – das Stechen, das sie im Bauch spürte, rührte nicht von zu wenig Essen her –, doch sie wollte sich sammeln, ehe sie sich dem Tag stellte.

»Ja. Aber beeilen Sie sich. Und Althea …«

»Ja?«

»Falls … falls sich die Lage verschlimmert, kann ich doch auf Sie zählen, oder?«

Wer war diese neue Maria? Althea hatte Mühe, sich vorzustellen, wie sich die Lage noch verschlimmern konnte. Es würde sicher nicht mehr lange dauern, bis Foveros in Aktion trat und Unterstützung schickte. »Selbstverständlich.«

Sie verließ das Büro des Kabinenservice und wäre um ein Haar mit ein paar Crewmitgliedern zusammengestoßen, die Ballen von roten Plastikkotbeuteln aus dem Vorratsraum schleppten. Mirasol half dabei, sie auszupacken, und zuckte zusammen, als sie Althea sah. »Tut mir so leid, Althea«, sagte sie hastig. »Ich habe heute Morgen versucht, dich aufzuwecken, aber du wolltest einfach nicht aufstehen.«

»Ich weiß. Ich bin dir nicht böse.« Althea nahm Mirasols Seufzer der Erleichterung amüsiert zur Kenntnis.

»Althea, stimmt es, dass eine Passagierin auf Trinings Station tot ist?«

»Wer hat dir das denn erzählt?«

»Angelo.«

Natürlich. Angelo, einer der Hilfskellner und ein alter Glücksspielkumpel von Joshua, roch Klatsch wie eine Ratte verfaulendes Fleisch. »Hör nicht auf alles, was Angelo sagt. Und halt dich von ihm fern, Mirasol.«

»Warum denn?«

Damit es dir nicht so ergeht wie mir. »Er nutzt andere gern aus.« Das Mädchen war unglaublich naiv, war erst seit einem Monat auf dem Schiff. Althea hatte eigentlich vorgehabt, sie unter ihre Fittiche zu nehmen, aber keine Zeit dafür gefunden. Sie erinnerte sich, wie verunsichert sie selbst gewesen war, als sie auf Schiffen angefangen hatte, was einer der Gründe dafür war, weshalb sie sich auf Joshuas Zuwendungen eingelassen hatte. Sein Selbstbewusstsein hatte sie angelockt. Dumm von ihr. Nein. Sie musste Mirasol genau im Auge behalten, vor allem in Anbetracht der jüngsten Ereignisse.

Und es konnte nie schaden, wenn einem andere einen Gefallen schuldeten.

»Er hat es von Paulo gehört, Althea. Einer der Wachmänner hat wegen dem Schild ›Bitte nicht stören‹ an der Tür nachgefragt. Sie waren wütend auf Paulo, als er sagte, er hätte es zu den anderen von Trinings Station gelegt. Warum waren sie wohl wütend?«

Weil sie glauben, dass ihr Mörder es angefasst hat. »Sie haben bestimmt ihre Gründe.«

»Angelo hat gesagt, dass Paulo womöglich Schwierigkeiten bekommt, weil er die Kabinen nicht sorgfältig kontrolliert hat, bevor er …«

»Angelo sollte nicht so viel reden.«

»Hat Maria dich verwarnt, weil du zu spät gekommen bist, Althea?«

»Nein. Alles in Ordnung.«

»Maria sagt, ich muss mich um Trinings Station kümmern, wenn ich mit meiner fertig bin. Ich bin nicht gerne da unten. Die Passagierin, die gestorben ist … Stimmt es, dass sie ermordet wurde?«

Verdammter Angelo. »Wir wissen nicht, wie sie gestorben ist.«

»Althea, was ist, wenn ihr Geist noch da unten gefangen ist? Angelo hat nämlich auch noch gesagt, dass einer von den Männern vom Wartungsdienst die Lady in Weiß gesehen hat, als er …«

»Das ist doch verrücktes Geschwätz.« Doch wer war tatsächlich auf dem besten Weg verrückt zu werden? Schließlich war Althea diejenige, die imaginäre Jungen sah – oder die Geister imaginärer Jungen. Auf keinem der Kreuzfahrtschiffe, auf denen sie bislang gearbeitet hatte, war jemals ein Kind gestorben – das war den Alten und den Selbstmördern vorbehalten gewesen. Auf ihrem ersten Schiff hatte sich ein Hilfskellner nach einem Streit mit einem anderen Crewmitglied von Bord gestürzt, da Foveros jedoch kürzere Routen fuhr, gab es in der Regel sehr wenige Todesfälle. Das verhinderte ihrer Ansicht nach allerdings nicht, dass sich Aberglaube etablierte, und die

Lady in Weiß war die beliebteste Geistergeschichte beim Personal. Der rachsüchtige Geist einer verstorbenen Passagierin, der aus irgendeinem unerklärlichen Grund ein viktorianisches Kleid trug, obwohl der Großteil der Foveros-Flotte aus den 1980er-Jahren stammte, war auf allen Schiffen, auf denen sie bislang gearbeitet hatte, präsent gewesen. Ein wirklich viel beschäftigter Geist. Sie hatte die Nase voll von solchem Gerede. »Weißt du, was mit den Tüten zu tun ist, Mirasol?«

Das Mädchen nickte.

»Und sei höflich zu den Passagieren. Einige von ihnen werden unfreundlich zu dir sein.«

»Ich weiß, das hat mir Maria schon gesagt. Aber die meisten sind aus den unteren Decks ausgezogen.«

»Wohin denn?«

»Ins Freie.« Mirasol rümpfte die Nase. »Angeblich stinkt es da unten. Pah. Die sollten erst mal hierherkommen.«

»Ich muss mich beeilen. Ich helfe dir später mit Trinings Station, wenn ich fertig bin.« Was ihr die Gelegenheit verschaffen würde, noch einmal Deck fünf zu kontrollieren – wo sie den Jungen gesehen hatte.

»Vielen Dank, Althea.«

Die Atmosphäre in der Kantine war gedämpft. Mehrere Leute hatten den Kopf auf die Arme gelegt und dösten. Sie schob ihr Tablett an der Essensausgabe entlang, vorbei an Servierplatten mit Brot, aufgeschnittenem Käse und Oliven. Gekochte Speisen gab es keine. Sie nahm sich eine Schale mit Reis vom Vortag mit, der kalt und klebrig war, ein paar geschnittene Tomaten und ein kleines Stück getrockneten Fisch. Bei der Wertstofftonne schwatzte Angelo mit Pepe, einem der Küchenhelfer. Er versuchte, Blickkontakt mit ihr herzustellen, sie tat jedoch so, als sähe sie ihn nicht. Sie war heute nicht in der Stimmung, ihm zuzuhören. Stattdessen ging sie zu Rogelio hinüber, der allein an einem Tisch in der Ecke saß – er wäre eigentlich berechtigt gewesen, die Offiziersmesse zu benutzen, und sie mochte ihn umso mehr dafür, dass er weiterhin mit seinen Landsleuten aß.

Sie grüßte ihn, doch er nahm sie kaum zur Kenntnis. »Alles in Ordnung mit Ihnen, Rogelio?«

Er zuckte mit den Schultern und vermied es, ihr in die Augen zu blicken, was nicht seine Art war. Normalerweise war Rogelio voller Energie, lächelte und war auch dann gut gelaunt, wenn er sich nicht im Dienst befand und die Maske ablegen konnte. Er veranstaltete häufig in seiner eigenen Kabine Karaoke-Partys bis in die frühen Morgenstunden, und sie hörte nur selten jemanden über ihn lästern.

»Wissen Sie mehr darüber, wie die Lage ist?« Er war schließlich Damiens rechte Hand.

»Sie arbeiten an dem Problem.«

»Kommen Sie schon, Rogelio. Sie wissen doch mehr als das.«

Er schüttelte den Kopf.

»Wir hätten schon vor Stunden in Miami sein sollen.« Als das letzte Schiff, auf dem sie gearbeitet hatte, in Schwierigkeiten geraten war, hatte es nur ein paar Stunden gedauert, bis der Ground Support angerückt war.

»Ich weiß gar nichts.«

»Was sagt denn Damien?«

Rogelio schnitt eine Grimasse. »Er verbringt den Großteil seiner Zeit beim Kapitän auf der Brücke.«

Wie der Zufall es wollte, ertönte genau in diesem Moment eine Durchsage von Damien. Das Klappern und Murmeln in der Kantine verstummte, als alle Anwesenden die schlechten Nachrichten vernahmen. In die Schusslinie würden jedoch Althea und die anderen Kabinenstewardessen geraten.

Rogelio schob seinen Teller weg. »Ich muss gehen. Wir machen zusätzliches Programm für die Passagiere.«

Als er vom Tisch aufstand, drehte Althea automatisch ihren Teller um. Wie dumm von ihr. Sie war bereits verheiratet – sie war nicht auf Aberglauben angewiesen, um das Schreckgespenst der Ehelosigkeit zu verscheuchen. Der Reis lag ihr als harter Ball im Magen.

Sobald Rogelio die Kantine verlassen hatte, schlich sich Angelo an sie heran. »Was hat der Schönling dir denn erzählt, Althea? Mit mir will er sich ja nicht unterhalten.«

»Nichts.«

»Ach, komm schon.« Er setzte sich ihr unaufgefordert gegenüber und beugte sich über den Tisch. »Pepe sagt, dass der Küchenbelegschaft heute früh gesagt wurde, sie sollen besonders sorgsam mit den Vorräten umgehen.«

Althea schnaubte. »Was weiß Pepe denn schon? Er arbeitet doch nur in der Personalküche.«

»Er sagt, es ist für den Fall, dass wir länger festsitzen und Schlepper geschickt werden müssen. Pepe sagt, sie bereiten sich vor, falls es bis zu zwei Tage dauert, bis wir wieder im Hafen sind.«

»Dazu wird es nicht kommen.«

»Das kann man nicht wissen. Ein Glück, dass wir schon die Vorräte für die nächste Kreuzfahrt an Bord haben.«

»Mirasol sagt, dass du schon wieder Gerüchte verbreitet hast.«

»Was gibt's denn sonst schon zu tun?«

»Sie braucht deine Geistergeschichten nicht zu hören.«

»Meinetwegen.« Angelo grinste. »Vielleicht bekommt Rogelio von seinem Lover mehr Infos.«

»Damien ist nicht sein Lover.«

Angelo spitzte die Lippen und neigte den Kopf zur Seite. »Glaub das, wenn es dich glücklich macht. Aber jemand ist es.«

»Ich habe für so was keine Zeit, Angelo.« Sie stand auf, warf die Reste ihres Essens in die Wertstofftonne und ging zurück in den Servicebereich. Da der Aufzug nicht zur Verfügung stand, würde sie die Tüten die Treppe hinaufschleppen müssen. Sie nahm einen Stapel und machte sich auf den Weg nach oben zu ihrer Station.

Anfangen wollte sie bei Mr Lineman, bei dem es mit Abstand am schlimmsten werden würde. Sie hielt den Atem an und klopfte an die Tür. Keine Antwort – das Glück war an diesem Morgen auf ihrer Seite. Sie drückte die Tür mit der Schulter auf und ließ die Tüten auf die Couch fallen. Die Suite glich nicht wie sonst einem Schweinestall, da die Habseligkeiten der beiden weggepackt waren; ihr Gepäck war ordentlich neben dem Schrank gestapelt. Sie glättete den Bettbezug, wischte ein vereinzeltes graues Schamhaar fort – sie würde sich nicht die Mühe machen, die Bettwäsche zu wechseln – und wischte dann mit einem Tuch über den Fernsehtisch.

Sie hörte die beiden, bevor sie sie sah: das Knallen der Badtür, gefolgt vom flüssigen Plätschern von Erbrochenem und einem Stöhnen. Mr Linemans Frau, die ein dickliches Gesicht und flinke kleine Augen hatte, warf Althea gerade mal einen flüchtigen Blick zu. »Jonny?«, fragte sie durch die Badtür. »Jonny, alles in Ordnung mit dir da drin?«

Althea schauderte. Sie hoffte, dass kein Virus im Umlauf war. Vielleicht hatte Trining die Wahrheit gesagt und war tatsächlich krank. »Kann ich Ihnen irgendwie behilflich sein?«, fragte sie Mrs Lineman.

»Wir standen gerade in der Schlange an, als er gesagt hat, dass er sich nicht wohlfühlt. Es kann nicht von etwas kommen, was er gegessen hat. Wir hatten es noch nicht mal bis zum Büfett geschafft.« Die Toilettenspülung rauschte. Die Frau schielte auf die Tüten. »Was haben Sie denn da?«

Es ging los … Althea setzte ihren unschuldigsten Gesichtsausdruck auf und erklärte, wozu die Tüten gedacht waren. Während Mrs Lineman sie mit unverhohlenem Entsetzen anstarrte, öffnete Althea eine der Tüten und schob sie in den Metall-Mülleimer.

»Ich werde nicht … werde nicht in eine Tüte … Sie wissen schon … Ich bin doch kein Tier.«

»Es ist nur für den Notfall, Mrs Lineman. Sie haben Glück, die sanitären Anlagen auf dieser Ebene funktionieren noch.«

»Das will ich auch hoffen. Schließlich sind das hier VIP-Kabinen. Wir wurden hochgestuft, weil unsere Kabine kleiner ist, als sie beworben wurde.«

»Mrs Lineman, wie ich schon gesagt habe, zum jetzigen Zeitpunkt ist Ihr Deck nicht betroffen …«

»Sie werden noch von uns hören.«

Althea setzte ihr bestes Lächeln auf. »Kann ich sonst noch irgendwas für Sie tun?«

»Bringen Sie uns einfach noch Wasser und Handtücher.«

»Vielen Dank, Mrs Lineman.«

Mrs Lineman brummte missbilligend.

Althea eilte an ihr vorbei und hatte es beinahe geschafft, als Mrs Lineman sie zurückrief.

Verdammte Scheiße.

Althea drehte sich um und wappnete sich für eine Salve von Beschimpfungen, doch Mrs Lineman wirkte mit einem Mal zerknirscht. »Ignorieren Sie mich einfach. Tut mir leid, dass ich Sie angeschrien habe. Ich bin durch den Wind, das ist alles.«

Einen Moment lang befürchtete Althea, die Frau werde jeden Augenblick anfangen zu weinen. Sie war nicht in der Stimmung, um Mitgefühl zu heucheln. »Kein Grund zur Sorge, Mrs Lineman. Alles wird gut, Sie werden schon sehen.« Die Toilettenspülung ertönte abermals und ließ sie beide zusammenzucken. »Sagen Sie Bescheid, wenn ich noch was für Sie tun kann.«

Mrs Lineman nickte abwesend, und Althea stahl sich davon.

Ihre beiden Lieblings-Seniorinnen Helen und Elise waren nicht in ihrer Kabine, und sie stellte mit Genugtuung fest, dass ihre Betten wie üblich gemacht worden waren. Althea ließ rote Tüten zusammen mit einer zusätzlichen Flasche Wasser in der Kabine zurück. Letztere würde sie den beiden nicht in Rechnung stellen. Ihr Funkgerät summte, und sie war versucht, es zu ignorieren – es war bestimmt nur Maria, die sie kontrollieren wollte. Sie drückte auf die Empfangstaste und rechnete mit dem üblichen statischen Rauschen, doch Marias Stimme war klar und deutlich zu hören. »Althea, bitte kommen, Althea.«

»Ich bin hier, Maria.«

»Kommen Sie sofort in mein Büro, over.« Aus Marias Stimme war ein leichtes Beben herauszuhören. Althea versuchte, eine Antwort zu funken, musste jedoch feststellen, dass sie einmal mehr ins Leere sprach. Sie würde den ganzen Weg nach unten auf sich nehmen müssen, um zu erfahren, was die dumme *puta* von ihr wollte.

Althea packte die schmutzigen Handtücher in einen Sack, schleppte sie die Service-Treppe hinunter und verfluchte dabei, dass ihr kein Aufzug zur Verfügung stand. Ihre Schultermuskulatur würde brennen, wenn der Tag vorüber war. Als sie sich der Nische am Fuß der Treppe näherte, einem beliebten Versammlungsort, drangen erhobene Stimmen an ihr Ohr. Paulo und ein paar andere Stewards standen zusammengedrängt im Korridor. »Was ist denn los?«, erkundigte sich Althea.

»Es geht um Mirasol«, erklärte Paulo. »Sie wurde von einem Passagier angegriffen.«

»Was? Wann denn?«

»Ist noch nicht lange her. Ich war derjenige, der ...«

»Wo ist sie?«

»Maria hat sie mit in ihr Büro genommen.«

Althea eilte den I-95 entlang und platzte in Marias Büro, ohne anzuklopfen. Mirasol saß vor Marias Schreibtisch, den Kopf in den Nacken gelegt, und presste sich mehrere zusammengeballte Taschentücher an die Nase. Maria stand vor ihr, und bei jeder anderen Gelegenheit hätte Althea Gefallen an dem verwirrten Ausdruck in ihrem sonst so selbstgefälligen Vorgesetztengesicht gefunden.

»Ist es wahr?«, fragte Althea. »Hat ein Passagier sie angegriffen?«

Maria blickte auf. »Ja. Es ist wahr.«

»Warum ist sie denn nicht auf der Krankenstation?«

»Da ist niemand. Sie kümmern sich um den Passagier.«

»Was ist denn passiert?«

»Er hat sie angegriffen, als sie seine Kabine betreten hat, um zu putzen.«

»Er war verrückt«, sagte Mirasol. Ihre Stimme klang gedämpft. Sie schnappte nach Luft und nahm die Hand aus dem Gesicht. »Ist es schlimm, Althea?«

Abgesehen von der blutigen Nase sah Althea keine weiteren Verletzungen. »Ist nicht so schlimm. Du wirst es überleben.«

»Können Sie sich um sie kümmern, Althea?«, fragte Maria. »Der Wachdienst kümmert sich um die Angelegenheit, aber ich muss den Hotelleiter, den Personalchef und den Gästeservice informieren.«

»Sicher.«

Althea nahm zur Kenntnis, dass Marias Hände zitterten. Sie konnte mit Krisensituationen schlecht umgehen – das war eine nützliche Information. Ein seltenes Lächeln, dann stakste Maria sichtlich erleichtert aus dem Raum.

Althea ging neben Mirasol in die Hocke. Die Augen des Mädchens waren blutunterlaufen. »Wo ist das denn passiert? Auf Trinings Station?«

»Nein. Auf meiner Station.« Mirasol schniefte abermals, und Althea griff nach der Schachtel mit Kosmetiktüchern auf Marias Schreibtisch. Sie sorgte dafür, dass sie immer voll war. In diesem Raum wurde viel geweint. »Ich … ich hatte schon ein ungutes Gefühl, bevor ich die Tür aufgemacht habe. Ich hatte die ganze Zeit den Eindruck, dass mich jemand beobachtet.«

»Dieses Gefühl kenne ich, Mirasol. Das liegt an den Überwachungskameras. Man braucht eine Weile, um sich an sie zu gewöhnen.«

»Nein, das habe ich nicht gemeint. Ich musste mich ständig vergewissern, dass mir niemand nachstellt. Meine Kabinen waren alle leer, und etliche Matratzen haben gefehlt. Die Leute sind wegen des Gestanks ausgezogen. Warst du schon da unten, Althea? Es wird immer schlimmer. Einige Teppiche sind nass, und es gibt Verstopfungen, sodass die Toiletten überlaufen. Es sollte so bald wie möglich jemand vom Wartungsdienst da runtergeschickt werden.«

»Und der Mann, der dich angegriffen hat?« Althea gab sich Mühe, sich ihre Ungeduld nicht anmerken zu lassen.

»Ich habe an seiner Kabine angeklopft. Als niemand geantwortet hat, bin ich reingegangen und … Sein Gesicht habe ich nicht gesehen, aber er hat geschrien und geheult. Er hat mich geschlagen, aber ich glaube, das war ein Unfall. Ich glaube, er hat mich nicht mal gesehen. Und dann bin ich weggerannt. Er hatte Angst, Althea. Irgendwas hatte ihm schreckliche Angst eingejagt.« Sie hielt inne und wischte sich über die Augen. Sie war wirklich ausgesprochen hübsch. Althea musste aufpassen, dass Angelo sie nicht verdarb.

»Sprich weiter.«

»Ich glaube, ich weiß, was es war. Ich habe was gesehen, als ich weggerannt bin, Althea.« Mirasol bekreuzigte sich.

»Was hast du denn gesehen?« Althea spürte abermals ein Stechen im Bauch. »Einen Jungen?«

»Einen Jungen?« Mirasol schüttelte den Kopf. »Nein. Ich habe *sie* gesehen, Althea. Die Lady in Weiß.«

»Du kannst sie nicht gesehen haben, Mirasol.«

»Doch, habe ich, Althea. Sie hat mich angelächelt. Sie war …«

»Es gibt keine Lady in Weiß, Mirasol«, fauchte Althea, und ihr Tonfall war barscher, als sie beabsichtigt hatte. Mirasol senkte den Blick auf ihre Hände. »Tut mir leid, aber das hast du dir nur eingebildet. Angelo hat dir diesen Floh ins Ohr gesetzt, und als du Angst hattest, hast du geglaubt, du würdest das sehen.«

»Wirklich?«

»Ja, wirklich. Es gibt keine Lady in Weiß, Mirasol.«

Genauso wenig, wie es *duwendes* gab oder böse Geister oder Hexen.

Genauso wenig, wie es Geisterjungen gab.

Die Selbstmord-Schwestern

Die Durchsagen des Kreuzfahrtdirektors kamen im Minutentakt, wobei jede von ihnen hirnverbrannter war als die vorangegangene. »Die Dusche ist fein, wenn man muss klein, zur roten Tüte greift bloß, wer weiß, er muss groß.« Helen hatte den Verdacht, dass er die Situation aus irgendeinem verqueren Grund genoss. Und es war ihr nicht entgangen, dass es an echten Informationen mangelte. Bislang hatte es weder eine Nachricht vom Kapitän gegeben noch eine Erklärung, warum von Foveros niemand kam, um sie zu bergen oder an Land zu schleppen. Sie warf einen Blick auf die roten Plastiktüten, die jemand Elise und ihr hingelegt hatte, während sie unterwegs gewesen waren. Ihre Toilette funktionierte glücklicherweise noch, hatte jedoch ein beunruhigendes mahlendes Geräusch von sich gegeben, als sie das letzte Mal gespült hatte.

»Helen?«, rief Elise von ihrem Bett aus. »Könntest du mir bitte ein Glas Wasser bringen?«

»Natürlich. Wie fühlst du dich?«

Elise schenkte ihr ein tapferes Lächeln. »Besser, danke. Mir hat nur die Hitze zu schaffen gemacht.«

Als sie auf dem Lido-Deck fürs Frühstück angestanden hatten, war Elise schwindelig geworden. Helen hatte ihr zurück zu ihrer Suite geholfen und ihr zugeredet, sich eine Weile hinzulegen. Sie sah nicht gut aus; ihr Gesicht war gerötet, und sie konnte nur mit Mühe die Augen offen halten.

»Bist du dir sicher?«

»Hm. Ich glaube, ich döse noch fünf Minuten. Ist das okay?«

»Natürlich.« Helen schenkte ihr ein Glas lauwarmes Wasser ein – ihr Minibar-Kühlschrank funktionierte nicht mehr – und stellte es neben das Bett. Ruhelos räumte sie in der Kabine auf, dann nahm sie ihren Laptop und ihren E-Reader mit auf den Balkon hinaus. Hier draußen war es einige Grad kühler als in der Kabine; die Hitze hatte ihnen entgegengeschlagen, als sie vom Hauptdeck zurückgekehrt waren. Trotzdem gehörten sie zu denjenigen, die sich glücklich schätzen konnten. Immerhin bot ihnen ihre Balkon-Suite ein Mindestmaß an frischer Luft – wenngleich der Ausblick zum Teil von einem Rettungsboot verdeckt wurde. Das Schiff krängte noch immer und schien sich überhaupt nicht zu bewegen. Das Meer lag vollkommen still da, und das Wasser war von einer schmierigen Haut bedeckt, die sie an die Oberfläche einer vergessenen Tasse Tee erinnerte.

Sie setzte sich hin und fuhr ihren Laptop hoch. Ihr Abschiedsbrief befand sich noch immer auf dem Bildschirm und wartete darauf, kopiert und in eine E-Mail eingefügt zu werden. Sie hatte Wochen gebraucht, um die drei Zeilen zu formulieren, die sie an ihre Freunde und an Grahams Neffen schicken wollte, die sie auf Facebook auf dem Laufenden hielten, was ihr Leben anbetraf. Sie nahm an, sie konnte ihren Facebook-Status jederzeit in »tot« ändern.

Nicht witzig.

Ich habe beschlossen, dass ich nicht mehr leben möchte. Ich bin bei gesundem Verstand. Bitte fühlt euch nicht schuldig an meinem Entschluss, den ich nicht leichtfertig getroffen habe.

Das war natürlich eine Lüge. Sie war ein Mensch, der nichts leichtfertig tat, doch diese Entscheidung war – sie suchte nach einem Wort, mit dem sie sich beschreiben ließ – beinahe fahrlässig gewesen.

Die Idee war ihr zufällig an einem für die Jahreszeit ungewöhnlich feuchten Tag im Juni gekommen. Sie hatte im Garten gearbeitet und sich wie immer im Geiste mit Graham unterhalten. Sie hatte einen Stängel gestutzt und sich dann gedacht: Wozu die Mühe? Wen interessierte es schon, ob die Hecke geschnitten war oder nicht? Der Rest des Tages lag bedrohlich vor ihr, mit militärischer Präzision geplant, damit sie nicht zu viel Zeit hätte, um nachzugrübeln. Gartenarbeit von zehn bis zwölf, dann ein ausgedehnter Ausflug in den Supermarkt, ein Treffen mit der örtlichen Gesellschaft zum Schutz von Dachsen, für die sie als Sekretärin arbeitete, anschließend würde sie von drei bis fünf Uhr nachmittags lesen, ein paar Stunden fernsehen, sich ein einsames Abendessen für eine Person kochen, eine Schlaftablette nehmen und am nächsten Tag wieder genau dasselbe machen. Sie hatte es satt, von einer Stunde zur nächsten zu leben und dabei zu versuchen, die Kluft zu füllen. Sie hatte natürlich ihre Freunde, doch ihr lag ungemein viel daran, niemandem zur Last zu fallen, und sie waren mit ihrem eigenen Leben und mit ihren Enkelkindern beschäftigt. Mit einer seltsamen Euphorie hatte sie sich die Erde von den Händen gewischt, war ins Haus geeilt und hatte ihren Laptop eingeschaltet. Sie war erstaunt über die Menge von Informationen, die für potenzielle Selbstmörder verfügbar waren. Da waren natürlich Exit International und Dignitas, aber auch Dutzende Beratungsdienste sowie Hunderte von Websites, auf denen die Top Ten der narrensicheren Methoden zur Ausübung der Tat aufgelistet waren. Sie war zwanzig Stunden am Stück wach geblieben und schließlich auf Bettertogether.com gelandet, einem Forum für »diejenigen, die nicht alleine sterben möchten«. Ein Beitrag von »Frisch verwitwet« stach ihr ins Auge, ein bittersüßer Bericht darüber, wie die Verfasserin versuchte, ihre Tage zu füllen: Wie sie neue Möglichkeiten fand, um ihre Einkaufsbummel auszudehnen, wie sie sich bei jeder örtlichen Wohltätigkeitsveranstaltung, die sie ausfindig machen konnte, als freiwillige Helferin betätigte, wie sie sich für Fernkurse einschrieb, um Spanisch und Französisch zu lernen. Eine Gleichgesinnte. Helen hatte Stunden gebraucht, um eine Antwort zu formulieren, und hatte die Seite in der Hoffnung auf eine Reaktion alle dreißig Sekunden neu geladen. Zehn Minuten später war die Reaktion gekommen: »Wie reizend, einen anderen Schwan kennenzulernen!« So bezeichnete Elise sie beide: als Schwäne. Für immer im Schwebezustand der Trauer um ihre andere Hälfte gefangen.

Die beiden hatten wochenlang jeden Tag online miteinander gechattet – hatten nicht nur die Details ihres Alltags ausgetauscht, sondern auch freimütige Gespräche darüber geführt, warum sie beide auf der Website gelandet waren. Obwohl sie sich jetzt leibhaftig hatten, vermisste sie es seltsamerweise, von Elise E-Mails zu bekommen, und Elise gab zu, dass sie Helens Nachrichten ebenfalls vermisste. Schriftwechsel besaß eine Intimität, die persönlicher Interaktion irgendwie fehlte, wenngleich sie sich nicht beklagen konnte. Es war merkwürdig, wenn sie sich daran erinnerte, wie nervös sie gewesen war, bevor sie Elise zum ersten Mal getroffen hatte. Sie hatten geplant, vor der Kreuzfahrt ein paar Tage gemeinsam in einem Hotel in South Beach zu verbringen, und als sie in der Bar darauf gewartet hatte, dass Elise eintraf, hatte sie Schmetterlinge im Bauch gehabt, als würde sie sich mit einem Liebhaber treffen. Was in gewisser Weise auch zutraf, denn was hätte intimer sein können, als mit jemandem zu sterben? Sie war inzwischen auf ihren täglichen Austausch angewiesen und befürchtete, dass sich von Angesicht zu Angesicht womöglich alles ändern würde. Schließlich hätten sie auf dem Papier nicht unterschiedlicher sein können: Elise, die Hausfrau aus Pennsylvania; Helen, die pensionierte Steuerfachanwältin. Helen: britisch, belesen und reserviert (sie wusste, dass sie in ihrer Kanzlei hinter ihrem Rücken die Eiskönigin genannt worden war); Elise: offen, warmherzig und ungeniert süchtig nach Schundromanen und Fernseh-Soaps. Helen, die lebenslange Atheistin; Elise, die regelmäßige Kirchgängerin. Keine von beiden hatte Kinder, doch im Gegensatz zu Elise, von der sie wusste, dass sie diesen Aspekt ihres Lebens betrauerte, hatte Helen nie einen Sinn darin gesehen, ihre Gene weiterzugeben. Eigentlich war es ein Wunder, dass sie überhaupt ein gemeinsames Gesprächsthema fanden. Doch als sie sich trafen, verfielen sie sofort in die unkomplizierte Kameradschaft, die online zwischen ihnen geherrscht hatte – der Beweis dafür, dass sich Gegensätze ausgleichen konnten.

Sie ließ den Cursor über dem Löschsymbol schweben.

Eigentlich hätte sie schon gestern – vor elf Stunden – tot sein sollen. Sie beugte die Finger. Ihre Uhr war jetzt offiziell abgelaufen.

Ich möchte, dass ein gut aussehender Schiffsarzt meine Hand hält, wenn ich sterbe, nachdem ich eine vergiftete Weintraube gegessen habe.

Woher konnte Celine gewusst haben, dass Helen früher am Abend an dieses Zitat gedacht hatte? Sie hatte keine Buchausgabe von *Endstation Sehnsucht* dabei, und ihr E-Reader befand sich immer in ihrer Handtasche. Die Musik, die sie im Bad gehört hatten, und die Schatten, die sie im Glas-Balkongeländer gesehen hatte. Es gab für alles eine Erklärung, doch die Angst, die sie verspürt hatte – das instinktive Bedürfnis davonzulaufen –, verursachte ihr noch immer Unbehagen. Sie klappte ihren Computer zu, fächelte sich

Luft zu und versuchte dann, wieder in *Überredung* abzutauchen. Vielleicht war das ihre letzte Gelegenheit, es zu lesen, und sie empfand plötzlich Bedauern, dass auf ihrem E-Reader so viele Bücher gespeichert waren, die sie niemals lesen würde. Sie brachte ein paar Minuten damit zu, die peinlicheren Titel zu löschen – zwischen ihren Graham Greenes, Jose Saramagos und David Mitchells lauerte ein gedeihendes Nest von schlüpfrigen historischen Liebesromanen. Da sie einfach nicht zur Ruhe kam, ging sie zurück in die Kabine.

Elise murmelte etwas im Schlaf, zuckte und öffnete dann die Augen. Sie blickte sich verschlafen um, als versuche sie herauszufinden, wo sie sich befand.

»Wie fühlst du dich?« Helen lächelte auf sie hinunter.

»Helen, ich habe von ihm geträumt. Er hat mit mir gesprochen.«

»Peter?«

Elise nickte und holte tief Atem. »Es war so echt, Helen.«

»Ich weiß.« Doch Helen wusste es nicht. Sie träumte nicht von Graham, aber manchmal, nur manchmal, glaubte sie, morgens seinen Geruch auf dem Kopfkissen wahrzunehmen.

»Er hat gesagt, ich soll aufhören, mich schuldig zu fühlen.«

»Schuldig? Weswegen denn?«

»Dass ich aus dem Haus gegangen bin, bevor er starb. Ich war nicht bei ihm.«

Noch eine Gemeinsamkeit von ihnen beiden: Auch Helen war nicht bei Graham gewesen, als er seinen letzten Atemzug getan hatte. »Das ist nicht deine Schuld.«

»Ich weiß, meine Liebe. Helen, willst du es immer noch tun?«

Wollte sie? Helen ging abermals in sich. Ihre einzige Alternative war, nach Hause zu fahren. Sie hatte den Tauchsieder ausgeschaltet, hatte den Kühlschrank und die Gefriertruhe geleert. Sie stellte sich vor, wie sie in Heathrow in ein Taxi stieg, abends bei Nieselregen vor ihrer Haustür ankam, ihre Schlüssel auf den Tisch im Flur legte, wo Graham seinen geheimen Zigarettenvorrat aufbewahrt hatte, weiter in die kalte Küche ging, der jegliche persönliche Note fehlte, der jegliche Spur von ihm fehlte.

»Ja, ich will es immer noch tun. Und du?«

»Ja, meine Liebe. Ich will.«

Elises Situation war in vieler Hinsicht weitaus schlimmer als ihre eigene: Peters Arztrechnungen hatten sie ruiniert. Helen hätte ihr gerne geholfen, wenn Elise sie jemals darum gebeten hätte, doch das hatte sie nicht. Und warum *hätte* sie sie auch bitten sollen? Schließlich brauchte sich Elise keine Sorgen zu machen, sich womöglich noch weiter zu verschulden. Was ihre Pläne anbelangte, waren sie beide fest entschlossen gewesen. Helen, die keine Kinder und keine engen lebenden Verwandten hatte, hatte in Erwägung gezogen, ihre beträchtlichen Ersparnisse einer wohltätigen Einrichtung zu vermachen – einem

Heim für Katzen vielleicht –, doch gab es so etwas heutzutage überhaupt noch? In Momenten wie diesen hörte sie Grahams Stimme deutlich – beinahe so, als stünde er vor ihr und unterhalte sich mit ihr. *Sei doch nicht so verdammt bescheuert, Mädchen.*

»Ich schlafe ein wenig, Helen«, sagte Elise, der die Augen bereits wieder zufielen. Helen hielt Elises Hand, bis deren Atmung gleichmäßig wurde. Liebe. Das war es, was sie für Elise empfand. Und sie wusste, dass ihre Empfindung erwidert wurde. Einmal hatten sie darüber gesprochen zusammenzuziehen, ihren Lebensabend vielleicht in einer Eigentumswohnung in Florida zu verbringen oder in einem Cottage in St. Ives. Doch das hätte das Unvermeidliche nur hinausgezögert. Es war besser, es jetzt gleich zu tun, solange sie beide noch mobil und voll zurechnungsfähig waren.

Sie stand auf und ging auf und ab. Klaustrophobie nagte an ihr, da sie es nicht gewohnt war, so untätig zu sein. Sie fand zwar keinen großen Gefallen an der Vorstellung, alleine auf dem Schiff herumzuwandern, aber ein kleiner Spaziergang konnte nicht schaden. Sie kritzelte eine Nachricht für Elise hin und ging vorsichtig nach draußen; langsam gewöhnte sie sich an die Schlagseite des Schiffs. Sie ging zur Galerie und blickte ins Atrium hinunter. Der Gästeservice-Schalter war inzwischen geschlossen, und einige Passagiere wanderten in dem Bereich ziellos umher wie nicht angebundene Ballons. Sie ging die Haupttreppe nach unten und vorbei am IT-Raum und an den Shops, in denen es dunkel war und deren Türen verschlossen waren. Sie hatte darin nicht eine einzige Sache gefunden, die sie gerne besessen hätte, während Elise einigen Schnickschnack bestaunt und dann gescherzt hatte, dass sie dort, wohin sie ging, keine Korallenohrringe brauchen würde.

Sie bog willkürlich ab und schlenderte in die Bibliothek, deren Einrichtung an einen viktorianischen Salon erinnern sollte. Die Atmosphäre war nicht gänzlich unbehaglich; das gedämpfte Licht passte zum dunklen – und offensichtlich unechten – »antiken« Mobiliar, und irgendwie fühlte es sich hier drinnen kühler an. Sie ließ den Blick über die Bücher schweifen, die in Vitrinen eingeschlossen waren. Zum größten Teil handelte es sich dabei um ramponierte Jeffrey-Archer- und Jodi-Picoult-Taschenbücher. Sie wollte sich gerade auf einem der Ledersessel niederlassen, als ihr bewusst wurde, dass sie nicht alleine war. In einer Nische scharte sich eine Gruppe von Leuten um einen Tisch, die die Augen geschlossen hatten und sich an den Händen hielten. Irgendeine Art von Gebetskreis. Da Helen das unangenehme Gefühl hatte zu stören, nahm sie ein Exemplar von *Die fünf Menschen, die dir im Himmel begegnen* in die Hand, das einsam und verlassen auf einem der Couchtische lag, und verließ den Raum.

Als Nächstes wanderte sie an dem geschlossenen Kasino und der verbarrikadierten Bar vorbei und nickte Jaco zu, der sich gerade darauf vorbereitete, auf der kleinen Bühne neben der Bar zu singen. Sie empfand erneut einen Anflug von Mitleid für ihn; er hatte kein Publikum außer ein paar Crewmitgliedern, die das Inventar polierten. Sie ging weiter, kam am Dreamscapes Dining Room vorbei, der geschlossen war, und schlüpfte in eine Sitznische vor dem Duty-free-Shop neben einem riesigen Panoramafenster, das den trägen Ozean einrahmte. Ein gut gekleidetes Paar in ihrem Alter schlenderte vorbei. Helen spürte, dass die beiden sie ansahen, und tat so, als wäre sie in das Buch vertieft.

»Hallo«, sagte die Frau.

»Hallo.« Helen wünschte sich, die beiden würden weitergehen.

»Ich hoffe, Sie nehmen es mir nicht übel, wenn ich das sage, aber Sie wirken ein wenig verloren. Ich habe Sie im Dreamscapes Dining Room gesehen – Sie essen ebenfalls spät, nicht wahr?« Die blauen Augen der Frau wirkten im Kontrast zu ihrer tief gebräunten Haut beinahe radioaktiv.

Helen nickte, richtete den Blick demonstrativ auf ihren Roman und hoffte, die Frau würde die Botschaft verstehen.

Sie verstand sie nicht. »Sie sollten nicht alleine sein.«

»Ich komme schon zurecht. Ich lese.«

»Oh! Sie sind aus England!«

»Ja.« *Hau ab.*

Die Frau schlüpfte neben sie in die Sitznische, und ihr Begleiter – ein Typ mit dicken Tränensäcken, bei dem es sich vermutlich um ihren Ehemann handelte –

setzte sich ihr gegenüber. Die Frau holte ein Smartphone hervor und fing an, darauf zu scrollen. »Ich war letztes Jahr in London. Einfach toll dort. Moment. Sehen Sie sich das an!« Die Frau hielt Helen das Telefon vor die Nase. Auf dem Display war ein Foto ihres Ehemanns zu sehen, der ohne zu lächeln neben Prinzessin Diana posierte. »Wie hieß dieses Museum noch mal, Jimmy?«

»Madame Tussauds.«

»Genau. Madame Tussauds. Ich bin übrigens Annabeth, und das ist mein Mann Jimmy.«

»Helen.«

»Helen! Reizender Name. Ich hatte mal eine Tante, die Helen hieß. Erinnerst du dich noch an sie, Jimmy?« Ein Nicken. »Reisen Sie alleine, Helen?«

»Nein. Eine Freundin begleitet mich. Sie macht gerade ein Nickerchen in unserer Kabine.«

»Ach ja, stimmt. Wenn ich darüber nachdenke, erinnere ich mich, dass ich Sie mit jemandem im Speisesaal gesehen habe. Das kann ich ihr nicht verdenken. Es ist schrecklich heiß, nicht wahr? Jimmy und ich leben in Florida, deshalb brauchen wir uns keine Sorgen zu machen, dass wir unseren Rückflug verpassen könnten, aber viele andere sitzen nicht im selben Boot wie wir. Oh, Jimmy, hast du überhaupt gehört, was ich gerade gesagt habe?«

Jimmy schenkte ihr ein leidgeprüftes Lächeln.

»Sie sollten sich hier nicht alleine aufhalten, Helen. Einige Leute werden langsam nervös. Und dann die Sache mit den Toiletten, die nicht funktionieren.

Warum begleiten Sie uns nicht? Wir sind eine nette Gruppe, und wir passen alle aufeinander auf. Die meisten von uns sind Senioren, obwohl inzwischen auch ein paar Jüngere dabei sind.«

Ein Kellner näherte sich und reichte wortlos jedem von ihnen eine Flasche Wasser. Annabeth packte den Arm des Kellners, dessen Adern unter ihrer gebräunten Haut wie Regenwürmer aussahen. »Danke. Wie geht es Ihnen? Wie geht es dem Rest der Crew?«

»Uns geht es allen gut, danke, Ma'am.«

»Wir wissen zu schätzen, was Sie für uns tun. Gibt es irgendwelche Neuigkeiten?«

»Nein. Tut mir leid, Ma'am.«

Sie lockerte ihren Griff und tätschelte seinen Unterarm. »Damien lässt uns bestimmt wissen, wann das Schiff repariert wird.«

Der Kellner nickte und entfernte sich.

»Helen, wir nehmen Sie unter unsere Fittiche. Kommen Sie mit uns mit und lernen Sie den Rest der Truppe kennen.«

»Nein. Ich komme schon zurecht. Trotzdem danke.«

»Ich dulde keine Widerrede. Ich kenne euch Engländer – so was von höflich. Kommen Sie schon und lernen Sie alle kennen. Wir sind ein freundlicher Haufen. Und Sie können Celine kennenlernen.«

»Celine del Ray?«

»Ja! Sie kennen sie?«

»Ich habe sie gestern Abend kennengelernt.«

»An Ihrer Sammelstation?«, fragte Jimmy und

wirkte beinahe überrascht, dass es ihm gelungen war, auch einmal zu Wort zu kommen.

»Oh, das ist ja wunderbar«, sagte Annabeth lachend. »Deshalb nehmen Jimmy und ich an der Kreuzfahrt teil. Eine Freundin von uns, Leila, hat uns angemeldet, als sie auf Facebook sah, dass Celine mit Foveros auf Reisen geht. Celine hat uns so sehr geholfen, nicht wahr, Jimmy?« Jimmy nickte. »Wir haben nämlich unsere Tochter verloren, wissen Sie?«, erklärte die Frau nüchtern.

»Das tut mir sehr leid.«

»Vor sieben Jahren, Brustkrebs.«

»Das tut mir sehr leid. Wie schrecklich für Sie.«

»Oh, wie nett von Ihnen, das zu sagen. Und ich dachte mir ... wenn ich noch einmal mit ihr sprechen könnte und sicher wüsste, dass sie nicht mehr leiden muss, wäre ich in der Lage, mit meinem Leben fortzufahren. Als ich das erste Mal zu einem Medium gegangen bin, hat Jimmy gemeint, ich wäre verrückt. Er glaubte nicht, dass es möglich ist, mit Verstorbenen zu kommunizieren. Und, wissen Sie, ich glaube, ich habe es insgeheim auch nicht für möglich gehalten. Diejenigen, an die wir uns gewendet haben ... Man hat gesehen, dass sie nicht wirklich wussten, was sie tun. Und bei Celine hatten wir zunächst auch unsere Zweifel, nicht wahr, Jimmy?« Annabeth beugte sich vor. »Wir hatten die Geschichten gehört.«

Das Kinn des Mannes wackelte. Annabeth griff nach seiner Hand und drückte sie, und die beiden tauschten einen derart hingebungsvollen Blick, dass Helen es sich nicht verkneifen konnte, Rührung zu empfinden. »Aber was sie heute Morgen zu uns gesagt hat … Sie besitzt etwas Besonderes. Eine echte Gabe. Es war, als wäre Julia tatsächlich bei uns. Sie würde bestimmt eine Séance für Sie durchführen, wenn Sie sie darum bitten.«

»Wirklich, ich komme schon zurecht.«

»Es muss doch jemanden geben, mit dem Sie gerne Kontakt aufnehmen würden.«

»Nein, gibt es nicht.« Und selbst wenn es jemanden gegeben hätte, wäre die unfreundliche und verstörende Frau, mit der Elise und sie am Abend zuvor Zeit verbracht hatten, die letzte Person, die sie bitten würde.

»Glauben Sie nicht an den Geist, Helen?«

»Ich bin mir nicht sicher, woran ich glaube.« Eine Lüge. Sie war nur nicht in der Stimmung, sich bekehren zu lassen. Manchmal wünschte sie sich, sie würde an Gott und den Himmel glauben. Hin und wieder beneidete sie Elise, die sich sicher war, dass Peter auf sie warten würde, wenn sie starb. Helen hatte nichts dergleichen, was sie beruhigte. Und was würde sie überhaupt zu Graham sagen, wenn sie ihn wiedersah? Alles war so plötzlich geschehen. Ein Herzinfarkt. Ausgerechnet im Fitnessstudio. Ein Opfer der vierzig Zigaretten am Tag, die er geraucht hatte, seit er sechzehn war. Die Trauer wurde von Wut auf ihn abgelöst, weil er sie verlassen hatte. Graham war immer für sie dagewesen, hatte sie angetrieben, ausgelacht, ihr das Leben leichter gemacht. Es mochte nach einem Klischee klingen, doch er war tatsächlich ihr bester Freund gewesen; sie hatten alles gemeinsam gemacht, hatten niemand anderen gebraucht. Ohne ihn war das Leben … grau. Das war es. Düster.

Helen erhob sich. »Ich sollte wirklich zurück zu meiner Freundin.«

»Fünf Minuten, Helen. Lassen Sie sich nur kurz von uns zeigen, wo Sie uns finden, dann können Sie später immer noch kommen.«

Es war vermutlich leichter, wenn sie die beiden einfach begleitete. Sie hatte ohnehin nichts zu verlieren und nichts zu gewinnen. Sobald sich das Schiff wieder in Bewegung setzte, konnten Elise und sie ihre Optionen noch einmal prüfen.

Helen gestattete es, sich zum Eingang der Starlight Dreamer Lounge bugsieren zu lassen, wo sie von einer kleinen Gruppe fröhlicher Männer und Frauen mittleren Alters empfangen wurde. Der Raum war gut gefüllt und der Großteil der Klubsessel besetzt. Auf der Bühne fummelte ein untersetzter Mann in den Zwanzigern an einem kleinen tragbaren Notstromaggregat herum. Helen erspähte Maddie, die mit gesenktem Kopf an der Seite saß.

»Ich kenne sie«, sagte Helen zu Annabeth.

»Maddie? Sie ist reizend. Sie kommt ebenfalls aus England. Celine stand an den ersten paar Tagen der Kreuzfahrt etwas neben sich, und sie hat sich richtig gut um uns alle gekümmert.«

»Ich gehe nur mal kurz zu ihr und rede mit ihr. Entschuldigen Sie mich bitte.«

»Sie kommen aber wieder zurück, oder? Ich möchte Sie nämlich allen vorstellen.«

»Oh, ich komme schon wieder«, log Helen. Sie würde kurz mit Maddie sprechen und dann das Weite suchen, bevor Celine auftauchte. Einige der Leute, die auf Stühlen saßen, dösten vor sich hin, doch die meisten lächelten sie freundlich an, als sie an ihnen vorbeiging. Der Raum schien eine Oase des Friedens zu sein: gedämpftes Licht, die Luft weniger stickig als in ihrer Suite, was angesichts der vielen Menschen in der Lounge erstaunlich war. Maddie blickte nicht auf, als sie sich ihrem Tisch näherte, und Helen war gezwungen, sie am Arm zu berühren.

Sie zuckte zusammen und kippte ihre Wasserflasche um. »Helen, was machen Sie denn hier?«

Helen sah zu dem Tisch hinüber, an dem Annabeth und Jimmy saßen und sie beobachteten. »Ich wurde eingeladen.«

»Die Freunde haben Sie gefunden, was? Haben Sie umzingelt.«

»Die Freunde?«

»Die Freunde von Celine. Die Gruppe von Leuten, die einen Aufschlag bezahlt haben, um mit ihr eine Kreuzfahrt unternehmen zu können.« Maddie winkte ab. »Spielt keine Rolle.«

»Wo ist Celine denn?«

»Hinter der Bühne. Sie bereitet sich vor. Ich habe sie machen lassen.«

»Und worauf bereitet sie sich vor?«

»Sie führt noch eine Séance durch. Ihre dritte heute, falls Sie es für möglich halten.«

»Dann fühlt sie sich also auf jeden Fall besser.«

»Oh, ja. Eigentlich würde ich sogar behaupten …«

Ohne Trara oder Ankündigung kam Celine alleine auf die Bühne gerollt. »Und, wie fühlen wir uns alle?«, tönte ihre Stimme durch den Raum. Helen warf einen sehnsüchtigen Blick zum Ausgang. Sie beschloss zu warten, bis das Publikum abgelenkt war, ehe sie sich davonschlich. »Ich möchte zunächst alle unsere neuen Freunde willkommen heißen. Es freut mich sehr, dass Sie uns Gesellschaft leisten können. Wir passen alle aufeinander auf. Das hier ist ein sicherer Ort. Solange wir zusammenhalten, kann uns nichts passieren. Sie müssen wissen: Jeder Einzelne von Ihnen hat seine eigenen Schutzengel und Geistführer, die über ihn wachen. Sie können sie vielleicht nicht sehen, aber Sie können sie spüren, nicht wahr?«

Eine Woge der Zustimmung schwappte durch den Raum. Helen warf Maddie einen Blick zu, doch sie betrachtete ihre Handrücken. Alle anderen starrten Celine gebannt an.

»Sie müssen wissen, Ihre Schutzengel und Geistführer sowie die Seelen derer, die von uns gegangen sind, treten vor. Sie müssen wissen, es gibt keinen Tod.« Celine hielt inne, und Helen war sich beinahe sicher, dass die Frau sie direkt ansah. »Doch das bedeutet nicht, dass das Leben kein wertvolles Geschenk ist.« Ein süffisantes Lächeln. Helen rutschte unbehaglich auf ihrem Stuhl hin und her. »Moment … Meine Geistführer – Archie und meine ureigene Lizzie Bean – lassen mich wissen, dass einige wichtige Botschaften übermittelt und einige Verbindungen hergestellt werden müssen.«

Das Publikum schien den Atem anzuhalten.

»Ein Mann … ein Mann tritt vor. Ja. Sie müssen wissen, hier ist jemand anwesend, mit dem er Kontakt aufnehmen möchte. Bedeutet der Buchstabe G irgendjemandem etwas? Moment … Oh, es ist ein großer Mann. Ein gut aussehender Mann. Kleiner Bauchansatz, aber wir sind alle nur Menschen, nicht wahr? Wir können über solche kleinen Nebensächlichkeiten hinwegsehen, habe ich recht, Freunde?«

Aus der Zuschauermenge ertönte gedämpftes Lachen. Helen spürte ein schleichendes Kribbeln auf ihrer Haut. Sie wusste, was gleich kommen würde.

»Und Sie müssen wissen, um unseren Körper brauchen wir uns keine Sorgen zu machen, wenn wir übertreten. Jetzt … empfange ich … Verzeihen Sie, aber ich habe das Bedürfnis zu singen. Meine Stimme ist nicht die beste, aber der Mann, der nach vorne tritt, möchte, dass ich singe. ›She was right next door and I'm such a strong persuader.‹« Celine hielt inne. »Bedeutet das jemandem etwas?«

Eine Hand packte Helens Herz, und für einen Augenblick war sie überzeugt, sich übergeben zu müssen. Beruhige dich, sagte sie sich. Medien und Hellseher waren clever. Sie waren versiert im Cold Reading und im Täuschen.

»Niemand? Ich empfange es jetzt richtig deutlich. Und ich habe das Bedürfnis zu husten, wissen Sie?« Ein tiefes Lachen. »Ich habe schon vor Jahren mit dem Rauchen aufgehört, aber ich sage Ihnen, jetzt gerade verspüre ich ein starkes Bedürfnis.«

Helen stand steif auf. »Wir sehen uns später, Maddie«, hörte sie sich sagen.

Maddie blickte auf. »Alles in Ordnung mit Ihnen?«

»Ich brauche nur ein bisschen frische Luft.«

Helen hastete hinaus und schlug sich in ihrer Eile das Schienbein an einem Tisch an. Sie spürte es kaum.

»Helen? Wohin gehen Sie denn?«, folgte ihr Annabeths Stimme.

Helen wischte sich die Tränen aus den Augen – unschlüssig, ob Schock, Wut oder Trauer sie hervorgebracht hatte – und rannte. Sie schoss am Kasino und an den geschlossenen Türen der Sandman Lounge vorbei, wobei ihr hageres Spiegelbild sie für einen Moment erschreckte. Celine konnte diesen Song unmöglich gekannt haben. Sie musste in ihrer Suite gewesen sein. Vielleicht hatte sie auf Facebook nach ihr gesucht: Bei ihr zu Hause hing ein Foto von Robert Gray an der Wand, vom letzten Mal, als Graham und sie ihn vor Jahren live in London hatten spielen sehen. Das war es. Sie entspannte sich langsam. Billige Tricks.

Als sie auf dem Veranda-Deck ankam, war ihre Atmung wieder gleichmäßig, doch sie sammelte sich, bevor sie die Suite betrat. Sie wollte Elise auf gar keinen Fall beunruhigen. »Elise?«

Elises Bett war leer, Kissen und Laken in Unordnung.

»Elise?«

Aus dem Bad ertönte ein erstickter Schrei. Helen riss die Tür auf. Elise lag auf dem Fußboden, ihr Rock nach oben geschoben. »Ich fühle mich nicht gut, Helen. Mir tut der Kopf weh. Ich glaube … Ich glaube, ich …«

Der Engel der Barmherzigkeit

Der Mann schlief jetzt tief und fest, doch Jesse wusste, er würde ihn genau im Auge behalten müssen. Mein Gott, was für eine Szene das gewesen war. In seinen Adern kribbelte noch immer Adrenalin von vorhin, als Bin und er zu der Kabine des Mannes geeilt waren, um ihn ruhigzustellen. Sie hatten ihn zusammengerollt in der Ecke seiner Kabine gefunden, und er hatte jedes Mal geschrien, wenn sich einer von ihnen ihm nähern wollte. Zwei Wachmänner waren nötig gewesen, um ihn auf dem Boden zu halten, bis das Beruhigungsmittel wirkte.

Und nicht nur der Neuankömmling bereitete Jesse Sorgen. Alfonso befand sich nach wie vor an der Grenze zur Katatonie und hatte kaum reagiert, als der hysterische Patient in den Behandlungsraum gebracht worden war. Jesse konnte ihm kein einziges Wort entlocken. Das Brandwundenpflaster würde seinen Zweck erfüllen – Jesse musste es nur frühestens am morgigen Tag wechseln (und hoffentlich befanden sie sich bis dahin nicht mehr in dieser Situation) –, doch Alfonso hatte den Joghurt und die Banane, die Martha ihm gebracht hatte, kaum angerührt, und genauso wenig hatte er von dem Toilettenstuhl Gebrauch gemacht, den sie in dem kleinen

Bad aufgestellt hatten. Außer einen Psychologen einzufliegen gab es nicht mehr viel, was Jesse noch tun konnte.

Ein psychotischer Passagier, eine tote junge Frau, das Norovirus und ein Ingenieur, der sich an der Grenze zur Katatonie befand. *Was kann noch alles schiefgehen?*

Martha kam in den Behandlungsraum und warf ihre Handschuhe in den Abfalleimer. »Wir haben noch eine, Jesse.«

»Noro?«

»Noro.«

»Wie viele sind es jetzt?«

»Insgesamt sechs. Drei Crewmitglieder und drei Passagiere. In diesem Fall mache ich mir Sorgen. Die Patientin ist übergewichtig und Seniorin. Sie ist schwach. Ihre Freundin hat sie im Bad auf dem Fußboden gefunden, nachdem sie zusammengebrochen war.«

»Möchten Sie sie hier runterbringen?«

»Nein. Es ist immer das Beste, wenn wir die Betroffenen in ihren Kabinen unter Quarantäne stellen.«

»Soll ich mal nach ihr sehen?«

»Sie haben schon genug zu tun.« Sie deutete auf den Psychotiker. »Wie geht's denn Ihrem Mann?«

»Das Midazolam wirkt Gott sei Dank.«

»Wissen wir, was die Ursache ist? Hat er eine psychotische Vorerkrankung?«

»Das wissen wir noch nicht. Der Sicherheitsdienst versucht gerade, seine Frau ausfindig zu machen.«

»Irgendwelche Verletzungen?«

»Ich konnte ihn bislang nur oberflächlich untersuchen. Quetschungen an den Oberschenkeln und Handgelenken, Prellung an der Stirn. Die hat er sich vermutlich bei dem Handgemenge zugezogen. Zwei Wachmänner waren nötig, um ihn in Schach zu halten.«

»Scheiße. Und Bin?«

»Er kümmert sich um die Kabinenstewardess, die der Typ angegriffen hat, bevor wir ihn hierhergebracht haben. Nichts Ernstes, aber sie ist verständlicherweise traumatisiert.«

Martha musterte ihn von Kopf bis Fuß. »Haben Sie Zeit gehabt, sich auszuruhen?«

»Nein.« Er überlebte mit kaltem Kaffee und unzähligen Dosen Cola, wobei das zittrige Koffein-High die Erschöpfung gerade so unter Kontrolle hielt. »Soll ich dem Kapitän vorschlagen, dass wir in höchste Alarmbereitschaft gehen sollten?« Die Anzahl der Norovirusfälle reichte (noch) nicht aus, um das zu rechtfertigen, doch Vorsicht war besser als Nachsicht, vor allem in Anbetracht des Problems mit dem Antriebssystem. Er hatte am Vortag einen Antrag auf ein Treffen mit dem Kapitän eingereicht, der allerdings bislang ignoriert worden war.

Martha lehnte sich gegen die Bahre. »Das wird obendrein zu allem anderen gut ankommen. Aber ich finde, wir sollten es trotzdem vorschlagen. Zumindest sollten die Passagiere instruiert werden, die Handdesinfizierer zu benutzen.«

Ja, genau, dachte Jesse. Während seiner ganzen Zeit auf dem Schiff hatte er noch nie gesehen, dass jemand sie benutzt hatte. »Wie lange kann das noch dauern?«

»Weiß Gott.«

»Haben Sie noch was gehört?«

»Nein. Die Kommunikationstechnik funktioniert immer noch nicht.«

»Ich bin beunruhigt, was die Leichenaufbewahrung anbelangt. Ohne Strom könnten wir dort ein Problem bekommen.«

»Machen Sie sich deshalb keine Sorgen. Sie befindet sich unter der Wasserlinie. Es wird dort schon kühl genug bleiben.«

Fürs Erste.

Es klopfte an der Tür, und ein Mann in weißer Offizierskleidung trat zögerlich ein. Wie der Großteil der Crew auf dem Schiff sah er aus wie der Stereotyp des gut aussehenden Italieners mit seiner adretten weißen Uniform und seinem glatten dunklen Haar: mühelos attraktiv. Die Offiziere sorgten dafür, dass Jesse sich hoffnungslos unzulänglich fühlte. »Entschuldigung? Darf ich Alfonso besuchen?«

»Er schläft. Sie sollten sich nicht hier drin aufhalten.«

»Tut mir leid.« Der Blick des Mannes wanderte zu Alfonso, der mit geschlossenen Augen völlig regungslos dalag. »Ich habe an die äußere Tür geklopft, aber es ist niemand gekommen.«

Jesse tauschte einen Blick mit Martha, die mit einem Schulterzucken reagierte.

Was konnte es schon schaden? Vielleicht würde der Mann Alfonso zum Sprechen bewegen können. »Gehen Sie hin.«

Martha schenkte Jesse ein unterstützendes Lächeln und verließ den Raum.

Der Offizier trat an Alfonsos Bett und ließ einen italienischen Wortschwall los. Jesses Italienisch beschränkte sich im Grunde genommen auf *nessun dorma* und den einen oder anderen Brocken Slang, den er aufgeschnappt hatte, deshalb hatte er keine Ahnung, was der Mann sagte, doch worum auch immer es sich handelte, es schien keine Wirkung zu zeigen.

Der Offizier – Baci, seinem Namensschild zufolge – drehte sich zu Jesse um. »Warum ist Alfonso nicht wach? Was stimmt nicht mit ihm? Ich sehe den Arm, aber fehlt ihm noch etwas anderes?«

»Er hat die meiste Zeit geschlafen. Möglicherweise ist das eine Reaktion auf die Schmerzmedikamente. Ist er ein guter Freund von Ihnen?«

»Er hat mir geholfen, Arbeit auf dem Schiff zu finden. Wir kommen aus derselben Gegend. Er ist wie ein Vater für mich. Ich mache mir Sorgen. Wir sind darauf angewiesen, dass er seinen Job macht. Er arbeitet seit fünf Jahren im Kontrollraum. Niemand kennt die Motoren und die Generatoren so gut wie Alfonso.«

»Wissen Sie, was das Problem ist?«

Ein übertriebenes Schulterzucken. »Das redundante System hat nicht so funktioniert, wie es sollte. Jetzt laufen auf dem Schiff nur noch die beiden Notstromaggregate. Wir haben keinen Vortrieb.«

»Aber Sie können das doch reparieren, oder?« Jesse sah keinen Grund, warum nicht. Als er auf dem Schiff angefangen hatte, war er herumgeführt worden. Zwar hatte er nicht in die pochenden Tiefen des Maschinenraums hinuntersteigen dürfen, aber er hatte die Werkstätten zu Gesicht bekommen und die prall gefüllten Ersatzteillager.

»Vielleicht. Ich weiß es nicht. Ich arbeite auf der Brücke. Als dritter Offizier.« Er sagte noch etwas zu Alfonso in etwas schärferem Tonfall, doch der Ingenieur zeigte immer noch keine Reaktion. »Darf ich versuchen, ihn aufzuwecken?«

»Versuchen dürfen Sie es.«

»Alfonso!« Baci rüttelte mit mehr Nachdruck an seiner Schulter, als Jesse gutheißen konnte. Doch dann flatterten Alfonsos Augenlider, und er zuckte zusammen und stieß einen erstickten Schrei aus. Furcht – in seinem Blick lag blanke Furcht.

»Sagen Sie ihm, dass wir ihm nur helfen wollen«, sagte Jesse. »Und fragen Sie ihn, ob er Schmerzen hat.«

Baci sprach in sanfterem Tonfall, und Alfonso schien geradewegs durch ihn hindurchzublicken. Schließlich schien er ihn jedoch zu sehen und seine Umgebung zur Kenntnis zu nehmen. Baci stellte Alfonso eine Frage, und dieser antwortete mit leiser, bebender Stimme. Die beiden unterhielten sich ein paar Minuten lang, wobei Alfonsos Blick ständig im Raum hin und her huschte. Seine Antworten schienen Baci immer mehr in Aufruhr zu versetzen.

»Was sagt er denn?«, fragte Jesse dazwischen.

Baci drehte sich zu ihm um. »Ich weiß nicht, wie ich das sagen soll.«

»Könnten Sie es wenigstens versuchen?«

»Er behauptet, er hätte den Teufel gesehen.«

»Den was?«

»Er war da, als das Feuer ausgebrochen ist.«

»Der Teufel war im Generatorenraum?«

Ein Schulterzucken. »*Sì.* Er nennt ihn den ›dunklen Mann‹.«

»Aha. Ähm ... ist das normal für ihn?«

»Nein. Er ist ein gläubiger Mensch, aber er ist nicht ...« Baci schwenkte die Hand vorm Gesicht.

»Wahnhaft?«

»*Sì.*«

»Würden Sie ihn bitte fragen, ob er Schmerzen hat?«

»Er spricht Englisch.«

»Ja, aber er spricht nicht mit uns.«

Alfonso sagte noch etwas.

»Er sagt, der dunkle Mann ist jetzt hier bei uns.«

Jesse blickte sich um. »Denken Sie, er meint den anderen Patienten?«

»Ich weiß nicht.«

Alfonso drehte sich abrupt auf die Seite und schloss die Augen. Baci versuchte ein paar Minuten lang, ihm eine Antwort zu entlocken, doch Alfonso blieb stumm.

»Kümmern Sie sich um ihn?«

»Selbstverständlich.«

»Ich komme ihn bald wieder besuchen.« Baci strich sich das Haar mit beiden Händen glatt. »Das ist nicht gut. Ich muss zurück.«

Jesse folgte ihm nach draußen. »Wann bekommen wir endlich ein paar Antworten?«

»Scusi?«

»Wann sind wir wieder online? Ich muss zumindest Unterstützung an Land beantragen.«

»Haben Sie mit dem Kapitän gesprochen?«

»Ich habe versucht, mit dem Kapitän zu sprechen.«

»Er ist sehr beschäftigt.«

Herrgott. »Hören Sie, könnten Sie ihn bitten, dass er sich in einer dringenden Angelegenheit bei mir meldet?«

»Ich tue, was ich kann. Aber ich bin nur der dritte Offizier auf der Brücke, deshalb habe ich nicht viele Befugnisse.«

»Ich muss mich unbedingt mit ihm treffen.«

»Ich tue, was ich kann«, wiederholte Baci.

Jesse war sich darüber im Klaren, dass er dem armen Kerl eine Strafpredigt hielt – Martha, die gerade am Schreibtisch saß und Berichte schrieb, beobachtete ihn interessiert –, doch er wusste nicht, was er sonst hätte tun sollen, außer hinauf zur Brücke zu gehen und an die Tür zu hämmern. »Wissen Sie wenigstens, wo wir uns befinden?«

»*Scusi?*«

»Wo auf dem Meer. Wir treiben doch ab. Wissen Sie, wo wir uns befinden?«

»Wir können manuell navigieren.«

»Und wir sind vom Kurs abgekommen? Hat uns deshalb niemand gefunden?«

»Wir treiben, aber wir können nachvollziehen, wie schnell und wie weit wir uns bewegen.«

»Und?«

»Ich muss zurück auf die Brücke.«

Jesse ließ ihn gehen.

»Hat er Alfonso dazu gebracht zu sprechen?«, erkundigte sich Martha.

»Ja, ein bisschen was.«

»Und was hat er gesagt?«

»Nur, dass der Teufel auf dem Schiff ist.«

»Das hätte ich ihm auch sagen können. Aber jetzt im Ernst, was hat er denn gesagt?«

»Das war mein Ernst. Er hat gesagt, der Teufel hätte das Feuer gelegt.«

»Meine Güte.«

Er kippte den Bodensatz seiner letzten Koffein-Dröhnung hinunter und gab sich Mühe, nicht an das köstliche Fluchtventil zu denken, das sich hinter der Tür des Medikamentenschranks verbarg. Er sah bestimmt schrecklich aus. Er musste sich rasieren. Er musste sich duschen. Seine weiße Bekleidung war verknittert und schmutzig und mit dem am gestrigen Abend hastig verzehrten kalten Curry verkleckert.

Er kehrte in den Behandlungsraum zurück. Alfonsos Augen waren wieder geschlossen, seine Atmung war langsam und gleichmäßig. Der Psychotiker schlief nach wie vor tief und fest. Jesse warf einen Blick auf das leere dritte Bett. Es wirkte einladend. Er hätte sich darauf zusammenrollen können, und wenn er wieder aufwachte, wären sie womöglich in Miami und all das wäre vorbei. Er machte die Augen fest zu und sah Sterne hinter seinen Lidern explodieren und tanzen.

Vom Empfangsbereich schwebten laute Stimmen durch die Tür, und Sekunden später streckte Martha den Kopf herein. »Gary Johanssons Frau ist hier. Sie möchte ihn sehen.«

»Wessen Frau?«

»Von ihrem Mann da.«

Ein schrilles Heulen durchdrang den Raum. »Wo ist er? Ich will ihn sehen!« Eine Frau mit kurzem dunklen Haar, noch kürzeren Shorts und schlechten Manieren kam in den Raum gestürmt.

»Ma'am«, sagte Martha zu ihr. »Ich habe Sie doch gebeten, draußen zu warten.«

»Wo ist er?« Ein müde wirkender Wachmann stand hinter ihr. Es handelte sich nicht um einen der beiden, denen Jesse begegnet war, als er in die Kabine der jungen Frau gerufen worden war. Dieser Wachmann – Pran – war jung und trug einen spärlichen Oberlippenbart.

Die Frau erspähte ihren Ehemann. »Gary!« Sie watschelte in ihren Flip-Flops zu ihm ans Bett, dann drehte sie sich um und starrte Jesse wütend an. »Wozu ist die Infusion?«

»Wir mussten ihn ruhigstellen, Ma'am.«

»Ruhigstellen? Warum?«

»Er war aufgebracht.«

»Eine Stewardess hat gesagt, er hätte sie angegriffen«, erklärte der Wachmann – unklugerweise.

»Häh? Sie angegriffen? Sie lügt. So was würde Gary niemals tun. Er ist ein Lamm.«

»Bitte beruhigen Sie sich«, forderte Martha sie auf. »Wir haben hier noch einen Patienten, und wir wollen doch niemanden belästigen, oder?« Sie lächelte die Frau an, die sich daraufhin etwas zu beruhigen schien.

»Gary? Gary, kannst du mich hören?«

»Er wird noch eine Weile außer Gefecht sein«, sagte Jesse.

»Was fehlt ihm denn?«

»Wir sind uns nicht sicher. Hatte er in der Vergangenheit schon mal Probleme mit mentaler Instabilität?«

»Nein! Was wollen Sie denn damit sagen?«

»Ich versuche nur, mir ein besseres Bild zu machen, womit wir es hier zu tun haben.«

»Er hat bestimmt niemanden angegriffen. Niemals.«

»Ist er gegen irgendwas allergisch?«

»Was?«

»Hat er irgendwelche Allergien, über die wir Bescheid wissen sollten?«

»Nein. Nein, hat er nicht. O Moment, er mag keinen Käse.«

Es war Martha hoch anzurechen, dass es ihr gelang, ein Lächeln zu unterdrücken.

Die Frau warf Jesse einen wütenden Blick zu. »Sind denn keine amerikanischen Ärzte an Bord?«

»Dr. Zimri ist überaus kompetent«, sagte Martha.

Die Frau wirkte nicht überzeugt. »Sie kümmern sich doch um ihn, ja?«, winselte sie Martha an.

»Ja, Ma'am. Gehen Sie jetzt wieder. Wir benachrichtigen Sie, sobald er aufwacht.«

»Ich halte mich nicht in meiner Kabine auf. Ich bin mit Freunden oben auf dem Lido-Deck.«

»Wir sorgen dafür, dass Sie kontaktiert werden.«

Martha führte sie hinaus, und der Wachmann folgte ihnen auf den Fersen.

Und dieses Mal ließ sich Jesse mit einem Plumps auf das freie Krankenbett fallen. Fünf Minuten, sagte er sich. Vergangene Nacht hatte er fast gar nicht geschlafen. Die verrückte alte Hellseherin hatte ihn völlig durcheinandergebracht. Und er hatte Stunden damit zugebracht, sich in Farouka hineinzusteigern. Hatte sich Horrorgeschichten zusammengereimt, sie sich mit anderen Männern vorgestellt, glücklicher, als sie es jemals gewesen war, und sie in Gedanken allen erzählen hören, wie dankbar sie sei, nicht mehr in ihrer Ehe gefangen zu sein. Vielleicht würde er die Trümmer seines alten Lebens bis ans Ende seiner Tage hinter sich herschleifen wie die Schleppe eines ramponierten Hochzeitskleids.

Schwach. Er war schwach.

»Könnten Sie mal kommen, Doc?« Diesmal war es Bin.

»Geht's um die Stewardess?«

»Nein, um die Leichenaufbewahrung. Die Arbeiter in der Wäscherei behaupten, sie hätten ein Geräusch von da drinnen gehört.«

»Machen Sie sich doch nicht lächerlich.«

»Doc, ich erzähle Ihnen bloß, was mir zu Ohren gekommen ist.«

»Haben Sie die Sache nachgeprüft?«

Bin schüttelte den Kopf. »Nein, Doc.« Jesse wurde bewusst, dass er Bin bislang immer nur gelassen und kontrolliert gesehen hatte. »Ich glaube, Sie sollten mitkommen.«

»Im Ernst?«

Bin nickte entschuldigend.

Unmittelbar vor dem Eingang zur Wäscherei hatte sich eine Gruppe von Männern versammelt, die sich miteinander unterhielten. Als Jesse und Bin sich näherten, verstummten sie. Die Leichenaufbewahrung selbst – eine Öffnung in der Wand, deren Tür an einen riesigen Metall-Brotkasten erinnerte – befand sich in einem Lagerraum hinter einer Stahltür rechts von der Wäscherei.

Jesse spürte das Gewicht aller Blicke auf sich lasten, als er die Tür des Lagerraums aufwuchtete. Auf einem Schiff war Platz kostbar, und der Fußboden war übersät mit Tomatenkonserven und roten Sondermüllsäcken, die vermutlich in der Leichenaufbewahrung gelagert gewesen waren, bevor diese gebraucht wurde. Im Gegensatz zu den Schubladen in gewöhnlichen Leichenhallen wurden Tote hier quer in einer Nische untergebracht, deren Klappe fest verschlossen war.

»Sieht für mich so aus, als wäre alles in Ordnung. Sind Sie sicher, dass es von hier drinnen kam?« Selbst wenn jemand von innen gegen die Tür des Lagerraums gehämmert hätte (und wer hätte das tun sollen?), wäre das von außen wahrscheinlich nicht zu hören gewesen.

Einer der Männer, der in den Vierzigern war und einen Bierbauch und Raucherzähne hatte, murmelte Bin etwas zu.

»Er sagt, es kam fast sicher aus der Leichenaufbewahrung. Sie haben es gehört, als sie die Tür des Lagerraums aufgemacht haben.«

»Tja, er muss …«

Peng.

Jesse zuckte zusammen. »Was zum Teufel?«

Peng. Eine lange Pause und dann ein dumpfes metallisches Geräusch. Alle schreckten zurück.

»Wir sollten den Sicherheitsdienst holen«, schlug Bin vor, wobei sich seine Stimme vor Angst überschlug.

»Nein«, erwiderte Jesse. »Das liegt an der Hitze hier unten. Deshalb dehnt sich das Metall aus.« Er berührte den Griff der Leichenaufbewahrung, dann strich er mit der Handfläche über die Front. Sie war kühl, aber nicht kalt. Die Tiefkühlung war noch nicht eingeschaltet worden – die Techniker hatten es entweder vergessen, oder sie war nicht an die Notstromversorgung angeschlossen.

»Machen Sie nicht auf, Jesse«, flüsterte Bin.

Der bierbäuchige Raucher murmelte etwas, das wie ein Gebet klang. Die anderen hatten das Weite gesucht.

Die Klappe ließ sich leicht öffnen, und der Leichensack kam zum Vorschein. Jesse starrte ihn an und rechnete beinahe damit, dass er jeden Moment zucken würde.

Bescheuert.

Was hatte er erwartet? Dass die junge Frau noch am Leben war? Quatsch, wie Martha sagen würde. Er mochte ein kaputter Typ sein, aber verrückt war er nicht.

»Es heißt, dass sie auf dem Schiff herumspukt«, flüsterte Bin. »Dass sie ein ruheloser Geist ist. Dass sie andere böse Geister ruft, damit sie ihr Gesellschaft leisten. Es heißt, sie bringt Unglück, und es ist ihre Schuld, dass wir liegen geblieben sind.«

»Mein Gott, das ist doch Blödsinn.« Jesse öffnete trotzdem den Reißverschluss des Sacks. Verwesungsgeruch schlug ihm entgegen. Das Gesicht der jungen Frau war schlaff, ihre Augen waren weiß. Ihr Mund stand offen, nachdem die Leichenstarre eingesetzt hatte, und offenbarte einige billige altmodische Füllungen in ihren unteren Backenzähnen. Er trat einen Schritt zurück, damit Bin und die Wäschereiarbeiter sich selbst überzeugen konnten.

»Sehen Sie? Tot.« Absolut mausetot.

Der bierbäuchige Mann verzog das Gesicht und wich zurück. Bin – der verlässliche, besonnene Bin – erweckte den Eindruck, als würde er jeden Moment vor Erleichterung ohnmächtig werden. Hatte Jesse ihn die ganze Zeit falsch eingeschätzt? Nein. Er war nur eingeschüchtert gewesen. Verständlich, Jesse war ebenfalls eingeschüchtert gewesen.

Er machte den Reißverschluss des Leichensacks wieder zu, öffnete die Beschläge, die verhinderten, dass die Klappe zufiel, und trat zurück, um sie zuschlagen zu lassen. »Können wir jetzt einfach alle wieder gehen und …«

Peng.

Der Geheimnishüter

Devi starrte den Metallrahmen des Betts über ihm an. Madan und Ashgar hatten die Wände und den Bereich über ihren Betten mit anzüglichen Fotos tapeziert, während er sich nur von den zerkratzten Schemen uralter Graffitis ablenken lassen konnte: mehrere Versionen von »Fuck you«, »Monica macht's gern von hinten« und eine Radierung, die offenbar eine Verschmelzung einer halb nackten Frau mit einem Ferrari darstellen sollte.

Er hatte drei Stunden geschlafen, ehe er aufgeschreckt war, überzeugt davon, dass jemand an seiner Schulter gerüttelt hatte. Anschließend war er mehrmals eingedöst und wieder aufgewacht, hatte versucht, seine Gedanken zu ordnen, und hatte den Gestank von altem Rauch eingeatmet, der von Madans Overall auf dessen Bett aufstieg. Der Tag war wie im Flug vergangen; er hatte noch keine Gelegenheit gefunden, um das Bildmaterial zu sichten, das die Überwachungskameras letzte Nacht aufgenommen hatten. Die Befragung der Single-Gruppe und des Stewards, der angeblich die Kabinen kontrolliert hatte, und das Patrouillieren auf dem Hauptdeck und dem Lido-Deck hatten seine gesamte Zeit in Anspruch genommen. Er war erschöpft, nachdem er Beschwerden über den Mangel an warmem Essen, über das Informationsdefizit und allem voran über die Tatsache, dass die Bars geschlossen waren, hatte abwimmeln müssen. Devis Erfahrung nach konnten die meisten Passagiere nicht länger als eine Stunde auf Speisen und Getränke verzichten, ohne aus der Rolle zu fallen.

Ein paar Stunden zuvor hatte Ram Devi über Madan mitteilen lassen, er solle eine Pause einlegen. Sein Vorgesetzter hatte einen Großteil des Tages damit zugebracht, sich auf der Brücke mit dem Kapitän zu treffen, und Devi hatte Ram noch nicht berichtet, welche Erkenntnisse er aus dem Bildmaterial gewonnen hatte. Nicht erwähnen oder in seinen Bericht einfügen würde er, was er noch gesehen hatte: eine Handfläche, eine kleine Handfläche, die das Objektiv der Kamera zuhielt. Das war nämlich schlichtweg unmöglich, da sich die Kameras weit oben unter der Decke befanden. Es musste sich um eine optische Täuschung handeln, um eine Überlagerung von einer anderen Überwachungskamera vielleicht. Für alles gab es eine rationale Erklärung. Und er hatte sich noch nicht mit dieser Stewardess unterhalten: Althea Trazona.

Er schloss die Augen und rieb sich das Gesicht. Bevor er seinen Dienst wieder antrat, sollte er sich zurechtmachen und sich etwas zu essen besorgen. Er würde Energie brauchen und …

Die Kabinentür ging auf, und Devi gab sich alle Mühe, sein Entsetzen zu verbergen, als Rogelio den Raum betrat.

Devi schwang die Beine vom Bett und stand auf. »Rogelio, du darfst nicht hier sein. Ashgar oder Madan können jeden Moment auftauchen.«

»Die beiden sind nicht in der Nähe. Ich habe mich vergewissert.« Rogelio stieg über Madans Sachen und schmiegte seinen Körper an Devis. »Ich musste dich sehen.« Devi brauchte eine Dusche, er konnte seinen säuerlichen Schweiß riechen, doch Rogelio schien das nicht zu stören. Das tat es nie. »Warum bist du gestern Abend nicht zu mir gekommen? Ich hätte dich gebraucht.«

Devi befreite sich. »Ich musste arbeiten. Tut mir leid.«

»Ich habe Angst, Devi. Diese Situation ist schlimm. Ich ... ich musste Damien versprechen, nichts zu erzählen, aber er sagt, der Kapitän ist sehr beunruhigt. Wir haben immer noch kein Internet, Devi. Keine Funkverbindung. Nichts kommt von den anderen Schiffen, die sich in der Umgebung aufhalten müssten. Sie hätten eigentlich schon vor Stunden nach uns sehen sollen, nachdem das Notsignal an die Funkbake ausgesandt wurde.«

»Vielleicht herrscht im Hafen schlechtes Wetter, und sie gelangen nicht zu uns.« Devi warf abermals einen bangen Blick zur Tür. Er musste Rogelio hier rausschaffen. »Bitte, du musst wieder gehen.«

Rogelio zog einen Schmollmund. »Warum schubst du mich immer weg? Schämst du dich etwa für mich?«

»Nein. Natürlich tue ich das nicht.« Wenn er sich

für jemanden schämte, dann für sich selbst. *Feigling.* Er wusste, was Rogelio wollte; und er wusste, er würde es ihm nie geben können. »Du kennst doch meine Situation.«

»Und warum bist du gestern Abend nicht zu mir gekommen, um mir von Kelly Lewis zu erzählen? Ich habe es von diesem schrecklichen Ram erfahren, und er hat mit mir gesprochen, als wäre ich ein Verbrecher.«

»Tut mir leid. Darauf hatte ich keinen Einfluss.«

Rogelio seufzte mit dem ganzen Körper. »Tut mir leid für Kelly. Es muss entsetzlich gewesen sein, ganz alleine so zu sterben.«

»Hat Ram dir gesagt, wie sie gestorben ist?«

»Nur, dass sie zu viel Alkohol getrunken hatte. Die Single-Gruppen trinken immer zu viel.« Ein Schulterzucken. »Traurig ist das. Verschwendung.« Rogelio ließ einen Finger an der Knopfleiste von Devis Hemd hinuntergleiten. »Du hättest es mir sagen sollen.«

»Ich weiß. Wie war Kelly Lewis denn so?«

»Sie war nett. Ruhig. Nicht wie einige andere. Du hättest mal hören sollen, was sie mich heute alles geheißen haben. Du würdest vor Wut kochen.«

Devi spielte mit dem Gedanken, Rogelio die Wahrheit zu sagen, wie Kelly seiner Meinung nach gestorben war. Als einer der Animateure hatte er jeden Tag Kontakt mit Hunderten Passagieren, und es war durchaus möglich, dass er den Mann auf der Videoaufzeichnung erkennen würde.

Aus Devis Funkgerät ertönte ein Knistern, gefolgt

von Ashgars erschöpfter Stimme, die immer wieder von statischem Rauschen unterbrochen wurde. »Bitte kommen … Zentrale … Auseinandersetzung … Crew-Bar … sofort.«

»Ich muss gehen.« Er schaffte es, Rogelio aus der Kabine hinauszubugsieren. Auf den Korridoren herrschte normalerweise reges Treiben, da viele Crewmitglieder sie als informelle Treffpunkte benutzten, am heutigen Abend waren sie jedoch menschenleer.

»Kannst du dich später mit mir treffen?«

»Ich werde es versuchen.«

Wieder ein Schmollmund.

Devi ließ Rogelio vorausgehen, und der Knoten der Beklemmung in seiner Brust löste sich, als sie bei der Treppe angelangten, die zum I-95 führte. Rogelio warf ihm eine Kusshand zu und ging weiter Richtung Crew-Kantine.

Devi musste die Sache beenden. Die Gerüchte würden sich schnell verbreiten, vor allem im indischen Mafia-Netzwerk, das in der gesamten Kreuzfahrtbranche seine Finger im Spiel hatte. Möglicherweise würde sogar seine Familie davon erfahren, da er einen Cousin hatte, der auf der *Beautiful Wonder* in der Küche arbeitete. Und dann war da noch das, was Ram am Abend zuvor gesagt hatte … Es war sicherer, paranoid zu sein. Er würde die Sache beenden, ehe sie jemand in flagranti ertappte. So war er auch beim letzten Mal erwischt worden. Er war unachtsam geworden, war Risiken eingegangen. Sie waren ihm zur Matungas Road Station gefolgt.

Hatten gewartet, bis er in eine Toilettenkabine verschwand. Und als er mit dem Jungen wieder herauskam – einem dürren Zweiundzwanzigjährigen, an dessen Gesicht sich Devi nicht mehr deutlich erinnern konnte –, hatten sie zugeschlagen. Sie hatten ihm ein Ultimatum gestellt: Hör auf, die Vergewaltigung des Kindes zu untersuchen, sonst erfährt deine Familie von deinen Neigungen. Der Junge war geflüchtet und nur knapp einer Tracht Prügel entgangen, und Devi hatte beim Dezernat gekündigt und auf dem Schiff angeheuert, da er das Exil allen Alternativen vorzog. Ein Coming-out stand nicht zur Debatte. Hatte für ihn nie zur Debatte gestanden. Das lag nicht daran, dass er Angst davor hatte, verfolgt zu werden – in Mumbai gab es eine wachsende Schwulengemeinde. Es war der Gedanke an die Empörung seiner Eltern, den er nicht ertrug. Sie waren zutiefst konservativ und hätten kein Verständnis gehabt. Seine Brüder waren alle pflichtgemäß verheiratet und produzierten eifrig Enkelkinder. Seine Eltern waren entsetzt gewesen, als er ihnen erzählte, dass er bei Foveros angeheuert hatte, genauso wie sie damals enttäuscht gewesen waren, als er beschlossen hatte, zur Polizei zu gehen, anstatt sich mit einer Ehefrau niederzulassen und seinen Brüdern ins Familienunternehmen zu folgen. Doch das war nichts verglichen damit, wie sie empfänden, wenn sie von der geheimen Seite seines Lebens erführen.

Geschrei empfing ihn, als er in die dunklen Tiefen der Crew-Bar eilte. Ashgar stieß einen schlanken Weißen, den Devi als den stellvertretenden Leiter der IT-Abteilung erkannte, gegen die Brust. Jaco, der Schiffsmusiker, wurde von zwei Bar-Mitarbeitern festgehalten. Bei den wenigen Malen, als Devi die Bar besucht hatte, hatte er Jaco als angenehmen und freundlichen Menschen erlebt. Die Anspannung setzte ihnen allen zu. Eine Croupière aus dem Kasino saß schluchzend in einer Ecke, ihr Haar in Bier getränkt.

»Arschloch!«, schrie der IT-Spezialist und machte einen Satz auf Jaco zu.

»Du solltest lieber deinen Job machen und das beschissene Internet reparieren!«, brüllte Jaco zurück.

»Ich hab's dir doch schon erklärt! Da gibt's nichts zu reparieren, verdammt.«

Ashgar hatte alle Mühe, den Mann zurückzuhalten, und Devi wollte gerade einschreiten, als Ram auftauchte und zwischen die beiden aufgebrachten Crewmitglieder trat. Mehr brauchte er nicht zu tun. Keine Gewalt. Ein Blick genügte.

»Beruhigen Sie sich jetzt?«, fragte Ram, ohne die Stimme zu erheben.

»Er hat angefangen«, sagte der IT-Spezialist trotzig.

»Hören Sie auf? Möchten Sie, dass ich die Bar schließe?«

Ein sturzbetrunkener Gastronomie-Abteilungsleiter, der mit einer Gruppe von Bedienungen zusammensaß, buhte. Da es auf dem Schiff keine Gefängniszelle gab, trug Ram Ashgar auf, den IT-Spezialisten in dessen Kabine zu bringen. Er taxierte Jaco. »Haben Sie sich jetzt beruhigt?«

»Ja. Tut mir leid, okay?«

»Gut. Das darf nicht wieder vorkommen.« Ram warf Devi nicht mehr als einen flüchtigen Blick zu und steuerte in Richtung Tür. Devi folgte ihm.

»Sir!«

»Was ist, Devi?«

»Dürfte ich mal mit Ihnen sprechen?«

»Haben Sie sich ausgeruht?«

»Ja, Sir.«

»Gut. Und haben Sie was gegessen? Sie brauchen Energie für heute Abend.«

»Sir, wegen vergangener Nacht. Ich habe mir die Videoaufzeichnung noch mal angesehen. Aller Wahrscheinlichkeit nach ist ein Mann Kelly Lewis zu ihrer Kabine gefolgt.«

»Ich brauche Sie oben auf dem Hauptdeck, Devi. Madan und Pran sind da oben alleine.«

»Aber, Sir. Die Videoaufzeichnung.«

»Darum können wir uns jetzt nicht kümmern, Devi. Wir haben uns an das Prozedere gehalten. Haben Sie gesehen, dass der Mann die junge Frau tatsächlich angegriffen hat?«

»Nein. Aber es ist klar ersichtlich, dass er sich mit einem Trick Zugang zu ihrer Kabine verschafft hat.«

»Dann wird sich das FBI darum kümmern, wenn wir im Hafen ankommen. Wir können nicht riskieren, dass ein solches Gerücht an die Öffentlichkeit kommt. Die Passagiere sind ohnehin schon verärgert genug.« Ram nickte und drehte sich weg. Devi konnte sich nicht mehr beherrschen. »Sir! Wir haben einen Mörder an Bord!«

Ram hielt inne und strich sich langsam über seinen Oberlippenbart. »Ich werde diese Befehlsverweigerung einmal dulden, Devi, aber machen Sie sich das nicht zur Gewohnheit. Gehen Sie jetzt hinauf aufs Hauptdeck. Anschließend können Sie den Kontrollraum ablösen.«

»Sir …«

»Das wäre dann alles, Devi.«

»Ja, Sir.«

Von Adrenalin aufgeputscht sah Devi seinem Vorgesetzten hinterher, als sich dieser entfernte. Wie konnte Ram in dieser Situation so starrköpfig sein? War er nur besorgt, dass die ohnehin schon verängstigten Passagiere unnötig in Panik geraten könnten, oder war das die erste Stufe des Versuchs, die Angelegenheit zu vertuschen? Noch immer beunruhigt machte er sich auf den Weg in den Passagierbereich und durchs Atrium. Der Gästeservice-Schalter war geschlossen und verbarrikadiert wie auch die Cocktailbars, die den Bereich umringten. Eine Passagierin hielt ihn an, als er die Treppe hinaufging. »Wann machen denn die Bars auf?«

»Es gibt bald eine Durchsage.«

»Das erzählt jeder!«

Devi murmelte etwas, dass er anderswo gebraucht werde, und ging an der Frau vorbei.

Auf dem Promenade-Dreamz-Deck plätscherte

Applaus aus dem Dare to Dream Theatre. Ein muskulöser Bursche, der davor Stellung bezogen hatte, nickte ihm zu, als er vorbeiging. Ein Pärchen hatte seine Matratzen neben den Aufzug beim VIP-Deck in den Korridor gelegt. Da sie den Zugang zur Treppe nicht versperrten, ließ er sie gewähren.

Auf dem Hauptdeck herrschte eher noch regeres Treiben als zu dem Zeitpunkt, als er Dienst gehabt hatte. Er schlenderte am Pool vorbei und steuerte auf Madan und Pran zu, die versuchten, einem Passagier zu erklären, warum er den Eingang zur Sammelstation nicht mit einer Festung aus Liegestühlen und Kissen blockieren durfte.

Madan begrüßte ihn mit einem müden, süffisanten Lächeln, und Pran hob die Hand, als wolle er salutieren, überlegte es sich dann aber anders. Devi wusste nur sehr wenig über ihn. Als einer der Jüngeren hatte er gerade erst seinen ersten Job angetreten und befand sich offiziell noch in der Ausbildung. Pran hatte ein spitzes Gesicht, einen spärlichen Oberlippenbart und ausdrucksstarke Augen, die besser zu einem Mädchen gepasst hätten, und Devi bezweifelte, dass er genug Rückgrat für den Job besaß.

»*Gandu*«, murmelte Madan leise hinter dem Rücken des Liegestuhl-Sammelwütigen. »Es ist schrecklich, Devi. Verrückte Touristen.«

»Ich war heute Morgen hier oben.«

»Pran und ich hatten am Nachmittag eine ganz schlimme Situation. Mussten einen Wahnsinnigen fesseln.«

»Was?«

»Ein Passagier ist auf eine von den Stewardessen losgegangen. Pran hätte sich beinahe in die Hosen gemacht, nicht wahr, Kleiner?«

Pran senkte verlegen den Blick.

»Wie hat er denn ausgesehen?«, fragte Devi.

»Wer?«

»Der Mann, der die Stewardess angegriffen hat. Wie hat er ausgesehen?«

»Warum fragen Sie das?«

Nach nur kurzem Zögern weihte Devi ihn ein, was er in der Videoaufzeichnung gesehen hatte. Madan pfiff durch die Zähne. »Es wäre nicht das erste Mal, dass irgend so ein Scheißkerl den Ladys Betäubungsmittel in den Drink kippt, was? Aber ich glaube nicht, dass mein Wahnsinniger Ihr Mann ist. Meiner war völlig von der Rolle. Der Mann, von dem Sie sprechen, klingt gut organisiert.«

Devi musste zugeben, dass Madan recht hatte. »Ram möchte die Sache unter Verschluss halten.«

»Das überrascht mich nicht.«

Madan deutete auf eine Gruppe von Männern, die auf einen Kellner einredeten, der neben der Handtuchstation Wasserflaschen verteilte. »Pran, geh hin und sprich mit ihnen.« Pran nickte und tat, wie ihm geheißen. »Es wird bald Ärger geben«, sagte Madan zu Devi.

Madan hatte recht. Auf dem Schiff gab es nur fünf Wachmänner, und Devi wusste, dass Madan und Ram die Einzigen waren, auf die im Ernstfall Verlass war. Madan besaß zwar keine Polizei-Erfahrung, blieb in Krisensituationen aber gelassen. Sie verfügten über eine Schallkanone, doch er vermutete, dass nicht einmal Ram Erfahrung damit hatte. Devi selbst hatte in seinem alten Leben einige Erfahrung im Umgang mit Krawallen gesammelt: ein Aufruhr wegen des Mordes an einem muslimischen Geschäftsmann in Dharabi; ein Protestmarsch gegen Vergewaltigungen, bei dem es zu gewalttätigen Ausschreitungen kam. Eine Menschenmenge konnte sich schnell in einen Mob verwandeln, und auf einem Schiff gab es nicht genug Platz, um eine Menschenmenge auseinanderzutreiben.

Ein weiterer Passagier kam auf sie zu. »Wann machen denn die Bars wieder auf?«

Madan verbannte jegliche Emotionen aus seinem Gesicht. »Es gibt bald eine Durchsage, Sir.«

»Und meine Frau muss ihr iPhone laden.«

»Es gibt bald eine Durchsage, Sir.«

»Wann denn?«

»Gehen Sie bitte weiter, Sir«, sagte Devi.

Der Mann schnaubte wütend, befolgte aber die Aufforderung.

Madan gab Devi ein Zeichen, dass er ihm zum Seitendeck folgen solle, auf dem sich die Sammelstationen befanden. Er holte eine E-Zigarette hervor und saugte den Dampf tief in seine Lunge. Ein Kündigungsgrund, falls Ram ihn dabei erwischte, doch Devi wusste, dass Madan geschickt darin war, gegen Vorschriften zu verstoßen und Risiken einzugehen. »Hören Sie … diese Situation. Irgendwas stimmt nicht. Das Feuer. Es war klein – kein Vergleich zu denen, mit denen wir in der Ausbildung zu tun hatten. Es heißt, ein Treibstoffleck hätte es ausgelöst, aber ich habe Beziehungen, Devi, und das war nicht die Ursache.« Madan deutete auf das Meer jenseits der Reling. »Im Golf ist viel los. Dort sind immer Schiffe unterwegs.«

Er hatte recht. Nirgendwo in der Ferne waren Lichter zu sehen. »Was wollen Sie damit sagen?«

»Ich glaube, das Schiff ist vom Kurs abgekommen. Das ist die einzige Erklärung dafür, dass uns noch niemand holen gekommen ist.«

Ein streitendes Pärchen tauchte mit Kissen und Decken unter den Armen vom Seitendeck auf. Der Himmel war plötzlich hell erleuchtet. Vom Hauptdeck ertönte Geschrei und Jubel.

»Warum veranstalten sie denn jetzt ein Feuerwerk?«, rief eine Frau.

Doch Devi wusste, dass es sich nicht um Feuerwerkskörper handelte, sondern um Leuchtgeschosse.

Der Wildcard-Blog

Mein furchtloser Kampf gegen die Unaufrichtigkeit, damit er Ihnen erspart bleibt

Wir sitzen immer noch fest. Immer noch kein WLAN. Immer noch kein Empfang.

Das Pool-Deck ist überflutet mit verkaterten Passagieren, die Matratzen und Bettzeug an die frische Luft gezerrt haben, da der Ausfall der Klimaanlage die Kabinen auf den unteren Decks in Schwitzkästen verwandelt hat. Langsam sieht es hier aus wie in einem zentralamerikanischen Flüchtlingslager.

Bislang haben wir: eine tote Passagierin, verpasste Flüge, Leuchtgeschosse, einen derart üblen Gestank, dass man heulen könnte. Und habe ich erwähnt, dass das Abwassersystem der Toiletten ausgefallen ist und wir »Kacka« (Damiens Lieblingseuphemismus) in Tüten machen müssen? Großartig.

Ich habe mir Notizen auf die Rückseite von Flyern mit dem Unterhaltungsprogramm gemacht, um Akku zu sparen. Er hält nur noch knapp über vier Stunden. Ich habe zwar noch einen Ersatz, gehe aber kein Risiko ein. Sobald ich online bin, schicke ich das sofort los, mit allen Macken und Fehlern. Die Öffentlichkeit muss erfahren, was hier los ist. Und ich werde der Erste sein, der es ihr erzählt. Ich werde den totalen Wahnsinn dieses Tages für Sie mit Zeitangaben aufdröseln.

09:30 Uhr: Hatte gerade eine Begegnung mit der Assistentin der Ausbeuterin. Frostig, aber ich glaube, wir sind auf einer Wellenlänge. Es hilft, dass sie hübsch ist ;). Komme ich über sie an Celine ran???
Habe mich immer noch mies gefühlt und beschlossen, erst zu duschen, bevor ich mich auf die Suche nach der Ausbeuterin mache.

Circa 10 Uhr: Auf dem Weg zur Kabine habe ich eine junge Frau an einem der Tische im Lido-Büfett hysterisch heulen sehen, umringt von etlichen Leuten. Bin stehen geblieben, um zu lauschen. Sie und ihre Freunde gehören zu der Single-Reisegruppe, und gestern ist eine von den jungen Frauen aus der Gruppe gestorben. Der Sicherheitsdienst sagt, es war eine Alkoholvergiftung, aber die anderen aus der Gruppe sind davon nicht überzeugt. Könnte was Schlimmeres gewesen sein. Bislang gab es dazu noch keine Lautsprecherdurchsage, aber das muss der Grund für die versiegelte Kabine auf meiner Etage sein. Werde mir Trining krallen, um mehr Infos zu bekommen. Habe sie heute Morgen nicht gesehen.

10:20 Uhr: In der Kabine stinkt es, weil die Luft stillsteht. Habe geduscht, kein warmes Wasser. Immer noch keine Spur von Trining, habe aber mit Paulo gesprochen, dem erschöpften Steward, der auf der anderen Seite arbeitet.

Er hat behauptet, er wüsste nichts von einer toten Passagierin (eindeutig gelogen), und mir gesagt, Trining ist krank (hoffe inständig, dass ich sie nicht angesteckt habe).

10:30 Uhr: Scheiße. Im wahrsten Sinne des Wortes. Durchsage von Damien. Abwasserproblem auf dem Schiff. Toiletten funktionieren nicht. »Benutzen Sie die Dusche fürs kleine Geschäft, eine rote Tüte fürs große.« Rote Sondermüllsäcke werden verteilt. Habe versucht, bei meiner Toilette zu spülen: seltsames gurgelndes Geräusch. Ziemlich erleichtert, dass mein Magen nicht mehr explosiv ist. Muss eine Möglichkeit finden, wie ich mit einem Offizier oder mit Damien sprechen kann. Eisiges Schweigen vom Kapitän, was die Situation anbelangt. Ich denke, vielleicht ist es tatsächlich eine Vertuschungsaktion und irgendeine Verschwörung mit dem Foveros-Hauptsitz, damit die Nachricht, dass wir liegen geblieben sind, nicht in die Medien gelangt. Diese Geschichte könnte sich für mich als echter Coup entpuppen. Habe Paulo gebeten, für mich rauszufinden, wo ich meinen Laptop/mein Telefon laden kann. Habe ihm fünfzig Dollar zugesteckt, um ihn zu motivieren.

Nickerchen gemacht, gegen halb zwölf von Geschrei geweckt worden. Habe nicht herausgefunden, woher es kam.

11:45 Uhr: Bin zurück aufs Tranquility-Deck. (Ist es dort beschaulich, wie der Name vermuten lässt? Pustekuchen.) Krasse Schlangen am Lido-Büfett (Sandwiches und Hotdogs – nein danke), also habe ich eine Tüte Käseflips gegessen, die ich an Bord gekauft hatte. Sind dringeblieben.

Meine zwei Hauptziele sind, die Ausbeuterin aufzuspüren und herauszufinden, wieso uns verdammt noch mal niemand holen kommt. Wo bleiben die Helikopter oder wenigstens ein Schlepper oder vielleicht ein anderes Foveros-Kreuzfahrtschiff? Alle um mich herum beklagen sich über verpasste Flüge, das miese kalte Essen, dass es keinen Kaffee gibt und keinen Alkohol.

12 Uhr: Habe beschlossen, mal beim Bingo vorbeizuschauen. Damien auf der Bühne. In natura ist er kleiner und hat tragische Gesichtsbehaarung. Hat einen Witz nach dem anderen über Kacktüten gerissen. Man muss dem Typen lassen, er hat alle dazu gebracht, ihm aus der Hand zu fressen. Hat gesagt, wenn wir nicht bald von hier weg sind, gibt's Extra-Varieté. Cool!

13 Uhr: Bin umherspaziert und habe in der Starlight Dreamer Lounge vorbeigeschaut. Dort hingen jede Menge Leute mit »Freunde von Celine«-Schlüsselbändern ab. Habe bemerkt, dass sie mich erkannt haben, deshalb habe ich beschlossen, sie weitermachen zu lassen. Bin nach oben zum Minigolf-Parcours gegangen. Habe wieder mit der Single-Gruppe abgehangen. Die meisten von ihnen sind auf dem Deck unter mir untergebracht. Haben erzählt, dass einige Kabinen mit Abwasser geflutet sind.

Habe von einer der Singles (Donna aus Providence) erfahren, dass Celine del Ray um 14 Uhr einen frei zugänglichen Event veranstalten wollte. Habe sie gefragt, wo sie das gehört hätte, und sie hat gesagt, ein paar alte Männer

würden rumlaufen und es allen sagen. Die junge Frau, die geweint hat (Emma oder Manda oder so ähnlich, eine Britin) sagt, sie möchte versuchen, »mit Kelly Kontakt aufzunehmen, um herauszufinden, wie sie gestorben ist und ob sie eine Nachricht für ihre Mum hat«.
Habe versucht, ihnen das Prinzip des Cold Reading zu erklären. Sie wollten es nicht kapieren.

Habe einen Typen über die Reling pinkeln sehen.

14 Uhr: Habe versucht, in die Starlight Dreamer Lounge zu gelangen, um die Ausbeuterin in Aktion zu sehen, wurde aber an der Tür von ein paar Oldies gestoppt, die mich vom Vorabend wiedererkannt haben. Zog in Erwägung, mit ihnen zu diskutieren, war aber zu müde und ohne Energie. Werde es später noch mal versuchen. Habe mich nach der Assistentin umgesehen, aber sie nirgends entdeckt. Bin noch eine Weile rumgehangen, weil ich gehofft habe, Celine zu erwischen, wenn sie aus dem Bühneneingang rauskommt. Fehlanzeige.

16 Uhr: Heftiges Schlangestehen für Essen. Habe es geschafft, ein Schinken-Tomate-Sandwich und eine Banane zu ergattern.

17 Uhr: Okay. Die Sache wird langsam verrückt. Wir sind doch nicht in der Antarktis im Jahr 1917. Wir sind im beschissenen Golf von Mexiko. Warum ist noch niemand gekommen, um uns abzuholen?

Circa 18:30 Uhr: Ärger ist im Anzug. Die Leute sind nicht nur verängstigt (denn hey, wir hätten schon vor knapp zwölf Stunden wieder im Hafen sein sollen), sondern werden auch langsam bissig. Zwei Männer hätten sich beinahe um einen beschissenen Liegestuhl geprügelt.

Habe mich wieder zu »meiner« Gruppe begeben.

Circa 19:30 Uhr: Die Leute haben sich auf dem Lido-Deck, dem Pool-Deck und um die Jogging-Strecke und die Wasserrutschen gedrängt, um zuzuschauen, als die Leuchtraketen abgeschossen wurden. Die dummen Idioten haben nicht aufgehört zu jubeln.
Wenn ich irgendeinen Beweis dafür bräuchte, dass wir geliefert sind, dann wäre es das: Habe mich mit einem vernünftig wirkenden Typen unterhalten, älter als die meisten Passagiere, der gesagt hat, dass sich der Kapitän wahrscheinlich verfahren hat oder dass wir aus dem stark befahrenen Bereich abgetrieben sind. Er meinte, wenn das der Fall ist, könnten wir leicht vom Golfstrom mitgespült werden, da die Strömung ziemlich stark ist, und schließlich im Bermudadreieck landen. Dann wurde es seltsam, und er hat plötzlich einen auf Verschwörungstheoretiker gemacht. Wollte mir erklären, dass das Bermudadreieck nur ein Mythos und totaler Quatsch wäre, hat aber nicht aufgehört, von Flugzeugen zu reden, die dort im Zweiten Weltkrieg angeblich grundlos verschwunden sind.
Habe aufgegeben.
Mit Verrückten sollte man sich nicht anlegen.

20:30 Uhr: Habe mich für Essen angestellt. Dauerte eine Stunde.
Hier die Auswahl:
Kalte Hotdogs
Sandwiches und Wraps mit Aufschnitt
Vorgegarte (und inzwischen aufgetaute) Hummerschwänze und Shrimps. Eimerweise. Die Leute haben sich förmlich überschlagen, um Schüsseln davon zu ergattern. Nehme an, das Zeug muss gegessen werden. Nachdem ich krank war, gehe ich das Risiko nicht ein.
In Scheiben geschnittene Tomaten
Kartoffelsalat
Brot, Oliven, in Scheiben geschnittene Paprika
Berge von Desserts. Schmelzender Käsekuchen und Schokoladentorte, die Kirschblut verlor.

Die Desserts waren nach dreißig Sekunden weg.

21:30 Uhr: Saß bei den Singles, die beschlossen haben, alle auf dem Deck zu übernachten. Ich glaube, Donna hat versucht, mich anzumachen. Sie haben eine Flasche billigen Wodka rumgehen lassen. Ich habe nichts davon getrunken.

Habe mich wieder mies gefühlt, deshalb bin ich zurück in meine Kabine gegangen. Ich bin die einzige Person auf diesem Deck. Es stinkt hier, aber ich bin zu müde, um umzuziehen.

Gute Nacht.

Tag sechs

Die Helferin der Hexe

Die Toilette in Celines Suite hatte gegen vier Uhr morgens den Geist aufgegeben und ihr Ableben mit einem beunruhigend menschlichen Stöhnen signalisiert. Maddie hatte gewartet, solange sie konnte, letzten Endes war ihr jedoch nichts anderes übrig geblieben, als sich in der Dusche zu erleichtern. Zum Glück gab es noch fließendes Wasser. Sie zog sich aus und übergoss ihre Haut mit Celines Duschlotion, doch das kalte Wasser sorgte nicht dafür, dass sie einen klaren Kopf bekam.

Obwohl sie eine von Celines Schlaftabletten genommen hatte, war sie nicht in der Lage gewesen, länger als ein paar Minuten am Stück zu schlafen. Sie konnte nicht aufhören, sich den Kopf darüber zu zerbrechen, was in aller Welt ihre Chefin im Schilde führte.

Da sie die beschwingte Atmosphäre in der Starlight Dreamer Lounge nicht mehr ertragen hatte, war sie am Vorabend gegen achtzehn Uhr in Celines Suite zurückgekehrt (sich ihrer eigenen Kabine in den widerlichen Tiefen der unteren Ebenen zu stellen kam überhaupt nicht infrage – sie hatte einen Versuch unternommen hinunterzugehen, um ihre Sachen zu holen, war aber nur bis zur Hälfte des Korridors gekommen, ehe der Gestank sie zurück zu den höheren

Ebenen hatte huschen lassen). Maddie hatte im Lauf des Tages mehrmals versucht, mit Celine zu sprechen, doch ihre Chefin hatte sie immer wieder ignoriert und ihre Energie darauf gerichtet, die Freunde dazu zu animieren, loszugehen und andere zu finden, »die womöglich unsere besondere Form der Unterstützung brauchen«. Andere wie Helen, die von dem schändlichen Mist, den Celine von sich gegeben hatte, ganz offensichtlich tief berührt waren. Denn genau das war der Punkt: Maddie hatte keine Ahnung, woher Celine ihre Informationen bekam. Möglicherweise hatte sie Jacob und Juanita und die anderen überredet, für sie auf Faktenfang zu gehen, doch Maddie bezweifelte, dass ihre Chefin ein solches Risiko eingehen würde. Facebook oder Zoop konnten auch nicht die Quelle sein, da sie immer noch offline waren. Trotzdem gelang es Celine, mit einer Serie von verstörend genauen Séancen für die beliebigen Fremden aufzuwarten, die die Freunde bei ihren Ausflügen einsammelten. Und ihre Gruppe wuchs ständig. Als Maddie ging, hatte sich ihre Größe fast verdoppelt. Zu den Neuzugängen zählten ein Pärchen aus Kansas auf Hochzeitsreise (»Sie müssen wissen, Ihre Großmutter verzeiht Ihnen, dass sie nicht zur Bestattung kommen«), eine krankhaft fettleibige Frau, deren gereizter »Na, dann mal los, unterhalten Sie mich«-Gesichtsausdruck sich langsam von Schock in Verwunderung verwandelt hatte (»Sie müssen wissen, Ihr Mann möchte, dass Sie sich operieren lassen«), und ein Mann im Rollstuhl in Begleitung einer Frau, die eine beständige Maske des Martyriums trug (»Sie müssen wissen, Ihre Schwester gibt Ihnen nicht die Schuld für den Unfall«). Ein paar, unter ihnen Helen, blieben nicht lange, doch der Großteil ließ sich langfristig nieder. Das lag zum Teil an der Atmosphäre. Die Freunde gaben sich größte Mühe, dafür zu sorgen, dass sich die Neuankömmlinge wohlfühlten, verteilten Wasserflaschen und Snacks, und selbst vom Bedienpersonal waren ein paar bis weit nach Ende ihrer Schicht geblieben. Celine – die alte Celine – wusste schon immer mit ihrem Publikum umzugehen, doch jetzt hob sie das Ganze auf eine neue Stufe. Sie schien echtes Interesse daran zu haben, das zu tun, was sie seit jeher als ihr Anliegen bezeichnet hatte: anderen Menschen zu helfen.

Maddie machte sich nicht die Mühe, sich abzutrocknen, und trat in einen von Celines Morgenröcken gewickelt auf den Balkon hinaus. Die Sonne kroch in den Himmel, und das diffuse Licht offenbarte ein von gebrauchten roten Plastiktüten violett gefärbtes Meer. *Ein Schwarm von Kot-Quallen. Entzückend.* Sie ließ sich in den Balkonsessel plumpsen und legte die Füße aufs Geländer. Sie musste unbedingt laufen gehen – sie wurde immer unleidlich, wenn sie nicht täglich Sport machte –, da die Jogging-Strecke jedoch als Campingplatz benutzt wurde, bestand darauf keine Aussicht. Auf dem Schiff herrschte Ruhe. Die Pfiffe und Schreie, die vom Lido-Deck über ihr nach unten gedrungen waren, hatten gegen drei Uhr morgens aufgehört.

Ihre Gedanken kehrten zu Celine zurück. Ihre Chefin tat nichts ohne Grund oder die Aussicht auf finanziellen Nutzen. Und Maddie war zu sich selbst ehrlich genug, um sich einzugestehen, dass sie verletzt war. Warum hatte Celine ihr nicht gesagt, was sie vorhatte? Maddie war seit drei Jahren ihre Vertraute, doch aus irgendeinem Grund schloss Celine sie aus.

Vielleicht war es das, was sie brauchte. Der letzte Stoß; der Stups, den sie brauchte, um ihren verdammten Job zu kündigen. Ja. Sie würde ihre Kündigung einreichen, wenn sie endlich wieder im Hafen ankamen. Sie würde nach Großbritannien zurückkehren – es musste nicht unbedingt Nottingham sein, sie konnte in jeder beliebigen Stadt leben; mit ihren Ersparnissen würde sie sich ein paar Monate über Wasser halten können. Und mit etwas Glück würde ihr nächster Arbeitgeber nicht allzu tief in ihrer Vergangenheit herumwühlen und die zwei Jahre auf Bewährung ausgraben, die sie im Grunde genommen dafür bekommen hatte, weil sie eine blöde Kuh gewesen war – eine weitere Frau, die sich ihr Leben versaut hatte, weil sie sich in den falschen Mann verliebt hatte.

Ja. Sie hatte die Nase voll davon, Celines Lakai zu sein.

Sie legte den Kopf in den Nacken und schloss die Augen.

Ein plätscherndes Geräusch weckte sie. Sie zuckte zusammen und öffnete gerade rechtzeitig die Augen, um einen Strahl Flüssigkeit zu sehen, der sich über dem Balkon wölbte. Irgendein Arschloch urinierte vom Lido-Deck über ihr.

»Hey!«, schrie sie. »Aufhören!«

Höhnisches Gelächter.

Sie würgte, ging zurück in die Suite und schlug die Balkontür hinter sich zu. Ekelhaft. Wie lange konnte das noch so weitergehen? Den Leuten an Land musste inzwischen klar sein, dass irgendetwas nicht stimmte – Foveros konnte die Sache nicht so lange verheimlicht haben. Sie sah auf ihrem Telefon nach der Uhrzeit – es war bereits fast neun Uhr, später, als sie gedacht hatte – und kippte einen Schluck lauwarmes Wasser aus der Flasche neben dem Bett hinunter.

Es klopfte an der Tür, gefolgt von: »Kabinenservice«, und Althea betrat den Raum. Maddie war nicht überrascht zu sehen, dass sie noch kleinlauter war als sonst. Eine Situation wie diese musste für das Personal die Hölle sein. Maddie konnte sich nicht einmal vorstellen, welche Bedingungen in den Unterkünften des Personals herrschten. Sie konnte hier wenigstens atmen. Dort unten war es bestimmt erdrückend. Es war bestimmt unerträglich.

Maddie gab sich Mühe, sie anzulächeln. »Guten Morgen.«

»Tut mir leid, aber ich kann Ihnen keine frischen Handtücher bringen, weil wir die Wäscherei nicht benutzen können.« Althea stellte eine Flasche Wasser auf den Tisch und legte einen Stapel rote Tüten daneben. Gütiger Himmel! Maddie betete, dass es dazu nicht kommen würde. In die Dusche pinkeln zu müssen war widerlich genug. »Wo ist denn Mrs del Ray?«

»Sie ist in der Starlight Dreamer Lounge. Da war sie die ganze Nacht.«

»Fühlt sie sich besser?«

Ich habe keinen blassen Schimmer, wie sie sich fühlt. »Ja. Danke.«

»Hat sie dort geschlafen?«

»Das weiß ich nicht.«

Maddie hatte keine Ahnung, ob Celine überhaupt geschlafen hatte. Und wenn sie es sich recht überlegte, hatte sie sie auch nichts anderes als Wasser trinken sehen. Allein das hätte die Alarmglocken läuten lassen sollen, wenn diese nicht ohnehin schon in ihrem Kopf geschrillt hätten. Ihr Magen knurrte. Sie hatte seit gestern nichts gegessen, abgesehen von einer Packung Butterkekse, die sie ganz unten in Celines Koffer gefunden hatte. »Gib es irgendwelche Neuigkeiten, wann wir uns womöglich wieder in Bewegung setzen?«

»Tut mir leid. Keine Neuigkeiten.«

Maddie stellte Althea keine weiteren Fragen. Sie wirkte mehr als erschöpft. Verstört und bleich.

Althea fing an, das Bett zu machen. »Machen Sie sich damit keine Mühe, Althea.«

»Sind Sie sicher?«

»Ja. Sie haben in dieser Situation doch bestimmt alle Hände voll zu tun.«

»Ja.« Ein Seufzer, der aus den Tiefen ihrer Seele zu kommen schien. »Auf diesem Deck sind zwei Passagiere krank.«

Maddie schluckte. O Gott. »Geht etwa ein Virus um?« Xavier war mehrere Tage krank gewesen. Es war durchaus möglich. Und sie hatte gelesen, wie schnell sich so etwas ausbreiten konnte.

»Ich glaube schon. Die alte Frau in V25 ist sehr krank.«

»Welche Frau? Meinen Sie Helen oder Elise?«

»Ja. Die dicke. Die Amerikanerin.«

Elise. »Hat der Arzt sie schon untersucht?«

»Ich glaube, der Krankenpfleger kam gestern.« Helen und Elise waren für sie dagewesen, als sie sie gebraucht hatte. Das Mindeste, was sie tun konnte, war, sich bei den beiden zu erkundigen, ob sie etwas brauchten. Sie wollte sich zwar auf keinen Fall dem Virus aussetzen, konnte aber Sicherheitsvorkehrungen treffen. Solange sie die Kabine der beiden nicht betrat, ging sie kein Risiko ein. »Viele Leute werden krank«, fuhr Althea fort. »Aber Sie brauchen sich keine Sorgen zu machen, wenn Sie aufpassen, was Sie anfassen. Ich würde Ihnen raten, das Besteck zu behalten, das nur Sie benutzen. Genauso wie einen Teller. Nur zur Sicherheit.«

»Danke, Althea. Ich weiß das zu schätzen.«

»Keine Ursache.« Sie fing an, die Oberseite des Schranks mit der Minibar zu wischen.

»Sie brauchen hier drin nicht zu putzen.« Maddie war nicht ganz uneigennützig. Sie wollte lieber nicht darüber nachdenken, welche Bazillen womöglich in den Putzlappen lauerten.

»Sind Sie sich sicher?«

»Ja. Und ich werde sicherstellen, dass Sie für Ihre harte Arbeit belohnt werden.« *Meine Güte, klang sie gönnerhaft.*

»Vielen Dank.« Althea schenkte Maddie ein lauwarmes Lächeln, dann verließ sie den Raum.

Maddie setzte sich auf die Bettkante. Was nun? Nach Helen und Elise zu sehen hatte für sie oberste Priorität, und anschließend sollte sie sich auf die Suche nach etwas zu essen machen, wenngleich die Tatsache, dass Althea etwas von einem Virus erwähnt hatte, ihr Unwohlsein noch verstärkte. Ihre Kleidung vom Vortag konnte sie nicht anziehen, und sie fühlte sich noch immer nicht imstande, ihre Sachen aus ihrer Kabine zu holen. Dabei fiel ihr ein, dass sie Ray seit ihrer gestrigen Auseinandersetzung nicht mehr gesehen hatte – er hatte ganz sicher nicht der unheimlichen Gruppe in der Starlight Dreamer Lounge angehört. Früher oder später würde er aus seiner Kabine ausziehen müssen. Ohne Klimaanlage musste es dort unten erstickend sein.

Nach einem nur kurzen Gewissenskampf durchwühlte sie Celines Schrank. Sie fand eine fliederfarbene Bluse, die mit Edelsteinen in Form einer Katze besetzt war – sechs Nummern zu groß, doch was sollte es? –, und schlüpfte hinein. Ihre Jeans mussten es noch einen Tag tun: Celines Hosen und Röcke wären von ihr abgefallen. In einer Schublade fand sie ein Paar schwarze Lederhandschuhe, die für ihre Heimkehr ins kalte Wetter bereitlagen. Sie wickelte sich einen von Celines Seidenschals um den Hals, um ihn als Mundschutz zu benutzen. Zwar konnten Bazillen hindurchgelangen, doch er würde ihr zumindest dazu dienen, den Gestank auf dem Schiff abzuhalten. Sie musste lächerlich aussehen, wie *Der Unsichtbare*. Doch lieber das, als sich die nächsten paar Tage schwallartig übergeben zu müssen.

Sie verließ die Suite, ehe sie die Nerven verlor, und klopfte an Helens und Elises Tür.

Helen brauchte eine Weile, bis sie aufmachte, und als sie es schließlich tat, wich Maddie zurück und presste die Hand auf den Mund. Aus der Kabine drang der Gestank von Erbrochenem. »Tut mir leid. Ich bin nicht gut mit … Sie wissen schon, Krankheit, Gerüchen.« Das klang schrecklich. »Entschuldigung.«

»Ich verstehe schon.« Helens Mund zuckte, als sie Maddies Oberbekleidung zur Kenntnis nahm.

»Althea hat gesagt, Elise ist krank.«

»Ja. Irgendein Virus.« Maddie war schockiert von ihrer Erscheinung – sie sah aus, als sei jegliche Feuchtigkeit und Farbe aus ihrer Haut gewichen.

»Wie geht's ihr denn?«

»Nicht gut.«

»Kann ich Ihnen irgendwie helfen? Ihnen was zu essen holen vielleicht?«

Helen fasste sich an den Hals. »Ich habe keinen großen Appetit.«

»Sie sollten versuchen, bei Kräften zu bleiben.«

»Ein Sandwich vielleicht. Falls das keine allzu großen Umstände macht?«

»Kein Problem.«

Maddie zögerte, da sie sich nicht sicher war, ob sie Helens gestrige Begegnung mit Celine erwähnen sollte. Sie entschied sich dagegen. Helen hätte es selbst zur Sprache gebracht, wenn sie darüber hätte reden wollen. Maddie hielt sie nicht für jemanden, der Angst hatte, seine Meinung zu äußern.

Sie zog den Schal enger vor ihren Mund, ging die Treppe hinauf und hinaus aufs Hauptdeck, das inzwischen mit provisorischen Zelten und Matratzeninseln übersät war, die sich bis hinauf zur Jogging-Strecke und dem Minigolf-Parcours erstreckten. Die Schlange für das dürftige Büfett – einmal mehr schienen nur ein paar Stationen geöffnet zu sein – schlängelte sich zur Tür hinaus und reichte beinahe bis zum Pool. Maddie stellte sich an und versuchte dabei, nicht an die Bazillen zu denken, die vermutlich überall herumschwirrten. Sie hatte feuchte Handflächen in ihren Handschuhen.

Die Schlange schlurfte zombiemäßig vorwärts. Der Mann vor ihr – ein Brite mit breitem, unscheinbarem Gesicht und einem Sonnenbrand auf der Nase – drehte sich um und grinste sie an. »Schicke Handschuhe. Clever. Wegen dem Virus, oder?«

»Ja.«

»Meine Freundin hat es gerade. Es ist total schrecklich. Der Arzt sagt, es ist das Beste, wenn sie in der Kabine bleibt. Wir können von Glück reden, dass wir eine von den Suiten auf dem oberen Deck haben. Mit den armen Kerlen weiter unten habe ich echt Mitleid.«

Maddie nickte zustimmend und hörte sich mit einem Ohr seine Theorien an, warum das Schiff liegen geblieben war, während sich die Schlange im Zeitlupentempo vorwärtsbewegte. Dann nahm sie zwei Teller von dem spärlichen Stapel und zuckte zusammen, als ihr jemand auf die Schulter tippte.

»Das können Sie nicht machen«, fuhr sie die Frau hinter ihr an.

»Was kann ich nicht machen?«

»Essen horten. Sie dürfen nur einen Teller nehmen.« Die Frau verschränkte die Arme vor der Brust und starrte Maddie wütend an.

Maddie versuchte es mit einem versöhnlichen Lächeln. »Ich horte nicht. Ich muss einer Freundin was zu essen mitbringen. Sie kann ihre Kabine nicht verlassen.«

»Dann müssen Sie sich zweimal anstellen.«

Gütiger Himmel. »Das werde ich nicht tun. Sehen Sie, ich habe gestern nichts gegessen, also ist es nicht so, als ob ich …«

»Das ist Ihr Problem. Sie dürfen kein Essen horten.«

Die Leute, die hinter ihr anstanden, murmelten zustimmend. Maddie warf einen Blick zu dem freundlichen Typen vor ihr, doch er hatte ihr den Rücken zugekehrt. Sie fühlte sich plötzlich den Tränen nahe. *Gib nicht nach.* Wenn sie ein leichtes Opfer gewesen wäre, hätte sie als Celines persönliche Assistentin nicht lange durchgehalten. Maddie bot der Frau die Stirn. »Was soll meine Freundin denn machen? Sie kann ihre Kabine nicht verlassen.«

»Das ist doch nicht mein Problem.«

Wut stieg schnell und heiß in ihr auf. »Das ist jedermanns Problem, Sie dämliche Kuh.« Maddie war über sich selbst schockiert. Erst Ray und jetzt das.

Die Frau blinzelte. »Wie haben Sie mich genannt?«

»Sie haben mich schon verstanden.«

»Sie … Sie dürfen nicht …«

»Sie sind doch diejenige, die mich blöd anmacht. Warum kümmern Sie sich nicht um Ihre eigenen Angelegenheiten?«

»Hier gibt's ein System.« Die Frau wog etwa zehn Kilo mehr als sie, doch hoffentlich würde es dazu nicht kommen. Maddie blickte sich nach einem Wachmann um, es war jedoch keiner in Sichtweite. »Sie können sich nicht einfach so selbst bedienen, wenn wir uns alle anstellen müssen. Das ist nicht fair!«

Ein Mann trat zwischen sie: der Blogger, Xavier. Er berührte Maddie am Arm und sagte: »Danke, Baby.« Ehe Maddie etwas erwidern konnte, sagte er zu der aufgebrachten Frau: »Sie hat mir meinen Platz freigehalten.«

Die Frau war nicht besänftigt. »Sie hat zwei Teller. Sie hortet. Das darf sie nicht. Und man kann keine Plätze freihalten.«

»Ja. Tut mir leid. Ich war …«, er tippte sich auf den Bauch, »Sie wissen schon.«

Die Frau verzog den Mund. »Tun Sie das nicht wieder.«

»Hey, mache ich schon nicht. Danke für Ihr Verständnis.«

»Ja.«

Die Frau starrte sie noch eine Weile an, doch Maddie wich ihrem Blick nicht aus. »Stört Sie noch irgendwas?«

Die Frau senkte den Blick. »Nein.«

Der Mann vor Maddie drehte sich um und sagte: »Die Gemüter sind erhitzt.«

»Ja, danke für Ihre tolle Hilfe, Vollidiot«, erwiderte Maddie und überraschte sich damit abermals. Xavier prustete. Der Mann lief rot an und sah weg.

»Vielen Dank«, murmelte sie Xavier zu.

»Keine Ursache. Clever, das mit den Handschuhen. Wünschte, ich hätte auch daran gedacht. Anscheinend kann man das Norovirus zweimal hintereinander kriegen. Würde das nicht den Vogel abschießen?«

Schließlich erreichten sie die Spitze der Schlange. Auf ihren beiden Tellern landete jeweils ein Sandwich mit Aufschnitt, doch zumindest das Brot wirkte frisch. Sie bedankte sich bei dem Kellner an der Ausgabe, der sie nur ausdruckslos anstarrte.

»Wollen Sie das wirklich essen?«, fragte Xavier.

»Ich habe seit gestern nichts mehr gegessen.«

Er warf ihr einen taxierenden Blick zu. »Kommen Sie mit. Ich möchte Ihnen was zeigen.«

»Was denn?«

»Was Interessantes.«

Sie hob die beiden Teller hoch. »Ich muss das meiner Freundin bringen.«

»Ich begleite Sie.«

»Nein. Warten Sie hier. Ich bin gleich wieder da.« Sie kannte ihn nicht; es war keine gute Idee, ihm zu zeigen, wo genau sich Celines Kabine befand.

Er schenkte ihr ein süffisantes Lächeln. »Okay.«

Sie eilte zurück ins Atrium und hinüber zum VIP-Deck. Vor einer der Suiten lag ein Haufen benutzter roter Tüten, und sie versuchte, nicht hinzusehen.

Helen nahm den Teller mit einem erschöpften Lächeln entgegen, und Maddie kehrte in Celines Kabine zurück. Sie biss von dem Sandwich ab, dessen Brot sich auf ihrer Zunge anfühlte wie Teppich, und legte den Rest in den Kühlschrank der Minibar – sinnlos, da er nicht funktionierte.

Sie konnte einfach hierbleiben. Wollte sie sich tatsächlich auf diesen Blogger einlassen? Sie musste allerdings zugeben, dass sie insgeheim neugierig war, was er ihr zeigen wollte. Egal. Was hatte sie sonst schon zu tun?

Er grüßte sie großspurig, als sie auf ihn zuging. »Ich dachte schon, Sie hätten es sich vielleicht anders überlegt.«

»Was möchten Sie mir denn zeigen?«

»Kommen Sie. Dauert nicht lang.«

Er winkte sie zu der Treppe, die hinauf zur Jogging-Strecke führte. Eine junge Frau im Bikini grüßte ihn und bedachte Maddie mit einem neugierigen Blick, als sie sich im Zickzack den Weg zwischen den Matratzen und Stühlen hindurchbahnten, die über das ganze Deck verteilt waren. Einige Leute starrten sie wütend an, als beträten sie unerlaubterweise Privatgrund. Befangen in ihrem seltsamen Outfit, hielt Maddie den Blick ununterbrochen auf Xaviers Rücken gerichtet, als er hinüber zum Aussichtsdeck schritt. Dort trat sie neben ihn und blickte auf die Passagiere und die Crewmitglieder hinunter, die sich über das Lido-Deck und das Hauptdeck verteilten. Sie empfand dabei ein leichtes Schwindelgefühl.

»Sehen Sie.« Xavier beugte sich näher zu ihr und deutete auf den Bug des Schiffs. Ganz links machte sich eine kleine Gruppe von Crewmitgliedern an einem der Rettungsboote für die Besatzung zu schaffen.

»Was machen die da?«

»Jemand macht sich auf den Weg. Jemand will herausfinden, was zum Teufel los ist. Was nur bedeuten kann, dass wir in großen Schwierigkeiten stecken.«

»Sie schicken ein Rettungsboot los?«

»Ein Beiboot. Eines von den Rettungsbooten, das mit einem stärkeren Motor ausgerüstet ist. Sie wissen schon, so eines wie das, mit dem sie uns nach Foveros Island gebracht haben. Das sagt einem so ziemlich alles, was man über die Lage wissen muss. Warum sollten sie ein Boot losschicken, wenn sie wüssten, dass Rettung unterwegs ist? Es muss bedeuten, dass wir uns nicht da befinden, wo wir uns eigentlich befinden sollten.«

»Warum haben sie denn nicht einfach über Funk Hilfe geholt?«

»Das WLAN ist ausgefallen, vielleicht gibt's auch

keine Funkverbindung. Da stimmt was nicht. Erinnern Sie sich, als die *Beautiful Wonder* liegen geblieben ist?« Maddie erinnerte sich nicht, nickte aber trotzdem. »Dem Schiff ging der Saft aus, und eine Stunde später wusste die ganze Welt Bescheid. Wir sind bei diesem Schlamassel schon bei Tag zwei angelangt, und nichts ist passiert. Wir sind auf uns allein gestellt. Sie werden die Sache nicht mehr lange unter Verschluss halten können. Wahrscheinlich bedanken sie sich bei ihren Glückssternen für das Norovirus. Sie haben ja gesehen, was in dieser Schlange los war. Es ist nur eine Frage der Zeit, bis es zur totalen Meuterei kommt. Auf Schiffen gibt es keine Schusswaffen.«

»So weit wird es nicht kommen.«

»Ach ja? Meinen Sie?«

Ein Piepton und dann: »Guten Tag, meine Damen und Herren, hier spricht Damien, Ihr Kreuzfahrtdirektor. Ich möchte Sie nur wissen lassen, dass der Kapitän Sie in Kürze über die Entwicklungen informieren wird. Bis dahin hat unser berühmter Gast an Bord, Celine del Ray, großzügigerweise angeboten, eine Vorstellung für alle von Ihnen zu geben, die ihr gerne Gesellschaft leisten möchten. Sie tritt in einer halben Stunde im Dare to Dream Theatre auf.«

Xavier warf Maddie einen Blick zu. »Das ist dreimal so groß wie die Starlight Dreamer Lounge. Sie rechnet anscheinend mit ziemlich viel Publikum. Ich habe gestern versucht reinzukommen, wurde aber abgehalten.«

Maddie schnaubte. »Große Überraschung.«

»Was hat sie vor? Will sie eine Sekte gründen?«

»Ich weiß nicht, was sie macht. Das sieht ihr gar nicht ähnlich. Ihre Persönlichkeit hat sich über Nacht radikal verändert. Sie behauptet, sie hilft anderen Leuten.«

»Gestern haben Sie gesagt, das wäre genau das, was sie tut, Punkt.«

Scheiße. Doch welche Rolle spielte es schon, was sie zu Xavier sagte? Sie würde sowieso kündigen; ihr Plan stand fest. »Ja, aber sie hilft anderen Leuten, ohne dafür bezahlt zu werden. Das sieht Celine nicht ähnlich.«

»Ah.«

»Und ich weiß nicht, wo sie die Informationen herhat, die sie benutzt.«

»Normalerweise googelt sie solche Sachen, oder? Und ich nehme an, der Rest ist Cold Reading.«

Maddie zuckte mit den Schultern. Sie war noch nicht bereit, so weit zu gehen. »Vielleicht.« Erledigte Ray womöglich ihre Schmutzarbeit für sie? Nach ihrer Auseinandersetzung hatte Maddie ihn nirgendwo in der Nähe der Lounge gesehen, aber vielleicht hatte Celine einen von den Freunden auf die Suche nach ihm geschickt.

Unter ihnen am Beiboot gab ein weiß gekleideter Offizier ein paar Männern in blauen Overalls Handzeichen.

»Ich hätte nichts dagegen, mich mal mit ihr zu unterhalten«, sagte Xavier.

»Das glaube ich gern.«

»Sie könnten mich doch da reinbringen. Kommen Sie schon, Sie schulden mir einen Gefallen. Ich habe Ihnen in der Schlange aus der Patsche geholfen, oder?«

Er lächelte sie abermals an. Sie hätte ihn nicht unbedingt als attraktiv bezeichnet, und er war ganz sicher nicht ihr Typ (nicht, dass sie heutzutage noch einen gehabt hätte), doch er war auch nicht total abstoßend, wie sie und ihre Freundinnen in der Schule es zu formulieren pflegten. Meine Güte, wie war sie jetzt darauf gekommen? Maddie überlegte. Celine war Xavier mehr als gewachsen, und es würde womöglich interessant werden. »Warum nicht? Sie möchten Celine kennenlernen? Ich bringe Sie zu Celine.«

»Super.«

Auf dem Weg vom Hauptdeck hinunter zum Theater hörte Xavier nicht auf, Maddie mit Fragen zu Celines Methoden zu löchern, doch sie hielt ihn auf Abstand. Sie wollte es ihm nicht leicht machen.

Ein kleiner, aber stetiger Strom von Passagieren bahnte sich den Weg ins Theater. Von Jacob oder Eleanor oder irgendwelchen anderen Freunden war weit und breit nichts zu sehen, doch nachdem die letzte Gruppe durch die Tür gegangen war, sah Maddie Ray davor stehen, leicht breitbeinig, die Arme vor der Brust verschränkt: in Türsteher-Pose.

»Darum kümmere ich mich«, flüsterte sie Xavier zu.

Ray begrüßte sie mit seinem typischen Zahnpastalächeln. »Hey, Tiger. Celine hat gesagt, du würdest auftauchen. Was hast du denn da an, verdammt?«

»Ich dachte, Celine wäre dir völlig schnuppe. Was hast du denn hier zu suchen?«

»Tja, Baby, wie sich rausgestellt hat, spielt hier die Musik. Ich habe meinen Job zu erledigen.« Irgendetwas huschte über sein Gesicht.

»Hat sie was zu dir gesagt, Ray?«

»Nein.« Er log. Celine konnte ohne Weiteres irgendein Detail aus der Akte verwendet haben, die der Sicherheitsdienst, bei dem er früher angestellt gewesen war, ihr geschickt hatte, und es so hingedreht haben, dass es klang wie etwas, das sie unmöglich wissen konnte. Doch Maddie verstand nicht; schließlich kannte Ray Celines Methoden. Vielleicht war er tatsächlich so dumm. Vielleicht gab es aber auch eine andere Erklärung, warum er seinen Job machte.

»Wie viel zahlt sie dir denn zusätzlich?«

Ein verschlagenes Lächeln. »Hey. Ein Bonus ist ein Bonus, ja?« Er schien Xavier zum ersten Mal zur Kenntnis zu nehmen. »Sind Sie nicht der Typ, der neulich abends hier reingeplatzt ist?«

»Ja.«

»Was machst du mit diesem Arschloch, Maddie?«

»Wir möchten zu Celine.« Maddie setzte sich in Bewegung, um an Ray vorbeizugehen.

»Tut mir leid, Baby. Celine will dich nicht sehen.«

»Was redest du da?«

»Du darfst hier nicht rein. Erst, wenn sie sagt, du darfst.«

»Sie ist mein Boss.«

Er zuckte mit den Schultern. »Meine Anweisungen. Mach dir nicht die Mühe, es an der anderen Tür zu versuchen, Maddie. Die ist gesichert. Celine sagt, du bist noch nicht bereit.«

»Bereit wozu?«

»Ich gebe nur die Botschaft weiter, Baby.«

»Lass mich durch.«

»Kann ich nicht tun, Maddie.«

»Wie wär's, wenn wir Sie bezahlen?«, schlug Xavier vor.

»Sie bieten mir Geld?«

»Ja.«

»Haben Sie Kohle?«

»Mir geht's nicht schlecht.«

Ray nickte. »Verstanden. Sie denken, ein dämlicher alter Exbulle wie ich lässt sich schmieren.«

»Das habe ich nicht gesagt.«

»Hör mal, Ray«, mischte sich Maddie ein. »Es gibt keinen Grund, warum die Sache hässlich werden sollte. Ich arbeite seit Jahren für Celine, und du …«

»Das hier ist ein öffentlicher Ort, und Sie können uns nicht aufhalten«, fiel ihr Xavier ins Wort.

»Das werden Sie schon sehen.«

Maddie wurde bewusst, dass sich hinter ihnen ein Stau gebildet hatte. Die Leute wollten eine Show, dachte sie, und jetzt bekamen sie eine geboten. Sie versuchte es mit einer Charmeoffensive. »Komm schon, Ray. Nur kurz reinschauen. Wir bleiben nicht lang. Du kannst Celine ja sagen, wir hätten uns an dir vorbeigeschlichen.« Warum machte sie sich eigentlich die Mühe? Sie wusste nur, dass es ihr plötzlich sehr wichtig war, dort hineinzukommen.

Xavier holte zwei Hundert-Dollar-Scheine aus seinem Portemonnaie und wedelte damit vor Rays Nase herum. »Hier, für Sie.«

»Ich will Ihr Geld nicht.«

»Nehmen Sie es.«

»Ich habe doch gesagt, ich will Ihr Geld nicht.«

»Kommen Sie schon, Mann. Zweihundert Dollar. Wo würde jemand wie Sie …«

Ray streckte den Arm aus, packte den Blogger am Hemd, zog ihn zu sich und verpasste ihm einen Kopfstoß ins Gesicht. Xavier taumelte rückwärts und presste sich die Hände auf die Nase. Maddie erstarrte und setzte sich erst dann in Bewegung, um Xavier zu helfen, das Gleichgewicht zu halten, als eine der Frauen hinter ihnen kreischte.

Ray beugte sich zu ihr. »Verpiss dich von hier, Maddie.« Sie roch seine Alkoholfahne. »Hau bloß sofort ab.«

Der Verurteilte

Behaglich. Warm. Traumhaft. Gary gefiel es hier, denn es war gemütlich und still. Weiße Wände, warme Luft, stickig, aber nicht unerträglich stickig. Er wälzte sich auf die Seite. Im Bett neben ihm lag ein Mann mit einem dicken Verband um den Arm. Der Mann hatte dunkle Haut und starrte mit offenem Mund geradeaus. Gary reckte den Hals, um seinem Blick zu folgen.

Ein großer Schwarzer im Arbeitsanzug und mit zerknittertem Gesicht lehnte gegenüber an der Wand, hielt den Kopf gesenkt und rang die Hände. Gary konnte seine Augen nicht sehen, da sie sich in den Falten seines Gesichts verbargen. Ein ferner Teil seines Gehirns registrierte, dass das eigentlich hätte beunruhigend sein müssen, aber aus irgendeinem Grund nicht war. »Hey«, krächzte Gary.

Aus dem Mund des Mannes im Arbeitsanzug schoss eine graue Zunge, und er legte den Finger an die Lippen. »Pst.«

»Entschuldigung«, flüsterte Gary. »Arbeiten Sie hier?« Wo auch immer hier war. Das Schiff. Natürlich! Er befand sich auf dem Schiff. Die Kreuzfahrt. Oh. Sein Kopf. Verschwommen. Alles war durcheinander.

»Pst.«

»Ich sage ja schon nichts mehr.«

Der große Mann kicherte, und Gary kicherte mit ihm mit. Freunde unter sich. Er mochte diesen Mann. Er war cool, wie die Kids in der Schule sagen würden.

War es Nacht? Tag? Wie spät war es?

Wen interessierte das schon? Und hm. Er fühlte sich wohl, als wäre er in Zuckerwatte eingewickelt worden; als würde er in einer großen Wanne mit warmem Wasser treiben. Er kuschelte sich tiefer unter das Betttuch, mit dem er zugedeckt war. Au. Irgendetwas zwickte ihn in den Arm, und als er nach unten blickte, sah er einen Schlauch, der sich aus seiner Armbeuge schlängelte. Eine Nadel. Igitt, nein. Raus damit. Er zog und zog, doch sie ließ sich nicht entfernen. Klebeband. Sie war mit Klebeband befestigt. Zupf es weg. Seine Finger wollten nicht funktionieren, doch dann verstand er: Es handelte sich gar nicht um seine Finger. Sie waren nicht mit ihm verbunden. Die Finger von jemand anderem. Alle taub. Er konnte sie mit seiner Willenskraft bewegen. Ja. Er konnte die Finger einer anderen Person mit seiner Willenskraft bewegen. Zupf, zupf, heb den Rand an, und dann … reißen! Er zog die Nadel heraus und beobachtete, wie ein Rinnsal Blut langsam seinen Arm hinunterlief. Es war sehr rot. Das war in Ordnung. Das war besser. Er versuchte, den Kopf zu heben, um den Mann mit dem verbundenen Arm besser sehen zu können, doch sein Kopf war schwer. Müde. Schlafen. Ja, das wäre schön. Er würde ein kleines Nickerchen machen.

Ein Stups an die Schulter. Er öffnete die Augen.

Hatte er geschlafen? Er konnte es nicht sagen, doch sein Kopf fühlte sich nicht mehr ganz so unhandlich an.

Sein Nachbar stöhnte und murmelte etwas in einer Sprache, die Gary nicht verstand.

Gary blinzelte und blickte sich erneut im Raum um. Die weißen Wände. Natürlich. Jetzt verstand er. Der riesige Mann im Arbeitsanzug war jetzt näher bei ihm. Seine Augen konnte Gary noch immer nicht sehen. »Bin ich im Krankenhaus? Bin ich gestürzt?«

»Pst.«

Und dann stand der Mann plötzlich drüben bei der Tür, den Finger an die Lippen gelegt, und gab Gary ein Zeichen, dass er sich zu ihm begeben solle.

»Zeit zu gehen?«

Der Mann antwortete nicht.

Auf, auf. Steh auf. Er strampelte das Betttuch weg, das sich an seinen Beinen verhedderte. Er war drauf und dran, den Mann um Hilfe zu bitten, doch er war nicht mehr da. Das Blut auf der Innenseite seines Arms gerann. Rostige Flocken. Er wischte seinen Arm mit dem Betttuch ab. Langsam, immer langsam. Der Boden unter seinen Füßen fühlte sich schwammig an. Er stolperte über eine Tasche, die halb versteckt unter dem Bett stand. Bekleidung. Und seine Brille. Wo war seine Brille? Egal. Er war schließlich nicht blind ohne sie, bekam nur Kopfschmerzen.

»Ich gehe jetzt«, sagte er zu dem Mann mit dem verbundenen Arm, der sich jetzt wie ein Kind zusammengerollt hatte. »Bye-bye.« Er hatte einen komischen Geschmack im Mund, als hätte er an Kreide gelutscht. Wie war er hierhergelangt? Vielleicht war er gestürzt. Hatte einen kleinen Unfall gehabt. Hoppla.

Er schlurfte zur Tür, driftete hindurch und trieb an einem Schreibtisch vorbei zu einer weiteren Tür. Diese Tür war schwer, und er brauchte mehrere Versuche, um seine Hand dazu zu bringen, den Türknauf zu drehen. Hinaus auf einen Korridor.

Zwei Personen kamen verschwommen auf ihn zu. Ein Mann und eine Frau. Schwarz und weiß, Ebenholz und Elfenbein. Ihm gefiel, wie die Frau aussah, sie war …

Nein.

Der Mann hatte ein blutiges Gesicht.

»Ist der Arzt da drin?«, fragte ihn die Frau.

Gary konnte nicht sprechen, und er musste weitergehen. Der Mann im Arbeitsanzug wartete am Fuß der Treppe auf ihn. Er krümmte einen Finger, und Gary folgte ihm. Die Treppe hinauf, und der Boden bewegte sich wieder. Er ging auf seine schwimmende Art und Weise weiter, was nicht unangenehm war. Sein Freund winkte ihn weiter. Er wollte ihn nicht aus den Augen verlieren. Er glaubte, ihn zu kennen. Woher? Eine Lücke in seinem Gedächtnis.

Marilyn. Er sollte sie suchen. Welche Richtung?

Er bog um eine Ecke, ging vorbei an einer Frau, die am Teppich rieb. Ekliger Geruch. »Alles in Ordnung mit Ihnen, Sir?«

»Ja. Muss Marilyn finden.«

Vor ihm waren zwei Frauen, die aufgeregt miteinander sprachen und ihm den Blick auf seinen Freund versperrten. Eine der beiden drehte sich um und sah ihn an. Die Haut in ihrem Gesicht glich einer gesprungenen Vase – so viele Linien! »Kann ich Ihnen helfen?«, fragte sie.

»Gehe nach oben«, sagte Gary und kicherte. Sein Freund hüpfte vor den beiden die Treppe hoch. Gary schob sich an ihnen vorbei, um ihn einzuholen.

»Hey!«, riefen sie ihm hinterher.

Er bog um eine weitere Ecke, doch der Mann war verschwunden. Wohin jetzt? Er hatte eine Kabine, vielleicht war Marilyn in der Kabine, doch er konnte nicht dort hinuntergehen. Er ertrug den Gedanken daran nicht. Irgendetwas war dort unten passiert, doch das Einzige, woran er sich erinnerte, war ein widerlicher Geruch. Er ging hinauf und hinunter, bis er im Atrium angelangte. An diesen Bereich erinnerte er sich. Er fuhr mit den Fingern an der Weihnachtsdekoration entlang, die durch das Geländer geflochten war. Hm. Hübsch. Er war noch nie wirklich stehen geblieben, um sie sich anzusehen. Weihnachten, er mochte Weihnachten.

Dann ging er nach draußen, drückte gegen die verschmierte Glastür. Meer – er liebte das Meer. Er schlenderte zur Reling und stolperte dabei über ein Paar ausgestreckte Beine.

»Pass auf, Mann!«, fauchte eine mürrische Stimme aus dem Hinterhalt in seine Richtung. Gary ignorierte sie. Wie sollte er Marilyn in dieser Menschenmenge jemals finden? Seine Brust zog sich zusammen. Er war darauf angewiesen, dass sein Freund ihn lotste.

Er blieb so still wie möglich stehen und blickte hinab auf die Wellen. Irgendetwas trieb im Wasser. Schaukelte und trieb wie er. Etwas Rotes und Glänzendes. Die Sonne brannte auf seinen Kopf herunter. Er hob das Gesicht an und schloss die Augen. Hm.

»Gary!«

»Gehört er zu Ihnen, meine Liebe?«

»Gary! Bist du's?«

Er öffnete die Augen und drehte sich um. Er stand jetzt in der Nähe mehrerer Leute. Wie war er hierhergekommen? Marilyn. Da war sie. Seine Frau. Gott, er hasste sie. Alles war etwas schwammig, doch daran erinnerte er sich. Sonnenverbranntes Gesicht, der Mund wie eine Narbe, ihre Lippen zu schmal. Nicht wie …

Nein.

»Gary. Du warst mehr als vierundzwanzig Stunden bewusstlos, Schatz. Ich habe mir solche Sorgen gemacht.«

Er quetschte die Worte hinaus. Sie klangen entfernt, als höre er sie durch eine Röhre. »Was ist denn mit mir passiert? Bin ich gestürzt?«

Zu Marilyn hatte sich ein Mann mit stumpfen blauen Augen gesellt. Gary grub seinen Namen aus: Mason. »Die haben Sie also rausgelassen, Gary?«

Gary nickte. Hatten sie das?

»Was ist denn mit mir passiert?« Seine Stimme klang entfernt und tränenreich, doch er hatte nicht das Bedürfnis zu weinen.

»Erinnerst du dich denn nicht?«, fragte Marilyn.

»Nein.«

Marilyn warf Mason einen Blick zu.

Das Jucken einer Erinnerung in seinem Hinterkopf. *Finger.*

»Schatz ... du würdest ... Ich möchte es gar nicht sagen. Du bist in der Kabine bewusstlos geworden, und als sie dich wegbringen wollten, hast du angefangen zu schreien. Dann haben sie dir irgendein Beruhigungsmittel gegeben.«

In seinem Hinterkopf stupste ihn etwas an. Finger. Finger und ...

Nein.

»Ich habe mir solche Sorgen gemacht. Ich bin dich besuchen gekommen, erinnerst du dich? Habe dir gestern Abend was Sauberes zum Anziehen gebracht. Schatz, Mason war so nett zu mir. Er ist mit mir hinunter zu unserer Kabine gegangen, um meine restlichen Sachen zu holen.«

»Da unten stinkt's«, stöhnte Mason. »Sie flippen uns aber nicht wieder aus, oder?«

»Was war denn los, Gary? Hat dich jemand überfallen? Hat dir jemand eine gefährliche Droge oder so was in den Drink gemischt? Wir können ihn verklagen.«

»Ja. Sicherheit ist echt ein Problem auf diesen gottverdammten Dingern. Die müssen mehr unternehmen. Da war auch noch die Sache mit diesem Mädchen.«

»Mädchen?«, fragte Marilyn.

Sein Mädchen. Sie sprachen von seinem Mädchen, aber das war …

»Wurde tot in ihrer Kabine gefunden. Sam hat es von jemandem aus ihrer Gruppe erfahren, als sie sich heute früh für Hotdogs angestellt hat.«

Marilyn fasste sich an den Hals. »O mein Gott. Was ist, wenn derjenige, der das getan hat, auf dich losgegangen ist, Gary?«

»Hey, was haben Sie denn da eigentlich an, Kumpel. Stehen Sie auf den *Miami-Vice*-Look?«

Gary blickte an sich hinunter. Er konnte sich nicht daran erinnern, sich angezogen zu haben. Der Hosenschlitz seiner Shorts stand offen, und ein Büschel Schamhaare stand aus dem geteilten Reißverschluss heraus. Sein Hemd war aufgeknöpft. »Ich …«

Mason klopfte ihm auf die Schulter. »Sie kommen jetzt mit uns mit. Wir sind dabei, uns einzurichten. Wir haben eine Stelle gefunden, wo wir in Sicherheit sind.«

Marilyn nahm seinen Arm und führte ihn zu der Metalltreppe. Sein Freund – wo war eigentlich sein Freund? Er blickte sich nach ihm um, doch er war verschwunden.

»Wir nutzen das Tranquility-Deck, Schatz«, sagte Marilyn. »Mason passt auf, dass es dort nicht zu voll wird.«

Mason knurrte. Mason hatte eine Ehefrau, daran erinnerte sich Gary. Eine Plastikfrau wie eine Puppe.

»Wir müssen in Tüten kacken. Ist das nicht schrecklich? Mason versucht schon die ganze Zeit, mit dem Kapitän zu sprechen, aber er wird ständig abgewimmelt.«

»Ich schaffe das schon noch. Die haben kein Recht, uns so im Dunkeln zu lassen. Und sie lügen uns an. Ein Typ aus unserer Gruppe ist Handy-Techniker. Hat topmoderne Geräte dabei, bringt sie aber nicht dazu, dass sie funktionieren. Sagt, dass alles zusammengebrochen ist.«

»Wir treiben einfach dahin, Schatz. Da wir nicht zurück in unsere Kabinen können, sind die meisten oben auf Deck ...«

Gary ließ sich von dem Gerede berieseln. Die Sonne leuchtete ihm in die Augen.

»... denken wir, dass wir durch die Crew-Bar nach oben auf die Brücke gehen müssen. Es gibt eine Treppe, die dort hinaufführt.«

Jemand schrie: »Schaut mal!«

Ein Piepton und dann: »Guten Tag, meine Damen und Herren, hier spricht Damien, Ihr Kreuzfahrtdirektor. Ich bin sicher, Sie sind all den wunderbaren Crewmitgliedern wirklich dankbar ...« Gary gab sich alle Mühe, um sich auf die Worte zu konzentrieren, doch es war schwierig. »... vielen Dank für Ihre Geduld. Der Kapitän des Schiffs, Guiseppe Leonidas, wird sich bald an Sie wenden. Wie Ihnen sicher aufgefallen ist, wird jeden Moment eines unserer Beiboote zu Wasser gelassen.« Eine lange Pause, ein Knistern und dann eine Stimme mit starkem Akzent. »Meine Damen und Herren, es tut mir leid, dass ich nicht schon früher mit Ihnen gesprochen habe. Wir haben sehr hart an einer Lösung des Problems gearbeitet. Kurz gesagt handelt es sich um ein Problem mit dem Generator. Ein kleiner Brand hat die Verbindung unterbrochen. Bis das behoben ist, können wir uns nicht fortbewegen. Wir haben bereits viele Male versucht, Hilfe anzufordern, aber bislang keine Antwort erhalten. Wir haben alles Mögliche versucht. Wir sind sicher, dass …«

Vor Garys Augen geriet alles ins Schwanken. Er hatte das Bedürfnis, sich hinzulegen, wieder einzuschlafen.

Marilyns Stimme näherte sich und entfernte sich wieder. »… meinen Sie, Mason? … ein gutes Zeichen?«

»Wenigstens unternehmen sie was … hey … so gut … hier unten, wenn er das …«

Jubel. »Da ist ein Boot!« Leute schoben sich an Gary vorbei, um näher zur Reling zu gelangen, wobei ihre Haut an seiner streifte. Er blieb allein beim Whirlpool zurück und starrte ihre Körper an, alle aufgereiht. Sein Freund befand sich nicht unter ihnen, aber …

Sein Mädchen. Sein Mädchen war da.

Nein. Nein, nein, nein, nein, nein, nein, nein, nein, nein.

Blond. Sein Mädchen war blond. Übergewichtig.

Sie stand mit dem Rücken zu ihm da. Provozierte ihn. Er schlich sich an sie heran. Sie war also doch am Leben. Hatte er es doch gewusst.

Er packte sie am Arm. Sie kreischte und wirbelte herum. Nicht sein Mädchen. Es war nicht sie. »Was soll das, verdammt?«, schrie sie.

»Entschuldigung. Entschuldigung.« Er wich zurück, verhedderte sich mit den Beinen in einem Stuhl, der hinter ihm stand. Er hatte das Gefühl, in Zeitlupe zu fallen, und landete hart auf dem Steißbein. Als er aufblickte, verwandelte die Sonne die Leute, die auf ihn herabstarrten, in Gespenster. Er konnte ihre Gesichter sehen, aber keiner von ihnen besaß Augen.

Marilyn sagte: »Oh, Gary.«

Und dann öffnete sich ein Loch in seinem Kopf und zog ihn nach unten.

Der Waschraum, sonst ein Ort regen Treibens, seifiger Gerüche, plappernder Stimmen und des Surrens riesiger Maschinen, war verlassen und dunkel und stank modrig. Althea schleppte Säcke mit verschmutzter Bettwäsche hinein und lud sie in einer Ecke ab. *Jetzt kann sich jemand anderer darum kümmern.* Der Großteil davon gehörte den Linemans. Mrs Lineman hatte keinen Finger gekrümmt, um ihr zu helfen, und schien sich überhaupt nicht dafür zu schämen, dass in der Kabine der beiden ein völliges Chaos aus verschmutzten Handtüchern, verdreckter Bettwäsche und Körperflüssigkeiten herrschte. Althea hatte über eine Stunde gebraucht, um dort wieder Ordnung zu schaffen. Trotzdem entschädigte sie der Gedanke, dass dieser dumme *bastardo* gezwungen war, seinen Darm in Tüten zu entleeren, beinahe für all die zusätzliche Arbeit. Im Gegensatz dazu hatte Helen darauf bestanden, die Bettwäsche selbst zu wechseln, und hatte Althea respektvoll gebeten, ihr einen Eimer, Chlorspray und Lumpen zu bringen, damit sie hinter Elise herputzen könne, falls es nötig war. Sie musste später noch einmal nach Helen und Elise sehen, um sicherzustellen, dass die beiden alles hatten, was sie brauchten.

Sie war überrascht, dass auf dem Schiff nicht

höchste Alarmstufe ausgerufen wurde; sie hatte im Lauf der Jahre zwei Norovirus-Ausbrüche miterlebt, und es handelte sich eigentlich um das Standardprozedere. Althea hatte nicht vor, sich anzustecken. Es war ganz einfach: Die Hände waschen und desinfizieren, keine Oberflächen anfassen, wenn man keine Handschuhe trug, großzügig mit Chlorbleichespray umgehen. Auf der Steuerbordseite waren zwei weitere Passagiere erkrankt – Electra war nicht aufgetaucht, um sich um ihre Station zu kümmern –, und Althea hatte sichergestellt, dass es den Passagieren an nichts fehlte. Wenn das Schiff es schließlich mit Müh und Not zurück in den Hafen schaffte, würde die Tatsache, dass sie so lange liegen geblieben waren, sicher Schlagzeilen machen. Und wenn alles vorbei war, wäre Althea diejenige, an die sich die Passagiere erinnern würden. Sie hatte ihre Station nicht ein einziges Mal verlassen. Doch das forderte seinen Tribut. Die Erschöpfung fühlte sich an wie eine Säure, die langsam an ihren Beinen nach oben kroch. Sie hatte in letzter Zeit nicht gut geschlafen. Wie auch? Der Junge hatte sie vergangene Nacht im Traum heimgesucht (zumindest hoffte sie, dass es im Traum gewesen war). Er hatte sich am Fuß ihres Betts zusammengerollt, und sie hatte es kaum gewagt zu atmen, aus Angst, ihn zu stören.

Dann war Mirasol wieder aus dem Bad gekommen, hatte die Tür zugeschlagen, und der Junge … der Junge war verschwunden. Vielleicht handelte es sich bei dem Jungen, den sie sah, um ihren Jungen. Um das Kind in ihrem Bauch. Um das Baby, das sie bekommen würde. Das ihr sagte, sie müsse ihr Schicksal akzeptieren. Sie schüttelte den Kopf. Bescheuert. In ihrer Familie gab es keinen Fall von Wahnsinn, wobei ihre Schwester eine nervöse Veranlagung hatte und seit der Geburt ihres dritten Kindes launisch, unvernünftig und verschlossen war. Doch das war normal. Althea hatte es schon viele Male erlebt. Nein. Es lag nur am Stress. Die momentane Situation war beängstigend. Selbst die älteren Besatzungsmitglieder, die seit Jahren zur See fuhren, waren eingeschüchtert. Das Internet funktionierte noch immer nicht, und Angelo hatte gesagt, es würde nicht mehr lange dauern, bis den Notstromaggregaten der Saft ausging. Paulo hatte ein Kurzwellenfunkgerät in seiner Kabine, und auch er empfing kein Signal. Ein großer Teil der Crew zog es vor, draußen auf dem Crew-Deck oder auf den besser belüfteten Frachtdecks zu schlafen, da der Gestank ungefilterten Abwassers und die Furcht vor dem Ungewissen sie aus ihren Kabinen trieben. Auf den Crew-Decks verbreiteten sich Gerüchte wie Lauffeuer: auf dem Schiff spuke es, die tote junge Frau in der Leichenaufbewahrung sei wieder zum Leben erwacht und läge bereit, um Tollkühne zu Tode zu erschrecken. Fließendes Wasser gab es noch, deshalb war es möglich, sich zu duschen, doch das war auch schon alles. Sie war erleichtert, dass sie nicht für die Reinigung der Gemeinschaftsbäder für das Personal zuständig war.

Althea zwang sich, sich in Bewegung zu setzen, und machte sich auf den Weg hinunter zu Marias Büro. Die Tür stand offen, und von innen waren laute Stimmen zu hören. Sie zögerte und beschloss, zu warten und zu lauschen, doch Maria erspähte sie, bevor sie außer Sichtweite huschen konnte. »Kommen Sie rein, Althea.«

Mirasol, der man ansah, dass sie geweint hatte, lächelte erleichtert, als sie Althea bemerkte. Vom gestrigen Angriff war nur noch ein ganz leichter Bluterguss unter ihrem linken Auge zu erkennen.

Maria verschränkte die Finger vor sich auf dem Schreibtisch. »Wenn du deine Arbeit nicht erledigst, bleibt mir nichts anderes übrig, als dich zu entlassen.«

»Aber ich habe Ihnen doch gesagt, ich kann da nicht runtergehen!«

»Ich verstehe, dass du gestern unter Schock standest, Mirasol. Ich habe dich gefragt, ob du in der Lage wärst zu arbeiten. Du hast Ja gesagt. Jetzt sagst du, du bist es nicht. Was trifft zu?«

»Da unten sind keine Passagiere mehr. Die Teppiche sind nass. Die Toiletten sind übergelaufen. Und … und die Geister sind da unten.«

Maria seufzte.

»Ich kann es machen«, meldete sich Althea zu Wort. »Ich gehe runter.« Auf zusätzliche Arbeit konnte sie gut verzichten, doch sie musste sich selbst beruhigen, was den Jungen anbetraf. Dort hatte sie ihn zum ersten Mal gesehen.

»Althea, das kannst du nicht machen«, jammerte Mirasol. »Die Lady ist da unten. Ich hab's dir doch gesagt.«

»Ich habe keine Angst.«

»Bitte geh jetzt, Mirasol«, bellte Maria.

Mit einem gequälten Blick zu Althea floh Mirasol aus dem Raum.

»Sind Sie sich sicher, dass Sie bereit sind, das zu tun, Althea?«

»Ich bin mir sicher.«

»Gut. Vielen Dank.« Ein ganz leichtes dankbares Lächeln. »Sie müssten bitte die Bettwäsche entfernen. Mirasol hat recht: Die Toiletten dort unten sind verstopft.« Sie seufzte abermals. »Der Wartungsdienst weigert sich ebenfalls, da runterzugehen. Das ist ein Fiasko.« Heute keine Augenbrauen. Für einen Moment bekam ihre Fassade Risse und offenbarte die Beunruhigung dahinter – noch vor wenigen Tagen hätte Althea dafür bezahlt, diesen Gesichtsausdruck zu sehen zu bekommen. Maria verlor langsam den Halt. Gut. Schließlich wurde es auch Zeit, dass die *puta* stürzte. Doch Althea würde stark bleiben.

»Kann ich noch irgendwas tun, Maria?«

Maria sah sie scharf an. Vielleicht trug Althea ein wenig zu dick auf. »Schon gut, Althea. Sie können jetzt gehen.«

Mirasol wartete draußen auf sie. »Glaubst du, ich werde meinen Job verlieren, Althea?«

»Nein, natürlich nicht. Maria ist gestresst und lässt es an dir aus. Ignorier sie einfach.«

»Aber ein Wort von ihr, und ich bin weg vom Schiff. Ich kann es mir nicht leisten, meinen Job zu verlieren. Ich schulde der Agentur einen Haufen Geld.«

Althea seufzte innerlich. Das Mädchen wurde langsam eine Belastung. »Vertrau mir. Das wird schon alles. Du wirst deinen Job nicht verlieren. Du wurdest von einem Passagier angegriffen. Natürlich möchtest du nicht da runtergehen.«

Mirasol öffnete den Mund, um etwas zu sagen, zweifellos, um wieder über die Lady in Weiß zu sprechen, doch Althea schnitt ihr das Wort ab. »Bei der Einführungsveranstaltung haben sie dir doch gesagt, was du zu tun hast, wenn an Bord ein Virus ausbricht, oder?«

»Ja.«

»Achte darauf, dass du dich daran hältst.«

»Ja, Althea. Danke. Wie kann ich mich bei dir revanchieren?«

Althea lächelte. Ihr würde schon etwas einfallen.

Sie eilte den I-95 entlang. Die Atmosphäre hier unten hatte eine gewisse Lässigkeit an sich. Einige indonesische Arbeiter vom Wartungsdienst und aus dem Müllraum standen dicht beisammen und unterhielten sich im Flüsterton. Einer der Offiziere, dessen weißes Hemd Flecken hatte, die vermutlich von Kaffee stammten, kam angelaufen und wäre beinahe mit ihr zusammengeprallt. Von der für diese Tageszeit typischen Zielstrebigkeit war nichts zu spüren. Sie würde noch eine Schachtel OP-Handschuhe aus ihrer Kabine holen müssen. Wenn es dort unten tatsächlich so schlimm war, wie alle sagten, würde sie sich so gut wie möglich schützen müssen. Auf dem Weg zu ihrer Kabine fiel ihr auf, dass die Tür zu Trinings Kabine offen stand – ohne Zweifel, um die wenige Luft, die es hier unten noch gab, zirkulieren zu lassen. Althea hatte Trining nicht mehr gesehen, seit diese sie an dem Tag, als das Schiff liegen geblieben war, gebeten hatte, ihre Verpflichtungen für sie zu übernehmen, was sich jetzt anfühlte, als wäre es eine Ewigkeit her. Hatte Maria ihr schon mitgeteilt, dass sie gefeuert war? Aus Neugierde blieb Althea stehen und warf einen Blick hinein. Aus dem winzigen Bad roch es stark nach Chlor. Gut. Jemand war so vernünftig gewesen, hier drin zu putzen.

Trining lag auf der Seite, mit dem Rücken zur Tür. »Hallo, Trining.«

»Hau ab, Althea.«

»Warum sprichst du so mit mir?«

Trining drehte sich um. So krank sah sie gar nicht aus. Wären da nicht der Eimer und die zusammengeknüllten Taschentücher neben ihr gewesen, hätte Althea angenommen, dass sie nur simulierte.

»Ich weiß, dass du gelogen hast.«

Miststück. »Ich habe nicht gelogen.«

»Maria hat gesagt, du hättest ihr erzählt, dass ich dich nicht darum gebeten hätte, meine Station zu übernehmen.«

Altheas Augen weiteten sich. »Hat sie? Ich weiß nicht, warum sie so was sagen sollte. Habe ich dich jemals hängen lassen, Trining?«

»Nein.«

»Das ist nur ein Missverständnis. Mehr nicht. Ich rede mit Maria.«

Trining war nicht dumm. Sie reagierte nicht auf Altheas Lächeln.

»Ich kümmere mich jetzt um deine Station, Trining.«

»Dafür bezahle ich dich aber nicht extra.«

»Natürlich nicht.« Althea setzte ihr Lächeln nicht ab. »Trining ... auf deiner Station ... Hast du jemals was Merkwürdiges gesehen?«

Ein Aufflackern von Interesse. »Wie zum Beispiel?«

»Hattest du jemals das Gefühl, dass dich jemand beobachtet?«

»Nein. Hast du dir etwa die Geistergeschichten angehört, Althea? Angelo hat mir erzählt, was diese dummen Bauern über die tote Passagierin sagen.«

Warte ab, bis ich dir von dem Geisterjungen erzähle.

»Ich war diejenige, die die junge Frau gefunden hat, Trining.«

»Du?«

»Ja. Es war echt schockierend. Du hast Glück, dass du krank warst und nicht sehen musstest, was ich gesehen habe.«

Althea nahm amüsiert zur Kenntnis, dass Trinings morbide Neugier die Oberhand über ihre Verärgerung gewonnen hatte. »Was hast du denn gesehen?«

Althea tat so, als schauderte sie. »Darüber kann ich nicht sprechen.«

Ein Anflug von Enttäuschung. »Das verstehe ich schon. Ich habe sie gemocht. Die Passagierin, die gestorben ist. Sie war eine von den netteren auf meiner Station.«

Althea zuckte mit den Schultern. Gut oder schlecht, jeder musste irgendwann sterben. Ihr ging es um den Jungen. »Ich mache mir Sorgen um dich, Trining. Du musst zu mir kommen, wenn du irgendwas brauchst. Und ich erwarte nicht, dass du mich dafür bezahlst.«

Von wegen.

»Danke, Althea. Tut mir leid, dass ich unhöflich zu dir war.«

Althea ging hinaus und setzte in dem Augenblick, in dem sie Trining den Rücken zukehrte, ihr Lächeln ab. Das war beinahe zu einfach gewesen.

Sie ging zu ihrer Kabine, stopfte sich eine weitere Handvoll von den violetten Handschuhen in die Taschen ihres Putzkittels und ging wieder hinauf zum I-95. Als sie das Ende des Korridors erreichte, hielt sie inne. Der Wachmann, der bei ihr gewesen war, als sie auf die Leiche der jungen Frau gestoßen war, stand in einer Nische in der Nähe von Marias Büro und schüttelte den Kopf, als sei er mit jemandem in ein ernstes Gespräch vertieft. Bislang hatte er sie noch nicht aufgesucht, doch das überraschte sie nicht. Der Sicherheitsdienst und der Kabinenservice trugen die Hauptlast der Situation. Sie wartete, bis er sich entfernte, dann ging sie in die andere Richtung und stieß dabei beinahe mit Rogelio zusammen, der aus der Nische auftauchte.

Sie grüßte ihn, doch er nahm sie kaum zur Kenntnis. Er hatte den Blick gesenkt und vermittelte den Eindruck, als ob er jeden Moment weinen würde. Er rannte beinahe in die Crew-Kantine. Warum sollte sich der Wachmann mit Rogelio unterhalten wollen?

Und dann ging ihr ein Licht auf. Sie hatte es bislang nicht gesehen, weil sie es nicht hatte sehen wollen. Angelo hatte doch recht gehabt, was Rogelio anbetraf. Nur dass nicht Damien derjenige war, mit dem er etwas hatte. Sie speicherte diese Information ab. Womöglich würde sie sich eines Tages als nützlich erweisen. Sie mochte Rogelio, natürlich mochte sie ihn, aber das Leben war hart, und in ihrer Situation brauchte sie jede Munition, die sie sammeln konnte.

Der Geruch, der ihr entgegenschlug, als sie Trinings Station durch die Service-Tür betrat, war schlimmer, als sie erwartet hatte, da der Ausfall der Klimaanlage das Ganze noch einmal deutlich verstärkte. Und die Beleuchtung war hier unten schummriger, als sie es in Erinnerung hatte. Der Fußboden war mit Habseligkeiten der Passagiere übersät: ein pinkfarbener Flip-Flop, ein Kissen, zwei Engelsflügel aus Plastik. Mirasol hatte recht gehabt; hier unten hielten sich keine Passagiere mehr auf. Sie bahnte sich langsam den Weg zur Kabine der toten Passagierin, die mit Klebeband versiegelt war. Falls sich der Junge irgendwo aufhielt, dann vermutlich dort drin, doch sie wagte es nicht, die Versiegelung zu entfernen. In diesen Korridoren waren Kameras installiert, und es hätte sich dabei um einen Verstoß gehandelt, für den man gefeuert wurde.

»Bist du hier?«, flüsterte sie. »Zeig dich.«

Von irgendwo aus dem Herzen des Schiffs ertönte ein Pochen. Sie ging vorsichtig weiter. In der Mitte des Korridors stand eine Tür offen. Das hätte eigentlich nicht passieren dürfen. Die Türen waren beschwert, damit sie von selbst zufielen, es sei denn, sie waren mit ihren Magneten arretiert. Sie hielt den Atem an, betrat die Kabine und wartete darauf, dass sich ihre Augen an die düsteren Lichtverhältnisse gewöhnten. Angst schoss ihr in die Brust, als sie ihn sah. Er saß in einer Ecke, die Knie an die Brust gezogen. Sein Gesicht war tränenfeucht, und sie konnte seine Augen nicht sehen. Das einzige Licht stammte von der grünen Notbeleuchtung und reichte nicht aus, damit sie ihn genauer erkennen konnte.

»Hallo.«

Die Angst wich und wurde von Erleichterung abgelöst. Sie verlor doch nicht den Verstand. Er war hier. Er war echt. Sie näherte sich ihm langsam. »Wie bist du denn hier reingekommen? Wo ist deine Mutter?«

Ohne Vorwarnung zuckte er zusammen, streckte seine Gliedmaßen aus und kam wie eine Spinne auf allen vieren auf sie zugehuscht. Zu schnell – niemand konnte sich so schnell bewegen. Sie schrie auf, machte einen Satz zur Tür und rannte wild um sich schlagend in den Korridor. Hinter ihr ertönte ein Kichern.

Sie wirbelte herum. Er stand ein paar Meter von ihr entfernt da, fast direkt vor der Kabine der toten jungen Frau.

Unmöglich.

Er schniefte. Jetzt, da er im Licht stand, konnte sie seine Bekleidung erkennen: ein ausgefranstes Hemd und Hosen, die ihm nur bis oberhalb der Knöchel reichten. Schmutz hatte sich in seine bloßen Hände und Füße eingegraben.

Sie ging auf ihn zu, eine Hand ausgestreckt, als sei er ein gefährliches Tier. Sie rechnete damit, dass er davonlaufen würde, was er jedoch nicht tat. Als sie sich bückte, um ihn zu berühren, war sie beinahe überzeugt davon, ins Leere zu greifen. Aber nein, er war echt. Aus Fleisch und Blut.

Er kicherte abermals, tänzelte von ihr weg und rannte zur Service-Tür.

»Warte!«

Er zögerte kurz, dann verschwand er durch die Tür. »Warte!«, rief sie noch einmal, dann folgte sie ihm.

Sie hörte seine Schritte, als er die Treppe hinunterlief, hatte ihn aber aus den Augen verloren. Er wartete an der Kreuzung mit dem I-95 auf sie; er lächelte, deckte seinen Mund mit einer Hand ab und huschte geradeaus über den Gang. Zwei Wartungsingenieure sahen sie neugierig an, als sie an ihnen vorbeilief. Sie folgte dem Geräusch seiner Schritte, wobei sie kaum zur Kenntnis nahm, wohin sie unterwegs war, bis sie in einem niedrigen Korridor angelangte, durch den weiße Rohre verliefen. Sie wusste nicht, wo sie sich befand. Eigentlich kannte sich Althea nur im Crewbereich und auf dem Veranda-Deck gut aus – zu den Passagierbereichen hatte sie keinen Zutritt, und sie hatte keinen Grund, sich in diesen Teil des Schiffs zu begeben.

Ein Kichern, dann sah sie ihn wieder. Er befand sich unmittelbar neben ihr. Sie spürte einen kühlen Druck an ihrer Hand, und als sie den Blick senkte, sah sie, dass er sie hielt. Er führte sie durch eine weitere Tür und einen Korridor entlang, der von Crew-Kabinen gesäumt war. Eine der Türen stand offen, und sie ging daran vorbei, als befände sie sich in einem Traum. Das Pärchen, das sich darin auf dem Bett wälzte, würdigte sie kaum eines Blickes. Der Junge führte sie durch eine Tür, die in einen großen, dunklen Raum führte. Vor ihr bauschten sich Vorhänge auf, an den Wänden waren große schwarze Kisten mit stählernen Eckverstärkungen gestapelt, und dann verstand sie: Sie befanden sich hinter der Bühne.

Sie fand ihre Stimme wieder. »Was machen wir denn hier?«

Der Junge wischte sich die Nase ab, befreite sich aus ihrem Griff und verschwand über eine kurze Treppe nach unten. Althea stolperte hinter ihm her und betrat einen Bereich mit niedriger Decke. Der Schein der Notbeleuchtung erfasste die Pailletten und Applikationen der Kostüme auf Ständern, die auf der gegenüberliegenden Seite des Raums aufgereiht waren. Ab und zu gab die Unterhaltungscrew eine Vorstellung für das Personal, doch sie selbst hatte nie eine besucht. Dieser Teil des Schiffs war ihr fremd. Sie arbeitete die ganze Zeit.

Wo war der Junge? Sie ging zu den Kostümständern, um nachzusehen, ob er sich dort versteckte, als hinter ihr ein tiefes Lachen ertönte. Sie war nicht allein. Sie wirbelte herum, und in der dunklen Ecke neben der Tür bewegte sich etwas. Mrs del Ray, die in ihrem Rollstuhl saß und sie beobachtete. Sie rollte vor. »Althea, wie nett von Ihnen, dass Sie gekommen sind.«

Der Junge tauchte wieder auf, nahm Altheas Hand und legte den Kopf an ihre Seite. Ein Schwall Wärme durchflutete sie. Eigentlich hätte sie sich abgestoßen fühlen sollen, doch dem war nicht so. »Er mag Sie, Althea. Und er besitzt eine gute Menschenkenntnis. Sie sollten mal sehen, was er mit denjenigen macht, die er nicht mag.«

Altheas Rachen war trocken, doch sie zwang sich dazu zu sprechen. »Haben Sie ihn an Bord gebracht?«

»Celine hat es getan. Sozusagen.«

»Ich verstehe nicht ganz.«

Mrs del Ray tätschelte ihren Hinterkopf und lächelte. In ihrem Mund waren zu viele Zähne. Blonde Strähnen standen von dem Haar-Helm ab, von dem Althea geglaubt hatte, er sei massiv wie ein Holzblock. »Ich möchte Ihnen einen Vorschlag machen, Althea. Sie können mir helfen, und ich kann Ihnen helfen.«

»Mir helfen, wie?«

»Ihnen helfen, dass Sie das bekommen, was Sie haben möchten. Manchmal tun wir das: anderen geben, was sie haben möchten. Manchmal geben wir anderen, was sie verdienen.«

»Ich verstehe nicht, was Sie damit meinen.« Die Frau sprach in Rätseln.

»Ich weiß, dass Sie ein Geheimnis haben. Ein Geheimnis, von dem Sie nicht möchten, dass es irgendjemand kennt. Aber Sie werden es in etwa sieben Monaten kennen.«

Altheas Magen sackte durch. Zuerst Geisterjungen und jetzt das. »Woher wissen Sie, dass ich schwanger bin? Ich bin mir nicht mal selber sicher.« Sie war stolz, dass ihre Worte ruhig klangen.

Ein Zwinkern. »Es gibt nicht viel, was ich nicht weiß, ich alter Hase. Bevor es besser wird, wird es erst mal noch viel schlechter. Ich bin die Einzige, die Sie dorthin bringen kann, wohin Sie möchten.«

»Und wohin ist das?«

»Weg von hier. Weg von Joshua.«

»Woher wissen Sie von Joshua?« Hatte Angelo bei Celine über sie getratscht? Nein. Die Frau war ein Medium. Vielleicht konnte sie tatsächlich ihre Gedanken lesen. Althea bekreuzigte sich. Eine *bruha*, eine Hexe. Wie die, von denen ihr ihre *lola* früher immer erzählt hatte – die einem Insekten unter der Haut einpflanzten, die Babys bei lebendigem Leib in der Gebärmutter verspeisten.

»Nein. Ich kann Ihre Gedanken nicht lesen, meine

Liebe. Aber viel fehlt nicht. Also, sind Sie an einem Tauschhandel interessiert?«

Der Junge steckte einen Daumen in den Mund und schielte zu ihr hoch. Die Frau war der Teufel, das spürte Althea. Das fühlte sie. Aber es handelte sich nicht um die Art von Teufelei, mit der sie aufgewachsen war, sondern um etwas Neues. Um etwas Fremdartiges. Mrs del Ray war nicht bösartig im eigentlichen Sinn – Althea war bereits mit Bösartigkeit in Berührung gekommen, und auf diese Frau traf das nicht zu –, aber irgendetwas stimmte nicht mit ihr. Althea musste beinahe lachen: *Irgendetwas stimmte nicht!* Sie hielt die Hand eines Geisterjungen, und alles, was ihr in den Sinn kam, war, dass irgendetwas nicht stimmte.

»Wir müssen alle unsere Geisteshaltung anpassen, meine Liebe«, sagte Celine. »Es ist schon nicht ganz einfach, all das zu verarbeiten. Da mussten wir alle irgendwann einmal durch. Auch ich.«

»Und was muss ich für Sie tun?«

»Oh, dies und das. Nichts, was zu weit außerhalb Ihrer Reichweite wäre. Sie besitzen drei Dinge, die ich brauche, meine Liebe. Sie sind clever, und Sie haben Beziehungen.«

»Das sind zwei Dinge.«

»Das dritte kommt schon noch rechtzeitig.« Mrs del Ray fuhr sich mit der Zunge über die Lippen. »Und ich kann Sie bezahlen. Vielleicht hätte ich das schon zu Beginn sagen sollen?«

Der Junge schmiegte sich noch enger an Althea. »Ich frage Sie noch mal, was muss ich tun?«

»Kommen Sie näher, dann sage ich es Ihnen.«

Althea tat, wie ihr geheißen, und trat ungelenk vor, da das Kind wie eine Klette an ihr hing.

»Also, hören Sie zu.«

Und Althea hörte zu.

Die Selbstmord-Schwestern

Helen knüllte die schmutzigen Handtücher zusammen, die sie benutzt hatte, um Elises Bettwäsche und Matratze zu schützen, und trug sie in die Dusche. Sie presste den letzten Rest Shampoo auf den Haufen und stellte das Wasser an. Der Druck war schwach, doch sie war dankbar, dass es überhaupt noch fließendes Wasser gab. Sie wollte Althea nicht zur Last fallen und sich noch einmal saubere Laken von ihr bringen lassen; die arme junge Frau hatte erschöpft gewirkt, als Helen sie das letzte Mal gesehen hatte.

Helens Hände zitterten, als sie einen Waschlappen unter den Wasserhahn hielt. Vergangene Nacht war sie sich mehrmals sicher gewesen, dass Elise entschlafen war. Gestorben. Verschieden – oder welchen Euphemismus man bevorzugte. Nach Grahams Tod hatte sie sie alle zu hören bekommen und auch: *mein herzliches Beileid; der Schmerz geht vorüber; falls ich irgendetwas tun kann …* Standardphrasen, die sie selbst viele Male benutzt hatte. *Es tut mir leid, es tut dir leid, es tut uns allen verdammt leid.* Sie holte keuchend Luft und klammerte sich am Waschbecken fest. Unmittelbar unter ihrem Solarplexus spürte sie einen stetigen Schmerz. Wenn Elise starb, wäre sie völlig allein auf diesem verfluchten Schiff. Bei dem Gedanken daran fühlte sie sich, als stünde sie an der

Dachkante eines hohen Gebäudes, den Blick nach unten gerichtet. Sie hatte zwar die Schlaftabletten, wusste aber von ihrer Recherche, dass sie ihren Zweck womöglich nicht erfüllen würden. Sie würden womöglich nicht ausreichen. Außerdem wollte sie es nicht alleine tun.

Besser gemeinsam.

Sie glaubte nicht, dass sie das Zeug dazu hatte, es alleine zu tun.

Die Tränen wollten kommen, doch es hätte sich nur um Tränen des Selbstmitleids gehandelt, und sie durfte es sich nicht gestatten, so tief zu sinken. *Genau. Kopf hoch, Mädchen,* hörte sie Graham sagen. *Du bist stark, du kannst dich da durchkämpfen. Du bist stärker, als du denkst.* Der Schmerz in ihrer Brust nahm zu, und sie wurde von einer plötzlichen, unerwarteten Welle des Heimwehs überrollt.

Es gibt kein Zuhause mehr.

Die Beweise für ihr gemeinsames Leben mit Graham wegzupacken war eine der Aufgaben gewesen, zu denen sie sich in der Woche, bevor sie nach Miami aufbrach, gezwungen hatte. Zunächst hatte sie es nicht über sich gebracht, etwas wegzuwerfen, was er irgendwann einmal in der Hand gehabt hatte – es hatte ihrer ganzen Entschlossenheit bedurft, auch nur seinen Schreibtisch durchzusehen oder irgendetwas zu entfernen, auf dem sich möglicherweise noch ein kleines bisschen von seinem Geruch befand –, doch nachdem sie es geschafft hatte, seine Hemden für Oxfam in Kartons zu verpacken (eine Tätigkeit, die sie einen ganzen Nachmittag weinen ließ), kriegte sie die Kurve, und letzten Endes warf sie mit wilder Hingabe Sachen weg. Besser so, als Grahams Neffen diese Aufgabe zu überlassen, die das Haus erben würden.

Sie unterdrückte ihre Emotionen, wusch sich Hände und Gesicht und ging zurück in den Schlafraum. Ihr war bewusst, dass sie Gefahr lief, sich anzustecken. Die Krankenschwester, die am Morgen nach Elise gesehen hatte – eine gehetzte, forsche Rothaarige, die leicht nach abgestandenem Alkohol roch –, hatte ihr gesagt, wie leicht das Norovirus übertragen wurde. Helen hatte Vorsicht walten lassen, sie bezweifelte jedoch, dass sie noch lange durchhalten würde, ohne sich zu infizieren. Sie hatte darauf bestanden, dass Elise auf die Krankenstation verlegt werde, wo sie genau hätte überwacht werden können, doch die Krankenschwester behauptete, Elise sei in der Suite besser aufgehoben als unten in der Krankenstation. Dank des Balkons bestand hier zumindest die Möglichkeit, frische Luft zu bekommen.

»Helen«, krächzte Elise und tatstete nach ihrer Hand. Ihre Haut war heiß und klebrig, ihr Nachthemd feucht von Schweiß.

»Musst du ins Bad?«

»Hm. Durst.«

Helen hielt Elise das Glas an die Lippen. Sie schaffte es, drei kleine Schlucke zu trinken, was besser als nichts war. Es wurde Zeit, dass sie Elise wieder ein frisches Nachthemd anzog. Beim ersten Mal war sie schockiert gewesen, wie viel von ihrem Leben Elise ihr verheimlicht hatte. Nackt gab ihr Körper Geheimnisse preis. Die Narbe einer Brustamputation, ein grausiges Stück erhabenen Fleischs, hatte sie erschüttert. Elise hatte ihr nie davon erzählt, und Helen hatte nie bemerkt – oder war zu sehr mit sich selbst beschäftigt gewesen, um es zu bemerken, dass ihre Freundin eine Prothese trug. Trotzdem war Elises Körper auf seine Weise schön, ihre glatten Oberschenkel und ihr glatter Bauch, massig, aber ohne Cellulite, die Helen immer zu schaffen gemacht hatte, ganz egal, wie viele Stunden sie damit zubrachte, zu Fuß zu gehen.

Die Lautsprecheranlage piepte und kündigte eine weitere von Damiens nicht enden wollenden Durchsagen an. Einige Stunden zuvor hatte der Kapitän eine gemacht (wurde auch verdammt noch mal Zeit, dachte sie) und gesagt, dass sämtliche Kommunikationssysteme nach wie vor außer Betrieb seien und dass ein Beiboot ausgesandt worden sei, um die Küstenwache auf ihre Position aufmerksam zu machen. Es war klar, dass sie in ernsteren Schwierigkeiten steckten, als die Crew durchblicken ließ. Sie versuchte, nicht zuzuhören, als Damien seine üblichen Entschuldigungen und Plattitüden herunterspulte, doch dann erregte etwas anderes ihre Aufmerksamkeit.

»... dabei zu helfen, Sie bei Laune zu halten, wird unser berühmter Gast, Mrs Celine del Ray, großzügigerweise in nur einer halben Stunde erneut im Dare to Dream Theatre auftreten. Jeder ist willkommen!«

Helen schauderte. Allein beim Gedanken an Celine

wurde ihr mulmig. Die Frau war eine Schwindlerin. Eine kranke, manipulative Trickbetrügerin.

Jemand klopfte an die Tür – vielleicht war es wieder Maddie, die nach ihnen sehen wollte. Celine mochte ein Ungeheuer sein, doch Maddie war nett zu ihnen gewesen. Helen spähte durch den Spion und sah den Arzt, der am Silvesterabend Celine untersucht hatte, ein Stück seitlich stehen. Höchste Zeit.

»Darf ich die Passagierin untersuchen?«, fragte er, als sie ihn hereinwinkte. Seine Augen hatten einen Gelbstich und waren von Äderchen durchzogen, und eine OP-Maske hing schlaff um seinen Hals. »Soweit ich weiß, hat gestern eine Krankenschwester nach ihr gesehen?«

»Das ist richtig.«

»Wie geht es ihr?« Er unterdrückte ein Gähnen.

»Nicht gut.«

»Erbrechen? Durchfall?«

»Ja. Aber seit einer Stunde nicht mehr. Das ist ein gutes Zeichen, oder?«

Er gab einen unverbindlichen Laut von sich. »Ihr Name? Tut mir leid, ich weiß, dass Sie ihn mir gestern Abend … vorgestern Abend genannt haben. Jegliches Zeitgefühl habe ich auch verloren.« Er versuchte zu lächeln und scheiterte. Helen hatte beinahe Mitleid mit ihm. Beinahe. »Ihr Name ist Elise. Elise Mayberry.«

»Tut mir leid.«

»Bitte werfen Sie einfach einen Blick auf sie, Doktor.«

Helen sah beunruhigt zu, als er Elises Brust abhörte und ihr die Manschette am Oberarm befestigte, um ihren Blutdruck zu messen. »Und?«

Ein weiteres unverbindliches Grummeln.

»Doktor, ich muss Bescheid wissen. Ist es möglich, dass … dass sie daran stirbt?« *Verlass mich nicht, Elise. Verlass mich nicht.*

»Das ist äußerst unwahrscheinlich. Ihr Puls ist recht kräftig. Ihr Blutdruck macht mir auch wenig Sorgen, aber Sie müssen unbedingt dafür sorgen, dass sie genug Flüssigkeit zu sich nimmt. Wenn sich ihr Zustand nicht verbessert, werde ich sie womöglich an den Tropf hängen.«

»Wann wird all das vorbei sein?«

Er seufzte und erhob sich. »Ich wünschte, ich könnte es Ihnen sagen. Das muss sehr anstrengend für Sie sein. Bekommen Sie genug Schlaf?«

»Ich bin gut ausgeruht.« Nicht wahr. Seit Elise krank geworden war, hatte sie kaum geschlafen. Aber hier ging es nicht um sie.

Sie begleitete den Arzt hinaus und legte sich dann auf ihr Bett. Es wäre so einfach. Die Schlaftabletten befanden sich in Elises Handtasche, die über der Stuhllehne hing. Doch sie konnten sich jetzt nicht über die Reling stürzen. Selbst wenn Elise dazu in der Lage gewesen wäre. Selbst wenn sie hätten sichergehen können, dass sie niemand wieder herausfischen würde. Das Meer, das gegen das Schiff plätscherte, war flach wie ein abgestandener Teich, und seine Oberfläche war mit roten Plastiktüten übersät. Wenn sie sprang, würde sie irgendjemandes Exkremente schlucken. Nein, sie musste tapfer sein. Es konnte nicht viel …

Auf dem Balkon war jemand, ein Mann. Sie stieß einen kurzen Schrei aus und erinnerte sich an die dunkle Gestalt, die sie am Silvesterabend in Celines Kabine gesehen hatte. Sie kniff die Augen gegen die grelle Sonne zusammen und sah ihn sich genau an. Er kam ihr bekannt vor, und dann fiel es ihr ein: Jaco, der Musiker. Sie eilte zur Tür und schlug sie genau in dem Moment zu, als er sich umdrehte und einer großen blonden Frau die Hand reichte, die von der Metallleiter stieg, die unmittelbar vor der Suite hinauf zu einem Rettungsboot führte. Helen war nie aufgefallen, wie einfach man vom Deck unter ihnen zu ihrer Kabine gelangte.

Jaco klopfte an die Scheibe und sah sie mit einem breiten Grinsen an. »Hey. Dürfen wir reinkommen?«

»Was … Warum sind Sie denn hier?«

»Draußen auf dem Deck ist die Hölle los. Wir brauchen nur einen ruhigen Ort, um uns ein bisschen zu entspannen. Ich bin Jaco, und das ist Lulia. Lulia ist eine von den Tänzerinnen.«

»Hallo. Freut mich, Sie kennenzulernen«, sagte Lulia. Langes gebleichtes Haar und stark geschminkt. Graham hätte die Augen der Frau als »verschlagen« bezeichnet. Er hatte andere immer nach ihrer äußeren Erscheinung beurteilt, und soweit sie wusste, hatte er sich nie getäuscht.

»Sie sollten nicht hier oben sein. Meine Freundin ist krank. Sie muss sich ausruhen.«

Die Frau schreckte leicht zurück, doch Jaco hielt sie am Handgelenk gepackt. »Wir haben uns gefragt, ob wir uns ein bisschen auf Ihren Balkon setzen dürfen. Uns vielleicht was zu trinken holen dürfen.«

»Wie ich gerade gesagt habe, meiner Freundin geht es sehr schlecht.«

»Wir bleiben nicht lang.«

»Bitte«, sagte Lulia. »Überall werden Leute krank. Wir möchten uns nur irgendwo hinsetzen, wo es ruhig ist, bis alles vorbei ist.«

»Sie können doch bestimmt irgendwo anders hingehen.«

»Nein. Im Crewbereich ist es ganz schlimm. Die Luft ist miserabel.«

Helens Bauchgefühl sagte ihr, dass sie die beiden loswerden sollte, doch was für ein Mensch wäre sie gewesen, wenn sie ihnen nicht einmal etwas zu trinken angeboten hätte? Widerwillig entriegelte sie die Tür. »Kommen Sie rein. Aber nur kurz.«

»Danke«, erwiderte Jaco mit einem Grinsen. »Ich weiß das echt zu schätzen.«

»Hier stinkt's«, stellte Lulia fest und wedelte mit einer Hand vor ihrem Gesicht. »Wir hätten versuchen sollen, in die Owner's Suite zu gelangen.«

»Ich habe Ihnen doch gesagt, dass meine Freundin krank ist. Sie ist ansteckend.«

»Wir passen schon auf«, sagte Jaco.

»Wie heißen Sie denn?«, erkundigte sich Lulia.

»Helen.«

Lulia setzte sich auf die Couch und schlug ihre

Beine übereinander, die spraygebräunt und mit Haarstoppeln gespickt waren. Sie war barfuß, und ihre Zehen waren außergewöhnlich lang. »Haben Sie die Shows gesehen?«

»Ja.« Eine Lüge. Sie hasste Varieté leidenschaftlich. Elise hatte sich die »Daydream Fantastique Extravaganza« angesehen, oder wie auch immer der abscheuliche Titel der Vorstellung am ersten Abend gelautet hatte, und hatte gesagt, sie sei »interessant« gewesen, was für Elises Verhältnisse ein Höchstmaß an Kritik darstellte.

»Wir müssen singen *und* tanzen.«

»Sie waren sehr gut.«

»Vielen Dank. Ihre Freundin, ist sie Ihre Geliebte?«

»Nein. Wir sind nur Freunde.«

»Warum machen Sie die Kreuzfahrt? Die ist doch für junge Leute.«

»Genug gefragt«, sagte Jaco mit einem Lachen. »Noch mal, ich weiß das wirklich zu schätzen, Helen. Die Leute flippen alle total aus. Sehen Gespenster.«

Helen wurde blass. »Gespenster?«

»Ja. Auf Schiffen gibt's jede Menge abergläubische Leute.«

»Und es stinkt so fürchterlich«, sagte Lulia. »Die Leute kacken überallhin. Die sind dreckig, wie Schweine.«

Jaco deutete auf die Minibar. »Haben Sie was dagegen, wenn wir uns etwas Wasser nehmen? Ich gehe dann gleich und hole Ihnen noch welches.«

»Nur zu.«

Er ging in die Hocke und warf einen Blick hinein. »Champagner. Sind Sie an Silvester nicht dazugekommen, ihn zu trinken, hm?«

»Nein.«

»Ich sage Ihnen was. Sie helfen uns, wir helfen Ihnen. Ist das ein Plan?«

»Ich weiß nicht, ob das wirklich eine gute Idee ist.«

Er drehte den Kopf und grinste sie an. »Hey. Sie können mir vertrauen. Ich bin Musiker.«

Der Engel der Barmherzigkeit

Martha wartete auf ihn, als er sich nach seiner Runde zurück zur Krankenstation schleppte. Sie hatte sich das Haar zu einem unordentlichen Knoten zurückgebunden und zupfte an einem Hautfetzen an ihrer Unterlippe.

»Was ist denn jetzt schon wieder?« Er war sich nicht sicher, ob er mit noch irgendwelchen neuen Entwicklungen fertigwerden würde. Abgesehen von den Norovirus-Fällen gab es noch zwei ziemlich ernste Hitzschläge und einen vermutlich gebrochenen Zeh. Er brauchte eine Koffein-Injektion. Er brauchte eine Dusche. Er brauchte mehr als zwei beschissene Stunden Schlaf am Stück.

»Ah, Jesse. Wir haben ein kleines Problem. Es geht um den neuen Patienten. Der Typ, der gestern reingekommen ist.«

»Was ist mit ihm?«

»Er ist weg, Jesse.«

Er hatte Mühe zu verarbeiten, was sie sagte. »Sie haben ihn entlassen?«

»Nein. Ich bin weggegangen, um mir was zu essen zu holen. Ich war wirklich nicht lange weg. Als ich zurückkam, lag er nicht mehr in seinem Bett.«

»Aber er war doch bis über beide Ohren mit Beruhigungsmittel vollgepumpt.« Jesse hatte am Abend zuvor die Entscheidung getroffen, die Midazolam-Dosis zu erhöhen, nachdem der Mann aufgewacht war und unberechenbares Verhalten an den Tag gelegt hatte. Außer ihn in seine Kabine zu sperren, wo er sich leicht selbst hätte Schaden zufügen können, fiel Jesse nichts ein, wie er ihn sonst bändigen konnte. Schließlich befanden sie sich auf einem Schiff und nicht in der Psychiatrie.

»Ich weiß. Ich kann es mir auch nicht erklären.«

»Wo ist Bin?«

»Ich habe ihn weggeschickt, damit er sich ein paar Stunden ausruht. Er war die ganze Nacht im Dienst, der arme Kerl. Sie wissen ja, wie er ist, man muss ihn von seinem Posten wegzerren.« Sie zupfte abermals an ihrer Lippe. »Und das ist noch nicht alles, Jesse.«

Ein mulmiges Gefühl in seiner Magengegend. »Schießen Sie los.«

»Alfonso hat sich ebenfalls unerlaubt entfernt.«

»Im Ernst? Wo ist er denn hin, verdammt?«

»Keine Ahnung. Ich habe in seiner Kabine nachgesehen und bin hinunter zu den Generator- und Kontrollräumen, aber niemand hat ihn gesehen.«

»Dann vermissen wir jetzt also zwei Patienten?«

»Sieht ganz so aus. Tut mir leid, Jesse.«

»Es ist nicht Ihre Schuld. Wie kann man von uns erwarten, dass wir das alles bewältigen, verdammt?« Sie waren dafür nicht ausgerüstet. Genau genommen hätten zwei Ärzte an Bord sein müssen, doch Martha zufolge wurde diese Vorschrift bei kürzeren Kreuzfahrten meistens ignoriert.

»Sie machen keinen guten Eindruck, Jesse. Sind Sie sicher, dass Sie nicht krank werden?«

Er schüttelte den Kopf. Er war müde, das war alles. Sicher, ihm war speiübel, aber er ernährte sich auch seit drei Tagen von Cola light und Pringles-Chips. Und er konnte dankbar sein, dass nicht das ganze Schiff von dem Virus überrollt wurde. In der Regel breitete es sich rasant aus, und es grenzte an ein Wunder, dass sie noch nicht alle daran erkrankt waren. Am Vorabend hatte er in seiner Kabine klammheimlich eine rote Tüte benutzt. Da er sie nicht hatte liegenlassen wollen, damit Paulo sie wegräumte, hatte er sie hinunter zur Verbrennungsanlage gebracht. Ihm war völlig schleierhaft, weshalb ihm die Sache so unangenehm war. *Du bist Arzt.* »Ich mache mir Sorgen um die ältere Passagierin, Elise Mayberry«, sagte er. »Ihr Puls ist ungleichmäßig. Hatte sie in der Vergangenheit eine Herzerkrankung?«

»Nicht, dass ich wüsste.«

Er hätte ihre Freundin fragen sollen, die Frau, der er den boshaften Spitznamen »Tante Zinke« gegeben hatte, doch der Patient, den er unmittelbar vor Elise untersucht hatte – ein Mann mittleren Alters auf derselben Etage –, war beleidigend und aggressiv gewesen, was ihn mehr aus dem Konzept gebracht hatte, als er sich eingestehen wollte.

»Möchten Sie, dass wir sie jetzt hier runter verlegen?«, erkundigte sich Martha.

»Vielleicht. Allein auf diesem Deck gibt es drei weitere Fälle. Wie viele Crewmitglieder sind schon daran erkrankt?«

»Insgesamt sieben. Vielleicht auch mehr. Das Problem ist, dass die meisten von ihnen nicht in ihren Kabinen bleiben wollen.«

»Es wird sich verbreiten wie ein Lauffeuer, wenn sie das nicht tun.«

Sie wurden von einer Durchsage von Damien unterbrochen, der sie informierte, dass Celine del Ray eine weitere Vorstellung (oder was auch immer es war, was sie tat) im Dare to Dream Theatre geben würde.

Irrsinn. Die Leute dazu zu ermuntern, sich in Scharen zu versammeln, während das Norovirus auf dem Schiff wütete, war unglaublich kurzsichtig. Er seufzte. »Jetzt reicht's. Ich werde darauf bestehen, dass höchste Alarmstufe ausgerufen wird. Haben Sie irgendwas gehört, wann wir damit rechnen können, dass endlich Hilfe eintrifft?«

»Nein, Jesse. Immer noch kein WLAN. Heute früh wurde ein Beiboot losgeschickt, aber das ist alles, was ich weiß.« Jesse verstand nicht, warum irgendjemand denken sollte, es wäre ein gutes Zeichen, dass ein Beiboot losgeschickt worden war. Das Ganze ergab einfach keinen Sinn. Foveros hätte zumindest eines der Schwesterschiffe der *Beautiful Dreamer* schicken sollen, um nach ihnen zu sehen. »Herrgott«, flüsterte er.

»Den könnten wir jetzt gut gebrauchen.«

»Ich habe die Schnauze voll. Ich spreche jetzt mit

dem Kapitän. Und ich lasse mich auf keine Diskussion ein.«

»Was soll ich tun?«

»Sie bleiben am besten hier. Ich bin gleich wieder da.«

»Viel Glück.«

Jesse sprühte sein Hemd großzügig mit Deodorant ein – eine Dusche aus der Dose, momentan sein bester Ersatz – und machte sich auf den Weg. Er verlor kurzzeitig die Orientierung, da er nicht darüber nachdachte, wohin er ging, und musste wieder umkehren. Dabei kam er an der Crew-Bar vorbei. Sie war voll, und er roch Bier und hörte laute Stimmen. Ein weiteres One-Way-Ticket zur Verbreitung von Infektionen auf dem gesamten Schiff. Die Bar musste geschlossen werden. Die Essensausgaben mussten von oben bis unten desinfiziert werden, und jeder, der irgendwelche Symptome zeigte, musste isoliert werden. Jesse hatte gehört, was für ein Albtraum die zusätzlichen Pflichten für die Crew und das Personal waren, Tatsache war jedoch, dass ihnen nichts anderes übrig blieb.

Ram stand vor der Tür, die zur Brücke führte, und hatte seine unerbittliche Maske auf. »Kann ich Ihnen helfen, Doktor?«

»Ich muss sofort mit dem Kapitän sprechen.« In seiner Stimme lag nur ein leichtes Beben. Gut.

Rams Gesicht zeigte keine Regung. »Er ist gerade in einer Besprechung.«

»Es handelt sich um einen Notfall.«

Ram starrte ihn einige Sekunden lang an, dann nickte er fast unmerklich. »Warten Sie hier.«

»Okay, aber ich …«

Ram war bereits weg und schlug Jesse die schwere Tür zur Brücke vor der Nase zu, ehe er hindurchschlüpfen konnte. Jesse wischte sich seine verschwitzten Handflächen an der Hose ab.

Ein paar Minuten später ging die Tür wieder auf, und Ram winkte ihn zu sich. Seit Jesse auf dem Schiff angefangen hatte, war er nur ein paarmal auf der Brücke gewesen. In diesem riesigen, von bodenhohen Fenstern umgebenen Bereich fühlte sich die Luft frischer an, wenngleich Jesse sich sicher war, dass er sich das nur einbildete. Der Kapitän – ein untersetzter Mann Ende sechzig mit üppigem weißen Haar – stand mit dem Rücken zu Jesse vor dem Steuerpult und sprach gestikulierend mit einer Gruppe von Männern in weißen Offiziersuniformen. Jesse erkannte den hitzköpfigen Hoteldirektor, ein hochnäsiger Grieche, der den Anschein erweckte, als wäre er nicht imstande zu lächeln, einen der IT-Spezialisten (der ein spektakuläres blaues Auge und eine Schnittwunde an der rechten Wange hatte, die aussah, als würde sie eitern) und Damien. Bei Letzterem handelte es sich um einen sturen, klein gewachsenen Mann, der die Crew-Bar immer betrat, als rechne er damit, dass alle in Jubel ausbrachen. Jesse hatte es bewusst vermieden, viel mit ihm zu tun zu haben, und Martha bezeichnete ihn als »totales Großmaul«.

Die übrigen Offiziere auf der Brücke, darunter auch Baci, Alfonsos Besucher, der ihn erkannte und ihm zunickte, hatten sich diskret an der Fensterscheibe versammelt. Jesse nahm sich einen Moment Zeit, um die Aussicht aufzusaugen: nichts als weites, endloses Meer. Keine Schiffe. Keine Bohrinseln. Nicht einmal der Kondensstreifen eines Flugzeugs am Himmel.

Schließlich nahm der Kapitän ihn zur Kenntnis. »Wie geht's Alfonso, *Dottore*? Kann er wieder arbeiten?«

Auf dem falschen Fuß erwischt, blinzelte Jesse. »Er hat den Behandlungsraum heute Morgen verlassen.«

Der Kapitän bellte Baci etwas auf Italienisch zu, der daraufhin den Kopf schüttelte.

Der Kapitän starrte Jesse vorwurfsvoll an. »Er ist nicht im Kontrollraum.«

Jesse atmete ein. Er durfte nicht zulassen, dass er vorschnell verurteilt wurde. Alfonso war nicht der Grund, weshalb er hier war. »Ich bitte seit dem ersten Tag dieses Schlamassels darum, Sie sprechen zu dürfen, Captain. Sie müssen sich über die Situation im Klaren sein. Die Zahl der Viruserkrankungen steigt täglich an.«

»Wie viele?« Das kam von dem Hitzkopf.

»Bestimmt zwanzig, vielleicht auch mehr.« Damien saugte an den Zähnen. Jesse ließ einen Augenblick verstreichen, ehe er fortfuhr: »Sie müssen auf dem Schiff unbedingt höchste Alarmstufe ausrufen.«

»Nein. Unmöglich«, entgegnete der Kapitän.

»Sir, bei allem Respekt, wenn Sie es nicht tun, müssen wir damit rechnen, eine heftige …«

»Das Personal stößt bereits an seine Grenzen«, sagte der Hitzkopf. »Wir können ihm keine zusätzlichen Aufgaben aufbürden.«

»Dann möchten Sie also, dass sich das gesamte Schiff infiziert? Wie wird das aussehen, wenn wir in den Hafen zurückkehren?«

»Erheben Sie nicht die Stimme gegen den Kapitän«, mischte sich Damien ein.

Jesse nahm zur Kenntnis, dass Ram ihn genau beobachtete. Scheiße. Mit dieser Reaktion hatte er nicht gerechnet. »Ich erhebe meine Stimme nicht, ich sage nur, wir müssen …«

Der Hitzkopf fiel ihm erneut ins Wort. »Die Moral ist sehr schlecht. Wenn wir dem Personal zusätzliche Aufgaben aufbürden und es in seine Kabinen verbannen, wird es …«

Jetzt war Jesse an der Reihe, ihn zu unterbrechen. »Wie lange wird diese Situation Ihrer Ansicht nach noch anhalten?«

Der Kapitän schniefte. »Nicht mehr lange.«

»Einen Tag? Zwei Tage? Eine Woche? Wie lange? Weiß überhaupt irgendjemand, dass wir hier liegen geblieben sind?«

»Die Lage ist unter Kontrolle, *Dottore*.«

Schwachsinn. Das Cola, von dem Jesse sich ernährt hatte, verwandelte sich in seinem Bauch in Säure. »Sind wir verschollen? Ist es das?«

Der Blick des Kapitäns verhärtete sich. »Wir sind nicht verschollen.«

»Warum ist dann noch niemand gekommen, um nachzusehen, wo zum Teufel wir uns befinden?« Es musste irgendeine Möglichkeit geben, das Schiff ausfindig zu machen, obwohl der Strom und die Kommunikationssysteme ausgefallen waren. Die *Beautiful Dreamer* war nach niemandes Maßstäben ein hochmodernes Schiff, aber es war sicher mit Transpondern und Notfunkbaken ausgerüstet.

»Im Heimathafen herrscht schlechtes Wetter. Es wird bald jemand kommen.«

»Dann haben Sie also mit dem Ground Support Kontakt aufgenommen?«

»Es wird nicht mehr lange dauern, bis Hilfe hier ist.«

Herrgott! Jesse schluckte einen Kloß in seinem Hals hinunter. Er war sich nicht sicher, ob der Kapitän ihm reinen Wein einschenkte oder nicht. »Sehen Sie, ich möchte doch nur, dass die Passagiere über das Virus informiert und angehalten werden, die Sondermüllsäcke auf hygienische Art und Weise zu entsorgen, und dass die Speisenzubereitung überwacht und eingeschränkt wird. Und jeder, der erste Symptome einer Viruserkrankung zeigt, sollte in seiner Kabine bleiben müssen. Das ist unerlässlich.«

»Wo sollen wir sie denn unterbringen, Doktor?«, fuhr ihn der Hitzkopf an. »Die unteren Kabinen sind unbewohnbar.«

Der IT-Mann schnaubte. »Ja, und der Großteil der

Crew sieht überall auf dem gottverdammten Schiff Gespenster.«

Ram warf dem Mann einen warnenden Blick zu.

»Viele Crewmitglieder sind abergläubisch, da ist das zu erwarten«, sagte der Kapitän. »Es gibt keine Grundlage für dieses … ungewöhnliche Phänomen.«

Wie zum Beispiel tote junge Frauen, die von innen gegen die Leichenaufbewahrung hämmern? Oder vielleicht Schlaganfallpatientinnen, die Gedanken lesen können?

»Können wir die Passagiere wenigstens bitten, sich nicht in großen Gruppen zu versammeln?« Jesse wandte sich an Damien. »Die Vorstellung im Theater sollte sofort abgesagt werden.«

Damien schüttelte den Kopf. »Nein, nein, nein. Das beschäftigt die Leute und lenkt sie ab. Da dürfen wir nicht einschreiten.«

»Die werden noch beschäftigt genug sein, wenn sie sich die Seele aus dem Leib kotzen.«

Damien schüttelte abermals den Kopf. Eine Ziege. Eine kleine Ziege. Ja. Das war es, woran Damien ihn erinnerte. Gespaltene Hufe und hervortretende böse Augen. »Kommt überhaupt nicht infrage. Wir können keine von Celine del Rays Veranstaltungen absagen. Oder von unseren anderen Veranstaltungen. Die Passagiere sind auf sie angewiesen.«

Der Kapitän hob die Hand. »Genug. *Dottore,* Ihre Besorgnis wissen wir natürlich zu schätzen. Wir werden das Küchenpersonal zu besonderer Wachsamkeit anhalten. Wir werden den Chlorgehalt in der, äh, Putzflüssigkeit erhöhen. Und wir werden zusätzliche Handdesinfizierer aufstellen.«

Jesses Gesicht wurde heiß, und ein Rinnsal Schweiß kitzelte ihn hinten am Ohr. »Captain, ich muss darauf bestehen …«

»Mehr können wir momentan nicht für Sie tun. Danke, dass Sie sich die Zeit genommen haben.«

Der Kapitän drehte sich von ihm weg, und Jesse stand da und starrte seinen Rücken an. Ram ging einen Schritt auf ihn zu, und da er nicht wusste, was er sonst hätte tun sollen, verließ er die Brücke. Die Tür fiel hinter ihm ins Schloss.

Er schaffte es gerade einmal bis zum Eingang zum I-95, als ein Piepton zu hören war und Damiens Stimme aus den Lautsprechern drang.

»Guten Tag, meine Damen und Herren, hier spricht Damien, Ihr Kreuzfahrtdirektor. Ich möchte Ihnen nur mitteilen, wir werden uns weiterhin darum bemühen, dass Sie sich so sicher und behaglich wie möglich fühlen. Wir wissen Ihre Geduld wirklich zu schätzen. Bitte denken Sie daran, die Handdesinfizierer, die sich am Eingang zu allen Gemeinschaftsbereichen befinden, bei jeder Gelegenheit zu benutzen. Und vergessen Sie nicht, dass Celine del Ray in fünf Minuten im Dare to Dream Theatre auftritt. In fünf Minuten, meine Damen und Herren.«

Mistkerl. Es war beinahe so, als wollte dieses Arschloch, dass die Leute krank wurden.

Jesse genügte das nicht. Wenn sie nichts unternahmen, würde er es eben selbst tun. Zumindest konnte er mit Celine del Ray sprechen – oder wer auch immer die Verantwortung für die Veranstaltung hatte – und versuchen, sie zur Vernunft zu bringen. Weder der Kapitän noch Damien, die Ziege, konnte ihn daran hindern.

Ohne stehen zu bleiben, um Martha über sein Treffen mit dem Kapitän zu informieren, flog er den I-95 entlang und die Treppe zum Atrium hinauf. Wenn ihm ein Passagier begegnete, beschleunigte er jedes Mal und setzte sein Medizinischer-Notfall-Gesicht auf. Die unteren Türen des Theaters waren abgeschlossen, deshalb ging er eine Etage höher. Nur eine Seitentür war offen, vor der sich einige Senioren tummelten. Zwei Frauen und ein Mann, der mit einem schicken Tweedanzug und einer violetten Krawatte bekleidet war, begrüßten ihn freundlich.

»Hallo, Doktor«, sagte der elegante Mann mit einem Grinsen. »Kommen Sie, um sich die Show anzusehen?«

»Nein.« Jesse erklärte seine Bedenken, was die Ausbreitung des Virus im Theater betraf.

»Oh, um uns brauchen Sie sich keine Sorgen zu machen, Doktor«, sagte der Mann. »Aus Celines Gruppe ist niemand krank. Die Toiletten, die wir benutzen, werden zweimal täglich mit Chlorlösung geschrubbt, und wir benutzen alle die Handdesinfizierer.«

»Wir wissen, was zu tun ist«, warf eine Frau spanischer Abstammung in den Fünfzigern ein. »Ich habe schon mal eine Kreuzfahrt gemacht, auf der sich ein

Virus ausgebreitet hat. Wir benutzen sogar extra Abfalleimer für die Tüten.«

Er hatte schon einige Patienten wie diese Frau gehabt. Alleswisser. Überzeugt, dass sie seinen Job besser hätten machen können als er selbst.

»Das ist alles wunderbar, aber ich würde trotzdem gerne mit Mrs del Ray sprechen.«

»Sie kommuniziert gerade mit dem Geist.«

»Ich gehe einfach mal rein und sehe nach, ja?« Jesse lächelte und schob sich an ihr vorbei.

Er brauchte einen Moment, um sich an die düsteren Tiefen des Theaters zu gewöhnen. Die Atmosphäre war so schwer und trist, dass er den Eindruck hatte, eine Kathedrale zu betreten. Er ging langsam den Gang zwischen den Sitzreihen entlang. Das Theater war fast voll: Passagiere und etliche Angehörige des einfacheren Personals füllten die Nischen und Sitze, unterhielten sich im Flüsterton und starrten erwartungsvoll zur Bühne. Er konnte sich nur vorstellen, wie schnell das Virus hier drin brüten konnte. Sein Blick fiel auf ein bekanntes Gesicht, und er blieb stehen. Alfonso saß zusammengesunken auf einem Sitz in der Mitte einer Reihe. Die ältere Frau neben ihm hielt sein Handgelenk umklammert und flüsterte ihm ins Ohr, doch er starrte nur geradeaus, ohne zu reagieren. Jesse zog in Erwägung, zu ihm hinzugehen, doch das war nicht der Grund, weshalb er hier war. Er würde Baci wissen lassen, wo er seine vermisste Vaterfigur finden konnte, nachdem er mit Mrs del Ray gesprochen hatte. Alfonso war kein Gefangener.

Er konnte ihn nicht dazu zwingen, wieder zu arbeiten und das verdammte Schiff zu reparieren, oder? Mehrere Leute, die außen in den Reihen saßen, schenkten ihm ein einladendes Lächeln, und Paulo, sein Steward, der neben einem Kasten mit Wasserflaschen und einer Kiste Bananen stand, winkte ihm zu.

Donnerwetter. Hier war man wirklich gut ausgerüstet.

Man hörte ein Klicken, und dann erstrahlte die Bühnenbeleuchtung. Als Jesse sich näherte, erkannte er etwas, das aussah wie eine komplizierte Anordnung von Autobatterien – wahrscheinlich von den Gabelstaplern an der Laderampe –, an die Halogen-Stehlampen angeschlossen waren. Clever.

Ohne großes Trara fuhr Celine del Ray in ihrem Rollstuhl in die Mitte der Bühne. Sie räusperte sich, strahlte das Publikum an und sagte: »Nur ein paar Worte vorweg. Ich möchte alle unsere neuen Freunde willkommen heißen, vor allem diejenigen, die sehr hart gearbeitet haben, um dafür zu sorgen, dass wir es hier sauber und gemütlich haben. Jetzt wollen wir ihnen helfen, indem wir das Unsere tun.« Jesse war erstaunt, wie deutlich ihre Stimme ohne Mikrofon zu hören war. »Also, nachdem uns allen diese Situation seit einiger Zeit zu schaffen macht, möchte ich Sie fragen, alte Freunde und neue, habe ich Sie im Stich gelassen?«

Die Zuschauermenge murmelte im Einklang ein in die Länge gezogenes »Neiiiiiin«. Verunsichert schlich Jesse zur Seitenwand des Theaters.

»Habe ich Sie angelogen?«

»Nein.«

»Nein, das habe ich nicht. Einige von Ihnen sagen, sie hätten auf dem Schiff seltsame Dinge gesehen und wären verängstigt. Es besteht kein Grund, Angst zu haben. Sie müssen wissen, das ist nur der Geist, der Sie zu mir lotst, damit ich Ihnen dabei helfen kann, zusammenzukommen und diese Sache durchzustehen. Manche von Ihnen möchten wissen, woher ich meine Gabe habe und wie es möglich ist, dass ich mit dem Geist in Kontakt treten kann. Sie müssen wissen, was ich tue, ist nichts Böses. Ich bin genauso im Einklang mit Gott – was auch immer Ihre Vorstellung von ihm oder ihr ist –, wie Sie es sind. Sie alle kommen aus vielen verschiedenen Religionen, und ich bitte Sie dringend, sich jetzt auf sie zu stützen. Blicken Sie in Ihr Herz, bitten Sie Ihre eigenen Geistführer und Ihre verstorbenen Angehörigen um Unterstützung.«

Celine hielt inne, um wieder zu Atem zu kommen, und neigte den Kopf, und Jesse hatte den Eindruck, dass sie ihn direkt anstarrte, was ihm ein Kribbeln auf der Haut bereitete. »Moment ... ich muss mich selbst unterbrechen, da Archie sich meldet und mich wissen lässt, dass es für jemanden hier eine Nachricht gibt. Ich empfange ... ja, ein junges Mädchen tritt vor. Das Mädchen weint.« Celine fasste sich an den Hals. »Oh. Ich habe Schmerzen im Bauch, sagt sie. Schlimme Schmerzen. Ich empfange ... Sie trägt eine Art Uniform. Eine Schuluniform. Blau. Ergibt das für irgendjemanden hier einen Sinn?«

Jetzt war er sich absolut sicher, dass sie ihn direkt anstarrte.

»Sie sagt … sie sagt, wie sie gestorben ist, wäre zu vermeiden gewesen. Sie sagt, es war kein Unfall.«

Das Kribbeln auf seiner Haut wurde stärker. Und für einen Augenblick, nur für einen kurzen Augenblick, hatte er einen Schnappschuss vom Gesicht des Mädchens vor Augen. Sie war unmittelbar nach der Schule zu ihm gekommen. Sie hatte geschworen, dass sie nicht sexuell aktiv sei, aber woher hätte er wissen sollen, dass sie log? Er hätte ihre Mutter bitten sollen, bei ihm im Behandlungszimmer zu bleiben, oder die Krankenschwester anweisen sollen dabeizubleiben. Er hatte nicht klar denken können, da seine Pethidin-Abhängigkeit damals schon recht fortgeschritten war.

Jesse taumelte den Gang zwischen den Sitzreihen nach oben und wäre beinahe mit einem kräftig gebauten Mann zusammengeprallt, der jetzt mit verschränkten Armen vor der Tür stand.

»Hey, vorsichtig, Freundchen.«

Mit erhitztem Gesicht marschierte Jesse blind zurück zur Treppe und schüttelte die Passagiere ab, die ihm im Gehen eine Predigt halten wollten. Als er beim Atrium angelangte, hielt er sich am Geländer fest und atmete tief durch die Nase ein.

Entspann dich, verdammt noch mal. Doch es gab nur eines, was ihn wirklich entspannte, oder nicht?

Nein.

Er ließ sich nur von diesem beschissenen Tag runterziehen, das war alles. Celine konnte die Geschichte auch aus dem Internet haben. Nur, dass es kein Internet gab, nicht wahr? Vielleicht hatte sie ihn gegoogelt, bevor sie überhaupt an Bord gegangen war, hatte Recherchen zu so vielen Crewmitgliedern und Passagieren wie möglich angestellt. Hatte deren Geschichten ausgegraben.

Unwahrscheinlich, aber an irgendetwas musste er sich schließlich klammern. Plausibler war, dass sie einfach nach Informationen gefischt hatte, dass sie ihre Netze ausgeworfen hatte, bis sie fündig geworden war. Ja. Das musste es sein. Jeder Arzt hatte irgendetwas Zwielichtiges in seiner Vergangenheit: eine Fehldiagnose, einen Patienten, der überraschend gestorben war. Und wie detailliert hatte sie sich schon geäußert? Nicht besonders detailliert. Eine Schuluniform – und wenn schon.

Das war alles gewesen.

Vielleicht suchte er ja nur nach einer Ausrede, um sich den Reizen von Lady Dolantin hingeben zu können. Nein. Er hatte es einfach mit der Angst zu tun bekommen und war auf die betrügerischen Tricks einer alten Frau hereingefallen.

Martha war nicht da, als er auf die Krankenstation zurückkehrte, aber er fand ein Sandwich, eine Dose Cola und eine Nachricht auf dem Empfangstresen: »Noch einer.«

Großartig.

Er machte die Coladose auf und legte die Füße auf den Tisch. Eigentlich hätte er zum Theater zurückgehen und Alfonso von dort loseisen sollen. Das Ganze hatte ihn an eine Art Sekten-Veranstaltung erinnert. Zumindest sollte er Baci informieren. Wenn es Alfonso so gut ging, dass er den Behandlungsraum hatte verlassen und den Weg in die Fänge dieser unheimlichen alten Frau und ihrer Gefolgsleute hatte finden können, dann ging es ihm auch so gut, dass er seinen Arsch in den Generatorraum schwingen und das beschissene Schiff wieder in Gang bringen konnte. Sie alle aus dieser Situation herausbekommen konnte.

»Doc?«

Jesse drehte sich um und sah Bin in der Tür stehen. Seine Haut spannte sich über seinen Knochen, und seine Augen wirkten eingesunken. Herrgott, Jesse hoffte, dass er nicht am Norovirus erkrankt war. »Wir haben ein Problem, Doc.«

Wie oft hatte er das heute schon gehört? »Was ist denn jetzt los?«

»Die junge Frau in der Leichenaufbewahrung. Sie …«

Oh, zum Teufel noch mal. »Nicht das schon wieder. Das war nur das Metall, das sich in der Hitze ausgedehnt hat.«

»Doc … sie sagen, sie werfen ihren Leichnam über Bord.«

Der Geheimnishüter

Nachdem Ashgar inzwischen ebenfalls krank war und an die Kabine gefesselt, war Devi auf dem Hauptdeck der einzige Vertreter des Sicherheitsdienstes, und überall um ihn brodelte die Verärgerung und Angst der Passagiere. Entweder weigerten sie sich, in seine Richtung zu blicken, oder sie starrten ihn mit unverhohlener Feindseligkeit an, und das übrige Personal erfuhr eine recht ähnliche Behandlung. Es waren weniger Reinigungskräfte im Dienst als sonst, sodass sich der Schmutz und Abfall auftürmten. Einige wenige gingen umher und sammelten Plastikbecher und verschmierte Teller ein. Sie erhielten dafür jedoch keinen Dank und waren gezwungen, endlosen Fragen auszuweichen, wann die Bars wieder geöffnet werden würden oder wann die Passagiere damit rechnen konnten, aus der Luft vom Schiff geholt zu werden. Zum Glück hatte es in den letzten Stunden keine größeren Auseinandersetzungen gegeben, wenngleich Devi ein paar junge Männer hatte ermahnen müssen – Mitglieder der Single-Gruppe, mit der er sich nach dem Tod der jungen Frau unterhalten hatte –, weil sie auf dem Sport-Deck Marihuana rauchten. Einige Passagiere benutzten den Kinder-Spielraum jetzt als provisorische Toilette, und er hatte mehrere Reisende bitten müssen, davon abzusehen, seitlich vom Schiff zu urinieren. Ram hatte die Mitarbeiter des Sicherheitsdienstes angewiesen, nur bei ernsten Vorkommnissen einzugreifen; unter diesen Bedingungen konnten sie die Täter nicht in ihre Kabinen verbannen und das Personal entbehren, um sie zu bewachen.

Er ging an einer Gruppe von Leuten vorbei, die um einen Plastiktisch kauerten und sich mit gesenkten Köpfen an den Händen hielten, und bahnte sich den Weg zum Büfett-Bereich. Der Pool hatte eine ekelhaft grünliche Färbung angenommen, doch das hielt etliche Passagiere nicht davon ab, ihn zu benutzen. Im Whirlpool (der wirklich hätte abgeriegelt werden sollen, da es keinen Strom zur Umwälzung des Wassers gab) schlief eine Frau mit offenem Mund, deren Bikinioberteil verrutscht war und eine braune Brustwarze entblößt hatte. Sie erwachte mit einem Zucken, als aus der Lautsprecheranlage ein Piepen ertönte.

»Guten Tag, meine Damen und Herren, hier spricht Damien, Ihr Kreuzfahrtdirektor. Ich möchte mich erneut für Ihre Geduld bedanken, während wir die Probleme beheben, die uns immer noch zu schaffen machen. Der Kapitän wird sich in Kürze wieder an Sie wenden. Ich möchte diese Gelegenheit nutzen, um Sie daran zu erinnern, die Handdesinfizierer zu verwenden, wann immer es möglich ist, und bitte einem Crewmitglied mitzuteilen, wenn Sie ein flaues Gefühl in der Magengegend spüren. Erfreulicher ist, dass Keri und Jason, zwei unserer größten Stars,

Ihnen in ein paar Minuten auf dem Lido-Deck zeigen werden, wie man Rumba tanzt, und die wundervolle Celine del Ray gibt am Abend eine weitere Vorstellung im Dare to Dream Theatre, falls jemand von Ihnen ihr Gesellschaft leisten möchte.«

Während Devi patrouillierte, hielt er Ausschau nach jemandem, dessen Statur der von Kellys Angreifer ähnelte. Er hatte bereits den Entschluss gefasst, nach seiner Schicht der Krankenstation einen Besuch abzustatten, um sich zu vergewissern, dass es sich bei dem Passagier, der die Stewardess angegriffen hatte, nicht um denselben Mann handelte.

»Hey! Hier drüben!« Ein Mann, der am oberen Ende der Treppe stand, die hinunter zum Tranquility-Deck führte, winkte Devi herbei, als sei er ein Diener. Devi seufzte innerlich. Der Typ war einer von jenen übertrieben selbstbewussten Amerikanern, von denen auf Schiffen nie Mangel herrschte. Mürrisch, wenn sich beim Anbordgehen an der Rampe eine lange Schlange bildete. Überschäumend vor Selbstgerechtigkeit. Die Sorte von Passagieren, die Mitarbeiter des Sicherheitsdienstes behandelten, als wären sie unsichtbar, es sei denn, sie mussten länger als fünf Sekunden warten, wenn sie nach einer Tagesexkursion wieder aufs Schiff wollten.

Devi ließ sich Zeit, als er zu ihm ging, und nutzte die Gelegenheit, um sich über die Reling zu beugen und die Gruppe zu taxieren, die sich ein Deck tiefer versammelt hatte. Sie bestand schätzungsweise aus etwa fünfzig Personen, die mit ihren ordentlich aufgereihten Matratzen gut organisiert wirkten. Er musterte die Männer in seinem Blickfeld – wer sich unter dem Überhang befand, konnte er nicht sehen –, doch keiner von ihnen entsprach dem Profil von Kellys Angreifer.

»Hey!«, schrie der Mann. »Hey, ich meine Sie.«

»Kann ich Ihnen helfen, Sir?«

»Ja. Ich muss mit dem Kapitän sprechen.«

»Sir, ich habe nicht die Kompetenz, das zu arrangieren.«

»Und wer dann, verdammt? Ich habe gutes Geld bezahlt, um auf diesem Schiff zu sein, und Sie behandeln uns so?«

Devi ließ die Worte des Mannes über sich hinwegrollen. Am anderen Ende des Tranquility-Decks kauerte eine dürre Frau mit von der Sonne gestreifter Haut vor einem Eimer. Die Frau neben ihr streichelte ihr den Rücken und hielt ihr Haar nach hinten, während sie sich übergab.

Der Mann beendete seine Schimpftirade. »Und?«

»Es gibt bald eine Durchsage, Sir.«

Der Mann warf ihm einen angewiderten Blick zu und fluchte vor sich hin. Devi machte sich auf den Rückweg in den Innenbereich. Am vorderen Ende der Schlange am Büfett beschwerte sich ein Passagier lautstark, dass der Salat braun sei. Der Kellner wendete den Blick ab und entschuldigte sich mit monotoner Stimme immer und immer wieder. Devi bereitete sich darauf vor einzuschreiten, doch dann machte der Passagier mit einem schnippischen »Was soll's« einen Rückzieher.

Devis Funkgerät knisterte, und Prans bebende Stimme haspelte: »Brauche Unterstützung … Crew … Wäscherei.«

Devi wartete, ob irgendjemand antwortete – er wollte das Hauptdeck nur ungern verlassen –, doch es war nichts als Stille und statisches Rauschen zu hören. Es blieb ihm nichts anderes übrig, als selbst nach dem Rechten zu sehen. Deshalb schlüpfte er in den Service-Korridor und lief zu den Crew-Decks hinunter.

Im Korridor vor der Wäscherei drängten sich etwa zwanzig Männer, die meisten davon Indonesier, ein paar von ihnen Osteuropäer. Pran, der versuchte, sich den Weg zwischen ihnen hindurchzubahnen, wurde völlig ignoriert, und Devi erspähte den Arzt am Rand der Gruppe, der die Männer anschrie, sie sollten »sofort von hier verschwinden«.

Eine Tür schlug zu, ein Schrei ertönte, und dann wich die Meute zurück. Durch eine Lücke, die sich aufgetan hatte, sah Devi, dass zwei Männer einen großen schwarzen Sack aus dem Lagerraum schleppten.

Einen Leichensack.

Pran drängte sich mit Ellbogeneinsatz durch die Meute, um zu ihm zu gelangen. Erleichterung stand ihm ins Gesicht geschrieben. »Sie wollen den Leichnam ins Meer werfen, Devi. Sie sagen, die Tote würde auf dem Schiff herumspuken.«

In den Monaten, seit Devi angefangen hatte, auf Schiffen zu arbeiten, hatte er eine Menge Aberglaube gesehen und gehört, deshalb war er nicht überrascht. Allerdings ärgerte ihn der Mangel an Respekt gegenüber der jungen Frau. Sie hatte bereits genug mitgemacht.

»Hey!«, schrie er, so laut er konnte. »Hey!«

Die Männer blickten auf, und einige von ihnen lösten sich von der Gruppe, um sich etwas mehr im Hintergrund zu halten. Die beiden, die den Sack schleppten, waren eindeutig die Anstifter. Er musterte den mutmaßlichen Anführer – einen Typen mit Kugelbauch, auf dessen Namensschild »Benyamin« stand. »Bleiben Sie stehen.«

Benyamin murmelte irgendetwas und signalisierte seinen inzwischen widerwilligen Helfern fortzufahren.

»Jeder, der den Leichensack anfasst, wird des Schiffes verwiesen«, sagte Devi leise, aber in autoritärem Tonfall. In der momentanen Situation handelte es sich dabei allerdings um eine leere Drohung. »Wenn Sie das nicht unterlassen, sorge ich persönlich dafür, dass Sie nie wieder auf einem Schiff arbeiten werden.«

Einige Männer zogen den Kopf ein und eilten davon. Sie konnten es nicht riskieren, ihren Job zu verlieren. Die meisten von ihnen mussten vermutlich erweiterte Familien versorgen.

»Wir können nicht aufhören!«, schrie Benyamin. »Sie ist an alldem schuld! Wir werden nie mehr an Land kommen, wenn sie hierbleibt!«

»Es liegt nicht an der jungen Frau«, erklärte Devi. »Das Schiff ist vor ihrem Tod stehen geblieben. Habe ich recht, Doktor?« Devi warf dem Arzt einen ostentativen Blick zu, und dieser spielte glücklicherweise mit.

»Da haben Sie recht.«

Noch ein paar Männer suchten das Weite.

Devi versuchte es mit einer anderen Strategie. »Wie fänden Sie es, wenn das Ihre Mutter wäre. Oder der Leichnam Ihrer Schwester oder Ehefrau?«

»Wir haben es alle gesehen. Was sie macht …«

Doch Devi wusste, dass er gewonnen hatte. Benyamin ging die Puste aus. »Das wird bald vorbei sein. Wenn Sie weitermachen, verlieren Sie Ihren Job. Dann müssen Sie mit leeren Händen zu Ihrer Familie zurückkehren. Was die Agentur machen wird, wissen Sie ja. Schulden Sie denen noch Geld?«

»Ja. Aber … uns kommt niemand zu Hilfe.«

»Es kommt schon noch jemand.«

Benyamin starrte ihn ein paar Sekunden verärgert an, dann ließ er die Schultern hängen. Ohne ein weiteres Wort ging er weg, und die anderen folgten ihm.

»Vielen Dank«, sagte der Arzt. Der Krankenpfleger, der bei ihm war und den Devi zuvor gar nicht zur Kenntnis genommen hatte, verneigte sich dankend. »Wie können wir sie daran hindern, dass sie hierher zurückkommen?«

»Sie werden zurückkommen. Wir können sie nicht daran hindern. Wir können hier keinen Wachposten aufstellen.«

»Warum denn nicht?«

»Dafür haben wir nicht genug Personal.«

Der Arzt nickte müde. »Kommen Sie, Bin. Legen wir sie zurück.«

Der Arzt und der Krankenpfleger nahmen jeweils ein Ende des Sacks und gingen mit schlurfenden Schritten in den Lagerraum.

Pran starrte auf seine Füße. »Ich bin mit der Situation nicht besonders gut umgegangen.« Er zupfte an seinem spärlichen Oberlippenbart. »Ich war im Überwachungsraum, aber es ist niemand gekommen, als ich um Unterstützung gebeten habe.« Er zuckte zusammen, als die Klappe der Leichenaufbewahrung zuschlug.

Der Arzt wischte sich mit der Hand über den Mund und ging auf Devi zu. »Hören Sie, wir haben noch ein anderes Problem.«

Devi wartete darauf, dass er fortfuhr.

»Der Patient, der die Stewardess angegriffen hat … Er hat die Krankenstation verlassen, ohne entlassen worden zu sein.«

»Wann?«

»Irgendwann im Lauf des Vormittags.«

»Doktor, was meinen Sie, könnte er auch die junge Frau getötet haben?«

Die Augen des Arztes weiteten sich, und Devi fluchte innerlich. Ram würde vor Wut kochen, wenn er erfuhr, dass Devi das Gerücht verbreitete, an Bord befände sich ein Killer. Doch Devi kam zu dem Schluss, dass ihm das inzwischen egal war. »Sind Sie jetzt also fest davon überzeugt, dass sie ermordet wurde?«

»Wir ziehen sämtliche Möglichkeiten in Betracht.«

»Gütiger Himmel.«

»Ich habe das überprüft, Devi«, sagte Pran, der noch immer an seinem Oberlippenbart zupfte. »Ich habe mit der Frau des Passagiers gesprochen. Sie hat gesagt, er wäre die ganze Nacht bei ihr gewesen.«

»Hat Ram Sie darum gebeten?«

Pran senkte den Blick. »Nein, Sir. Aber der Passagier hat die Stewardess schließlich angegriffen, deshalb erschien mir das eine logische Frage zu sein.«

Vielleicht war Pran doch nicht so nutzlos. »Gute Arbeit. Gute Idee.« Allerdings hatte es schon Menschen gegeben, die gelogen hatten, um ihre Angehörigen zu schützen. »Haben Sie ihr geglaubt?«

Pran zuckte mit den Schultern. »Ich denke, sie hat die Wahrheit gesagt. Sie schien zu glauben, dass ihr Mann in dieser ganzen Angelegenheit das Opfer ist.«

Devi dachte darüber nach, dann wandte er sich wieder an den Arzt. »Ich werde sehen, ob ich den Passagier ausfindig machen kann, Doktor. Können Sie ihn beschreiben?«

»Sein Name lautet Gary Johansson. Um die vierzig. Weiß. Leicht übergewichtig. Schütteres Haar.«

Diese Beschreibung hätte auf siebzig Prozent der männlichen Passagiere gepasst, war aber auch nicht dem Mann unähnlich, den er in der Videoaufzeichnung gesehen hatte.

Der Arzt bedankte sich abermals bei Devi und ging zurück zur Treppe.

»Welche Anweisungen haben Sie jetzt, Pran?«

»Eigentlich hätte ich jetzt freigehabt, Sir, aber Madan …«

»Madan?«

»Er ist nicht gekommen, um mich abzulösen.«

»Ist er krank?«

»Nein, das letzte Mal habe ich ihn in der Bar gesehen.«

»Ich gehe und spreche mit ihm. Bleiben Sie im Überwachungsraum, bis ich komme.«

»Ja, Sir.«

»Sie leisten gute Arbeit.«

Und, dachte Devi, er konnte Pran bei dieser Gelegenheit die Videoaufzeichnung vom Morgen des Angriffs zeigen. Der Stalker der jungen Frau war darin zwar nicht deutlich zu sehen, doch Pran würde womöglich irgendein besonderes Merkmal ausmachen können, das den Patienten, der von der Krankenstation verschwunden war, überführen oder entlasten würde.

Devi ging wieder nach oben zur Crew-Bar. Wie üblich hing darin Dampf in der Luft. Einer der Hilfskellner war neben dem Kickertisch zusammengesackt. Kasino-Beschäftigte und die Frauen, die im Wellnessbereich arbeiteten, drängten sich um die Tische und tuschelten miteinander. Und allein in einer Ecke saß Madan, vor dem sich leere Heineken-Dosen auftürmten.

Er winkte Devi herbei. »Devi, trinken Sie doch was.«

»Sie wissen doch, dass ich keinen Alkohol trinke, Madan.«

»Es gibt bei allem ein erstes Mal, mein Freund.«

»Pran sagt, Sie hätten ihn ablösen sollen.«

»Holen Sie Ashgar, er soll's machen.«

»Ashgar ist krank.«

»Genau wie ich. War achtzehn Stunden im Dienst. Brauche eine Pause.«

»Wenn Ram Sie hier sieht, wird er Sie bestrafen.« Nein, er würde ihn feuern.

Madan lachte. »Nein, das wird er nicht. Ich bin seine rechte Hand. Das wissen Sie doch. Wir haben eine gemeinsame Vergangenheit.« Das hatte Devi nicht gewusst. »Und außerdem ist er beim Kapitän. Er ist dauernd beim Kapitän. Ist Ihnen das noch nicht aufgefallen? Unser geliebter, pflichtbewusster Kapitän«, Madan beugte sich zur Seite und spuckte auf den Fußboden, »ist paranoid und befürchtet, dass die Passagiere meutern und die Küchen und Crew-Quartiere stürmen werden. Sollen sie doch. Hier unten ist es beschissen. Und warum sollten sie hierherkommen? Was sollten sie hier tun?«

»Sie wollen nur Antworten.«

»Es gibt keine Antworten. Ich muss von diesem Schiff runter, Devi. Dieses Schiff ist böse. Es ist krank.«

»Es wurde ein Beiboot losgeschickt. Bald wird jemand kommen.«

Madan rülpste. »Sie sind so naiv, Devi. Das mag ich an Ihnen. Es ist gut, so zu sein. Ich bin nicht so.

Ich … ich bin nicht so. Sie sind ein guter Mensch. Sie sind ehrenwert, Sie sind ein ehrenwerter Mann.« Er rülpste abermals und wischte sich mit dem Handrücken über den Mund. »Ich gehe zurück an meinen Posten. Verdammte Scheiße. Denken Sie, wir bekommen für diesen Schlamassel Überstunden angerechnet? Verdammte Scheiße, Devi. Der Kapitän hat Scheiße gebaut, hat uns ins Abseits manövriert. Wir könnten überall sein.«

»So groß ist der Golf von Mexiko auch wieder nicht.«

»Aber man kann vom Golfstrom mitgespült werden, Devi, und zwar den ganzen Weg, und dann endet man …« Er machte eine Handbewegung. »Dann endet man weiß Gott wo.«

»Mir kommt es nicht so vor, als wären wir weit abgetrieben.«

»Wir sind sehr weit abgetrieben, mein Freund. Wir sind verschollen.«

»Unmöglich.«

»Wie ich schon gesagt habe, wir sind am Arsch. Kommen Sie schon, trinken Sie was mit mir.«

»Nein, Madan, Sie müssen …«

Madan streckte den Arm aus, um Devi auf die Schulter zu klopfen, verfehlte sie, und der Haufen Dosen landete scheppernd auf dem Fußboden. Niemand blickte auf, um die Quelle des Lärms zu orten.

»Und es spielen sich noch andere Dinge ab. Das haben Sie doch selbst gesehen, Devi. Das müssen Sie doch gesehen haben. Ich sage Ihnen, da stimmt was nicht. Das Schiff ist krank«, sagte er noch einmal. Devi hätte von Madan nicht behauptet, dass er abergläubisch sei. Wenn überhaupt, hätte er gesagt, er sei das Gegenteil. Er sprach nur selten über Religion oder spirituelle Angelegenheiten. Und er arbeitete schon länger auf Schiffen als sie alle, seit mindestens sieben Jahren, und in dieser Zeit hatte er eine zutiefst zynische Seite entwickelt. »Ich muss runter von diesem Schiff, Devi. Und das wird mir auch gelingen.«

»Was haben Sie denn gesehen?«

»Weniger gesehen, sondern eher gespürt. Alle spüren es.«

Die Hand auf dem Kameraobjektiv. Die Crewmitglieder, die davon überzeugt waren, dass die Tote auf dem Schiff spukte. Die Berichte einiger indonesischer und philippinischer Besatzungsmitglieder über die Lady in Weiß, die angeblich durch die Eingeweide des Schiffs geisterte und sowohl Passagiere als auch die Crew verhöhnte.

Es gab eine rationale Erklärung für all das. Es musste eine geben.

»Wir sind am Arsch, Devi«, sagte Madan. »Am Arsch.« Er lachte humorlos. »Und dann ist da noch die Sache mit dem Generator. Es heißt, es gibt keinen größeren Schaden. Es heißt, es besteht kein Grund, warum die Motoren des Schiffs nicht funktionieren.«

»Warum ist das Schiff dann nicht fahrfähig?«

Madan beugte sich zu ihm vor. »Ist es doch.«

Nichts von dem, was Madan sagte, ergab einen Sinn. Doch was auch immer mit dem Generator oder mit dem Strom auf dem Schiff los war, lag außerhalb seines Einflussbereichs. Den Mann zu finden, der Kelly getötet hatte, nicht.

»Da will jemand was von Ihnen, Devi.« Devi drehte sich um und sah Rogelio am Eingang zur Bar stehen. Madan grinste und zog die Augenbrauen hoch. Devis Mut sank. Er wusste Bescheid. Madan wusste Bescheid. Was für ein Pech. Allerdings konnte er nichts dagegen tun, außer Madan anzuflehen, es für sich zu behalten.

Devi ging steifbeinig zu Rogelio hinüber, ehe dieser eine Szene machen konnte. Er hatte gehofft, ihm an diesem Abend aus dem Weg gehen zu können. Rogelio hatte ihn am Morgen in einem der öffentlichen Bereiche in die Enge getrieben, wo jeder sie hätte sehen können, und sich beklagt, dass Devi am Abend zuvor nicht die Zeit gefunden habe, sich mit ihm zu treffen. Aber wie hätte er sie finden sollen? Er hatte kaum genug Zeit gehabt, um in seine Kabine zurückzukehren und zu schlafen. Er konnte Rogelios Bedürftigkeit nicht noch zusätzlich zu allem anderen gebrauchen, die Schuld lag allerdings ausschließlich bei ihm selbst. Bevor Rogelio etwas sagen konnte, bugsierte Devi ihn in den menschenleeren IT-Raum. »Ich bin beschäftigt, Rogelio. Ich bin im Dienst.«

»Du hast Zeit, um in die Bar zu gehen, aber du hast keine Zeit, um mich zu sehen?«

»Rogelio, bitte. Ich kann das jetzt nicht brauchen.«

»Warum sprichst du nicht mit mir, Devi?«

»Du hast doch gesehen, was da draußen los ist. Die Passagiere müssen beruhigt werden.«

»*Ich* muss beruhigt werden, Devi. Was ist, wenn das gar nicht mehr aufhört? Was ist, wenn wir hier festsitzen, bis wir nichts mehr zu essen haben und …« Er sackte in sich zusammen. »Entschuldige. Ich weiß, ich bin unmöglich.« Er blickte auf. »Du musst mich hassen.«

Die Wut, die an Devi nagte, seit er Kellys Leiche gefunden hatte, kochte in ihm hoch. »Rogelio, du musst verstehen, dass ich Verpflichtungen habe, und es geht nicht, dass du mich dauernd verfolgst.«

Rogelio zuckte zusammen, und Devi machte sich auf eine Runde Schuldzuweisungen gefasst. Stattdessen fragte Rogelio: »Was musst du denn tun?«

Devi zögerte, dann schüttete er ihm sein Herz aus. Er versuchte nicht einmal, sich zu bremsen. Er erzählte ihm von dem Mädchen – dem Kind, das von seinem Onkel vergewaltigt worden war – und wie er der Familie und seinen Vorgesetzten erlaubt hatte, die Sache zu vertuschen, um seine eigene Haut zu retten. Er erzählte ihm von dem Mann, den er in der Videoaufzeichnung gesehen hatte, von dem Monster, das Kelly Lewis in deren Kabine gefolgt war. Er erzählte ihm von seiner Angst, dass der Mann damit davonkommen würde, dass ihr Tod in dem Mediensturm untergehen würde, der einsetzen würde, wenn sie schließlich gerettet wurden.

Rogelio hörte ihm zu, dann sagte er einfach: »Geh. Tu, was du tun musst.« Dann verließ er den Raum.

Devi ging zurück in den Überwachungsraum. Seine Brust fühlte sich leichter an – als habe er eine Last abgeworfen. Vielleicht hätte er sich Rogelio von Anfang an anvertrauen sollen. Vielleicht hatte er ihn unterschätzt. Wahrscheinlich war er immer davon ausgegangen, dass Rogelio genauso seicht und hohl war wie die Events, die er organisierte: die Karaoke-Abende, das Line Dancing, die Single-Veranstaltungen. Wenig mehr als ein hübsches Gesicht.

»Devi.«

Er blickte auf und sah Ram vor dem Büro des Sicherheitsdienstes stehen, die Hände hinter dem Rücken verschränkt. »Warum haben Sie sich von Ihrem Posten entfernt, Devi?«

»Es gab einen Zwischenfall im Lagerraum neben der Wäscherei, Sir.« Das war seine Gelegenheit, Ram dazu zu bringen, dass er ihm zuhörte. »Sir, ich muss mit Ihnen sprechen, Sir.«

»Worüber?«

»Über den Mann, der Kelly Lewis ermordet hat.«

»Es gibt keinen Mörder, Devi. Das habe ich Ihnen jetzt schon etliche Male gesagt. Die junge Frau hat zu viel getrunken.«

»Sir. Ich habe den Beweis. Das Bildmaterial aus der Überwachungskamera …«

Ram erhob seine Stimme nicht. »Sie sind hier, um sicherzustellen, dass die Passagiere und die Crewmitglieder nicht über die Stränge schlagen. Das ist alles. Ich habe Ihnen schon einmal gesagt, dass ich Ungehorsam nicht dulde. Ist das klar? Falls Sie sich nicht an das halten, was ich Ihnen gesagt habe, wird das Konsequenzen haben.«

Es war sinnlos, das wurde ihm jetzt bewusst. »Ja, Sahib.«

»Gut. Ich hoffe, wir haben uns verstanden.«

Devi sah seinem Vorgesetzten hinterher, als dieser in Richtung Brücke wegging. Ganz egal, was Ram sagte, er würde nicht aufgeben. Er durfte nicht aufgeben.

Pran starrte auf die Bildschirme, als Devi den Überwachungsraum betrat. Devi war sich sicher, dass er sein Gespräch mit Ram mitgehört hatte. Pran blickte auf. »Devi ... da ist ... sehen Sie. Bildschirm sieben.«

Devi spähte über Prans Schulter. Der Bildschirm zeigte den Korridor auf Deck fünf.

Und jede einzelne Kabinentür stand weit offen.

Der Wildcard-Blog

Mein furchtloser Kampf gegen die Unaufrichtigkeit, damit er Ihnen erspart bleibt

2. Januar

Immer noch keine Helikopter, keine Rettungsboote, nada.

Die große Neuigkeit des heutigen Tages: Wurde von Celines Bodyguard angegriffen. Werde die Ausbeuterin und ihren Affen verklagen, dass den beiden Hören und Sehen vergeht. Ihr ist nicht klar, mit wem sie sich anlegt. Der Typ ist einfach auf mich losgegangen, ohne Vorwarnung. Ich hatte keine Chance, mich zu verteidigen. Mein Gesicht fühlt sich an, als wäre es explodiert.

Habe mich in der Kabine der Ausbeuterin wieder erholt, wenn es jemand glauben kann. Werde jede Info aus Maddie rauskitzeln, die ich kriegen kann.

Captain Nutzlos hat heute Morgen ein Beiboot losgeschickt, und wir warten alle darauf, dass es mit einer Flotte von Rettungsbooten und Helikoptern zurückkommt. Die Gründe, warum wir noch nicht geborgen wurden, liegen auf der Hand: Der Kapitän hat Scheiße gebaut, hat uns ins Abseits manövriert, und wir treiben irgendwo rum, wo uns niemand vermutet (und nein, nicht im Bermudadreieck); ODER: An Land ist irgendwas Schlimmeres passiert, und deshalb gelangt niemand zu uns. Ein Sturm vielleicht.

Maddie sagt, ich darf in der Suite der Ausbeuterin auf der Couch schlafen, wenn es so weitergeht.

Darf ich betonen, wie sehr mir das Gesicht wehtut? Die Krankenschwester sagt, meine Nase ist womöglich gebrochen. Habe mir nicht die Mühe gemacht, zum Sicherheitsdienst zu gehen. Die Polizei kann sich darum kümmern, falls wir jemals wieder nach Hause kommen.
Hier die Zusammenfassung des heutigen Tages:

15:00 Uhr: Habe ein Nickerchen gemacht (Schmerztabletten haben mich umgehauen).

16:00 Uhr: Durchsage von Damien: Die Ausbeuterin tritt noch mal auf. Und am Lido-Büfett gibt es Hotdogs.

Bin zurück in meine Kabine, um meinen Ersatzakku zu holen. Keine Spur von Paulo oder Trining. Es stinkt da unten, die Toiletten laufen immer noch über. Herrgott. Habe das Gerücht gehört, dass es neben dem Wellnessbereich funktionierende Toiletten geben soll. Bin hin, um nachzusehen. Schlechte Idee. Scheiße und Klopapier sind aus der Schüssel gequollen und waren überall auf dem Fußboden verteilt. Habe echt Mitleid mit denen, die dort putzen müssen. Vor der Kunstgalerie habe ich eine perfekt schneckenförmige Kackwurst auf dem Teppich liegen sehen. Was ist mit den Leuten los, verdammt noch mal? Hätte fast kotzen müssen.

18:00 Uhr: Kriege einen Kabinenkoller. Maddie hat keine Lust, sich zu unterhalten. Rausgehen will sie auch nicht, weil sie Angst hat, krank zu werden. Ich mache einen kleinen Spaziergang.

22:00 Uhr: Bin gerade in die Kabine der Ausbeuterin zurückgekommen.

Nachdem ich von hier weg bin, habe ich mich der Single-Gruppe angeschlossen, die auf dem Minigolf-Parcours campiert. Die Leute haben jetzt feste kleine Gruppen gebildet. Es gibt eine Bibel-Gruppe, wo die ganze Zeit gebetet wird; eine Kiffer-Gruppe, wo die ganze Zeit Gras geraucht wird; die Tranquility-Gruppe, die die ganze Zeit dafür sorgt, dass niemand ihr Territorium betritt. Sie verstehen schon. Die Single-Gruppe ist gar nicht so übel. Donna und Emma (die Freundin des Mädchens, das gestorben ist) wechseln sich dabei ab, für uns Essen und Wasser zu holen.

So etwa um neun kamen Dane und Carl aus »meiner« Gruppe zurück (die beiden sehen übrigens genauso aus, wie ihre Namen vermuten lassen), nachdem sie losgegangen waren, um ihren Drogenvorrat aus ihrer Kabine (Deck fünf) zu holen, und wirkten total verängstigt. Sie sagten, eine Frau und ein Kind hätten sie angestarrt, und dann wäre das Licht ausgegangen.

Die beiden wirkten echt verstört und waren überzeugt davon, Gespenster gesehen zu haben.

Habe gesagt, ich gehe mal nachsehen.

Es war gar nicht so stockdunkel, wie sie behauptet hatten. Die Notbeleuchtung war an, als ich dort ankam. Hat gestunken wie die Pest. Auf dem Deck standen alle Türen offen, was unheimlich aussehen sollte, nehme ich an. Das musste man Dane und Carl lassen – ich weiß echt nicht, wie sie das hingekriegt haben. Sie haben es natürlich abgestritten.

Keine Gespenster, aber ein Wachmann ist mir über den Weg gelaufen, als ich gerade wieder gehen wollte. Hat mich gefragt, ob ich da unten noch irgendjemanden gesehen hätte. Habe gesagt nein. Er war ziemlich penetrant.

Meine Nase bringt mich noch um, deshalb gehe ich jetzt ins Bett.
Gute Nacht.

Tag sieben

Die Helferin der Hexe

Vergangene Nacht, alleine in Celines Suite, war es Maddie gelungen, sich einzureden, dass sie von dem Virus befallen war. Ihr Körper brach in kalten Schweiß aus, ihre Gedärme rumorten, und sie musste unentwegt zwanghaft schlucken. Nach und nach brachte sie sich wieder unter Kontrolle. Einzig und allein die Vorstellung, eine rote Tüte benutzen zu müssen, sorgte dafür, dass sie sich zusammenriss.

Celine war immer noch nicht in die Suite zurückgekehrt. Ob sie ihr Wechselkleidung bringen sollte? Nein. Celine war nicht mehr ihr verdammter Boss. Sie musste aufhören, so zu denken. Es tat ihr immer noch weh, dass Celine sie ausschloss. Sie hatten so viel gemeinsam durchgemacht, hatten eine Vergangenheit. Die Folgen der Kavanaugh-Show, noch verschlimmert durch die Tatsache, dass Celine weiterhin gegenüber allen, die ihr Gehör schenkten, darauf beharrte, dass Bobby und Lori Small einen der vier Abstürze am sogenannten Schwarzen Donnerstag überlebt hätten. Der Stalker, der eine Woche lang jede Nacht vor Celines Haus aufgetaucht war und sie angefleht hatte, ihn mit dem Geist des Fernsehmoderators Johnny Carson in Kontakt zu bringen. Der Journalist, der eine von Celines Séancen gefilmt und dann auf YouTube Zeile für Zeile widerlegt hatte. Die verdammten entsetzlichen Romantikkomödien. Die endlosen, endlosen Botschaften der Freunde und der Verzweifelten auf Facebook, die sie beantwortet hatte.

Drei Jahre lang war Maddie ihr gegenüber loyal gewesen, und wofür? Nein, das war nicht fair, Celine hatte ihr einen Weg aus einer schlimmen Situation geboten. Einen Weg aus der beschissenen Cocktailbar auf Long Island, dem einzigen Laden, der ihr eine Anstellung gab, nachdem Neil ihr Leben zerstört hatte. Celine und ihre damalige persönliche Assistentin, eine junge Frau mit verkniffenem Gesicht, die kaum etwas sagte, kamen im Schnitt einmal in der Woche in die Bar, und Maddie hatte von anderen Angestellten gehört, dass Celine eine Art Medium war, von der Sorte Sylvia Brown. Sie fand Celine amüsant, mit ihrem aufgebauschten Haar, ihren langen roten Fingernägeln und ihren falschen Wimpern. Sah in ihr die seltsame Frau im Rollstuhl. Die Bar wurde von allen möglichen Gästen frequentiert: Geschäftsmänner auf der Suche nach einer Affäre, Fabrikarbeiter, arbeitslose Musiker. Doch Celine stach heraus.

Eines Abends, als Maddie gerade die Tische abwischte, packte Celine sie am Handgelenk und sagte: »Sie müssen wissen, es wird einfacher für Sie werden, meine Liebe.«

Maddie zog erschrocken ihre Hand weg, doch dann kamen ihr die Tränen – ohne Vorwarnung und bevor sie etwas dagegen tun konnte. Sie schluchzte, mitten in der Bar, während die Gäste Chicken

Wings aßen und Tequila Slammer hinunterkippten. Celine trug ihrer Assistentin auf, aus der Toilette Papiertücher für Maddie zu holen, und sagte dann: »Das Mädchen ist eine Idiotin. Keine Eloquenz. Kein Charme. Ich brauche jemanden, der reden kann. Ein bisschen was Dreistes an sich hat. Jemanden, dem ich vertrauen kann.« Celine drückte ihr eine Visitenkarte in die Hand. »Rufen Sie mich morgen an.«

Noch am selben Abend googelte sie Celine. Die Bücher, die Interviews. Eine alte Fernsehsendung, *Celine del Ray, Mindhunter,* die nicht länger als eine Staffel überlebt hatte. Und Maddie rief sie an. Selbstverständlich tat sie das. Celine lud sie zu sich nach Hause ein. Nachdem Maddie entweder ein schäbiges Haus im Kolonialstil oder ein prachtvolles Anwesen erwartet hatte, war sie überrascht, als sie schließlich vor einer unauffälligen Vorstadtvilla in East Meadow parkte. An der Theke in Celines nichtssagender Küche sitzend packte Maddie dann aus und erzählte ihr alles über ihre Vergangenheit. Von Neil und wie sie ihn in einem Pub in Hackney kennengelernt hatte (sie hatte geglaubt, es wäre Liebe auf den ersten Blick, und sich auch später noch, als alles den Bach hinunterging, an die idealisierte Erinnerung an den Moment geklammert, in dem sie ihn zum ersten Mal gesehen hatte). Von ihrem Job, den sie hingeschmissen hatte, um in die Staaten umzusiedeln, und von der verschwenderischen Hochzeit, die nie abbezahlt wurde. Von seinen endlosen Geschäftsideen, aus denen nie etwas wurde. Von seiner Investmentfirma, die gar keine Firma war. Von dem Tag, an dem sie schließlich aufwachte und ihn als denjenigen erkannte, der er wirklich war. Von ihrer Entscheidung, ihn nicht zu verlassen. Von den letzten Ersparnissen ihrer Schwester, die sie sich geliehen hatte, von ihren Freunden, die sie angepumpt hatte – alles mit dem Versprechen, es zurückzuzahlen, wozu es niemals kommen sollte. Sie erzählte Celine, dass Neil sie im Stich gelassen hatte, kurz bevor die Bombe platzte. Von den zwei Jahren auf Bewährung, zu denen sie als Komplizin verurteilt worden war.

Celine hörte zu, und dann bot sie Maddie den Job unter der Bedingung an, dass sie eine Verschwiegenheitserklärung unterschrieb. Celine sah etwas in ihr. Einen Mangel an Moral vielleicht. Eine Verzweiflung, von der sie wusste, dass sie sie ausbeuten konnte. Im ersten Monat war Maddie mehrmals nahe dran gewesen zu kündigen. Aus der mitfühlenden Frau, die ihr an jenem Tag in der Küche zugehört hatte, war schnell eine fordernde Autokratin geworden. Doch sie hatte durchgehalten.

Wie dumm von ihr.

Sie stand auf und streckte sich. Xavier schlief fest auf der Couch, sein Mund offen, sein Laptop neben ihm auf dem Fußboden. Der Bluterguss über seiner Nase hatte sich inzwischen gelb verfärbt. Sie hätte ihn am Abend zuvor beinahe nicht hereingelassen, wollte jedoch nicht alleine sein. Und es fühlte sich gut an – beruhigend –, jemanden bei sich zu haben, auch wenn es jemand war, den sie kaum kannte und dem sie ganz sicher nicht vertraute. Seine Sachen hatte sie bereits durchwühlt und dabei nichts Verfänglicheres gefunden als einen Führerschein mit einem Foto von ihm mit blonden Haaren und einer Adresse in South Beach, Miami.

Ein Piepen und dann eine weitere schwachsinnige Durchsage von Damien: »Guten Tag, meine Damen und Herren. Offenbar sorgt schlechtes Wetter im Heimathafen momentan dafür, dass sich die Rettungseinsätze verzögern …« Sie schaltete ihn ab. Sie erkannte die Unaufrichtigkeit in seiner Stimme. Diese Fähigkeit hatte ihr Celine beigebracht.

Sie brauchte eine Dusche. Ihre Haut war nach der Panikattacke der vergangenen Nacht klebrig, und sie hätte für frische Bekleidung einen Mord begangen. Sie hätte Xavier bitten können, ihren Koffer von unten zu holen, doch vielleicht war das keine so tolle Idee. Möglicherweise hatte sich der Gestank in ihren Kleidungsstücken festgesetzt. Er war am Abend zuvor dort unten gewesen, und als er in die Suite zurückgekommen war, hatten seine Schuhe nach Abwasser gestunken. Sie hatte von ihm verlangt, sie auf den Balkon zu stellen.

Sie trottete ins Bad und schloss die Tür hinter sich.

Zunächst brachte sie ihr Gehirn nicht dazu zu akzeptieren, was sie sah.

In der Badewanne lag eine Frau.

In der Badewanne lag eine Frau in einem Hemdkleid – einem Kleid im Gatsby-Stil –, das mit winzigen weißen Perlen besetzt war. Ihre Haut war genauso weiß wie ihr Kleid, und ihre Poren waren mit irgendeiner dunklen Substanz verstopft und sahen aus wie schwarze Nadelstiche.

»Wie sind Sie hier reingekommen?« Hatte Celine vielleicht jemandem ihre Schlüsselkarte gegeben? Aber nein … Nachdem sie Xavier hereingelassen hatte, hatte sie den Riegel vorgeschoben.

Die Frau machte die Augen weit auf – und Gott, o Gott, sie waren ebenfalls weiß – und bleckte die Zähne. Diese waren sehr klein, spitz und ziemlich dunkel. Sie ließ sie mit einem deutlich hörbaren Klacken aufeinanderschlagen und fing dann an zu summen, zunächst leise, dann immer lauter, bis Maddie nichts anderes mehr hörte.

Eine Frau in 1920er-Jahre-Bekleidung wie Lizzie Bean, Celines Lizzie Bean, Celines wildes Zwanzigerjahre-Klischee, lag in ihrer Badewanne.

Maddie war sich darüber im Klaren, dass sie einen Nervenzusammenbruch hatte. Sie hatte sich schon immer gefragt, wie sich das wohl anfühlte, und jetzt wusste sie es. Sie streckte die Hand zur Tür hinter ihr aus, tastete nach der Klinke und ging rückwärts hinaus. Das Summen hörte abrupt auf. Sie zitterte am ganzen Körper. Ein entfernter Teil ihres Gehirns nahm zur Kenntnis, dass sich pure Panik tatsächlich eisig anfühlte.

Sie rannte zur Couch hinüber und rüttelte Xavier an der Schulter. Er schreckte aus dem Schlaf hoch, und sein Mund schnappte zu.

»Xavier, da ist jemand im Bad.«

Er setzte sich auf, warf einen Blick auf ihr Gesicht und sprang auf. »Hm? Jemand ist hier drin?«

»Im Bad.«

»Wer denn?«

Sie schubste ihn grob in Richtung Bad. Xavier sah sie an, ging hinüber und stieß die Tür auf.

»Es ist leer.«

»Was?«

»Da drin ist niemand, Maddie. Kommen Sie her. Sehen Sie selbst.«

Sie bohrte ihre Fingernägel in die Handflächen und spähte an ihm vorbei. Die Badewanne war tatsächlich leer. »Sehen Sie hinter dem Duschvorhang nach.«

Er riss ihn beiseite. Nichts.

»Sie war hier. Lag in der Wanne. Eine Frau. Eine … eine tote Frau.« Kein lebendiger Mensch hatte Haut von dieser Farbe.

Xavier schnaubte. »Wollen Sie mich verarschen?«

»Sehe ich so aus, als wollte ich Sie verarschen? Ich weiß doch, was ich gesehen habe.«

»Eine tote Frau in der Wanne? Wie in *Shining*?«

»Es war … Ich glaube, es war Lizzie Bean.«

»Häh?«

»Sie wissen schon, einer von Celines Geistführern.«

»Maddie, jetzt mal im Ernst. Haben Sie sich den Kopf angeschlagen oder so?«

Hysterie stieg in ihr auf, doch sie unterdrückte sie. »Vielleicht tauchen Archie und Papa Noakes ja auch noch auf.«

»Wer in aller Welt ist Papa Noakes?«

Maddie zögerte, als ihre alte Loyalität aufkeimte. Zum Teufel mit Celine. »Geistführer Nummer drei. Er war in den Siebzigern und Achtzigern da.«

»Erzählen Sie mir doch von diesem ... wie heißt er noch mal?«

»Papa Noakes. Ein ehemaliger Sklave.«

Xavier lachte. »O Gott. Wirklich?«

»Hören Sie ... ich weiß, wie das klingt, aber ich habe sie gesehen, Xavier. Ich weiß, was ich gesehen habe. Und Sie haben doch selber gesagt, dass Leute auf den unteren Decks Dinge gesehen haben.«

»Ich bin da runtergegangen, Maddie. Es sind nur ein paar Leute, die alle verrückt machen. Das Einzige, was da unten war, war ein richtig, richtig übler Geruch.«

»Aber ...«

»Hören Sie, Maddie. Sie haben in letzter Zeit nicht gut geschlafen. Keiner von uns hat das. Haben Sie schon mal was von Klarträumen gehört?«

»Behandeln Sie mich nicht so herablassend.«

»Das tue ich nicht. Aber was Sie sagen ... Was ist die logischere Erklärung? Dass Celines Geistführer in der Wanne abgehangen hat, oder dass Sie einen Albtraum hatten, der sich so echt angefühlt hat, dass Sie überzeugt waren, tatsächlich einen Geist gesehen zu haben?«

»Es war so *echt*.«

»Maddie, hören Sie mir zu. Sie haben sich das nur eingebildet. Gerade Sie sollten das wissen.«

»Vielleicht sollte ich zu Celine gehen und mit ihr reden. Vielleicht … vielleicht hat sie mir eine Botschaft geschickt.«

»Hallo? Erde an Maddie. Sie wissen doch, dass sie eine Betrügerin ist. Wie können Sie das auch nur sagen?«

Maddie ging auf und ab, wobei sie es vermied, ihren Blick auf die Badtür zu richten. Und hatten Helen und Elise nicht gesagt, sie hätten ebenfalls ein Summen gehört? Ja. Sie drehte langsam durch. »Ich möchte sie nur sehen.«

»Nach dem, was ihr Lakai mit mir gemacht hat?« Xavier wirkte beinahe kindisch gekränkt.

»Ich will nur … Ich glaube, ich sollte mit ihr reden. Ich bin nicht die Einzige, die …«

»Schlechte Idee. Hören Sie, ich weiß, was Sache ist. Die Situation hat Ihnen ziemlich zugesetzt, und Celine nutzt das aus. Ich rede von Massenhysterie. Von psychogener Massenerkrankung. Die einzige Erklärung dafür, warum Leute Dinge sehen, ist die, dass Celine ihnen so was wie eine kollektive Wahnvorstellung füttert.«

Maddie fing wieder an auf und ab zu gehen. »Ich kenne Celine. Ich weiß, wie sie das tut, was sie tut. Alles ist Schwachsinn. Aber einiges von dem, was sie an dem Tag gesagt hat, nachdem das Schiff stehen geblieben ist … das konnte sie nicht wissen.«

»Und dieser Typ … Ray? Könnte er es ihr nicht gesteckt haben? Das ist alles Cold Reading, Maddie. Die Leute glauben, was sie glauben möchten. Die

Leute haben Angst. Die ganze Situation ist seltsam. Sie scharen sich um jemanden, der zu wissen scheint, was er tut.« Er holte Luft. »Sie nutzt die Situation aus, Maddie. Wenn all das vorbei ist, möchte sie als die große Heldin dastehen.«

»Ich möchte mit ihr reden.«

»Im Ernst, Maddie, denken Sie wirklich, ihr Gorilla Ray wird Sie zu ihr lassen?«

»Ich kann ihn schon überreden.«

»Und was dann?«

Ha, was dann? »Das weiß ich nicht, Xavier, okay?« Sie riskierte einen flüchtigen Blick zur Badtür. »Aber was auch immer passiert, ich muss raus aus dieser Kabine.«

»Maddie, Sie können nirgendwo anders hin. Da draußen ist es total schrecklich.«

»Irgendwohin können wir doch bestimmt gehen. Ins Fitnessstudio vielleicht. In den Wellnessbereich.«

»Nein. Da war ich schon. Da herrscht Chaos.«

»Das ist mir egal! Ich muss hier raus.«

Xavier musterte sie ein paar Sekunden lang. »Okay, okay. Wenn Sie Celine sehen möchten, müssen wir die Sache vorsichtig angehen.«

»Wir?«

»Ja. Wir.«

Erleichterung überkam sie. Sie traute ihm zwar nicht, doch zumindest war sie nicht allein. »Was schlagen Sie denn vor?«

»Wir können nicht einfach aus allen Rohren feuernd da reinmarschieren.« Er berührte vorsichtig seinen Nasenrücken. »Ich kann gut darauf verzichten, wieder eins in die Fresse zu bekommen, das steht mir nämlich nicht. Wie wär's, wenn wir versuchen, über eine von den Service-Türen in den Crewbereich zu gelangen?«

»Meinen Sie, das geht?«

»Versuchen können wir es.«

Während Xavier seine Schuhe holte, wickelte sie sich einen Schal um den Hals und zog ihre Handschuhe an. Wahrscheinlich hatte Xavier recht damit, dass ihr Gehirn ihr einen Streich gespielt hatte. Er musste recht haben. Angst machte seltsame Dinge mit dem Gehirn.

Aber es hatte so *echt* gewirkt.

Sie traten auf den Korridor hinaus. Sie hatte die Suite seit Stunden nicht mehr verlassen; nach Helen und Elise zu sehen wäre das Mindeste gewesen, was sie hätte tun können. Sie nahm sich fest vor, das später nachzuholen. Vielleicht. Xavier versuchte, Altheas Service-Tür zu öffnen, doch sie war fest verschlossen. »Nichts zu machen. Hey, vielleicht sollten wir es mal unten auf meinem Deck versuchen.«

»Stinkt es da unten denn nicht?«

»Doch. Und wie. Aber das bedeutet, dass niemand von der Crew unten ist, um uns aufzuhalten. Als ich gestern Abend da unten war, habe ich keine Menschenseele gesehen. Na ja, ein Wachmann ist mir über den Weg gelaufen, aber er ist nicht dageblieben.«

»Okay.«

Ein Mann und eine Frau lagen vor den Aufzügen

schlafend auf einer blanken Matratze inmitten verkrusteter Teller und Getränkebecher. Gütiger Himmel. Zumindest war ihr das erspart geblieben. Sie folgte Xavier die Treppe hinunter und auf das Promenade-Dreamz-Deck und würgte, als ihr der Geruch von Erbrochenem entgegenschlug.

Sprich. Rede, das bringt dich auf andere Gedanken. »Woher kommt Ihre Obsession mit Celine, Xavier? Haben Sie in der Vergangenheit eine persönliche Erfahrung mit ihr gemacht oder was?«

Er schenkte ihr ein halbherziges Lächeln. »Nein. Ich mag nur nicht, was sie tut. Ich mag nicht, was sie mit Lillian Small gemacht hat.«

»Ja. Das war ... das war auch untypisch für Celine. Normalerweise lässt sie die Finger von Sachen, die sich beweisen lassen.«

»Was war dann Ihrer Meinung nach ihr Motiv?«

Sie zuckte mit den Schultern. »Publicity vielleicht. Traurige Berühmtheit. Vielleicht wollte sie nur ein Teil des ganzen Zirkus um den Schwarzen Donnerstag sein.«

»Typisch. Übrigens geht's mir nicht nur um Celine. Mir gefällt bei keinem von ihnen, was sie tun. Aasgeier. Ausbeuter. Erzählen den Eltern vermisster Kinder, ihre Kinder wären noch am Leben. Das geht mir echt an die Nieren.«

»Wie hat es denn angefangen? Ihr Interesse an alldem, meine ich.«

Er zögerte. »Als Kind wollte ich später mal Zauberer werden.«

»Echt?«

»Echt.« Er grinste befangen. »Hatte nicht die nötige Geduld. Aber ich habe mit Ouija-Brettern gespielt, habe mich mit dem Obskuren beschäftigt. Sie wissen schon, eine Phase. Und ich habe gelernt, wie einfach es ist, andere zu täuschen.«

Sie waren inzwischen auf Deck sechs angelangt. Der Geruch von verschimmeltem Teppich setzte sich in ihren Nasenlöchern fest. »Und womit verdienen Sie jetzt Ihr Geld?«

»Ich habe meinen Blog.«

»Na ja, nichts für ungut, aber ich nehme an, davon kann man sich nicht mit Champagner und Kaviar ernähren.«

»Mein Großvater hat mir etwas Geld hinterlassen.«

»Sie sind ein Treuhandfonds-Kind?« Kein Wunder, dass er so viel Zeit hatte, um Jagd auf Celine zu machen.

»Ich hasse dieses Wort.«

»Sind Sie reich?«

»Ich bin nicht reich. Ich habe genug, um davon zu leben.«

Der Geruch auf dem Treppenabsatz von Deck fünf war genauso schlimm, wie sie erwartet hatte, und die Eingänge zu den Fluren, auf denen sich die Kabinen befanden, waren in Dunkelheit gehüllt. Sie zögerte auf der letzten Stufe, da ihr bislang noch nicht bewusst gewesen war, wie dunkel es im Inneren des Schiffs sein konnte. Eine samtartige Dunkelheit –

nein, das war Blödsinn. Sie hatte nichts Weiches an sich.

»Warten Sie hier. Ich gehe nachsehen, ob irgendeine Tür unabgeschlossen ist.«

»Wie wollen Sie denn da unten was sehen?«

Er grinste und hielt eine Mini-Taschenlampe hoch, die an einer Schlüsselkette befestigt war. »Ich bin ausgerüstet.«

Während sie sich mit einer behandschuhten Hand am Geländer festhielt, sah sie zu, wie er von der Dunkelheit verschluckt wurde. Ihre Angst zerstreute sich langsam; sie war nicht in der Lage, sie aufrechtzuerhalten.

Ein zum Leben erwachter Geistführer – lächerlich. Nachdem sie die Suite verlassen und einen gewissen Abstand hatte, erkannte sie das. Langsam gewöhnte sie sich sogar an den widerlichen Gestank dort unten. Das Licht kam zu ihr zurückgehuscht. »Wir können starten. Da unten ist eine Tür offen.«

Sie folgte ihm den Gang entlang, hielt den Blick auf den Strahl der Taschenlampe gerichtet und eine Hand vor den Mund. Und, mein Gott, war der Teppich nass und matschig. Ihre Füße schienen regelrecht darin zu versinken, als versuche das Schiff, sie zu inhalieren. Xavier hielt ihr die Tür auf, und sie ging hindurch, durchquerte einen kleinen Flur und ging auf eine schmale Treppe zu. Sie trat zur Seite, um Xavier vorbeizulassen. Verdreckte weiße Wände umgaben sie; die Notbeleuchtung an der Decke flackerte. Verglichen mit dem Passagierbereich war das hier eine andere Welt: zweckmäßig, auf das Skelett des Schiffs reduziert, und die Luft fühlte sich doppelt so schwer an.

Xavier blieb abrupt stehen, und sie rempelte ihn beinahe von hinten an. Schritte kamen auf sie zugepoltert. Ein kleiner Filipino rannte die Treppe hinauf und blieb stehen, als er sie erspähte. »Sie dürfen nicht hier unten sein. Passagiere haben hier keinen Zutritt.«

»Wir brauchen Hilfe«, sagte Xavier.

»Brauchen Sie einen Arzt? Dann müssen Sie zurückgehen.« Maddie spähte an Xavier vorbei, um sein Namensschild zu lesen: Angelo.

»Keinen Arzt. Wir müssen zur Bühne. Das Dare to Dream Theatre?«

Der Mann runzelte die Stirn. »Warum gehen Sie nicht einfach von vorne rein?«

»Wir haben … unsere Gründe.«

»Geht es um diese Frau? Mrs del Rio?«

»Del Ray. Ja.«

»Sie kennen sie?«, fragte Maddie.

»Nein. Aber ich habe von ihr gehört. Wie macht sie das, was sie macht? Ist das ein Trick?«

»Ja«, sagte Xavier.

»Warum möchten Sie dann zu ihr?«

»Ich sage Ihnen was: Wenn Sie uns zeigen, wie wir dorthin kommen, sorge ich dafür, dass es sich für Sie lohnt.«

»Wie viel?«

Xavier holte einen Hundertdollarschein hervor,

und der Mann ließ ihn verschwinden. »Ich zeige es Ihnen. Aber wenn wir einem Wachmann begegnen, dürfen Sie nicht sagen, dass ich Ihnen geholfen habe.«

»Danke. Werden wir nicht. Wir bringen Sie nicht in Schwierigkeiten, das verspreche ich Ihnen.«

Der Mann ging in die Richtung zurück, aus der er gekommen war, und signalisierte ihnen, dass sie ihm zwei weitere Treppen hinunterfolgen sollten. Er lotste sie durch eine schwere Metalltür, und sie betraten einen niedrigen Korridor, der nach Farbe, Zigarettenrauch und Schlimmerem stank. Der Fußboden war verschrammt, die rote Farbe abgewetzt.

Maddie zuckte zusammen, als Stimmen ertönten. Angelo marschierte voraus, und Xavier und sie mussten joggen, um mit ihm Schritt zu halten. Die Luft wurde immer heißer; ihr ganzer Körper war glitschig vor Schweiß. Das Schlagen von Metall gegen Metall, ein Poltern. Sie gingen an mehreren kleinen gefliesten Räumen vorbei. In einem schnitten zwei Männer mit mürrischem Gesichtsausdruck und Plastikhandschuhen grüne Paprika. Die beiden sahen sie mit wenig Interesse an.

»Wie viel Essen ist denn noch übrig?«, erkundigte sich Xavier bei Angelo.

Ein Schulterzucken. »Ein paar Kühlschränke sind noch kalt. Es gibt Müsli. Sachen, die tiefgefroren waren. Wir brauchen Strom zum Kochen, aber es gibt ein paar Kochplatten, die wir benutzen können.«

Sie eilten durch einen weiteren Gang, und inzwischen hatte Maddie völlig die Orientierung verloren. Die Luft gelangte nicht tief genug in ihre Lunge.

O Gott!

Sie konnte nicht atmen.

Angelo öffnete eine weitere weiße Stahltür und schob sie in einen breiteren, nichtssagenden Tunnel, der sich bis ins Unendliche zu erstrecken schien.

Angelo deutete nach links. »Was Sie tun müssen, ist …«

Ihr Führer erstarrte. Dann rannte er los.

Eine untersetzte Gestalt kam mit steifen Schritten auf sie zu und bellte etwas in ein Funkgerät. »Halt!«

»Oh, Scheiße«, murmelte Xavier, als sich der Wachmann schnell näherte, die Hand an dem Schlagstock an seinem Gürtel.

»Sie dürfen sich hier unten nicht aufhalten. Wie sind Sie hier heruntergelangt?«

»Entschuldigung«, sagte Maddie. »Wir haben uns verlaufen.«

Der Mann – der seinem Namensschild zufolge Ram hieß – hatte die dunkelsten und härtesten Augen, die sie jemals gesehen hatte. »Wie sind Sie hier heruntergelangt?«

»Beruhigen Sie sich«, sagte Xavier. »Wir wollten gerade …«

»Sie dürfen sich hier unten nicht aufhalten.«

»Hören Sie, Sie sagen uns überhaupt nichts. Wir haben ein Recht darauf zu erfahren …«

»Wenn Sie die Stimme nicht senken, bin ich gezwungen, Sie zu überwältigen.« Xavier hielt sofort den Mund. Es war klar, dass Ram jedes Wort auch so meinte. »Ich begleite Sie hier raus. Wenn Sie sich hier noch einmal blicken lassen, sorge ich dafür, dass Sie in Ihre Kabine gesperrt werden.«

Er gab ihnen ein barsches Handzeichen, dass sie vor ihm gehen sollten.

»Scheiße«, murmelte Xavier.

Sie schlängelten sich durch ein weiteres Labyrinth von Gängen und erklommen eine schmale Stahltreppe, dann stieß der Mann eine Tür auf und schob sie hindurch. Maddie kannte sich wieder aus: Sie befanden sich auf dem Promenade-Dreamz-Deck. Nach den Tiefen des Schiffs roch die Luft hier wie eine frische Wiese.

Ram schlug die Tür hinter ihnen zu.

»Was nun?« Maddie zog ihre Handschuhe aus und wischte sich die Hände an ihren Jeans ab.

»Wir könnten nach oben auf das Sport-Deck gehen. Ich kenne dort ein paar Leute.«

Sie dachte darüber nach und erinnerte sich an die Frau in der Lido-Büfett-Schlange, an die Menschenmenge, die schob und drängelte. An Leute, die über die Reling pinkelten. Nein. Das ertrug sie nicht. Sie gingen am Kasino vorbei, wo eine kleine Gruppe neben Spielautomaten ein Mini-Matratzenlager errichtet hatte. Eine Frau mit leidgeprüftem Gesichtsausdruck, die einen Eimer umklammert hielt, steuerte auf die Türen des dunklen Speisesaals zu. Sie umrundeten das Atrium, und Maddie erspähte den Eingang zum Theater. Ray stand auf seinem üblichen Posten und trat einen Schritt zur Seite, um einen kleinen Mann mit schwarzem, zu einer Tolle frisiertem Haar und eine Frau in Stewardessenuniform eintreten zu lassen. Maddie erschrak, als sie erkannte, dass es sich bei der Frau um Althea handelte. Und ihr wurde bewusst, dass ihr Begleiter einer der stellvertretenden Kreuzfahrtdirektoren war. Sie hatte ein paarmal mit ihm über technische Details von Celines Auftritten gesprochen. Seine fröhliche Art hatte sie fasziniert.

»Gehen Sie nicht da hin, Maddie«, sagte Xavier.

»Ich muss es wissen, Xavier.«

»Was wissen?«

»Warum Celine mich ausschließt. Warum sie ...«

»Lassen Sie uns von hier verschwinden, Maddie. Gehen Sie wieder hinauf in Celines Suite.«

Sie konnte nicht. Sie konnte nicht wieder dort hinaufgehen. Die Melodie, die Lizzie Bean gesummt hatte, ging ihr wieder durch den Kopf. Sie schauderte. »Warten Sie hier.«

Ray grinste sie breit an, als sie auf ihn zuging. »Hey, Maddie. Zweite Runde? Oder versuchst du jetzt, mich mit was anderem zu schmieren?« Dann veränderte sich sein Gesichtsausdruck, wurde ernst, und er beugte sich zu ihr und erwischte sie unvorbereitet. »Hör mal, du bist so besser dran, glaub mir. Du möchtest bei diesem Spektakel gar nicht dabei sein. Die behandeln sie wie Jesus, verdammt noch mal.« Dann blieb sein Blick an irgendetwas über ihrer Schulter hängen, und sein Gesicht erstarrte.

Maddie drehte sich um und sah Jacob auf sie zugehen, der sich eine Flasche Reinigungsspray unter den Arm geklemmt hatte. Die violetten OP-Handschuhe, die er trug, passten zu seiner Fliege.

Er schenkte ihr ein Lächeln, das echt zu sein schien. »Maddie! Ich habe Sie schon seit Ewigkeiten nicht mehr gesehen. Ich hoffe, Sie haben sich endlich dazu entschieden, sich uns anzuschließen.«

Jacobs Blick huschte zu Xavier hinüber, der in sicherer Entfernung zu Ray an einer Säule lehnte. Maddie hatte keine Ahnung, ob Jacob ihn von der Séance am Silvesterabend wiedererkannte. Wahrscheinlich war es. Xaviers Hipster-Look der alten Schule trug nicht gerade dazu bei, dass er mit der Menge auf dem Schiff verschmolz.

»Jacob, hören Sie, hat Celine zu Ihnen irgendwas über mich gesagt?«

»Nein. Warum sollte sie denn?«

»Wissen Sie, warum sie mich nicht sehen will?«

»Wir heißen jeden willkommen, Maddie. Wir müssen alle zusammenhalten.« Er beugte sich verschwörerisch vor. »Celine sagt, es wird jetzt nicht mehr lange dauern. Wir werden sehr bald aus diesem Schlamassel heraus sein. Und es wird auch Zeit.« Er streifte seine Handschuhe ab. »Nur unter uns gesagt, ich habe Sandwiches mit Tomaten und Fleischwurst langsam so richtig satt.«

»Wie geht's denn den anderen? Den anderen Freunden, meine ich.«

»Uns geht's allen wunderbar. Es ist so kräftigend, Celines Gabe mit so vielen zu teilen. Inzwischen schließen sich uns sogar einige Crewmitglieder an, Maddie. Sie arbeiten so hart auf dem Schiff, und wir tun unser Möglichstes, um ihre Seelen zu beruhigen. Der Geist wird sich um uns kümmern.«

Gütiger Himmel. Sie warf Ray einen Blick zu, doch er starrte in die Ferne. »Hören Sie, Jacob, ich bin Ihnen eine Entschuldigung schuldig.«

»Eine Entschuldigung wofür?«

»Ich habe Celine von Ihrer Schwester erzählt.« Maddie suchte in Gedanken nach ihrem Namen, musste jedoch passen. »Erinnern Sie sich? Sie haben mir bei unserem Kennenlerntreffen alles über sie erzählt. Celine benutzt solche Informationen und dreht sie so hin, damit man glaubt, sie würde mit den Verstorbenen kommunizieren. Das ist ein Trick.«

Jacob schenkte ihr ein trauriges Lächeln. »Sie kommen schon wieder zu sich, Maddie.« Er entfernte sich kopfschüttelnd und ging zum Eingang des Theaters. Maddie suchte abermals Rays Blick, doch er vermied es eindeutig, in ihre Richtung zu schauen.

»Und?«, fragte Xavier, als sie wieder zu ihm ging.

Sie schüttelte den Kopf.

»Zurück zur Suite?«

»Ja.« Xavier hatte recht. Sie konnte nirgendwo anders hin.

Der Verurteilte

Er hatte sich unter dem Überhang in einer schattigen Ecke in der Nähe der Handtuchstation ein Nest gebaut. Nachdem er am Vortag gestürzt war, hatte ihm jemand ein paar Tabletten und eine Flasche Wasser gegeben, und Gary hatte einen großen Teil der Nacht und des Vormittags damit verbracht, immer wieder wegzudämmern. Er hatte weder die Tabletten nehmen noch das Wasser trinken wollen, doch Marilyn hatte darauf bestanden. Die seltsame Wolke, die seine düsteren Gedanken verdrängte, löste sich langsam auf. Er wollte nicht, dass sie verschwand. Hinter ihr warteten Dinge, über die er lieber nicht nachdenken wollte. Er fühlte sich nach wie vor schwach, und sein ganzer Körper tat ihm weh, doch die physischen Schmerzen halfen ihm dabei, sein Gehirn daran zu hindern, die düsteren Gedanken zu begreifen. Und er hatte noch immer seltsame, äußerst realistische Träume. Vergangene Nacht hatte er geträumt, er sei aufgewacht und habe Marilyn – er war sich sicher gewesen, dass es sich um Marilyn handelte – nackt und kreischend im Whirlpool gesehen, die Arme um irgendjemanden geschlungen.

Er zog die Beine an die Brust und schlang die Arme um den Kopf. Die Zeit verstrich sanfter, wenn er schlief.

Als er aufwachte, lehnte sein Freund von der Krankenstation an der Reling: der große Schwarze im schäbigen Arbeitsoverall. Er grinste Gary an, dann legte er einen Finger an die Lippen. *Pst, sag's niemandem.*

Tue ich nicht, erwiderte Gary in Lippensprache.

Sag was nicht?

Ein heißer Stein in seinem Magen.

Natürlich.

Das Mädchen. Sein Mädchen. Wusste der Mann, was er getan hatte?

Wie konnte er es wissen?

Ein Hauch von Angst kitzelte auf seiner Haut. Und diese Angst war echt. Irgendetwas anderes war passiert. Etwas, das dazu geführt hatte, dass er auf der Krankenstation gelandet war, doch das war glitschig, und er bekam es nicht zu fassen.

Gut. Er wollte es gar nicht zu fassen bekommen. Sollte es doch wegschwimmen. Schwimm, schwimm.

Ein Schatten legte sich über ihn, und als er aufblickte, sah er Mason auf ihn herunterblicken. »Wie geht's Ihnen heute, Kumpel?«

»Okay.«

»Ja? Sie sehen aber nicht okay aus. Ich habe gesehen, wie Sie Selbstgespräche geführt haben.« Mason beugte sich weiter herunter. »Wenn Sie hier unten wieder ausrasten, schmeiße ich Sie über die beschissene Reling, kapiert?«

Gary schluckte. »Mir geht's gut. Ich bin nicht krank. Mit mir ist nichts passiert. Mir geht's gut.«

Sein Mund fühlte sich an, als habe er eine Flasche Klebstoff getrunken: pappig und faulig.

»Gut. Dann können Sie ja auch was beitragen. Gehen Sie und stellen Sie sich für was zu essen an. Wir wechseln uns alle ab.«

Marilyn kam mit einem pinkfarbenen Schlapphut herbeigeeilt. Finger stupsten ihn in Gedanken an. Er erinnerte sich an diesen Hut, dieser Hut war …

Nein.

»Gary. Du bist ja wach.«

Mason verschränkte die Arme und ließ die Muskeln in seinen Unterarmen spielen. »Gary hilft uns heute.«

»Oh, gut.«

»Mir gefällt dein Hut nicht«, flüsterte Gary Marilyn zu.

Marilyn lachte. »Was? Du warst doch dabei, als ich ihn gekauft habe, Gary.« Gary sah, wie sich ihre Finger zu Masons Schulter verirrten und dann mitten in der Bewegung innehielten. »Ist dir noch irgendwas von dem Morgen eingefallen, bevor sie dich auf die Krankenstation gebracht haben, Schatz?«

»Nein.«

Mason schniefte. »Selektive Erinnerung. Das kenne ich.« Er tippte sich an den Kopf.

»Sandy meint, du solltest die hier nehmen.« Marilyn reichte ihm zwei blaue Tabletten. »Nett von ihr, weil sie nicht mehr viele übrig hat. Die haben dir letzte Nacht geholfen, Schatz. Du warst«, sie wechselte einen Blick mit Mason, »nicht du selbst.«

Gary schüttelte den Kopf. »Möchte ich nicht.«

»Das wird dir helfen, Schatz. Du hattest ein schlimmes Erlebnis. Komm schon. Tust du es mir zuliebe?«

Er legte die Tabletten auf seine Zunge und ließ warmes Wasser in seinen Mund schwappen, wobei er sich alle Mühe gab, nicht zu würgen. Doch er bekam sie nicht hinunter, sie blieben in seinem Rachen hängen, und er musste sie auf seine Handfläche spucken – Mason starrte ihn angewidert an – und es noch einmal versuchen. Beim zweiten Mal schaffte er es.

»So, los geht's, Kumpel«, sagte Mason und klopfte ihm auf die Schulter. »Es wird Zeit, sich an die Arbeit zu machen.«

Gary hievte sich auf die Beine und blickte an Marilyn vorbei, um zu sehen, ob sein Freund noch da war. Er war weg.

Mason schob ihn die Treppe hinauf. »Vergewissern Sie sich, dass Sie eine große Portion bekommen. Lassen Sie sich nicht abwimmeln.«

Die beiden Männer, die am oberen Ende der Treppe stationiert waren, traten zur Seite, um ihn vorbeizulassen. Zunächst war alles nur ein verschwommenes Durcheinander von Lärm und Gesichtern und dem Geruch von Chlor und anderen, ekelhafteren Dingen. Um das Büfett scharte sich eine Menschenmenge. Drei Männer in schmutziger weißer Kochuniform, ihre Gesichter harte Masken, schwitzten hinter der Theke.

Ein Gesicht tauchte neben ihm auf. »Hinten anstellen.«

»Okay.«

Er drehte sich um und trottete zurück. Die Schlange erstreckte sich bis zum Pool. Einige Leute in der Schlange lachten miteinander, aber die meisten trugen mürrische Wolken über ihren Köpfen. Als er am Ende angelangte, trat er in eine Pfütze Wasser und rutschte aus, schaffte es jedoch, sich auf den Beinen zu halten. Er konnte das. Es war einfach.

Er warf einen Blick in das grünliche Wasser und versuchte, sein Spiegelbild zu erkennen. Zwei Plastikflaschen trieben neben einer roten Tüte. Die drei wirkten glücklich miteinander. Die Frau vor ihm drehte sich um und lächelte. Mit ihrer Sonnenbrille sah sie aus wie ein Insekt. »Schon wieder Fleischwurst. Aber die ist gar nicht so übel. Habe mir sagen lassen, dass heute ein Schiff losgeschickt wurde, das uns Nachschub bringt. Das ist doch gut, oder?«

Bla, bla, bla. Die Sonne schien ihm auf den Kopf. Er sollte eine Kopfbedeckung aufsetzen. Seine Kappe ... Er besaß eine Kappe, konnte sich aber nicht mehr erinnern, was er mit ihr gemacht hatte. Alles verschwommen.

Hinter ihm ertönte ein Kreischen. Er drehte sich um und sah einen Mann in Zeitlupe in den Pool fallen und die Plastik-Dreiergruppe versprengen. Der Mann sprang im Wasser hoch und schüttelte den Kopf. Er lachte. »Arschloch!«, schrie er.

Dann sah Gary ihn. Seinen Freund. Er stand neben der Glastür, die ins Innere des Schiffs führte. Gary wartete darauf, dass der Mann ihn zu sich winkte, doch das tat er nicht.

Schlurf, schlurf. Die Schlange bewegte sich langsam vorwärts, und die Insektenfrau hatte den Versuch aufgegeben, sich mit ihm zu unterhalten. Gut. Die Luft flackerte. Er schaltete gedanklich ab, spürte ein Stupsen im Rücken. Zwischen ihm und der Insektenlady hatte sich eine Lücke gebildet. Er schloss zu ihr auf.

Dann Geschrei. Die Dame vor ihm wich zurück, die ganze Schlange kräuselte sich und brach auseinander. Gary trat zur Seite, um sehen zu können, was los war. Neben der erhöhten Bühne rangen zwei Männer miteinander. Gezerre und Geschiebe und Gestöhne. Einige Leute in der Schlange starrten, einige jubelten. Ein Mann im blauen Hemd versuchte, die beiden voneinander zu trennen. Zwei Männer in weißen Hemden und schwarzen Hosen rannten auf sie zu. Ein Anflug von Panik. Oh, oh. Wachmänner. Die Uniformen. Er erinnerte sich an sie. Die Zeit verlangsamte sich, Geräusche verschwanden. Einer der beiden Wachmänner stupste den anderen an und deutete auf ihn.

Gary spürte das bisschen Kraft weichen, das er noch besaß.

Hau ab, hau ab, hau ab, hau ab.

Sein Freund. Er musste zu seinem Freund gelangen. Er duckte sich und rannte los, schob sich zwischen den Leuten hindurch, die hinter ihm anstanden, kämpfte sich durch die Schlange hindurch.

Er kam bei der Tür an und drückte, wäre beinahe gestürzt, beinahe.

»Halt!«, schrie jemand.

Doch Gary hielt nicht an. Sein Freund stand am oberen Ende der Haupttreppe, lächelte und winkte ihn herbei. Gary eilte hinüber, um sich ihm anzuschließen. Dann hinunter und hinunter – sein Freund würde ihm den Weg schon zeigen. Um eine Ecke, von unten ins Atrium. Sein Freund war wieder verschwunden. Gary blickte zu den gläsernen Aufzugswürfeln hinauf, die über ihm erstarrt waren. Wohin jetzt?

Er wirbelte herum. Da! Sein Freund stand neben einer goldfarbenen Säule vor einer Reihe dunkler Türen. Gary kannte diesen Ort. Marilyn hatte ihn einmal dorthin mitgenommen. Das Theater. Er blinzelte. Sein Freund war verschwunden.

Gary hielt inne. Sollte er dort hineingehen?

»Hey! Kommen Sie rein oder was?«

Ein großer Mann, der genauso leere Augen hatte wie Mason, starrte ihn an. Gary konnte sich nicht erinnern, die Treppe hinaufgegangen zu sein, die zu den Türen führte.

»Ja.«

»Haben Sie irgendwelche versteckten Waffen bei sich?«

»Nein.«

»Hey, entspannen Sie sich. Ich habe nur Spaß gemacht. Barfuß, hm?«

Gary blickte nach unten. Ihm war bislang noch

gar nicht aufgefallen, dass seine Füße nackt und verschrammt waren. Der Nagel seines großen Zehs war fast ganz abgerissen. Wie war das passiert? »Ja.«

Der Mann johlte. »Sie passen da perfekt rein, mein Freund.« Er öffnete die Tür und winkte Gary hinein.

Dunkelheit. Die Bühne war allerdings beleuchtet. Eine Frau sprach mit dröhnender Stimme. Ihren Worten lauschte er nicht: Er konnte sie nicht hören, da sein Herzschlag nach wie vor in seinen Ohren pochte. Orientierungslos lief er die Stufen des Mittelgangs hinunter und anschließend wieder hinauf, dann ging er verlegen auf einen Sitzplatz in der letzten Reihe zu. Die Frau neben ihm drehte sich zu ihm und lächelte. »Willkommen«, flüsterte sie.

Gary bohrte die Finger in seine Handflächen. Schloss die Augen.

Ein Geräusch wie Regen. Nein. Applaus. Die Leute um ihn herum klatschten. Die Stimme der Frau ertönte aufs Neue: »… Panik ausbrechen. Es wird Chaos herrschen. Sie alle, die jetzt bei mir sind, müssen wissen, dass ich mich um Sie kümmern werde.«

Er hatte hier drin nichts verloren. All seine Instinkte schrien ihm zu, er solle das Weite suchen. Aber sein Freund hatte ihm den Weg gezeigt. Und jetzt schlich sich das, was er für sein wahres Ich hielt, wieder herein, nagte an der wunderbaren wollenen Wärme, die er erzeugt hatte. Nein, das würde er nicht zulassen. Er wollte sich nicht erinnern.

Das Mädchen. Sein Mädchen.

»Wie immer möchte ich alle neuen Gesichter besonders herzlich willkommen heißen. Zunächst wird Ihnen alles seltsam vorkommen, also stellen Sie sich vor, wie es für mich war, als ich den Geist zum ersten Mal habe durchdringen hören!«

Die Leute um ihn herum lachten. Jemand reichte ihm eine Banane. Sie war matschig, und ihre Schale war zur Hälfte schwarz, doch er aß sie trotzdem. Dann lehnte er sich auf seinem Sitz zurück. Er fühlte sich besser. Ruhiger. Er ließ die Worte der Frau abermals über sich hinwegplätschern, und dann begann er, ihr zuzuhören. Sie erzählte von einer Katze namens Francine, die ihr früher gehört hatte, und dass sie ebenfalls ein Gespür für Geister gehabt habe. »Alle Tiere sind spirituelle Wesen. Diese Fähigkeit schlummert in uns allen.« Gary war kein großer Tierfreund, vor allem kein Fan von Katzen. Marilyn hatte sich vor Jahren eine gewünscht, aber er war dagegen gewesen. Tiere waren nicht mehr als Schmarotzer. Was gaben sie einem schon zurück? »… selbst Tiere wissen das. Der Tod ist nicht das Ende, sage ich Ihnen. Man stirbt nie völlig. Wir alle ziehen bis in alle Ewigkeit unsere Kreise. Begeben uns ins Reich des Spirituellen und kommen wieder heraus. Sie müssen wissen, die Reiche sind nur durch eine ganz feine Schicht Vibrationen voneinander getrennt. Licht und Energie, meine Freunde, mehr sind wir nicht. Und manche von uns besitzen die Gabe zu wählen, wie wir … Moment … meine Geistführer dringen durch.« Gary spürte eine Welle gespannter Erwartung durch das Publikum rauschen. Das gefiel ihm nicht. »… sagen mir etwas ... Eine junge Frau tritt vor. Oh. Sie ist erst vor Kurzem hinübergegangen. Vor sehr kurzer Zeit. Sie ist noch verwirrt. Warten Sie ... Sie fragt nach ... nach ihrem Namen. Ich empfange ein K. Kann damit irgendjemand etwas anfangen? Sie ist erst vor sehr kurzer Zeit gestorben. Genau genommen ... Ich empfange, dass sie hier auf diesem Schiff gestorben ist.«

Jemand kreischte. »Das ist Kelly! O mein Gott!«

Gary reckte den Hals. In einer der Reihen weiter unten war eine Frau aufgesprungen.

Die Frau auf der Bühne fasste sich an den Hals. »Ich empfange ... Sie ... sie hat Schwierigkeiten, Luft zu bekommen. Sie erstickt. Erstickt. Und Leid. Solches Leid. Solche Schmerzen. Solche Einsamkeit. Sie ist ein ruheloser Geist, fürchte ich, meine Liebe.«

Seine Eingeweide krampften sich zusammen. Seine Kopfhaut kribbelte. *Hau ab.*

»Ihre Mum ... Möchte sie irgendwas sagen zu ihrer ...?«

»Tut mir leid, dass ich Sie unterbrechen muss, meine Liebe, aber sie hat eine Botschaft für die Person, die bei ihr war, als sie starb. Sie sagt, dass ...«

Hau ab, hau ab, hau ab, hau ab.

Kalte, kalte Furcht, die jede Vene, jede Arterie füllte. Die in ihm pulsierte. Er warf sich aus dem Sitz und humpelte den Mittelgang hinauf. Er wollte es nicht hören, er wollte es nicht hören.

Der Mann stieß sie beinahe um, als er zur Tür hinausrannte und ihr den Ellbogen in die Seite rammte.

Eine korpulente Frau mit einem breiten, freundlichen Gesicht kam zu ihr geeilt. »Alles in Ordnung mit Ihnen, meine Liebe?«, flüsterte sie hörbar. Althea hob die Schachtel Feuchttücher auf, die ihr der Mann aus den Händen gestoßen hatte. »Mir geht's gut. Vielen Dank.«

»Für manche ist es einfach zu viel.«

Die Frau hatte recht. Nicht jedem gefiel, was Mrs del Ray zu sagen hatte. In diesem Moment sagte sie etwas über heilen und sich mit dem »Verfall des weltlichen Körpers« abfinden.

»Aber wir müssen zusammenhalten, habe ich recht?«, fuhr die korpulente Frau fort. Sämtliche Leute hier waren bekloppt. Nicht ganz bei Trost.

»Ja.« Althea schenkte ihr ein professionelles Lächeln.

Die Frau tätschelte ihr den Arm und ging wieder den Mittelgang hinunter. Althea trug die Schachtel zu einer Sitznische in der gegenüberliegenden Ecke. Pepe hatte gute Arbeit geleistet: Sie hatten jetzt mehrere Salamis, eine Schachtel Scheiblettenkäse und eine Kiste mit frischen Tomaten, Paprika und Bananen. Sie hatte von ihm erfahren, dass der Chefkoch seinen Posten verlassen und es seinen Stellvertretern überlassen hatte, die verbliebenen Vorräte auszuteilen. Viel Essbares konnte nicht mehr übrig sein. Bald würden sie Angeln über die Reling auswerfen müssen. Sie hoffte, dass es nicht so weit kommen würde. Das Wasser, das das Schiff umgab, war widerlich.

Sie nahm sich eine Flasche Wasser und eine Scheibe Fleischwurst und lehnte sich am Tisch an. Das Theater, das sich über zwei Ebenen erstreckte, war nicht komplett gefüllt, aber es würde nicht mehr lange dauern, bis es voll besetzt war. Die meisten Anwesenden hatten beschlossen, nicht mehr in ihre Kabinen zurückzukehren, und bauten sich Nester aus Decken und Kissen. Einige Mitglieder des Personals taten dasselbe.

Es war einfacher gewesen, als sie erwartet hatte. Celine hatte sie gebeten, Crewmitglieder ins Dare to Dream Theatre zu bringen, damit sie sich »der Clique anschließen«, und niemand, mit dem sie bislang gesprochen hatte, hatte sich geweigert. Und warum sollte sich auch jemand weigern? Es war dort gemütlich, und es stank nicht. Celines Gruppe von älteren Frauen und Männern stellte sicher, dass die Toiletten auf der oberen Ebene unmittelbar außerhalb des Theaters sauber gehalten wurden. Sie hatten sogar ein eigenes System zur Entsorgung der Tüten. Celine verlangte nicht mehr, als dass das Personal beim Beschaffen von Vorräten und Wasser aus der Küche half. Paulo und Pepe hatten sie als Erstes rekrutiert. Die beiden hatten zunächst nur deshalb gezögert, weil sie befürchteten, gemaßregelt zu werden, wenn sie sich in den Passagierbereich begaben, doch Althea hatte nicht allzu lange gebraucht, um sie zu überreden. Der Sicherheitsdienst war zu sehr damit beschäftigt, die Meute auf dem Hauptdeck in Schach zu halten, um sich wegen ein paar Stewards, die ihre Posten verließen, den Kopf zu zerbrechen. Außerdem halfen sie dabei, die Passagiere bei Laune zu halten, oder etwa nicht?

Und die Nachricht hatte sich verbreitet. Hier waren sie in Sicherheit. Hier gab es keine Lady in Weiß. Keine Teufel, keine jungen Frauen, die versuchten, aus Leichensäcken zu kriechen. Keine verärgerten Passagiere, die sie beschimpften. Angelo war skeptischer gewesen, doch damit hatte sie gerechnet. Sie hatte ihm versichert, dass Mrs del Ray ihn für seine Hilfe gut bezahlen würde, und sie wusste, dass er dorthin gehen würde, wo Geld lockte.

Sie ging hinaus, um nach Mirasol zu sehen, die die beiden Toiletten unmittelbar vor dem Theater desinfizieren sollte. Wie Althea befürchtet hatte, kicherte sie mit Ray, einem der Männer, die den Eingang bewachten. Angelo konnte sie wenigstens durchschauen, doch Ray gegenüber war sie misstrauisch. Sie selbst hatte er zwar nicht belästigt, aber ihr gefiel nicht, wie sein Blick einigen anderen Frauen folgte. Er erinnerte sie an Joshua.

»Mirasol«, bellte sie, woraufhin diese schuldbewusst zusammenzuckte. Althea stellte angewidert fest, dass Mirasols Oberteil verschmutzt war. Sie selbst gab sich alle Mühe, ihr Äußeres in Ordnung zu halten. Fließendes Wasser gab es nur sporadisch, doch sie hatte kein Problem damit, sich aus einem Eimer zu waschen, und ihr Kittel war im Gegensatz zu denen vieler anderer, die sie gesehen hatte, nach wie vor sauber und ordentlich. »Bitte sag Paulo, dass wir noch mehr Wasser hier raufschaffen müssen.«

»Ja, Althea.« Mirasol eilte davon.

Ray trank einen Schluck aus dem Flachmann, den er in seiner Gesäßtasche mit sich herumtrug, und starrte Althea an. Sie erwiderte sein Starren. Vielleicht sollte sie Mrs del Ray von seiner Trinkerei erzählen. Doch das wäre sinnlos gewesen. Sie wusste es bereits. Schließlich wusste sie alles.

»Haben Sie ein Problem?«, fragte er.

»Nein.« Lüge. Sie hatte viele Probleme, und das größte von allen befand sich in ihrem Bauch. »Sie etwa?«

Er schnaubte. »Verrückte Frau.« Althea konnte nicht beurteilen, ob er sie meinte oder Mrs del Ray. Sie hatte den Verdacht, dass er Mrs del Ray nicht abkaufte, was sie tat. Das konnte sie ihm nicht verdenken. Althea schob sich an ihm vorbei und schlenderte den Mittelgang hinunter. Dabei hielt sie Ausschau nach Rogelio, da sie neugierig war, wie er auf Mrs del Rays Darbietung reagierte. Sie hatte ihn sich am Morgen in der Personalkantine geschnappt. Er hatte sichtlich deprimiert gewirkt. Verstört, beunruhigt. Ihr war mit einem Mal bewusst geworden, dass sie sich in ihm getäuscht hatte und dass es sich bei seiner fröhlichen Art in Wirklichkeit nur um eine Maske handelte. Sie hatte gesehen, dass er sich jemanden wünschte, mit dem er reden konnte, und sie wusste, wie man zuhörte. Nach jahrelangem Umgang mit diesen beschissenen rassistischen Idioten hatte sie sich diese Fähigkeit angeeignet.

Sie entdeckte ihn in der ersten Reihe, wo er zwischen Annabeth und Jimmy saß, zwei der Senioren, die ihrem Eindruck nach Mrs del Rays Kerngruppe bildeten.

Mrs del Ray selbst rollte quietschend näher zum vorderen Bühnenrand. »Hier drin gibt es so viele Geheimnisse. So viel Traurigkeit und so viele ungelöste Probleme. Sie müssen wissen, dass diejenigen von Ihnen, die hier sind, die den Mut und die Voraussicht hatten, sich uns anzuschließen, belohnt werden …«

Althea hatte keine Ahnung, woher Mrs del Ray ihre Energie nahm. Sie hatte sie kein einziges Mal schlafen sehen. Und sie hatte sie auch nie auf die Toilette gehen sehen. »Meine Geistführer lassen mich wissen, dass jemand durchdringen möchte. Eine kleine Frau tritt vor. Dunkles Haar. Langes dunkles Haar. Ich empfange, dass sie auf ihr Haar stolz ist. Und … Moment. Sie berührt ihre Stirn. Hat sie vielleicht eine Narbe auf der Stirn? Hat das für irgendjemanden eine Bedeutung? Seien Sie nicht schüchtern.«

Althea sah Rogelio aufstehen. Seltsam, denn sie hatte Mrs del Ray nichts von einer Narbe erzählt, nur, dass Rogelio seine Mutter verloren hatte und seine Geschwister unterstützte. Aber diese Frau war clever, und Althea vermutete, dass sie nicht die Einzige war, die auf Informationsfang geschickt worden war.

»Ich empfange … Sie sagt, in ihrem Bauch ist ein Schatten. Ich vermute, es könnte sich um Krebs handeln.«

»Sind Sie sicher, dass sie es ist?«, fragte Rogelio. »Meine Mutter hat nämlich nicht Englisch gesprochen.«

»Wir sprechen alle dieselbe Sprache, nachdem wir hinübergegangen sind«, sagte Mrs del Ray mit einem Hauch Verärgerung. »Ich spüre, es hat sich um eine lange Krankheit gehandelt.«

»Ja.«

»Mein Lieber, ich weiß, wie schlimm das für Sie gewesen sein muss. Sie müssen wissen, Ihre Mutter möchte Ihnen mitteilen, dass sie bei Ihnen ist, in diesem Augenblick, und immer bei Ihnen sein wird. Sie müssen wissen, Ihre Mutter vergibt Ihnen und hat Verständnis für die Lebensentscheidungen, die Sie getroffen haben.«

Rogelio vergrub das Gesicht in den Händen. »*Inay.* Mama.«

Er setzte sich wieder hin, und Jimmy und Annabeth umschmeichelten ihn.

Jetzt wäre ein guter Moment gewesen, um zu gehen. Sie musste nach dem Jungen sehen. Musste nachsehen, ob er in ihrer Kabine auf sie wartete. Vergangene Nacht hatte er sich bei ihr wieder wie eine Katze zusammengerollt. Das war beruhigend gewesen. Aber vielleicht sollte sie zuerst zu Maria gehen. Althea hatte nicht vor, ihren Posten ganz zu verlassen, nur weil Mrs del Ray sie rekrutiert hatte. Das wäre kurzsichtig. Wenn Hilfe eintraf, nachdem der Sturm an Land vorüber war, würde sie zu den wenigen gehören, die ihren Job erledigt hatten. Am Morgen hatte sie sogar vor den Kabinen frische Tüten und Wasser verteilt, wobei sie sich allerdings gestattet hatte, die Kottüten zu ignorieren, die in den Korridor geworfen worden waren. Sie würde später die Zeit finden, um sich richtig um ihre Station zu kümmern. Bis auf die Linemans. Sie waren auf sich allein gestellt. Was auch immer Althea für sie tat, sie erntete von ihnen nur Undank. Von ihr aus konnten die beiden verrotten.

Abermals ein Stechen in ihrem Bauch. Ihr war zwar bislang nicht übel gewesen, doch inzwischen hatte sie keinen Zweifel mehr daran, dass sie schwanger war. Sie fühlte es. Spürte es. Aber sie konnte nicht gefeuert werden, wenn sie fleißig gewesen war, oder? Wenn sie zu den wenigen gehörte, die Stärke bewiesen hatten. Und wenn doch, hatte sie noch einen Ausweichplan. Sie hatte sich auch Mrs del Ray gegenüber als fähig erwiesen. Vielleicht würde Mrs del Ray sie als ihre Assistentin engagieren. Althea hatte Maddie nirgendwo im Theater entdeckt, also hatte sie vielleicht gekündigt oder war gefeuert worden. Das wäre ein toller Job; womöglich würde sie auf diese Weise sogar eine Green Card bekommen und ein für alle Mal Joshuas Fängen entkommen. Sie traute der alten Frau nicht, Mrs del Ray nutzte die Situation nur für ihre eigenen Zwecke aus.

Althea schlüpfte zur Tür hinaus, die zur Seitenbühne führte, und trottete hinter den schwarzen Vorhängen entlang. Der Backstage-Techniker – Althea kannte seinen Namen nicht – schlief, den Kopf auf eine Hand gestützt. Durch den Stoff drang Mrs del Rays gedämpfte Stimme.

Althea eilte zum I-95 und weiter zu Marias Büro. Sie klopfte an die Tür. Keine Antwort. Sie drückte auf die Klinke. Die Tür war nicht abgeschlossen, und mit einem kurzen Blick über die Schulter, um sich zu vergewissern, dass niemand sie beobachtete, schlüpfte sie hinein. Althea hatte sich noch nie zuvor unbeaufsichtigt hier aufgehalten. Sie schlich zum Schreibtisch hinüber und versuchte, die Schubladen zu öffnen, die jedoch abgeschlossen waren. Die übrigen Crew-Decks befanden sich unter der Wasserlinie, doch dieses Büro war hell und luftig. Sie spähte zum Fenster hinaus über die Wasseroberfläche. Sie trieben noch immer dahin, und das Schiff zog einen Teppich aus widerlichen roten Plastiktüten in seinem Kielwasser hinter sich her wie eine Braut mit blutigem Hochzeitskleid ihre Schleppe. Wie sie. Ihre Hochzeit war eine große Sache gewesen. Ihre Mutter hatte sich dafür Geld geliehen. Bescheuert. Verschwendung.

Sie zuckte zusammen, als die Tür aufging und Maria hereinkam, bekleidet mit einer Jogginghose und einem ausgeleierten T-Shirt.

»Was tun Sie hier, Althea?«

»Ich habe nach Ihnen gesucht.«

Die Frau schwankte und schien Probleme zu haben, scharf zu sehen. Betrunken. Ein weiteres Anzeichen für Schwäche. Maria torkelte zu ihrem Schreibtisch, ließ sich auf den Besucherstuhl fallen und kramte eine verknitterte Schachtel Zigaretten aus der Tasche ihrer Jogginghose hervor. Rauchen war auf den Schiffen verboten. Vielleicht würde sie gefeuert werden. Maria zündete sich eine Zigarette an und blies den Rauch aus dem Mundwinkel. Althea gab sich Mühe, nicht einzuatmen. Joshua rauchte; sie hoffte, dass es ihn eines Tages umbringen würde.

»Ich bin mit meiner Station fertig, Maria.«

»Gut für Sie.« Maria hustete. Noch immer keine Augenbrauen, und ihr Haar war strähnig vor Fett. »Das wollten Sie mir also mitteilen? Dass Sie eine gute kleine Arbeiterin sind?«

»Ich habe meine Station nicht verlassen.«

»Dann sind Sie dümmer, als Sie aussehen.«

Althea überkam ein Kribbeln, das sie immer unmittelbar vor einem Streit mit Joshua in der Brust spürte. »Ich mache meinen Job.«

»Es gibt keinen Job mehr.«

»Sie feuern mich?«

Maria lachte durch den Rauch hindurch. »Nein, das habe ich damit nicht gemeint. Ich habe gemeint, es hat keinen Sinn, seinen Job zu machen.«

»Warum?«

»Warum meinen Sie wohl? Sie sind doch nicht

blöd, Althea.« Sie fuchtelte mit ihrer Zigarette in der Luft. »Das Schiff. Es ist geliefert.«

»Gibt's irgendwas Neues?«

»Neues worüber?«

»Das Schiff. Den Sturm an Land. Rettung. Das Funkgerät.«

»Nein.« Sie log. Althea wusste, dass sie log.

Althea lächelte süßlich. »Können Sie denn nicht Ihren Freund fragen? Ist er nicht Offizier?« Die Offiziere arbeiteten sich durch die weibliche Belegschaft, doch nur die Frauen, die so dumm waren und glaubten, es würde ihnen etwas bringen, schliefen mit ihnen.

Ein Anflug von Wut – ein Funken der alten Maria –, und dann: »Es gibt keine Kommunikation mit der Außenwelt. Keine anderen Schiffe. Keine Flugzeuge am Himmel.« Maria inhalierte eine weitere Wolke und hustete. »Irgendwas ist der Welt zugestoßen.«

Althea war diese Theorie bereits zu Ohren gekommen. Und was? Die Welt konnte nicht binnen vier Tagen in Stücke brechen. Vielleicht sollte sie Maria zu Mrs del Ray bringen. Oder lieber doch nicht. Sie war sich nicht sicher, ob sie Lust dazu hatte, und außerdem wollte sie den Jungen suchen. »Ich muss gehen und auf meiner Station nach dem Rechten sehen.« Sie trat hinter dem Schreibtisch hervor und ging auf die Tür zu.

»Althea, warten Sie.«

»Ja?«

»Seien Sie bereit.«

»Bereit wofür?«

»Seien Sie einfach bereit.«

Althea nickte. Sie war immer bereit.

Sie verließ das Büro und ging hinunter zum Eingang zum Crew-Deck. Trining lehnte vor ihrer Kabine an der Wand. *Scheiße.* Sie war nicht in der Stimmung für noch mehr Konversation.

»Geht's dir besser, Trining?«

»Ich bin immer noch krank, Althea. Ich habe dich letzte Nacht mit dir selbst reden hören.«

»Und?«

Trining hustete. Für Altheas Ohren hörte es sich gespielt an. »Diese Frau ist der Teufel. Ich habe gehört, wozu sie imstande ist.«

»Welche Frau?«

»Die Frau im Theater. Angelo sagt, dass …«

»Er weiß gar nichts.« *Gottverdammter Angelo.* »Dort ist es besser als hier unten. Niemand ist krank.«

»Sei vorsichtig, Althea.« Trining wandte sich von ihr ab.

Althea zuckte mit den Schultern. Vielleicht hatte Trining recht. Vielleicht war Celine tatsächlich der Teufel. Das wäre eine Erklärung gewesen. Ihr war es egal. Althea ließ Trining stehen und ging nachsehen, ob der Junge in ihrer Kabine auf sie wartete.

Helen konnte das Gesicht der Frau nicht sehen, die sich auf allen vieren auf dem anderen Bett befand. Ihr Haar hing ihr über die Augen, und ihre Finger krallten sich ins Kopfkissen. Doch Jaco sah sie direkt an. Stoßend und lächelnd. Stoßend und lächelnd. Helen wandte den Blick ab.

Hörte ihn lachen.

Elise verbrannte regelrecht, sie spürte die Hitze, die sie durch ihr Nachthemd verströmte. Helen betete, dass sie schlief und nicht aufwachen würde, solange diese widerwärtige Darbietung andauerte.

Jaco gab inzwischen grunzende Geräusche von sich, und die junge Frau kreischte im Takt mit.

Sie hätte es jetzt tun können, hätte von ihrem Bett springen und ihm ihren Laptop auf den Kopf schlagen können. Zack. Ihn dem Mistkerl mit einem befriedigenden Krachen gegen den Kiefer rammen. Sie hatte bereits viele Male darüber nachgedacht. Doch die beiden waren kräftiger als sie und würden sie im Handumdrehen überwältigen. Und sie zerbrach sich seit Stunden den Kopf, ob sie die Suite verlassen und Hilfe holen sollte oder nicht. Sie wagte es allerdings nicht, Elise mit den beiden alleine zu lassen. Womöglich würden sie sich verbarrikadieren, und was wäre, wenn sie niemanden fand, der ihr half? Die Situation draußen wurde sicher immer verzweifelter.

Gefangen in ihrer eigenen Kabine. Ein Gefängnis.

Doch was konnte sie sonst tun? Elise war noch nicht kräftig genug, um verlegt werden zu können. Vergangene Nacht hatte Helen versucht, ihr ins Bad zu helfen, doch Elise hatte es kaum aus dem Bett geschafft, als ihre Beine unter ihr zusammengeklappt waren. Jaco und Lulia hatten Helen widerwillig dabei geholfen, sie wieder hochzuhieven, doch sie waren grob gewesen, und sie wollte nicht riskieren, dass es noch einmal dazu kam.

Sie hasste die beiden. Sie verabscheute sie mit einer Intensität, von der sie nicht wusste, dass sie dazu in der Lage war.

Die beiden hatten sich geschickt angestellt. Hatten sie hereingelegt. Zunächst war sie ihnen dankbar gewesen. Ja! Dankbar. Jaco war hinunter in die Crew-Kantine gegangen, um ihr ein Sandwich und zusätzliche Flaschen Wasser zu holen, und hatte ihr damit erspart, Elise alleine lassen und sich am Lido-Büfett in der Schlange anstellen zu müssen. Lulia hatte die Dusche und das Bad geputzt, und obwohl Helen ihrer detaillierten Beschreibungen jeder Show, an der sie jemals mitgewirkt hatte, bald müde geworden war, hatte sie die Hilfe zu schätzen gewusst. Sich alleine um Elise zu kümmern war hart, ermüdend. Und es war eine Erlösung gewesen, sich über die möglichen Gründe zu unterhalten, warum noch keine Hilfe eingetroffen war. Jaco hatte darauf beharrt, dass im Hafen ein Sturm tobe und die Küstenwache nicht in der Lage sei, Rettungsschlepper auszusenden; Lulia hatte gehört, dass das Schiff aus kommerziellen Gewässern getrieben sei und dass es nur eine Frage der Zeit sei, bis sie vom Radar irgendeines anderen Schiffs entdeckt werden würden. Lulia hatte sogar versprochen, auf Elise aufzupassen, während Helen schlief. Helen hatte zunächst gezögert, dann aber doch eingewilligt. Sie hatte stundenlang geschlafen, einen tiefen, traumlosen Schlaf. Nachdem sie aufgewacht war, hatte die Stimmung dann langsam umgeschlagen. Während sie schlief, hatten sich Jaco und Lulia die beiden Flaschen Champagner unter den Nagel gerissen, die Elise und Helen mit an Bord genommen hatten. Den Champagner, den sie trinken wollten, kurz bevor sie sich vom Heck des Schiffs stürzten.

Helen hatte etwas gesagt wie: »Sie hätten wenigstens fragen können«, woraufhin Jaco mit ausdrucksloser giftiger Stimme erwidert hatte: »Ich könnte Sie auf der Stelle rauswerfen, Sie alte Schachtel.« Das war genauso schockierend und unvermittelt gewesen wie eine Ohrfeige.

Helen hatte ihn aufgefordert zu gehen.

Er hatte sie aufgefordert, ihn doch »zum Gehen zu bringen«.

Helen hatte Lulia Hilfe suchend angesehen, von ihr jedoch nur ein Lachen geerntet.

Sie hatte es aufgegeben, die beiden zu bitten. Sie war eloquent, konnte sich aus allem herausreden, doch es war offensichtlich, dass die beiden sich nicht umstimmen ließen, und außerdem waren sie betrunken. Helen war auf Elises Bett umgezogen, um ihr näher zu sein, und hatte beschlossen, auf Leben und Tod zu kämpfen, falls die beiden versuchen sollten, ihre Freundin aus der Kabine zu werfen. Und sie nahm an, die beiden hatten die Entschlossenheit in ihrem Gesicht gesehen. Sie hatte gebetet, dass Althea oder Maddie oder der Arzt auftauchen würde, und hatte den ganzen Vormittag auf glühenden Kohlen gesessen und auf ein Klopfen an der Tür gewartet. Jaco hatte das Schild »Bitte nicht stören« an die Tür gehängt, was womöglich eine Erklärung dafür war, aber sie war trotzdem auch auf sie wütend, dass sie all das zuließen. Warum war niemand gekommen, um nach ihnen zu sehen? Ihre Freundin lag im Sterben. Daran bestand für sie kein Zweifel. Elise lag im Sterben, und sie hatte es verdient, in Frieden und mit Würde zu sterben, und nicht mit zwei Rohlingen in einem Raum eingesperrt. Sie hatte in Erwägung gezogen, den beiden zu sagen, dass sie nur wenig tun konnten, was einen Unterschied machen würde. Sie war bereits so weit unten gewesen, wie man es sein konnte. Sie hatte dem Tod unmittelbar in die Augen gesehen und gewonnen, doch das war eine Lüge. Schließlich hatte sie die Tabletten nie genommen und war nie auf dem Tranquility-Deck über die Reling geklettert. Irgendwo hatte sie gelesen, dass die wenigen Menschen, die von der Golden Gate Bridge gesprungen waren und überlebt hatten, ihre Entscheidung im Fallen bereut hätten.

»Ah.« Jaco war fertig. »Hey, Helen. Hat Ihnen die Vorstellung gefallen?«

Lulia lachte.

»Hey, Helen. Ich spreche mit Ihnen.«

Gegen ihren Willen drehte sie sich um und sah ihn an. Er wischte sich am Bettlaken ab und grinste sie selbstgefällig an. Sie fand nicht, dass er eine gute Figur hatte. Graham war der einzige Mann, mit dem sie je geschlafen hatte, doch sie waren einmal an einem FKK-Strand gewesen, wo man alle möglichen Vergleiche hatte anstellen können. Jacos Bauch war zu rundlich, und seine Beine waren zu dünn. Er stampfte Richtung Bad, und Helen versuchte, das Plätschern auszublenden, als er sich erleichterte.

Du hast Hausbesetzer am Hals, Mädchen, hörte sie Graham unmissverständlich sagen.

Das war so unerwartet, dass sie lachen musste.

»Was ist denn so witzig?«, fauchte Lulia sie an. »Lachen Sie über mich?«

»Nein.«

»Ich finde, Sie sollten jetzt dann abhauen. Die alte Frau stirbt doch so oder so.«

»Lulia, Sie wissen doch, dass Elise nirgendwo anders hingebracht werden kann.«

»Ich will nicht, dass sie wieder hier reinpisst und reinkackt.«

»Das wird nicht passieren.«

»Wenn es passiert, dann werde ich …« Lulias Mund klappte zu. Ihre Augen weiteten sich, und sie stieß ein leises Jaulen aus, das den Lauten, die sie noch ein paar Minuten zuvor von sich gegeben hatte, nicht unähnlich war. Helen folgte ihrem starren Blick. Ein Mann, ein großer Mann, stand in einer Ecke des Raums neben dem Fernseher, sein Gesicht im Schatten, und rang die Hände. Helen konnte nicht beurteilen, ob er das aus Bestürzung tat oder ob es sich um eine Drohgebärde handelte. Sie stellte fest, dass es ihr egal war.

Und sie stellte fest, dass sie keine Angst hatte.

»Jaco!«, kreischte Lulia. Die blanke Panik in ihrer Stimme erfüllte Helen mit Schadenfreude. Gut, dachte sie. Gut.

Jaco kam mit lächerlich schlenkerndem Penis aus dem Bad geschossen. »Was ist?«

»Da, schau!« Sie deutete auf die dunkle Gestalt.

Jaco zuckte zusammen. »Ah!« Das Ganze war beinahe komisch. »Wie ist er hier reingekommen, verdammt?«

Der Mann trat vor.

»Helen«, flüsterte Elise, und Helens Herz machte einen Satz: Sie sprach! Gott sei Dank. »Das Summen. Hörst du es?«

»Nein.« Doch dann hörte sie es ebenfalls. Es war dieselbe Melodie, die sie schon einmal gehört hatten. Die Melodie, die sie aus Celines Bad gehört hatten, als sie an dem Abend, an dem das Schiff stehen geblieben war, bei ihr gesessen hatten.

Der Schrank ging mit einem Quietschen auf.

»Hast du ihn reingelassen?«, wollte Jaco von Lulia wissen. »Na, hast du?«

»Nein.«

Der Mann ohne Gesicht machte einen weiteren schlurfenden Schritt nach vorne.

»Ich bleibe nicht hier drin!«, kreischte Lulia. »Jaco …«

Irgendetwas von der Größe eines großen Hundes krabbelte auf dem Teppich auf Lulia zu.

»Helen«, flüsterte Elise. »Helen.«

Helen wendete sich von den Geschehnissen im Raum ab, zog Elise an sich und vergrub das Gesicht in ihrem Haar. Sie glühte tatsächlich; ihre Haut verströmte einen scharfen Schweißgeruch.

Lulia schluchzte inzwischen und stammelte irgendetwas in ihrer Muttersprache.

Jemand schrie – Helen hoffte, dass es Jaco war, und dann rief er: »Wir hauen ab! Wir hauen ab, okay?«

Peng, peng.

Die Tür schlug zu.

Das Summen verstummte, und erst dann blickte Helen auf.

Der Raum war leer.

Der Engel der Barmherzigkeit

Er hatte das Handtuch geworfen, nachdem der Passagier versucht hatte, ihm ins Gesicht zu schlagen.

Der Vormittag hatte einem Förderband voller verängstigter Passagiere geglichen, die ihn anschrien, er solle ihre Freundinnen, Ehemänner, Ehefrauen wieder in Ordnung bringen. Alle hatten Geschichten über die Ungerechtigkeiten parat, die ihnen widerfahren waren; alle wollten prozessieren. Unter anderem hatte er sich um eine gebrochene Hand gekümmert, die in Zukunft vermutlich würde operiert werden müssen, um eine Nahrungsmittelallergie (dem Adrenalin-Autoinjektor sei Dank), um eine Frau mit Unterleibsschmerzen, die glaubte, eine Fehlgeburt zu haben (alles, was sie ausbrütete, waren die Anfänge einer Norovirus-Infektion), und um einen Mann Anfang dreißig mit Schmerzen in der Brust, der überzeugt war, sterben zu müssen (eine schwere Panikattacke). Alle von ihnen waren verängstigt, alle von ihnen waren wütend. Alle von ihnen schienen Jesse persönlich für die missliche Lage des Schiffs verantwortlich zu machen. Bei Damiens neuester Durchsage handelte es sich um eine Version des »Sturm an Land«-Schwachsinns, den der Kapitän vom Stapel gelassen hatte. Die Passagiere, denen er begegnet war, beruhigte das nicht. Wenn überhaupt, machte es das Ganze sogar noch schlimmer.

»Haben wir uns verirrt?« *Das weiß ich nicht.*

»Sind wir vom Kurs abgetrieben?« *Das weiß ich nicht.*

»Was ist, wenn der Sturm in unsere Richtung zieht? Wird es einen Hurrikan geben?« *Das weiß ich nicht.*

»Befindet sich denn kein Transponder an Bord? Warum kann man uns nicht ausfindig machen?« *Das weiß ich nicht.*

»Kann man am Norovirus sterben?« *Nein.*

Letzten Endes hatte er Bin losgeschickt, damit er darum bat, dass ein Wachmann abgestellt wurde, doch es war keiner erschienen. Sämtliche Mitarbeiter des Sicherheitsdienstes wurden auf dem Hauptdeck gebraucht, wo es immer wieder zu Schlägereien kam, wie er gehört hatte. Und er musste mit den Folgen fertigwerden. Mehrere blutverschmierte Gesichter und zwei mutmaßliche Gehirnerschütterungen.

Es konnte nicht so weitergehen.

Als der Besucherstrom in der Krankenstation schließlich ausgetrocknet war – Martha und Bin hatten mit den Beschwerden der Crew alle Hände voll zu tun –, sah Jesse nach den Passagieren, die in ihren Kabinen bleiben mussten. Die infizierten Passagiere, die gezwungen gewesen waren, ihre Kabinen auf den unteren Ebenen zu verlassen, hatten sich selbst im Dreamscapes Dining Room unter Quarantäne gestellt, der in manchen Bereichen aussah wie ein Gemälde aus dem Krimkrieg. Er hatte die Reinigung der dortigen Toiletten überwacht, die beide aussahen wie der Schauplatz der Geburt eines Aliens. Jesse dachte, er habe sich an die erbärmlichen Zustände gewöhnt, an die verschmutzten roten Tüten, die überall herumlagen – manchmal einfach neben einem Sondermülleimer auf den Fußboden geworfen –, an die Plastikflaschen, die Taschentücher, die Kondome und weiß Gott was noch, doch das hatte sogar ihn geschockt. Das Schiffspersonal war dünn gesät; die meisten hatten ihren Posten offenbar verlassen. Einem Crewmitglied gegenüber – einem Hilfskellner, der eindeutig weit über seine Stellenbeschreibung hinausgegangen war und sich in den Speisesaal gewagt hatte – war Jesse barsch gewesen, und er hasste sich dafür.

Es war bereits nach Mittag gewesen, als er oben bei den VIP-Suiten angelangt war. Und dann war es passiert. Die Frau hatte ihn in die Ecke gedrängt, als er gerade an Elise Mayberrys Tür hatte klopfen wollen. Ihm war das Herz in die Hose gerutscht, als er in ihr die Ehefrau des Mannes erkannte, der ihn am Tag zuvor beschimpft hatte. Sie hatte darauf bestanden, dass ihr Mann sofort aus der Luft vom Schiff geholt werden solle, woraufhin er ihr geduldig erklärt hatte, weshalb das nicht möglich war. Sie hatte ihm vorgeworfen, er würde lügen. Er hatte ihr gesagt, ihr Mann habe nur ein Virus und würde wieder gesund werden. Sie hatte darauf bestanden, mit dem Kapitän sprechen zu dürfen. Und dann hatte sie ihn geschlagen. Sie hatte sich sofort entschuldigt und war dann hysterisch geworden. Sie hatte gebellt, sie sei an ihre Grenzen gestoßen. Er wusste, wie sie sich fühlte, und wäre selbst am liebsten zusammengebrochen und hätte geweint. Er war zurück zur Krankenstation geeilt, um Alprazolam zu holen – ohne eine kleine Hilfe hätte sie den Tag nicht überstanden –, und dann hatte er es getan. Es war so einfach gewesen.

Die Ampullen warteten in kleinen Soldatenreihen auf ihn. *Wie geht's, Jesse? Wir wussten, dass du letzten Endes wieder schwach werden würdest. Komm rein und mach mit bei der Party.*

Tapp, tapp, die Vene finden, *nur ein kleiner Stich, es ist gleich vorbei, vertrauen Sie mir, ich bin Arzt.* Ein leichtes Übelkeitsgefühl und dann … Sie war auf ihn zugerollt, eine sanfte Woge von Wärme und Ruhe und völligem, vollkommenem Frieden. Alles war verblasst: die Sorge wegen des Virus und wegen ihrer Situation, die zermürbende Reue wegen Farouka. Das Pethidin strömte durch seine Adern und besänftigte und liebkoste und ließ seinen Zauber wirken. Er hätte sich schon vor langer Zeit fügen sollen.

Es betäubte sogar die Schuldgefühle.

Nach diesem ersten Schuss war er in seine Kabine zurückgekehrt – zum Glück befand sie sich auf einem der Passagier-Decks und nicht auf einem der unteren – und hatte zum ersten Mal geschlafen, seit alles losgegangen war. Gegen vier Uhr nachmittags war er dann aufgewacht und beinahe … beinahe glücklich gewesen. Er rieb sich Zahnpasta auf die Zähne – wobei er feststellte, dass sein Zahnfleisch taub war, eine Nebenwirkung, an die er sich noch aus den alten

Tagen erinnerte –, spülte den Mund mit Wasser aus der Flasche aus und beschloss, dass er sich nicht die Mühe machen würde, sich zu rasieren. Scheißegal.

Damiens Stimme ertönte knisternd aus der Lautsprecheranlage. »Guten Tag, meine Damen und Herren. Wir wissen zu schätzen, wie geduldig Sie sind.« Jesse lachte. Damien klang beinahe gelangweilt. Als sei ihm alles völlig egal. Als habe er aufgegeben. Als sei er endlich zu einer gewissen Selbsterkenntnis gelangt und wäre der Plattitüden und des Schwachsinns und des Klanges seiner eigenen Stimme müde. »... und möchte Sie nur wissen lassen, dass wir beschlossen haben, die Bars für Sie zu öffnen und von jetzt an Freigetränke auszuschenken.«

Geöffnete Bars! Geniale Idee. Die ohnehin explosive Lage durch Alkohol zu verschärfen würde bestimmt helfen.

Jesse ging zur Tür. Um der Benommenheit entgegenzuwirken, brauchte er Koffein. Er konnte aber auch einfach in seiner Kabine bleiben, bis schließlich Hilfe eintraf (*die kam aber nicht, niemand kam, um ihnen zu helfen – wenn jemand käme, wäre er längst hier*), und sich treiben lassen. Doch das würde bedeuten, dass er Martha und Bin mit den Schrecken des Abends alleine lassen müsste. Er mochte ein Idiot sein, aber so ein Arschloch war er auch wieder nicht. Er schwebte hinunter zur Offiziersmesse. Zwei Männer in weißen Hosen führten im barschen Flüsterton eine Unterredung mit einem anderen Offizier – einem der stellvertretenden Chefstewards, glaubte Jesse. Die drei würdigten ihn kaum eines Blickes. Das Brot schmeckte alt, und er nahm sich ein paar Tomatenscheiben, eine Handvoll Oliven und eine warme Dose Cola. Die Kalorien konnte er sich jetzt erlauben, nachdem er wieder wie früher auf Pethidin-Diät war. Die Frau, die das Essen ausgab, sah aus, als habe sie geweint. Jesse versuchte gerade, in Gedanken etwas Tröstliches zu formulieren (*Wie zum Beispiel, Mann? Im Zweifelsfall Drogen nehmen?*), als das Schiff sich plötzlich neigte und er ins Taumeln geriet. Die Bewegung des Schiffs, an die er sich im Lauf der Zeit gewöhnt hatte, war jetzt stärker ausgeprägt. Sie war noch nicht heftig, aber er nahm sie deutlich wahr. Schlechtes Wetter. Braute sich womöglich ein Sturm zusammen? Vielleicht war das Geschwafel des Kapitäns über das schlechte Wetter an Land doch nicht aus der Luft gegriffen. Vielleicht war es über das Meer zu ihnen gezogen.

Doch er würde auch damit fertigwerden. Jetzt würde er mit allem fertigwerden. Es wurde ständig darüber gesprochen, wie schädlich Drogen wären und dass sie Leben zerstören würden, aber niemand erwähnte, dass Drogen einen in manchen Fällen zu einem besseren Menschen machen konnten. Martha war ein Paradebeispiel. Sie war eine perfekt funktionierende Alkoholikerin. Alkohol hielt sie auf Kurs.

Jesse machte die Coladose auf und steuerte auf die Krankenstation zu. Als er am Eingang zu dem Korridor vorbeikam, der zur Wäscherei führte, zögerte er. Er war sich nicht sicher, ob er wirklich wissen wollte, ob die miesen Dreckskerle zurückgekommen waren, aber er hatte seinen Pethidin-Schutzschild, deshalb beschloss er, einen kleinen Abstecher zur Leichenaufbewahrung zu machen. Es gab kein Anzeichen dafür, dass jemand versucht hatte, in den Lagerraum einzubrechen. Der Zirkus war offenbar weitergezogen.

Doch das stimmte nicht. Hier mochte alles ruhig sein, aber Celine del Ray gab ohne Zweifel nach wie vor ihre Vorstellungen, oder etwa nicht?

Nein. Dorthin würde er nicht gehen.

Er öffnete die Tür des Lagerraums, um sich zu vergewissern, dass alles in Ordnung war. Die Klappe der Leichenaufbewahrung war geschlossen, und die düsteren Tiefen des Lagerraums wirkten seltsam einladend. Er hätte sich darin verstecken können. Hätte sich die volle Dröhnung geben und bis in alle Ewigkeit schlafen können. Hier würde niemand nach ihm suchen.

Nein. Bin und Martha brauchten ihn. Er schloss lautstark die Tür und setzte sich in Bewegung.

Vor der Krankenstation wartete Baci auf ihn. Jesse fluchte leise. Er hatte ihn eigentlich bitten wollen, Alfonso im Dare to Dream Theatre einen Besuch abzustatten, doch die Sache mit der Leichenaufbewahrung hatte das aus seinen Gedanken gelöscht. Bacis makelloses Model-Äußeres zeigte langsam die ersten Verschleißerscheinungen: gelbliche Schweißmonde zeichneten sich auf seinem Hemd ab; zwei Tage alte Bartstoppeln überschatteten seine Wangen. »Ich habe nach Ihnen gesucht, Doktor.«

»Wie kann ich Ihnen helfen?«

»Alfonso ist wieder auf seinem Posten.«

»Oh. Na ja, das ist doch gut, oder? Hat er das Schiff schon repariert?« *Wie drollig.*

»Nein. Er sitzt einfach nur da, Doktor.«

»Redet er?«

»Nein.«

»Nichts vom dunklen Mann?«

»Nein.«

»Ich mache mir Sorgen um ihn. Ich weiß nicht, was ich tun soll.« *Tja, du könntest was von dem tollen Pethidin nehmen, dann wäre dir das scheißegal.* Nicht wahr: Bin und Martha waren Jesse nicht scheißegal. »Würden Sie kommen und ihn sich ansehen, Doktor?«

»Jetzt?«

»*Sì.*«

Jesse dachte darüber nach. Es wäre eine Möglichkeit gewesen, um zwei Fliegen mit einer Klappe zu schlagen. Alfonsos Brandwundenpflaster musste gewechselt werden. Irgendwann musste er es ohnehin tun. Der Maschinenraum war dafür zwar nicht gerade perfekt geeignet, doch welcher Ort war das schon? Das ganze Schiff war ein gärender Haufen Fäkalien.

»Lassen Sie mich schnell meine Tasche holen. Warten Sie hier.«

»Danke.«

Jesse eilte zum Medikamentenschrank. Ein frisches Brandwundenpflaster, eine Pinzette und was noch? Dumme Frage. Er steckte sich vorsichtshalber drei weitere Ampullen und eine frische Injektionsnadel in die Tasche. Und vielleicht noch eine Prise Morphium. Warum nicht, verdammt? Sie mussten dafür unterschreiben, waren für jedes Gramm verantwortlich, das verwendet wurde, aber hey, er war schließlich verantwortlich. *Das kommt in meinen verdammten Blutkreislauf.*

»Jesse.«

Er zuckte schuldbewusst zusammen, als Marthas Stimme ertönte. Wie lange stand sie schon da? Er hatte sie nicht den Raum betreten hören. Hatte sie gesehen, wie er sich bedient hatte?

»Bin ist krank, Jesse.«

Scheiße. »Wo ist er denn?«

»In seiner Kabine. Ich habe ihm … Rehydrierungslösung gebracht.«

Sie sprach gestelzt, und ihre Augen waren blutunterlaufen. Sie war betrunken. Doch woher nahm er sich das Recht, über sie zu urteilen? In gewisser Weise war er erleichtert. Sie war scharfsinnig und intuitiv, und wenn sie nicht beeinträchtigt gewesen wäre, hätte sie vermutlich bemerkt, dass er völlig von der Rolle war. Oder vielleicht auch nicht; die anderen Ärzte in seiner früheren Praxis hatten sechs Monate gebraucht, um dahinterzukommen. »Wenn ich fertig bin, sehe ich nach ihm.«

Ihre Lider waren halb geschlossen und ihre Augen verquollen. Sie war wirklich völlig durch den Wind, wie sie selbst es formuliert hätte. »Jesse, irgendwas ist los. Ich habe Sachen gehört.«

Er konnte es jetzt nicht gebrauchen, eine weitere Portion abergläubischen Mist aufgetischt zu bekommen – dass das Personal im Kasino ein Bildnis verbrannte oder was auch immer. »Ja? Merken Sie sich, wo wir stehen geblieben sind. Ich bin gleich wieder da. Alfonso ist wieder auf seinem Posten.«

»Tatsächlich?«

»Ja. Aber es klingt so, als würde er immer noch neben sich stehen. Ich gehe mal runter, um seinen Verband zu wechseln.«

Bevor sie ihn aufhalten konnte, eilte er hinaus auf den Korridor zu Baci und begleitete ihn zum Eingang zu den unteren Ebenen. Sie gingen am Müllraum vorbei und durch die Bereiche des Schiffs, die Martha als »Ausbeutungsbetriebe« bezeichnete. Die stählernen Decken schienen ihn erdrücken zu wollen, und der Geruch hier unten war kräftiger, dicker, als würde man Scheiße und Diesel atmen. Der Fußboden sackte abermals ab. Hoppla. Sein Magen versuchte, sich in seinen Hals zu drücken.

Noch eine Ebene tiefer, um eine Ecke, an einer verlassenen Werkstatt vorbei und dann in den Maschinenkontrollraum. Dort sah es genau so aus, wie er erwartet hatte. Ein breites Pult, übersät mit Schaltern und Hebeln, Bildschirme an den Wänden, Uhren, Skalen, Schaubilder, ein Plan vom Bauch des Schiffs. Wer wusste, was all das zu bedeuten hatte? Er nicht.

Alfonso saß hinter dem Pult auf einem Stuhl und starrte geradeaus, den Mund halb geöffnet, verkrustete Hautfetzen an den Mundwinkeln. Jesse hoffte, dass er nicht dehydriert war.

»Sehen Sie, Doktor?«, sagte Baci. »Er hat sich nicht von dort wegbewegt.«

»Und er hat nicht gesprochen?«

»Nein.«

»Erinnern Sie sich an mich, Alfonso?« Jesse ging um das Pult herum zu ihm. Auf dem Bildschirm unmittelbar vor ihm klebte ein Ferrari-Wappen.

Keine Reaktion. Jesse holte seine Stiftlampe hervor und leuchtete Alfonso damit in die Augen, obwohl er sich bereits bei Alfonsos Einlieferung auf die Krankenstation vergewissert hatte, dass seine Pupillen nicht anormal erweitert waren. Was auch immer seine Katatonie verursachte, Jesse war sich sicher, dass es nicht eine Kopfverletzung war. Das Schiff sackte abermals ab. *Herrgott.*

»Vorsicht, Doktor«, sagte Baci. Er fing die Bewegung mit Leichtigkeit ab, indem er sein Gewicht wie ein Tänzer von einem Fuß auf den anderen verlagerte. »Schlechtes Wetter. Nicht gut für uns, nachdem die Stabilisatoren ausgefallen sind.«

»Sind wir in Gefahr?«

»Wenn es schwere See gibt, *sì,* natürlich.«

Vielen Dank. Jesse richtete seine Aufmerksamkeit wieder auf Alfonso. »Ich werde jetzt Ihren Verband wechseln, Alfonso, okay?«

Alfonso verzog keine Miene, als Jesse das Brandwundenpflaster vorsichtig entfernte, die Wunde untersuchte, ohne sie zu berühren – sie verheilte gut und hatte aufgehört zu nässen –, und ein neues anbrachte, nachdem er eine weitere Senkbewegung des Schiffs abgefangen hatte.

»Was können wir noch für ihn tun, Doktor?«, erkundigte sich Baci.

»Das ist alles.«

Das Schiff rollte erneut, schien zu verharren, dann sackte es ab. Jesse hielt sich am Pult fest und betete, dass ihn das Pethidin daran hindern würde, seekrank zu werden, doch wenn er noch länger hier unten blieb, würde nicht einmal eine Lastwagenladung Tabletten gegen Reiseübelkeit ausreichen. »Alfonso? Ich gehe jetzt.«

»Ich warte«, erwiderte Alfonso mit lauter, deutlicher Stimme.

»Worauf denn?«

Mit einem morbiden Zischen ging die Neonbeleuchtung aus.

Sie breitete sich aus. Die Panik breitete sich aus.

Das Personal hatte die Bar neben dem Pool verlassen, und etliche Passagiere, männliche und weibliche, kletterten über den Tresen und schlugen aufeinander ein, wobei sie sich durch das immer heftigere Rollen des Schiffs nicht aufhalten ließen. Ein Deckarbeiter, der einen mit frischen roten Tüten beladenen Handwagen schob, wurde auf das Chaos aufmerksam, schubste den Wagen von sich weg und rannte zur nächstgelegenen Service-Tür. Ein paar Passagiere versuchten, ihm zu folgen, doch er schaffte es, rechtzeitig durch die Tür zu schlüpfen, und war so schlau, sie hinter sich abzusperren. Unten auf dem Promenade-Dreamz-Deck wurden die Shops geplündert, und ein Passagier benutzte eine Cherub-Statue, um die Glastür der Sandman Disco einzuschlagen. Eine kleine Gruppe (einer der Männer kam Devi bekannt vor) versuchte, die Serviceklappe hinter dem Gästeservice-Schalter aufzustemmen. Die einzige friedliche Oase war das Dare to Dream Theatre. Seine Türen waren geschlossen, und mehrere dunkle Gestalten hatten davor Stellung bezogen.

Devi klickte zurück zu den Bildschirmen, die das Hauptdeck zeigten. Eine Frau, deren nasses Haar an den Wangen klebte, winkte verzweifelt in die Kamera und taumelte, als sich das Schiff zur Seite neigte. Es bestand kein Zweifel daran, dass der Wind zulegte. Plötzliche Sturmböen waren im Golf an der Tagesordnung, und das schlechte Wetter hatte sie ohne Vorwarnung erreicht. Devi wusste genug, um sich darüber im Klaren zu sein, dass eine Monsterwelle das manövrierunfähige Schiff umwerfen konnte, als bestünde es aus Zündhölzern. Er hatte wenig Zweifel daran, dass der Kapitän eine Evakuierung anordnen würde, wenn es noch deutlich schlimmer wurde.

Wenn er seine Beute aufspüren wollte, blieb ihm also nicht mehr viel Zeit.

Er versuchte noch einmal, über Funk Hilfe zu rufen. »Bitte kommen, Zentrale. Bitte kommen. Pran? Madan? Ram? Bitte kommen.« Eine hilflose Geste. Seinen Vorgesetzten hatte er seit ihrer Auseinandersetzung am Vorabend nicht mehr gesehen, Madan trank sich zu Tode, Ashgar war immer noch krank, und Ram hatte Pran angewiesen, zu ihm auf die Brücke zu kommen. Pran hatte erzählt, Ram habe eine Gruppe von Passagieren im Crewbereich hinter der Bühne erwischt und der Kapitän habe daraufhin angeordnet, dass die Service-Türen stets abzuschließen seien.

Alleine konnte er sich nicht hinauf aufs Hauptdeck begeben. Er hätte höchstens vier Personen überwältigen können. Die einzige Möglichkeit war, das Scharfschützengewehr einzusetzen, doch er würde vermutlich Helfer benötigen, die die Passagiere in Schach hielten, um überhaupt an die Kiste zu gelangen, in der es untergebracht war.

Das käme einem Selbstmord gleich.

Und Devi musste Prioritäten setzen. Gary Johansson befand sich irgendwo auf dem Schiff. Er war ihm gestern auf dem Hauptdeck entwischt, nachdem Pran ihn auf ihn aufmerksam gemacht hatte, doch Devi war sich fast sicher, dass es sich bei Kellys Angreifer und dem gewalttätigen Passagier um ein und denselben Mann handelte. Nachdem Pran ihn wegen der offenen Türen alarmiert hatte, hatte er in der vergangenen Nacht sämtliche Kabinen auf den unteren Decks kontrolliert, aber nichts Ungewöhnliches entdeckt. Keine Hände, die Kameraobjektive zuhielten, keine Ladys in Weiß. Und keine Vergewaltiger und Mörder. Die Gemeinschaftsbereiche hatte er zweimal kontrolliert, einschließlich der Toiletten und der Nischen, und er hatte am frühen Morgen die Passagiere in Augenschein genommen, die sich im Dare to Dream Theatre verschanzt hatten. Die Organisation dort hatte ihn beeindruckt. Der Bereich war leise und sauber, und der Mief war dank regelmäßiger Reinigung auf ein Minimum reduziert.

Er klickte abermals zu den unteren Decks. Hatte sich Johansson womöglich über Bord gestürzt? Er lehnte sich zurück und rieb sich die Schläfen. Es würde nicht mehr lange dauern, bis den Generatoren die gespeicherte Energie ausging. Die Notbeleuchtung würde erlöschen, und die Bildschirme würden sich ebenfalls ausschalten.

Er konnte ein Gähnen nicht unterdrücken – inzwischen war er seit achtundvierzig Stunden wach.

Atem an seiner Wange. Er zuckte zusammen, reckte den Hals, sah Rogelio hinter sich stehen. Er hatte keine Angst, dass sie zusammen erwischt werden könnten – ihn ärgerte nur, dass er so dumm gewesen war einzudösen; er hatte Zeit verloren, die er hätte nutzen können, um das Monster aufzuspüren. »Wie spät ist es denn?«

»Devi, ich muss dir was sagen.«

»Moment.« Er warf erneut einen Blick auf die Bildschirme. Die Passagiere hatten die Bar verlassen und sich jetzt in Gruppen am Eingang zum Sitzbereich des Büfetts im Inneren versammelt. Sie hielten sich aneinander fest, als das Schiff schaukelte. Das Stampfen wurde immer stärker. Devi schluckte. Er konnte es sich nicht erlauben, dass ihm jetzt übel wurde.

Rogelio umklammerte die Stuhllehne. »Devi, ich kann dir helfen.«

»Mir wobei helfen?«

»Den Mann zu finden. Den Mann, nach dem du suchst. Den, der Kelly getötet hat.«

Ein Anflug von Hoffnung. »Du hast ihn gesehen? Du weißt, wo er ist?«

»Nein. Aber Devi, bitte. Du musst mit mir ins Theater kommen. Sie weiß Dinge, Devi. Sie kann dir helfen. Ich habe mit ihr gesprochen. Sie möchte dich sehen. Sie sagt, sie weiß, was du dir wünschst, und sie wird es dir geben.«

»Von wem sprichst du, Rogelio?«

Eine flüchtige Bewegung auf dem Bildschirm, der

den I-95 zeigte, erregte seine Aufmerksamkeit. Drei Crewmitglieder rannten den Gang entlang und stützten sich dabei an der Wand ab, um nicht das Gleichgewicht zu verlieren. Sie trugen Rettungswesten – war bereits eine Evakuierung angeordnet worden? Nein. Er hätte den Alarm gehört. Vielleicht handelte es sich nur um eine Vorsichtsmaßnahme, und sie nahmen die Entscheidung des Kapitäns vorweg.

»Sie kann dir helfen, Devi. Du möchtest den Mann finden, der Kelly getötet hat, nicht wahr? Sie kann dir helfen.«

»Rogelio, geh zu deiner Sammelstation.«

»Der Kapitän hat nicht angeordnet …«

»Tu es einfach.«

»Ich lasse dich nicht allein, Devi.«

»Geh!«

Rogelio zuckte zusammen.

Devi fuhr in sanfterem Tonfall fort: »Ich komme bald nach. Ich muss vorher noch was erledigen.«

»Devi, im Theater sind wir in Sicherheit. Du musst mir einfach vertrauen. Und Celine kann dir helfen.«

Devi warf wieder einen Blick auf die Bildschirme. Auf dem Sport-Deck drängelten sich Leute vor der Treppe, die nach unten führte, weil sie vermutlich ins Innere gelangen wollten. Hinter dem Schiff spritzte Wasser in hohem Bogen.

»Ich komme und finde dich, Rogelio.«

»Versprichst du mir das?«

»Ich verspreche es dir.«

Devi testete noch einmal das Funkgerät. Nichts.

Dann kontrollierte er erneut die unteren Decks. Er zoomte gerade Kelly Lewis' Kabine heran, als der Bildschirm kurz flackerte und dann ausging. Einen Augenblick später ging das Licht aus und ließ ihn in Dunkelheit zurück. Er zog seine Taschenlampe aus dem Gürtel. Das Schiff rollte inzwischen richtig stark.

Als Devi aufstand, um zur Brücke zu gehen, sah er zwei Lichtpunkte auf sich zuhüpfen. Er richtete den Strahl seiner eigenen Taschenlampe auf sie. Pran und Madan kamen auf ihn zu. Die beiden zuckten zusammen und blinzelten, als der Lichtstrahl sie erfasste.

»Was machen Sie denn hier, Devi?«, fragte Pran. Er klang beunruhigt, am Rande der Panik.

»Haben Sie nicht gehört, dass ich Sie über Funk gerufen habe?«

»Devi, Sie müssen hier raus. Die Crew evakuiert das Schiff.«

»Ich habe keinen Alarm gehört.«

Eine Pause. »Er … Es gab kein Signal. Vielleicht ist es kaputt.«

»Wurden die Passagiere alarmiert?«

»Wir müssen erst noch was anderes erledigen«, entgegnete Madan.

»Was denn?«

Madan grinste ihn grimmig an, ging zur Backup-Festplatte und feuerte die beiden Projektile seiner Elektroschockpistole hinein. Funken sprühten, als die Festplatte knallte und zischte.

Devi stürzte sich auf Madan. »Was – warum?«

Madan schlug Devis Hand weg. »Wir gehen vom

Schiff, Devi. Ich habe den Befehl bekommen, es zu tun.« Madan klang nicht betrunken. Er klang völlig klar.

»Wer hat den Befehl erteilt?«

»Ram natürlich.«

Wut stieg in ihm auf. »Sie dürfen keine Ausrüstungsgegenstände zerstören, Madan – das ist eine Straftat! Außerdem befinden sich darauf Beweise, dass ein Verbrechen begangen wurde.«

»Die Crew verlässt das Schiff, Devi. Ich habe Ihnen doch gesagt, dass ich von diesem Schiff runtermuss. Ich dachte, Sie hätten das verstanden. Ohne Antrieb wird es diesen Sturm nicht überstehen. Es könnte jeden Moment sinken.«

Und dann begriff Devi. »Sie haben nicht vor, die Passagiere zu evakuieren. Sie wollen einfach das Weite suchen.« Und sie wollten nicht, dass Beweise für ihr Handeln herumlagen, falls das Schiff den Sturm doch überstand und letzten Endes geborgen wurde.

»Sie haben die Passagiere doch gesehen. Sie haben gesehen, wie sie sich verhalten. Wir könnten niemals rechtzeitig organisieren, dass sie ...«

»Das können Sie nicht tun, Madan. Sie dürfen diese Leute nicht im Stich lassen.« Er sah Pran an, doch der Junge hatte den Blick abgewendet.

»Die Passagiere können das Schiff ja verlassen, wenn sie wollen. Sie wissen, wo sich die Rettungsboote befinden.«

»Aber sie wissen nicht, wie man mit ihnen umgeht!«

»Wir können nichts tun. Kommen Sie mit uns, Devi.«

»Sie dürfen diese Leute nicht auf dem Schiff zurücklassen!«

»Diese Leute sind Abschaum, Devi. Sie behandeln uns wie Dreck. Warum machen Sie sich Sorgen um sie?«

»Ich werde Sie nicht gehen lassen.« Devi legte die Hand auf die Elektroschockpistole an seiner Seite. »Sie dürfen das nicht tun.«

»Devi. Tun Sie das nicht, Mann.«

Pran war jetzt nicht mehr zu sehen. Der Junge hatte vermutlich das Weite gesucht.

»Tut mir leid, Devi«, sagte eine Stimme hinter ihm. Rams Stimme. Ohne Vorwarnung verkrampfte sich Devis Muskulatur, und heftige Schmerzen schossen zischend in seine Nervenenden. Er verlor die Kontrolle über seinen Körper, brach zusammen und schlug mit dem Kopf auf dem harten Boden auf. Panik schoss Funken durch seinen Schädel. Und dann verstand er. Er verstand, was geschehen war: Ram hatte ihm einen Elektroschock verabreicht. Seine Taschenlampe rollte auf dem Fußboden von ihm weg, als sich das Schiff neigte.

»Tut mir leid, Devi«, sagte jemand – er konnte nicht mehr beurteilen, ob es sich um Ram oder um Madan handelte.

Devi versuchte, sich zu bewegen; versuchte verzweifelt, etwas zu sagen. *Tun Sie das nicht, ich muss noch etwas erledigen.* Und dann …

Der Wildcard-Blog

Mein furchtloser Kampf gegen die Unaufrichtigkeit, damit er Ihnen erspart bleibt

3. Januar

Die Gruppe der Ausbeuterin wächst. Bislang sind mir nur zwei oder drei Leute begegnet, die bei einer ihrer Shows waren und nicht auf ihren faulen Zauber reingefallen sind. Sogar Emma und Donna aus der Single-Gruppe sind überzeugt, dass ihre tote Freundin Kelly »durch Celine« zu ihnen gesprochen hat. Sie haben das Übliche gesagt, dass Celine Sachen weiß, die sie unmöglich wissen kann. Ich habe mir das von ihnen Fakt für Fakt aufschlüsseln lassen, aber nichts davon war so konkret, dass Celine es nicht hätte aufschnappen können, wenn auf dem Schiff getratscht wurde.

Die Leute strömen in Scharen ins Theater, weil es dort sauber ist und sie was zu essen bekommen und keiner ausrastet. Typische Sekten-Strategie: dafür sorgen, dass sich Neuankömmlinge wie was Besonderes fühlen.

Bin mir nicht sicher, wie Celine den Rest des Schiffs beeinflusst. Autosuggestion? Das muss es sein. Entweder das oder eine hysterische Reaktion auf eine stressige Situation, von elektrischen Impulsen, niederfrequentem Ton oder Suggestibilität verursachte Halluzinationen. Selbst Maddie, die definitiv weiß, dass Celine eine Scharlatanin ist, hat Dinge gesehen. (NICHT VERGESSEN: Falls wir hier jemals wieder rauskommen, muss ich Recherchen zu Celines magischem afroamerikanischen Geistführer anstellen. Typisch, dass sie einen hat. Habe seinen Namen vergessen – Papa Norris??) Maddie sagt, sie hätte ein Summen gehört, bevor sie halluziniert hat. Manifestierung des Brummton-Phänomens auf dem Schiff?

16:00 Uhr: Die Leute rasten langsam echt aus. Die Qualität des Essens lässt rapide nach. Am Lido gibt's nichts außer Bananen und Tomaten in Hotdog-Brötchen. Habe gerade gehört, dass die Bars wieder öffnen. SCHLECHTE IDEE.

Der Kapitän hat uns echt in die Scheiße geritten. Nehme an, wir sind vom Kurs abgekommen. Die beliebteste Theorie lautet, dass uns wegen extrem schlechtem Wetter an Land niemand bergen kann. Die einzige andere Erklärung ist, dass sich irgendeine Katastrophe ereignet hat. Wie der 11. September oder der Schwarze Donnerstag. Oder noch schlimmer. Ein Atomkrieg. Die Meuterei der Maschinen. Ein Angriff von Außerirdischen. Zombies. Haha.

17:00 Uhr: Mir ist ein bisschen flau, weil das Meer welliger wird. Vielleicht geht das Schiff ja unter und erlöst uns alle von unserem Elend.

Muss mich hinlegen. Schreibe das später fertig.

Die Helferin der Hexe

Das Licht war vor zehn Minuten ausgegangen, und Maddie hoffte noch immer, dass es wie durch ein Wunder wieder angehen würde. Unter ihren Füßen wand sich das Schiff und knarrte. Selbst bei geschlossener Balkontür drangen die Schreie vom Deck über ihr nach unten.

Xavier stöhnte, und dann hörte sie sein flüssiges Husten, als er sich erneut übergab. Sie hatte ihm ein paar von ihren Tabletten gegen Reiseübelkeit gegeben, doch die hatten nichts genützt. Und es schien, als habe die *Beautiful Dreamer* sie von ihrer Überempfindlichkeit geheilt. Jetzt, im Dunkeln, wo alles lauern konnte (*Lizzie Bean vielleicht?*) hatte sie Schlimmeres zu befürchten, als dass jemandem schlecht wurde.

Das Schiff sackte ab und ließ ein Gefühl von Leere in ihrem Bauch zurück. Luft, frische Luft, das würde helfen. Sie torkelte seitwärts zur Balkontür und trat auf den Balkon hinaus, wo sie zum Geländer eilte, um sich festzuhalten. Regen peitschte ihr ins Gesicht; unter ihr hob und senkte sich das Meer. Und noch etwas: Lichter. Im Wasser befanden sich Lichter. Sie blinzelte, wischte sich die Feuchtigkeit aus den Augen. Boote, da draußen waren Boote.

Sie stürzte zur Tür. »Xavier! Da sind Boote. Sie sind da!«

»Hm?«

»Da sind Boote im Wasser! Jemand kommt uns retten.«

Sie hörte ihn stöhnen und zur Balkontür torkeln. Vorsichtig schleppte er sich zu ihr nach draußen. Das Meer türmte sich auf, und jetzt konnte sie einen dreieckigen Umriss ausmachen – ein aufblasbares Boot? –, bevor er wieder von den Wellen verschluckt wurde.

Xavier packte sie an der Schulter. »Maddie, das sind keine Boote, die uns retten wollen. Das sind Rettungsboote.«

Eine kalte Welle der Panik. »Aber … aber ich habe kein Signal für eine Evakuierung gehört.«

Er packte sie am Handgelenk.

Sie taumelten gemeinsam zur Tür, durchquerten die Suite und stolperten in den Korridor hinaus. Das einzige Licht kam von den Fluchtwegmarkierungen auf dem Boden und an der Decke. Sie klammerte sich an der Wand fest, als das Schiff abermals absackte. Gestalten rückten vom anderen Ende des Korridors näher, und das Bruder-und-Schwester-Pärchen trampelte an ihnen vorbei. Die beiden hielten sich aneinander fest. »Sie müssen hier raus!«, kreischte die Frau sie an. »Oh, gütiger Himmel. Verlassen Sie das Schiff!«

Maddie hämmerte an Helens und Elises Tür. »Helen! Helen!« Keine Antwort.

»Kommen Sie!«, schrie Xavier.

Sie drehte sich zu ihm. »Wo ist denn Ihre Sammelstation?«

»Scheiß drauf. Wir gehen zum Hauptdeck, wo die verdammten Rettungsboote sind.«

Sie stützten sich an der Wand ab und taumelten an den Aufzügen vorbei und quer durchs Atrium. Die Tür zum Hauptdeck wollte sich zunächst nicht öffnen lassen, da der Wind von außen dagegendrückte, doch dann ließ der Druck plötzlich nach, und Maddie stolperte hindurch, rutschte auf dem Deck aus und fiel beinahe hin.

Chaos. Pures Chaos begrüßte sie. Matratzen waren in den Pool gerutscht, und das Wasser darin schwappte heftig hin und her. Ein Liegestuhl war in einer seltsamen Umarmung um die Reling gewickelt, und das Deck war mit glitzernden Glasscherben übersät. Zu ihrer Linken durchwühlten Passagiere die Kisten mit Rettungswesten und drängelten und schubsten sich dabei gegenseitig weg. Sie erspähte das Bruder-und-Schwester-Pärchen bei der Bar. Er war offenbar ausgerutscht und hingefallen, und seine Frau kauerte neben ihm und hielt seinen Kopf an ihre Brust. Sollte sie den beiden helfen? Scheiße – sie wusste nicht, was sie tun sollte. Sie blickte sich nach Xavier um, entdeckte ihn aber nirgendwo. Salzwasser stach in ihren Augen.

Ein schrilles Pfeifen ertönte, dann explodierte der Himmel in rotem Licht (*Leuchtkugeln, sie mussten Leuchtkugeln abgeschossen haben*), und auf dem Deck war es ein paar Sekunden lang taghell. Die Leute kämpften darum, auf die Seitendecks zu gelangen, wo sich die Rettungsboote befanden, ihre Gesichter verzerrte Masken voller Panik und Schmerz. Das Schiff rollte abermals, und einige von ihnen verloren den Halt und fielen nach hinten auf andere.

Jemand rempelte Maddie an, und als sie sich umdrehte, sah sie Ray, der die Hand einer zierlichen Frau hielt. »Maddie! Komm mit! Wir müssen ... Rettungsbooten!«

Ein Wachmann eilte an ihnen vorbei und schrie: »Halt! Die Davits können nicht bedient werden ...« Der Wind riss seine Stimme fort.

Sie blickte sich erneut nach Xavier um. Die Ansammlung in Panik geratener Passagiere, die den Bereich um die Kisten mit Rettungswesten verstopften, löste sich auf, und sie entdeckte ihn. Er kniete und balgte sich um zwei Rettungswesten.

»Maddie!«, brüllte Ray abermals.

»Weiß Celine Bescheid?«, schrie sie zurück.

»Maddie, du musst ... Crew ... Schiff.«

»Was ist mit Celine?«

»Scheiß auf sie, Maddie.«

»Aber was ist mit den Freunden?« Mit Jacob und Eleanor und Leila und Jimmy und Anabeth und ...

Die junge Frau, die bei ihm war, zog an seiner Hand. »Kommen Sie mit uns mit!«, schrie sie Maddie zu.

Doch sie konnte nicht. Sie konnte die Freunde nicht einfach im Stich lassen. Maddie konnte es einfach nicht. Zumindest musste sie sich vergewissern, dass es dringend erforderlich war, sich zu den Rettungsbooten zu begeben. Sie drehte sich um und schlitterte zur Glastür zurück, wobei sie gegen die Flut von Menschen ankämpfte, die versuchten, vom Schiff zu kommen.

Als sie bei der Haupttreppe angelangte, neigte sich das Schiff erneut, und zwar so stark, dass es sich anfühlte, als würden sich ihre Füße nach oben in ihre Knie drücken. Ein Rauschen in ihren Ohren. Ein Knirschen, dann ein metallisches Kreischen. Sie nutzte das Geländer, um sich abzustützen, rannte halb, stürzte halb die Stufen zum Promenade-Dreamz-Deck hinunter und war dabei froh um den grünlichen Schein der Notausgang-Schilder. Die Türen zum Theater schlugen immer wieder auf und zu, doch die Stufen davor waren menschenleer. Sie schleppte sich zum Eingang hinauf, trat die Tür auf und kroch hinein. Das Rauschen in ihren Ohren hörte vorübergehend auf, und sie hörte Celine rufen: »Wer geht, wird sterben. Es ist Ihre eigene Entscheidung!«

»Es gibt keinen Tod«, dachte Maddie – oder vielleicht sagte sie es auch laut, sie war sich nicht sicher, denn dann verschwand der Boden unter ihr.

Der Verurteilte

Ihm gefiel sein Versteck. Es war urgemütlich. Ein Boot im Boot! Und ihm gefiel die Bewegung des Schiffs. Es hatte ihm schon immer gefallen, das Wogen des Meers zu spüren. Der Wind frischte auf, was ihm ebenfalls gefiel, und es fing an zu regnen. Das Tapp-Tapp-Tapp auf der Persenning war beruhigend. Es verschluckte das Geschrei.

Hier war er in Sicherheit. Sie würden ihn niemals finden. Die Wachmänner würden ihn niemals finden. Sein Versteck war genial. Ihm war bewusst, dass er noch immer nicht ganz er selbst war. Er sah nach wie vor alles etwas verschwommen, distanziert, um genau zu sein. Das gefiel ihm ebenfalls. Die Bank, auf der er lag, war nicht gerade bequem, doch diesen Nachteil konnte er in Kauf nehmen, oder etwa nicht?

Der alte vorsichtige Gary – derjenige, der keine Freunde hatte, die ihm hätten helfen können – hätte panische Angst gehabt, hier drin entdeckt zu werden. Er wusste, die Rettungsboote wurden alle überwacht, um die Passagiere davon abzuhalten, mit ihnen Unfug zu treiben, doch davon ließ er sich jetzt nicht abschrecken. Er vertraute seinem Freund. Er hatte versucht, mit ihm über das Mädchen zu sprechen, doch er war aufgetaucht und wieder verschwunden, und manchmal wurde Gary bewusst, dass er Selbstgespräche führte. Der große Mann schwieg fast die ganze Zeit, doch Gary glaubte nicht, dass er über ihn urteilte. Gary hatte ihm erklärt, dass er nicht krank sei. Dass er niemandem Schaden zufügen würde. Es war einfach etwas, was er tat. Sie erinnerten sich an nichts, und jeder wusste, dass sie es insgeheim wollten. Das war eine biologische Notwendigkeit. Menschen waren so programmiert. Männer waren Jäger, und Frauen waren Gejagte. Es hatte keinen Sinn, es irgendwie anders darstellen zu wollen.

Er war kein Frauenhasser. Er hatte keine »ungelösten Aggressionsprobleme«. Er tat es, weil es in seiner Natur lag.

Und nein, über die anderen Dinge wollte er nicht nachdenken. Über die dunklen Dinge, wenngleich sein Verstand versuchte, in seiner Erinnerung herumzustochern wie eine Zunge, die sich in ein Loch im Zahn verirrt. Er wurde immer besser darin, sie auszusperren. Das war eine Gabe. Man konnte eine Mauer errichten und Dinge dahinter verstecken. Das war etwas, das er seit Jahren tat, ohne darüber nachzudenken.

Sie hat eine Nachricht für dich …

Hm. Hör nicht zu.

Sie sagt, sie wird dich leiden lassen. Sie sagt, sie wird dich immer und immer wieder leiden lassen, und es wird niemals aufhören.

Das hat sie nicht gesagt. Es gab keine Nachricht.

Pst.

Das Schiff schaukelte heftig; ein dumpfer Schlag.

Um ihn herum wellte sich die Persenning, Hände und Arme wurden nach ihm ausgestreckt, und er hörte sich selbst schreien. Menschen kletterten in sein Versteck. Sie kletterten übereinander hinweg, und er wurde gegen die Seitenwand gedrückt und bekam keine Luft mehr.

Er musste raus. Musste das Weite suchen. Er stemmte sich gegen die Leute, schloss die Augen und kämpfte. Jemand zog an seinen Haaren, sein Jochbein explodierte, doch er machte weiter, ignorierte ihre Protestschreie. Irgendetwas rammte ihn seitlich am Kopf, und er sah Sterne, stieß Galle auf, und dann, wie ein Korken, der aus einer Flasche schießt, landete er auf allen vieren auf dem Deck, wo ihm Wind und Regen ins Gesicht peitschten. Jemand stieg ihm auf die Hand, und er kugelte sich zusammen und rollte bis zur Reling auf der anderen Seite.

Als er aufblickte, glaubte er, Marilyn in der Menge zu sehen, doch dann war sie wieder verschwunden. Er zog sich an der Reling auf die Füße und warf einen Blick nach unten aufs Pool-Deck. Ein Mann war in den Pool gefallen. Er ruderte wild mit den Armen und verschwand unter einer der Matratzen im Wasser. Dann leuchtete der Himmel mit einem Zischen rot auf, und Gary sah ihn: seinen Freund. Er wartete neben der Glastür, die ins Innere des Schiffs führte, auf ihn. Der Boden schwankte und bäumte sich unter seinen Füßen auf, doch Gary löste den Blick nicht von seinem Freund, als er sich zwischen den Leuten hindurchdrängte, die die Treppe hinaufströmten.

Jemand rempelte Gary an, als er auf dem Hauptdeck angelangte, und schrie ihm ins Ohr, doch Gary schob ihn weg und setzte seinen Weg zur Tür fort. Als er sich durch sie hindurchschob, drängte er eine Frau zurück, die ihm entgegenkam und ins Freie wollte. Er durfte seinen Freund nicht aus den Augen verlieren, doch im Inneren des Schiffs war es dunkel, und er hatte Mühe, etwas zu erkennen. Dann schob sich eine Hand in seine linke, und eine kleinere Hand schob sich in seine rechte. Einen Moment lang empfand er pure, urtümliche Abscheu – *das war etwas Vertrautes, erinnerte er sich, das war etwas Vertrautes* –, und dann zogen ihn die Hände vorwärts.

Mrs del Ray hatte aufgehört, den Leuten etwas zuzurufen. Sie saß jetzt nur noch lauernd in ihrem Rollstuhl auf der Bühne. Er würde bald umkippen, daran hatte Althea keinen Zweifel. Sie konnte Celines Gesicht nicht sehen. Im Theater war es zu dunkel, als dass sie es hätte erkennen können, doch sie hatte das Gefühl, dass die Frau sie beobachtete.

Das einzige Licht kam von ein paar Passagieren, deren Telefonakkus noch nicht leer waren, und vom schwachen, blassen Schein der Ausgangsschilder. Während sie mit Pepe Wasserflaschen verteilt hatte, war ein Mann den Mittelgang heruntergetrampelt und hatte gerufen, dass die Crew das Schiff verlassen würde und sich alle »bitte ruhig zu ihren Sammelstationen begeben« sollten. Sie hatte einen Blick von ihm erhascht, als er an ihr vorbeigerannt war. Es hatte sich um einen der Wachmänner gehandelt – nicht um den undurchschaubaren, dem sie in der Kabine der toten jungen Frau begegnet war, sondern um einen jungen mit spärlichem Oberlippenbart. Die Panik hatte sich schnell wieder gelegt. Diejenigen, die gehen wollten, waren bereits gegangen. Die Übrigen saßen ruhig in Gruppen zusammengekauert da. Die meisten von ihnen wurden seekrank.

Das Schiff rollte unter ihren Füßen, und sie klammerte sich an einer Sitzlehne fest, bis es wieder vorbei war. Eigentlich hätte sie nicht hier sein sollen, doch dafür konnte sie niemandem außer sich selbst die Schuld geben. Maria hatte sie gestern gewarnt, dass etwas in dieser Art bevorstand. Sie hätte sich zusammenreimen sollen, was sie damit meinte: dass die Crew plante, das Schiff zu evakuieren.

Althea würde den Jungen suchen, und dann würde sie das Schiff verlassen. Sie bahnte sich den Weg zur Bühne und wäre beinahe gestürzt, als sie die Stufen erklomm, die auf der Seite hinaufführten. Ohne einen Blick auf die Frau im Rollstuhl zu werfen, schlüpfte sie durch den Vorhang. Vorsichtig wählte sie ihren Weg zwischen den Hindernissen hinter der Bühne hindurch, bis sie die Tür fand, die hinaus auf den Gang führte. Der Junge war noch ein paar Stunden zuvor bei ihr in der Kabine gewesen, als sie eingenickt war. Mit ihm zusammen zu sein … verlieh ihr Energie. Sie hatte es satt, dass alle etwas von ihr wollten. Joshua wollte ihr das Mark aus den Knochen saugen und ihr Geld stehlen; die Manager des Kabinenservices und diese *puta* Maria wollten, dass sie für ihren Job dankbar war und sich die schlechten Arbeitsbedingungen und die miserable Bezahlung gefallen ließ; Mirasol wollte von ihr hören, was sie tun sollte; Mrs del Ray wollte, dass sie noch mehr Leute ins Theater lockte. Ihre Passagiere wollten, dass sie lächelte und ihnen ihre Handtücher zu verdammten Tieren faltete und ihnen kein schlechtes Gewissen wegen ihrer verschissenen Toiletten und miesen

Trinkgelder machte. Der Junge wollte nichts von ihr, außer in ihrer Nähe zu sein.

Den Blick unentwegt auf die Fluchtwegmarkierungen auf dem Fußboden gerichtet – an manchen Stellen waren sie ohnehin abgewetzt – und mit einer Hand an der Wand, um das Gleichgewicht zu halten, bahnte sich Althea langsam, vorsichtig und ohne sich zu gestatten, in Panik zu geraten, den Weg zum I-95.

Der Strahl einer Taschenlampe kam wankend auf sie zu. Sie blinzelte, dann erkannte sie Rogelio, wuchtig in seiner Rettungsweste, das Gesicht von Panik entstellt. »Haben Sie Devi gesehen?«

»Wen?«

»Devi. Er ist einer der Wachmänner.«

Sie hielt sich kurz an ihm fest, während das Schiff stampfte. »Nein.«

Er schubste sie weg und ging weiter. Ein heftiges Wogen beförderte sie auf die andere Seite des Korridors, doch sie fand das Gleichgewicht wieder und ging weiter. Sie würde nicht seekrank werden. Sie konnte es sich nicht erlauben, seekrank zu werden. Inzwischen benutzte sie beide Hände, um sich abzustützen, und stieg ganz langsam die Treppe zu ihrem Crew-Deck hinunter. Hier unten gab es keine Fluchtwegmarkierungen. Nichts, woran sie sich hätte orientieren können. Sie wusste nicht, wo sie sich befand, und sie musste ihre gesamte Selbstbeherrschung aufbieten, um nicht in Panik zu geraten. Als sie um eine Ecke bog, sah sie aus einer der Kabinen ein schwaches Licht scheinen.

Eine dunkle Gestalt warf sich ihr in die Arme und

brachte sie aus dem Gleichgewicht. Ein Anflug von Hoffnung, dass es sich um den Jungen handeln könnte, doch dann hörte sie Trining schluchzen: »Was ist los, Althea?«

»Alle verlassen das Schiff.«

»Es hat keinen Alarm gegeben. Warum ist niemand gekommen, um mich zu holen?«

Weil es ihnen egal ist. Weil inzwischen jedem alles egal ist.

»Bitte gib mir deine Taschenlampe.«

»Nein! Warum denn? Lass mich nicht allein, Althea.«

»Gib mir deine Taschenlampe, dann bringe ich dich zu deiner Sammelstation. Ich muss was aus meiner Kabine holen.«

Trining gab ihr die Lampe, und Althea rannte zu ihrer Kabine und richtete den Lichtstrahl auf die Betten und unter sie und in das winzige Bad. Nichts. Er war nicht hier. War er womöglich auf Deck fünf, wo sie ihn das erste Mal gesehen hatte?

»Althea!«

»Geh, Trining. Geh zu den Sammelstationen.«

»Kommst du denn nicht mit? Bitte, Althea. Ich fühle mich immer noch schwach. Und ich habe Angst.«

Verdammte Trining. »Komm mit.«

Sie nahm Trining an der Hand und zog sie den Personalkorridor entlang, wobei sie sie benutzte, um das Gleichgewicht zu halten, nachdem sie dazu nicht mehr die Wand benutzen konnte. Als sich das Schiff neigte, rempelte sie gegen Trinings Schulter.

»Es wird sinken!«, schrie Trining.

»Es wird nicht sinken.«

Sie schafften es an der Bar vorbei und hinaus auf das Sammeldeck, wo eine Gruppe von Crewmitgliedern darauf wartete, in die Rutsche zu klettern, die in die aufblasbaren Rettungsinseln führte. Bislang hatte Althea das nur bei ruhigem Wetter gesehen; sie wagte es nicht, über die Reling nach unten zu blicken. Jemand stülpte ihr eine Rettungsweste über den Kopf, und der Wind blies ihr salzige Gischt ins Gesicht. Das Schiff ächzte, während das Meer tobte und brüllte.

Eine Hand schob sie nach vorne.

»Althea!« Eine winkende Hand. Maria. Maria stand in einer der vorderen Reihen der Gruppe und half anderen dabei, in die Öffnung der Rutsche zu klettern.

»Ich muss den Jungen holen«, sagte sie zu Trining.

»Was? Ich verstehe dich nicht.«

Der Junge ist nicht echt.

Er war echt.

»Haben Sie keine Angst!«, rief Maria. »Althea, kommen Sie! Das ist Ihre einzige Chance.«

Schreie. Sie hörte Schreie.

Die Bewegungen des Schiffs waren inzwischen viel stärker: rauf, runter, hin und her, rollen und stampfen, rollen und stampfen.

Helen hatte die Vorhänge zugezogen und die Balkontür geschlossen, nachdem ihre ungebetenen Gäste geflohen waren. Ein oder zwei Mal hatte sie geglaubt, vom Korridor Geräusche zu hören. Die Schlaftabletten hatten sie betäubt. Sie hatte nur zwei genommen (*vorerst*), doch diese hatten ihren Zweck erfüllt und fast alles ausgeblendet. Sie setzte sich auf und brachte es nicht über sich, zu Elise hinüberzusehen, falls sie aus der Welt geschieden war, um Peter Gesellschaft zu leisten. *Herrgott noch mal! Gestorben, nicht »aus der Welt geschieden«. Gestorben.* In der Kabine war es dunkel, doch sie konnte sich nicht daran erinnern, das Licht ausgeschaltet zu haben.

Sie wappnete sich für das Gieren des Schiffs und begab sich vorsichtig zum Fenster. Mit einer überschwänglichen Geste wie der eines Magiers, der ein Tischtuch wegzieht, riss sie die Vorhänge auf und zuckte zusammen: Sie sah Gestalten, dunkle Gestalten, nur wenige Meter vor ihr vorbeikriechen.

Sie sind zurück.

Aber nein. Es handelte sich nur um Menschen – Menschen, die über das Rettungsboot vor ihrem Balkon krochen. Über ihr explodierte eine rote Lichterpracht und verwandelte die Schaumkronen auf den mächtigen Wogen des Ozeans in Rubine, und die Szenen, die sich vor dem Balkon abspielten, waren für mehrere Sekunden deutlich sichtbar. Ein Mann und eine Frau, denen die Bekleidung am Körper klebte, kurbelten hektisch an der Winde des Rettungsboot-Davits. Eine große Gestalt (nein, es handelte sich nicht um ihn, ihren Retter) balancierte auf dem Boot und versuchte, eine Leine zu lösen. Das Schiff neigte sich, er verlor das Gleichgewicht, rutschte aus und verschwand.

Sie trat zurück und zog die Vorhänge zu.

»Helen?«

Die Erleichterung, Elises Stimme zu hören, verschlug ihr beinahe die Sprache. »Sie verlassen das Schiff. Die Leute gehen vom Schiff.«

»Oh.«

Allerdings oh.

Helen ging langsam dorthin, wo sie Elises Bett vermutete. Nach dem hellen roten Licht (Leuchtgeschosse, es musste sich um Leuchtgeschosse gehandelt haben) hatten ihre Augen Probleme, sich an die Dunkelheit zu gewöhnen.

»Herrscht Sturm?« Zwischen ihren Worten keuchte Elise wie ein Dudelsack mit Loch.

»Das Meer wird langsam rau.« Es war bereits mehr als rau.

Helen widerstand der Versuchung, das Licht einzuschalten (und wer wusste, ob es überhaupt noch funktionierte?); sie wollte die Blässe ihrer Freundin nicht sehen. Sie wollte nicht sehen, wie nah sie am Ende angelangt war.

»Danke …«, ein Keuchen, ein Schnaufen, ein Japsen, »… dass du dich um mich gekümmert hast, Helen.«

»Du hättest für mich dasselbe getan.«

»Ist das … ist das Schiff in Schwierigkeiten?«

»Meinst du, mehr als vorher?«

Elise versuchte zu lachen, was jedoch einen Hustenanfall auslöste. Wasser in der Lunge, dachte Helen, wenngleich sie nicht die geringste Ahnung hatte, was das tatsächlich bedeutete. »Geh. Lass mich zurück. Bring dich in Sicherheit.«

Es gibt keine Sicherheit. Das Schiff sackte abermals ab, und sie kam sich vor, als befände sie sich in einem Fahrgeschäft, wobei ihr Magen einen Looping drehte. Es war berauschend. »Ich lasse dich nicht im Stich.« Sie legte sich auf den Rücken und tastete nach der Hand ihrer Freundin. »Denkst du, es wird wie eine Filmszene aus *Titanic*?«

Ein weiterer keuchender Laut. »Ich sterbe, Helen. Das spüre ich.«

»Du stirbst nicht.«

»Ich habe keine Angst. Ich dachte … dachte, ich hätte Angst, aber ich habe keine.«

Ein weiteres Rollen oder Stampfen oder Gieren oder wie auch immer man es nannte. Sie hörte ein

Krachen aus dem Bad und das Geräusch von etwas, bei dem es sich um ihren Laptop handeln musste – den Laptop mit ihrem Abschiedsbrief –, der von seinem Platz neben dem Fernseher fiel und auf dem Teppichboden aufschlug.

Der Engel der Barmherzigkeit

Die Tür des Lagerraums ging auf und ließ einen schwachen grünlichen Lichtkegel vom Notausgangsschild auf dem Korridor herein.

Oh, dachte Jesse, *die Außerirdischen sind hier.*

In der Türöffnung stand die Silhouette eines Mannes. Jesse sah zu, wie er hereingeschlurft kam und sich umsah. Irgendetwas an ihm kam Jesse bekannt vor – er war sich nicht sicher, was, aber von seiner Statur hatte der Mann eine große Ähnlichkeit mit dem vermissten Patienten. Mit demjenigen, der unentschuldigt fehlte. Mit demjenigen, von dem Devi glaubte, er sei womöglich für den Tod der jungen Frau verantwortlich.

Jesse sagte nichts, und der Mann schien nicht zu bemerken, dass er sich hier drinnen befand. Es war wirklich lachhaft, dass jemand auftauchte und in sein Versteck eindrang. Er war überhaupt nur deshalb hierhergekommen, um sich zu sammeln und etwas Zeit alleine zu verbringen, nachdem das Licht ausgegangen war. Und mit sammeln meinte er, seine Adern mit Pethidin vollzupumpen, hahaha, und nicht zu vergessen, hinterher noch mit Morphium. Jesse hatte sich neben einem Haufen leerer Kartons, in denen sich einmal Dosentomaten befunden hatten, ein Nest gebaut. Sein Plan war, es nicht zu verlassen, bis sich der Sturm legte oder das Schiff sank. Und zu seinem Glück schien das Pethidin die Seekrankheit doch in Schach zu halten.

Der Mann sagte etwas zu jemandem und griff an die Klappe der Leichenaufbewahrung.

»Sie ist voll«, hätte Jesse beinahe gesagt. »Bereits belegt.« Das wäre schnippisch gewesen, hätte witzig sein sollen, aber im Ernst, was hätte er sonst sagen sollen? Der Typ erweckte den Anschein, als wüsste er, was er tat. Und Jesse hatte nicht vergessen, wie er sich nach dem Angriff auf die Stewardess benommen hatte. Verrückt. Durchgeknallt. Man ließ ihn am besten in Ruhe. Jesse wäre nicht in der Lage gewesen, sich zu verteidigen, falls der Mann auf ihn losging.

Der Patient setzte seine imaginäre Unterhaltung fort, riss die Klappe der Leichenaufbewahrung auf – der Verwesungsgeruch, der herauswaberte, ließ Jesse zusammenzucken – und kletterte ohne einen Moment zu zögern hinein, und zwar direkt auf die verstorbene Passagierin. Dann beugte er sich nach draußen, um die Klappe zu schließen, bekam sie jedoch nicht zu greifen.

Das Schiff stampfte heftig, schien zu verharren und richtete sich dann wieder auf, wobei Jesses Magen irgendwo an der Decke des Lagerraums blieb und die Bewegung die Sicherung der Klappe aushebelte und diese zuschlagen ließ.

Jesse blinzelte. Scheiße. Was nun? Der Passagier hatte selbst entschieden, dort hineinzuklettern. Er war dort bestens aufgehoben. Er war gefährlich, und niemand wollte, dass so jemand auf dem Schiff frei herumlief und Schaden anrichtete. Sie steckten ohnehin schon tief genug in der Scheiße.

Er tastete nach einer weiteren Ampulle, fand jedoch keine mehr. Hatte er die anderen fallen lassen, als er durch das finstere Herz des Schiffs gestolpert war? Anscheinend. Hätte er sie alle aufgebraucht, wäre er bereits tot.

Das Schiff hob sich erneut, schien es sich dann anders zu überlegen und kippte zur Seite.

Es wurde Zeit, sich zurück auf die Krankenstation zu begeben. Er wollte lieber völlig zugedröhnt ins Gras beißen, als neben einem Verrückten in einem Lagerraum mit Leichenaufbewahrung zu ertrinken. Deshalb durchwühlte er seine Taschen nach seiner Stiftlampe und rutschte auf den Knien zur Tür. Er brauchte mehrere Versuche, um sie zu öffnen. In dem Moment, in dem er sich taumelnd erhob, warf ihn das Schiff an die gegenüberliegende Wand, doch das war nicht weiter schlimm, da er nicht das Geringste spürte. Mithilfe der Stiftlampe – ihr Licht war lächerlich, doch er hatte nichts anderes – bahnte er sich langsam den Weg die Treppe zum I-95 hinauf.

Schlurf, schlurf, du schaffst es. Und dann stand er plötzlich (er musste mental abgedriftet sein) vor der Tür der Krankenstation. Durchgehen und, schlurf, schlurf, immer sachte, weiter zum Medikamentenschrank. Licht in seinen Augen. Er blinzelte. Eine Taschenlampe. Er war nicht allein.

Eine Hand packte ihn am Arm. »Oh, Gott sei Dank. Jesse, Jesse, wir müssen weg.«

Martha. Und sie trug eine Rettungsweste. Er leuchtete ihr mit seiner Stiftlampe ins Gesicht. Sie weinte, und auf ihren Wangen befanden sich farbige Flecken. »Was haben Sie sich denn angetan?«

»Ich habe ein Mädchen getötet, Martha.« Woher war das gekommen? Es war einfach von selbst herausgeschlüpft.

»Jesse, wir müssen jetzt los. Ich habe auf Sie gewartet, aber die zögern nicht mehr lange.«

»Wohin gehen wir?« Er prallte gegen sie, als sich das Schiff wieder senkte.

»Vom Schiff.« Sie ließ beinahe ihre Taschenlampe fallen und fluchte leise. »Ich kann Sie nicht stützen, Jesse.«

»Was ist mit Bin?«

»Bin ist krank, Jesse.«

»Wir können ihn doch nicht im Stich lassen.«

»Wir haben keine andere Wahl.« Sie zerrte ihn mit sich. »Glauben Sie, ich möchte das? Die lassen ihn nicht ins Boot, wenn er krank ist.«

»Ich bin auch krank.«

»Sie sind betrunken.« Inzwischen schluchzte sie. »Bitte, Jesse. Kommen Sie mit.«

»Ich hole Bin. Ich komme nach.«

Er war froh, dass er ihr Gesicht nicht sehen konnte. »Nein, Jesse.«

»Doch, ich hole ihn. Bringe sie dazu, ihn mitzunehmen.«

»Sind Sie sich sicher?«

»Ich bin mir sicher.«

Sie ließ seinen Arm los, der Lichtkegel tanzte hinüber zur Tür, hielt inne, und dann war er verschwunden.

Jetzt. An die Arbeit. Er ging zum Medikamentenschrank, und ein weiteres Rollen erwischte ihn unvorbereitet. Die Zeit verlangsamte sich, seine Füße rutschten unter ihm weg, und er landete auf dem Steißbein. Ein dumpfer Stoß, kein Schmerz.

Jesse hörte Glas zersplittern und etwas über den Fußboden rutschen. Die Tür schlug zu. Er tastete nach der Stiftlampe. Unmittelbar vor dem Schrank stand jemand. Er ließ den Lichtstrahl nach oben wandern. Der Mann legte einen Finger an die Lippen.

Dann wurde Jesse bewusst, wer der Mann war.

Der dunkle Mann. Alfonsos dunkler Mann war für einen kleinen Besuch gekommen.

Und Jesse fing an zu lachen.

Der Geheimnishüter

Devi spuckte einen Mund voll Blut und Galle aus und rollte sich auf den Rücken. Die Bewegung ließ einen weiß glühenden Schmerz in seinem Hinterkopf auflodern. Vorsichtig zog er Bilanz: Jeder seiner Muskeln brannte. Seine Hände und Füße fühlten sich an, als wären sie in Eiswasser getaucht worden. Seine Ohren waren mit einem Dröhnen gefüllt, bei dem er sich nicht sicher war, ob es aus seinem Kopf kam oder nicht. Und dann ertönte ein Knarren, gefolgt von einem ohrenbetäubenden Kreischen, als würden Fingernägel seitlich am Rumpf des Schiffs kratzen.

Ram. Ram hatte ihm das angetan.

Irgendetwas Weiches kitzelte ihn an der Stirn. Licht bohrte sich in seine Augen. Eine Stimme: »Devi? Du bist wach.«

»Wo bin ich?«

»Im Kontrollraum. Ich konnte dich nicht im Stich lassen. Ich bin dich suchen gegangen. Ich konnte dich nicht im Stich lassen, Devi.«

Devi versuchte, sich aufzusetzen, doch seine Muskeln wollten ihm nicht gehorchen.

»Haben sie das Schiff verlassen?« Beim Sprechen fühlte sich sein Kiefer an, als würde er zerbersten. »Wurde es evakuiert?«

Rogelio gab ihm keine direkte Antwort. »Viele Passagiere sind weg, glaube ich.«

Mit einer monumentalen Anstrengung brachte Devi seinen Arm dazu, sich zu bewegen, und er berührte sein Gesicht. Es war feucht. Klebrig. »Hilf mir auf.«

»Nein. Du darfst dich nicht bewegen.«

Devi musste sich aber bewegen. Möglicherweise befand er sich noch auf dem Schiff. Der Mörder. Der Mann, der Kelly Lewis getötet hatte. Die Festplatte war auf Befehl von Ram – oder vom Kapitän – zerstört worden, und der Beweis für seine Tat war verloren.

Devi brachte seinen Körper aber noch immer nicht dazu, das zu tun, was er hätte tun sollen. Wenn er den Kopf hob, tanzten Funken vor seinen Augen.

Das Schiff schien sich in die Luft zu werfen. Dann fiel es. Wie auch immer er es betrachtete, er war gescheitert.

Der Wildcard-Blog

Mein furchtloser Kampf gegen die Unaufrichtigkeit, damit er Ihnen erspart bleibt

Verdammte Scheiße, ein wahnsinnig schlimmer Sturm.

das ist mein letzter Wille & Testamemtn. So kotzübellch hinterlasse allse der James Randi Foundati Herrgott, ich kann nicht mehr schreiben, und ich offe, dass das jemand liest

Die Helferin der Hexe

Das Schiff hatte einmal mehr starke Schlagseite nach links, doch die heftigen Bewegungen hatten aufgehört. Maddie konnte sich nicht erinnern, dass sie schrittweise nachgelassen hatten; es hatte sich angefühlt, als hätten sie binnen Minuten geendet. Ihr taten die Ohren weh, aber das Knarren und das Heulen und das, was sich angehört hatte wie reißendes Metall, waren verstummt. Nicht ein einziges Mal, nicht einmal dann, als die Bewegungen des Schiffs am allerheftigsten gewesen waren, hatte sie im Theater jemanden schreien hören. Kein Geschrei, kein Flehen um Erbarmen, keine Gebete. Die Anwesenden waren seekrank geworden. Selbstverständlich waren sie seekrank geworden. Der Geruch von Erbrochenem hing dick im Raum, doch Maddie gab sich alle Mühe, ihn zu ignorieren. Eine plötzliche Welle der Euphorie überrollte sie. Sie hatte nach wie vor ein Problem, daran bestand kein Zweifel. Sie befand sich noch immer auf einem Schiff, das ins Nirgendwo abtrieb, doch sie war am Leben, und das war zumindest etwas. Sie hatte die Entscheidung getroffen, auf dem Schiff zu bleiben – *wer geht, wird sterben* –, und jetzt würde sich zeigen, ob es die richtige Entscheidung war.

»Ist jemand verletzt?« Eine bebende Stimme. Sie klang, als gehöre sie Eleanor.

Ein Stöhnen von links.

Sie kämpfte sich auf die Füße – den Sturm hatte sie auf dem Fußboden unter einer Sitzreihe durchgestanden – und richtete den Blick auf die Bühne. Sie war in Dunkelheit gehüllt, trotzdem war in der Mitte ein Schatten zu erkennen. Maddie würde den Freunden helfen, doch zuerst musste sie nachsehen. Sie ging langsam auf die Stufen zu, die auf die Bühne führten, umrundete den Müll, der auf dem Fußboden verstreut war: Tüten, vereinzelte Wasserflaschen und groteskerweise eine ganze Salami. Sie zuckte zusammen, als sie auf etwas Feuchtem ausrutschte.

Irgendwo stöhnte eine Frau, doch Maddie ignorierte sie und setzte ihren Weg auf die Bühne fort. Celine saß noch immer in ihrem Rollstuhl (wie kam es, dass dieser während des Sturms nicht umgekippt war?), und ihr Kopf hing ihr auf die Brust – genau wie an dem Abend, an dem das Schiff stehen geblieben war.

»Celine.«

Keine Antwort.

»Celine.«

Und dann hob sie wie eine Puppe, die zum Leben erwacht, ruckartig den Kopf. »Madeleine, dachten Sie, Sie würden sterben?«

»Ja.«

»Beängstigend, nicht wahr?« Ihre Stimme war kalt.

»Celine, was zum Teufel geht vor sich? Wer … sind Sie?«

»Ich bin Celine del Ray, Medium der Sterne.«

»Die Celine, die ich kenne, hätte schon längst allen gesagt, dass sie sich verziehen sollen. Sie hätte sich nicht die Mühe gemacht, alle diese Leute zu versammeln. Niemals. Die Celine, die ich kenne, hätte dieses verdammte Schiff als Allererste verlassen.«

»Sie haben mich durchschaut. Nennen Sie mich, wie Sie wollen. Jessie oder Stacy oder Tommy. Oder Nonanthla oder Hiroko oder Jeremiah. Was auch immer Sie bevorzugen. Ihre Seele, meine Seele, alles nur alte Seelen. Was hat es mit Ihrer Materie schon auf sich?«

»O Gott.«

»Er auch. Hirnschaden. Das kann die Persönlichkeit verändern. Das denken Sie doch, oder?«

»Celine ... ich habe gesehen ... ich habe gesehen ...« *Ich habe Lizzie Bean in Ihrer Badewanne sitzen sehen.*

»Geister? Gespenster? Dämonen?« Sie lachte. »Das hat Spaß gemacht. Das hat mir gefallen. Obwohl ich mir nicht sicher bin, ob ich Papa Noakes richtig hingekriegt habe. Ich habe von Celine nicht viel bekommen, mit dem ich arbeiten konnte.« Celine tätschelte ihr Haar, brachte ein paar abtrünnige Strähnen wieder in Ordnung. »Was möchten Sie vom Leben, Maddie? Ich habe über Sie nachgedacht, habe versucht, Sie zu durchschauen.«

»Zuerst mal möchte ich von diesem Schiff runter.«

»Dieser Wunsch wird bald in Erfüllung gehen.«

»Wie denn?«

Zu Maddies Überraschung gähnte Celine. Ein gewaltiges, kieferverrenkendes Gähnen. »Gehen Sie jetzt, Maddie. Es wird Zeit, sich in Bewegung zu setzen. Sie haben noch gar nichts gesehen. Das war erst ein Appetithappen. Beim Hauptgericht wird Ihnen Hören und Sehen vergehen.«

Der Verurteilte

Die Finsternis war so vollkommen, dass er nicht sagen konnte, ob er die Augen auf oder zu hatte. Er atmete ein. Schnüffelte. Als sein Freund ihn hierhergebracht hatte, hatte es gestunken, doch daran hatte er sich schnell gewöhnt. Eine Zeit lang war ihm übel gewesen, doch auch das hatte sich gelegt.

Er wackelte mit den Zehen und hörte das Knirschen der klumpigen Matratze, auf der er lag. Manchmal gab sie auch schmatzende Geräusche von sich. An manchen Stellen war sie weich, an anderen hart. Er musste seinen Körper verdrehen, um bequem zu liegen.

Ein mahlendes, grollendes Geräusch. Er streckte die Hand aus; die behaglichen Wände seines Verstecks vibrierten. War er deshalb aufgewacht? Er spürte seinen linken Arm nicht mehr, auf dem er lag: Er war eingeschlafen. Er beugte die Finger und spürte ein Kribbeln, als das Blut wieder zu zirkulieren begann.

Er dankte seinem Freund mit einem stillen Gebet dafür, dass dieser ihn hierhergebracht hatte. Ein großer Lagerschrank. Ja, das war es. Das war alles, was es war.

Seine Finger fanden wieder die Wand. Ein schwaches Pochen, als wäre er an ein schlagendes Herz angeschlossen. Er drückte gegen die Klappe, zunächst ganz sanft. Nur probehalber. Nur um auszuprobieren, ob sie sich öffnen ließ. Hier drin war er in Sicherheit, und er hatte nicht vor, sein Versteck zu verlassen, trotzdem wollte er sich vergewissern, dass sich die Klappe öffnen ließ, falls er wieder weglaufen musste.

Sie bewegte sich nicht. Doch das war schon in Ordnung, schließlich drückte er nicht fest. Er wechselte die Position, um eine bessere Hebelwirkung zu haben, und die Matratze knirschte unter ihm.

Keine Matratze.

Pst.

Das ist keine Matratze, Gary. Du weißt doch, wo du bist.

Pst!

Dieses Mal drückte er mit der Schulter dagegen. Nichts. Mit dem Fuß. Ja, er konnte gegen die Klappe treten.

Hau ab, hau ab, hau ab, hau ab.

Er versuchte, sich umzudrehen, hatte aber nicht genug Platz. Dann schlug er mit dem linken Bein aus und erzeugte ein hohles Dröhnen, doch die Klappe bewegte sich noch immer nicht.

Hau ab, hau ab, hau ab, hau ab, hau ab, hau ab, hau ab.

Er musste nur …

Die Matratze kräuselte sich unter ihm.

Sie hatte in ihrer Kabine gewartet, bis es vorüber war. Und trotzdem war der Junge nicht gekommen.

Trining hatte Althea ihre Taschenlampe gegeben, kurz bevor sie hinunter in die Rettungsinsel geschleust worden war, und Althea war ihr jetzt dafür dankbar. Wer hätte gedacht, dass sie, Althea, ausgerechnet Trining jemals dankbar sein würde? Sie hatte blaue Flecken an den Handgelenken, nachdem Maria versucht hatte, sie in die Notrutsche zu zerren, aber sie war nicht seekrank geworden. Sie hatte ein flaues Gefühl im Magen gehabt, ja, aber mehr nicht.

Die Crew-Korridore waren menschenleer, und sie hörte nichts außer dem Geräusch ihrer Schritte, als sie durch das Wasser watete, das sich auf dem Stahlfußboden angesammelt hatte. Ihre Schuhe waren durchnässt, ihre Zehen taub. Sie stieg über eine weggeworfene Rettungsweste, einen durchweichten Koffer und die verhedderten Innereien eines zertrümmerten Radios.

Mrs del Ray wusste bestimmt, wohin er verschwunden war – falls sie sich nicht auch dafür entschieden hatte, das Schiff zu verlassen. Vielleicht war Althea die Letzte an Bord der *Beautiful Dreamer* und würde alleine so lange weiterfahren, bis sie verhungerte.

Das Schiff hatte jetzt starke Schlagseite, hing da wie ein Betrunkener. Sie marschierte an den Kabinen des Entertainment-Personals vorbei und durch die Tür, die in den Bereich hinter der Bühne führte. Stimmen. Sie schlüpfte zwischen den Vorhängen hindurch, sah Taschenlampen über den dunklen Sitzreihen und Gängen des Theaters tanzen. Kaputte Lampen, eine zerknitterte, zusammengerollte Kulisse, die umgefallen war.

Und da war Mrs del Ray, die mitten auf der Bühne in ihrem Rollstuhl saß, als wäre nichts geschehen. Unten halfen Leute anderen auf die Beine. Sie roch Erbrochenes; der Sturm war heftig gewesen, selbstverständlich waren viele seekrank geworden. Althea lief zu Mrs del Ray und fiel vor ihr auf die Knie.

»Ich finde ihn nirgends. Den Jungen. Ich finde ihn nicht.«

»Pst. Hören Sie.« Mrs del Ray neigte den Kopf zur Seite. Ein leises Stöhnen, als würde das Schiff aus Verzweiflung seufzen, das Licht flackerte, ging aus und ging dann flackernd wieder an. Althea nahm ein leichtes Vibrieren unter ihren Füßen wahr. Es hörte auf, dann setzte es wieder ein. Mrs del Ray sah sie mit einem breiten, hungrigen Grinsen an. »Weiter geht's.«

Die Selbstmord-Schwestern

Dem Sturm war die Puste ausgegangen. Das Schiff wurde nicht mehr herumgeschleudert wie ein Kinderspielzeug.

Helen war froh über die Dunkelheit. Sie wollte es nicht sehen. Sie wollte es nicht wissen. Elise hatte keinen Laut von sich gegeben, seit die Bewegungen des Schiffs aufgehört hatten. Helen vermied es, sie zu genau anzusehen, als sie sich aufsetzte, vom Bett glitt und vorsichtig zum TV-Schrank hinüberging. Eine Glasscherbe bohrte sich in ihre Fußsohle. Ihre Beine protestierten, als sie auf Hände und Knie ging, um auf dem geneigten Fußboden nach Elises Handtasche zu tasten. Ihre Finger fanden sie, und sie durchwühlte sie, bis sie fand, wonach sie suchte.

Den Blick von Elise abgewendet, steckte sie die Schlaftabletten in die Tasche, nahm die letzte Flasche Wasser mit ans Bett und legte sich hin.

Das Schiff zitterte unter ihr, und dann ging das Licht an.

Ihr war das egal. Es war zu spät.

Besser gemeinsam.

Der Engel der Barmherzigkeit

»Aufwachen. Aufwachen, Doc.«

Jesse schirmte sein Gesicht mit einem Arm ab, als sich Licht in seine Augen bohrte. »Gehen Sie weg.«

»Jesse.«

Er lag auf dem Rücken, und irgendetwas bohrte sich in seine Wirbelsäule. Vor ihm türmte sich eine silhouettenhafte Gestalt auf. Der Boden unter ihm kräuselte sich. Oje. Er schluckte. Sein Mund schmeckte nach Galle. »Wer ist da?«

Der dunkle Mann.

»Ich bin's. Bin.«

Ein leises Summen, dann ging das Licht an, ging stotternd wieder aus und leuchtete dann mit sämtlichen Watt. Von irgendwoher ertönte ein Brummen. Der Boden vibrierte.

»Sind Sie verletzt, Doc? Ich dachte, Sie wären mit den anderen vom Schiff gegangen.«

Jesses Magen wanderte nach oben, als er den Kopf hob, er enthielt jedoch nichts, was er hätte erbrechen können. »Martha?«

»Ich weiß nicht, Doc.«

»Gibt es wieder Strom?«

Bin nickte und zog eine Grimasse.

»Wir fahren wieder?«

»Nein. Aber bald.«

»Woher wissen Sie das?«

Bin verzog abermals sein Gesicht. »Da unten sind welche von der Crew. Ich habe sie auf dem Weg hierher gesehen. Nicht alle haben das Schiff verlassen.«

»Können sie es reparieren? Es fahren?« Fuhr man ein Kreuzfahrtschiff? Er wusste nicht, wie das richtige Wort lautete. Verdammt, sein Kopf …

Bin half ihm auf die Füße. Um ihn herum herrschte Chaos. Überall Akten und Ampullen. Ein verheddertes Durcheinander von Infusionsständern. Eine Woge der Panik, als er einen Blick auf den Medikamentenschrank warf. Er wirkte intakt. Glück gehabt.

»Es gibt Verletzte, Doc.«

»Wo?«

»Im Atrium, auf dem Hauptdeck. Sie werden ins Dare to Dream Theatre gebracht.«

»Irgendwas Ernstes?«

»Nichts Lebensbedrohliches. Vielleicht ein paar Knochenbrüche. Ich habe getan, was ich konnte. Einer hat eine Gehirnerschütterung, glaube ich.«

Bin schnitt erneut eine Grimasse, hob eine Hand und entfernte sich, um sich diskret in eine Nierenschale zu übergeben. Jesse stellte fest, dass der Krankenpfleger selbst das mit Anmut und Präzision zu tun schien. Er reichte Bin ein Tuch. »Bin, Sie gehen jetzt nach oben. Sie sind nicht in der Verfassung, um zu helfen. Ich bringe alles mit, von dem ich glaube, dass wir es möglicherweise brauchen werden.«

»Sind Sie sicher?«

»Ja.«

Jesse hielt den Atem an, als Bin den Raum verließ. Anschließend eilte er mit zitternden Fingern zum Schrank hinüber.

Dann kam es ihm: Er hatte soeben einen schlimmen Sturm auf dem Meer weitgehend unversehrt überstanden. Wollte er wirklich auf diesem Weg weitergehen?

Scheiß drauf.

Er stopfte sich die verbliebenen Ampullen in die Taschen und riss mit den Zähnen die Plastikverpackung einer Spritze auf. Binnen Minuten würde er seine Rüstung zurückhaben.

Sie waren im Foyer des Theaters versammelt, wo sie auf den Stufen und auf dem Teppich vor der Tür lagen. Das Innere des Schiffs hatte es nicht allzu schwer erwischt: Er war auf knirschende Glasscherben getreten, und an manchen Stellen hatte sich Wasser angesammelt, überwiegend auf den Crew-Decks, aber es war nicht annähernd so schlimm, wie er erwartet hatte. Wenn überhaupt hatte der Sturm das Schiff aufgefrischt; es roch jetzt salzig und feucht wie auf einem Rieselfeld. Und vermutlich hatte der Wind den Schandfleck aus roten Tüten fortgeweht, die ihm im Kielwasser gefolgt waren.

Crewmitglieder verteilten Wasserflaschen – die Rückkehr zu alten Gewohnheiten –, und diejenigen, die gehen konnten, halfen anderen aus dem Theater. Im Schutz seines Pethidin-Panzers musterte er die Passagiere, um herauszufinden, wer von ihnen seine Hilfe am dringendsten benötigte. Bin hatte recht gehabt:

Niemand schien allzu ernste Probleme zu haben. Einige sahen grün aus – ob das eine Folge von Seekrankheit war oder nach wie vor mit dem Norovirus zusammenhing, konnte er nicht beurteilen –, und es gab ein paar kleinere Prellungen. Eine füllige Frau, die neben einem Mann mit bandagiertem Arm saß, schenkte ihm ein zaghaftes Lächeln des Wiedererkennens. Er lächelte automatisch zurück, während er versuchte, sich daran zu erinnern, wo er sie schon einmal gesehen hatte. Dann fiel es ihm ein: die hysterische Passagierin vom VIP-Deck. Sie hatte versucht, ihn zu schlagen, und er hatte ihr Alprazolam bringen wollen. Wenn sie nicht auf ihn eingeschlagen hätte, wäre er dann überhaupt in Versuchung gekommen, in seine alten Gewohnheiten zu verfallen? Doch er kannte die Antwort: Ja, das wäre er. Früher oder später wäre ihm schon eine Ausrede eingefallen.

Das Brummen der Motoren verstummte, es herrschte einen Moment Stille, als alle den Atem anzuhalten schienen, dann setzte es wieder ein. Diejenigen, die dazu in der Lage waren, brachen in tränenreichen Jubel aus.

Jesse nahm an, dass er etwas anderes tun sollte, als wie ein Ersatzteil herumzuhängen. Er steuerte auf den VIP-Passagier zu, als jemand rief: »Doktor!« Ein gut aussehender Filipino, der am oberen Ende der Treppe stand, winkte ihm zu. Jesse bahnte sich den Weg zwischen den Verletzten hindurch zu einer der Säulen, an der ein Mann im blutgetränkten Hemd lehnte. Herrgott. Jesse erkannte, dass es sich um Devi handelte, den Wachmann, der ihm geholfen hatte, den Schlamassel bei der Leichenaufbewahrung zu regeln. Die linke Seite seines Kinns war angeschwollen, und eine Schnittwunde hinter seinem Ohr musste genäht werden. Er zuckte nur unmerklich zusammen, als Jesse die Wunde am Ohr untersuchte; sein Blick huschte umher, graste ab und taxierte alle in ihrer Umgebung.

»Suchen Sie jemanden?«

»Diesen Mann. Gary Johansson.«

Der Mann, der in der vergangenen Nacht in sein Versteck eingedrungen war. Jesse hatte bislang noch keinen Gedanken an ihn verschwendet. Er musste sich um wichtigere Dinge Sorgen machen. »Also *damit* kann ich Ihnen helfen.«

Der Geheimnishüter

Devi hielt sich am Geländer fest, das vor Feuchtigkeit glitschig war, stapfte die Stufen hinunter und taumelte in den Korridor, in dem sich der Waschraum und die Leichenaufbewahrung befanden. Jeder seiner Muskeln pochte, jedes Mal, wenn er seinen Ellbogen bewegte, schoss ihm ein stechender Schmerz in die Finger, und sein Kopf war ein dunkler verschwommener Fleck von Qualen. Er berührte mit der Zunge seine Lippe: Sie fühlte sich an, als habe sie die Größe eines Kricketballs.

Das Schiff vibrierte. Rogelio war auf der Brücke gewesen und hatte gesagt, dass Baci, einer der wenigen Offiziere, die das Schiff nicht verlassen hatten, sich den Kopf darüber zerbreche, welchen Hafen sie anlaufen sollten. Der Sturm hatte das Schiff womöglich weit vom letzten bekannten Navigationspunkt abtreiben lassen.

Rogelio hielt Devi von hinten am Hemd fest, und Devi war dankbar für seine Unterstützung. Rogelio hatte ihm bei jedem Schritt des Weges Beistand geleistet. Sobald diese Sache vorbei war, würde er sich bei ihm revanchieren, das schwor sich Devi.

Schließlich erreichten sie ihr Ziel. Devi öffnete die Tür des Lagerraums, ging hinein und klopfte mit einem Finger an die Klappe der Leichenaufbewahrung.

Ein gequältes Heulen drang nach außen. »Ich will raus, ich will raus, ich will raus.« Dann: Schluchzen.

Rogelio kam zu Devi in den Lagerraum. Falls ihn das, was er gehört hatte, in Angst und Schrecken versetzte, ließ er es sich nicht anmerken. »Bist du sicher, dass er es ist, Devi?«

»Ja.«

»Wird er sterben, wenn wir ihn nicht rauslassen?«

»Ich weiß nicht.« *Aber er wird leiden.*

»Wenn du das tust, Devi, kommst du dann ins Reine mit dir? Ist es dann endlich vorbei?«

Devi brauchte über seine Antwort nicht nachzudenken. »Ja.«

Der Wildcard-Blog

Mein furchtloser Kampf gegen die Unaufrichtigkeit, damit er Ihnen erspart bleibt

Ich bin also am Leben. Habe es geschafft. War mir sicher, dass ich sterben würde, bin aber doch nicht zusammen mit dem Schiff gesunken. Ich bin wieder mit Maddie in der Kabine der Ausbeuterin. Habe sie wiedergetroffen, als sie vor einer Stunde in die Suite zurückkam. Sie hat mich auf dem Teppichboden liegend gefunden. Weiß immer noch nicht, wie ich es hierher geschafft habe. Fühle mich inzwischen ein bisschen besser, aber das ist eine neue Entwicklung.

Maddie sieht nicht besonders gut aus. Nicht krank, sondern eher verängstigt. Sie schien nicht mal überrascht zu sein, mich zu sehen.

So ist es abgelaufen:
Nach einem heftigen Anfall von Seekrankheit, was fast genauso schlimm war wie das Norovirus, wäre ich am liebsten gestorben. Habe allen Ernstes mein Testament aufgesetzt, dann aber wieder gelöscht.
Maddie hat draußen auf dem Wasser Lichter gesehen und angenommen, es wären Boote, die uns bergen wollen, aber ich habe sofort erkannt, dass es sich um aufblasbare Rettungsinseln handelt und wir so schnell wie möglich

aus der Kabine rausmüssen. Wir sind aufs Hauptdeck gerannt, und ich wollte mir zwei Rettungswesten für uns schnappen. Dabei hat mir irgendein Dreckskerl aufs Ohr geschlagen, und Maddie und ich haben uns aus den Augen verloren.

Einer der Wachmänner hat versucht, für Ordnung zu sorgen. Manche haben auf ihn gehört, aber die meisten haben ihn ignoriert. Die Rettungsboote befinden sich auf dem Hauptdeck, und von dort zur Wasseroberfläche ist es ein weiter Weg, deshalb müssen sie mit der Seilwinde abgelassen werden. Gar nicht so einfach, wenn man keine Ahnung hat.

Das Adrenalin hat den Brechreiz gestoppt, aber ich hatte überhaupt kein Gleichgewichtsgefühl mehr und bin kreuz und quer durch die Gegend geschlittert.

Habe ein paar schlimme Dinge gesehen.

Ein Rettungsboot ist abgestürzt, und die Leute haben sich daran festgehalten und hingen seitlich runter.

Irgendein Penner hat in einem der Boote eine Leuchtrakete abgefeuert, während es zum Wasser abgelassen wurde. Sie hat gezischt und Funken gesprüht wie ein Feuerwerkskörper. Konnte trotz Wind die Schreie der Leute hören, die drinsaßen.

Ich war schon fast oben auf dem Rettungsboot-Deck, als mich jemand anrempelte und ich ausgerutscht bin, in den Pool gefallen bin und literweise Wasser verschluckt habe. Bin rausgeklettert und dann noch mal reingefallen und wäre dieses Mal fast von einer der Matratzen gefressen worden, die jemand reingeworfen hatte.

Inzwischen waren die Rettungsboote auf meiner Seite alle weg. Habe versucht, auf die andere Seite zu kommen, aber die Panik war am Überkochen: Gedränge und Geschiebe, und die Leute warfen sich einfach in die verbliebenen Boote. Habe das letzte um Sekunden verpasst. Die Frau neben mir hat alles auf eine Karte gesetzt und ist draufgesprungen, während es abgelassen wurde. Unglaublich.
Ich weiß nicht, was aus ihr geworden ist.
Das Meer war mittlerweile mehr als rau.
Hörte jemanden schreien: »Hierher!« Warf einen Blick in die Richtung und sah den Wachmann unmittelbar unter mir die Arme über dem Kopf schwenken. Einige Leute – Nachzügler wie ich – versuchten, zu ihm zu gelangen. Ich weiß nicht mehr, wie ich es die Treppe hinunter zu ihm geschafft habe, ohne mir dabei das Genick zu brechen. Der Wachmann schrie aus vollem Hals und verkündete, dass es bei der Crew-Sammelstation aufblasbare Rettungsinseln gäbe. Forderte uns auf, ihm ins Innere des Schiffs zu folgen.
Ich weiß nicht genau, wie ich ihn verloren habe. Es war dunkel da drin, und es hat so stark geschaukelt, dass ich tatsächlich nicht mehr in der Lage war zu gehen. Ich bin gekrochen. Und zwar bin ich in die Richtung gekrochen, wo ich ein Geländer oder irgendwas zum Festhalten vermutete. Habe es geschafft, mich um eine von diesen Engelssäulen zu wickeln. Das Schiff hat gekreischt und geächzt und geklungen, als würde es sich selbst in Stücke reißen wollen.
Wie lange das Ganze gedauert hat?

Keinen blassen Schimmer. Wie lange ist ewig? Bin allerdings verdammt froh, dass ich nicht in einem von diesen Rettungsbooten hocke. Uns muss ein Hurrikan oder so erwischt haben, weil …

heilige Scheiße die Motoren ich kann die Motoren hören wie kann das sein verdammt?

Tag acht

Die Helferin der Hexe

Maddie und Xavier saßen nebeneinander auf Celines Balkon, die Füße auf das Geländer gelegt. Das Schiff hatte sich vor einer Stunde wieder in Bewegung gesetzt. Sie blickte hinaus in die Dunkelheit, lauschte dem Klatschen des Wassers gegen den Rumpf des Schiffs, dem leisen Brummen der Motoren. Eine Brise zerzauste ihr Haar. Das war beinahe angenehm.

Xavier öffnete den Mund, um etwas zu sagen.

»Sag nichts«, bat sie ihn. »Sag einfach nichts.«

Sie nahm seine Hand und verschränkte ihre Finger mit seinen.

Gemeinsam warteten sie schweigend.

WIEDER AUFGETAUCHT!

Verschollenes Kreuzfahrtschiff in der Nähe von Key West entdeckt

Eilmeldung: Skipper entdeckt die *Beautiful Dreamer*
Um 04:30 Uhr EST meldete Jose Ferrigno, der Skipper der Jacht *Instant Fame,* er habe fünf Meilen östlich von Key West ein Schiff gesehen, das nur mühsam vorankam. Ferrigno informierte die Hafenverwaltung, das Schiff habe gefährliche Schlagseite nach Backbord. Inzwischen wurde bestätigt, dass es sich bei dem havarierten Schiff um das Kreuzfahrtschiff *Beautiful Dreamer* handelt, das seit fünf Tagen als verschollen galt. Trotz intensiver Suche im Golf von Mexiko und den angrenzenden Gewässern gab es bislang keine Spur von dem Schiff oder seinen Passagieren, und sein Verschwinden war den Experten ein Rätsel. Da die geschätzten Opferzahlen selbst die der Flugzeugkatastrophen am Schwarzen Donnerstag überstiegen, wurde das Verschwinden der *Beautiful Dreamer* bereits als das größte Schiffsunglück seit dem Untergang der Titanic bezeichnet.

Folgen Sie unserer brandaktuellen Berichterstattung und unserem Live-Blog: Unser Reporter Jonathan Franco ist vor Ort.

@jonf667
Schiff hat starke Schlagseite. Offenbar fehlen sämtliche Rettungsboote. Beschädigungen am Rumpf erkennbar.
@jonf667
Bergungsschiff & Helikopter vor Ort. Immer noch keine Nachrichten über Überlebende.
@jonf667
Gerüchten zufolge hat Jose Ferrigno Überlebende an Bord gesehen.
@jonf667
JFs aufgezeichnete Nachricht an die Hafenbehörde: »Auf der Backbordseite ist Licht zu sehen. Ich glaube, es befinden sich Leute an Bord.«
@jonf667
Jose Ferrigno soll in der Vergangenheit Drogenprobleme gehabt haben.
@jonf667
Keine Spur von Überlebenden, die aus der Luft geborgen werden, aber wir bekommen Meldungen, dass sich Leichen an Bord befinden sollen.

Update:
10:32 Uhr
Ein Sprecher des National Transportation Safety Board hat inzwischen bestätigt, dass bislang keine Überlebenden gefunden wurden. Foveros Cruise Lines, die Reederei der *Beautiful Dreamer,* hat mitgeteilt, dass sich 2019 Passagiere an Bord befanden: 716 Briten, zwei Deutsche, der Rest US-Bürger. Bei

den Seeoffizieren und den Ingenieuren handelte es sich überwiegend um Italiener, während der Großteil des Personals aus Entwicklungsländern stammte. Sämtliche 2964 Passagiere und Crewmitglieder gelten nach wie vor als vermisst.

Update:
10:57 Uhr
Ein Sprecher von Foveros Cruise Lines wollte sich zu diesem Zeitpunkt nicht zu Spekulationen hinreißen lassen, sagte jedoch: »Die Schäden am Schiff sowie das Ablassen sämtlicher Rettungsboote deuten darauf hin, dass das Schiff in ein Unwetter mit schwerer See geraten ist, was eine Evakuierungsanordnung zur Folge hatte. Das entspricht in einer solchen Situation dem üblichen Prozedere. Die Tatsache, dass das Schiff beschädigt ist und allem Anschein nach sämtliche Rettungsboote auf dem Meer verschollen sind, lässt vermuten, dass aller Wahrscheinlichkeit nach höhere Gewalt für diese schreckliche Tragödie verantwortlich ist.«
Meteorologen bestätigen, dass sich vor drei Tagen ein paar Meilen westlich der Bahamas ein mäßiger bis starker tropischer Sturm zusammengebraut hat. Bislang wurden von den Behörden noch keine offiziellen Berichte über die Wetterbedingungen in der mutmaßlichen Umgebung des Schiffs veröffentlicht.

Leichenfund auf Albtraum-Kreuzfahrtschiff

Das rechtsmedizinische Amt des Miami-Dade County hat den Fund von zwei Frauenleichen an Bord der *Beautiful Dreamer* bestätigt. Eine der beiden Toten wurde als Kelly Louise Lewis (32), Rezeptionistin in einem Friseursalon, aus dem englischen Essex identifiziert. Die zweite Leiche, die einer älteren Frau, konnte noch nicht identifiziert werden.

Melanie Zindell, eine enge Freundin der Familie Lewis, bittet die Presse, die Privatsphäre der Hinterbliebenen zu respektieren. Sie sagte allerdings, dass Mrs Lewis' Eltern den Angehörigen der vermissten Passagiere und Besatzungsmitglieder ihr Beileid ausdrücken möchten.

Ein Sprecher von Foveros Cruise Lines, der Kreuzfahrtgesellschaft, unter deren Flagge die »Beautiful-Class«-Schiffe fahren, darunter auch die *Dreamer* und die *Wonder,* die im letzten Jahr nach dem Versagen ihres Antriebssystems zwei Tage lang vor Cozumel liegen blieb, sagte, dass die Gesellschaft Mrs Lewis' Angehörigen und Freunden ihr Mitgefühl aussprechen möchte und alles tun wird, um das National Transportation Safety Board bei seinen Untersuchungen zu unterstützen.

Stimmen aus der Tiefe?

Long Island, New York

Hunderte Trauernde strömten am gestrigen Abend in die Straßen von East Meadows auf Long Island, um dem umstrittenen Medium Celine del Ray, einem mutmaßlichen Opfer des *Beautiful-Dreamer*-Schiffsunglücks, Anerkennung zu zollen.

Del Ray machte 2014 Schlagzeilen, als sie öffentlich behauptete, sie habe »Beweise von ihren Geistführern«, dass Lori und Bobby Small, zwei der Opfer bei einem der vier Flugzeugabstürze, die sich am 12. Januar 2012 ereigneten, noch am Leben seien und unter Amnesie leiden würden. Lori Smalls Mutter Lillian Small soll ihre gesamten Ersparnisse aufgebraucht haben, um Detektive nach ihrer Tochter und ihrem Enkel suchen zu lassen, obwohl anhand von DNA-Spuren nachgewiesen werden konnte, dass die beiden bei dem Absturz ums Leben kamen. Im vergangenen Jahr gab Lillian Small ihre Absicht bekannt, del Ray wegen Zufügung seelischen Leids zu verklagen.

Unter den Trauernden befand sich Elisha Cobalt (47), eine »mediale Heilerin« aus Brooklyn, New York, die behauptete, tägliche »Updates« von Archie zu erhalten, einem von Celine del Rays Geistführern. »Archie sagt, er und Celine sind jetzt zusammen, und

Celine möchte alle wissen lassen, dass sie bald Informationen über die vermissten Passagiere senden wird.«

Cobalt hat den Angehörigen und Freunden der Menschen, die vermutlich ertrunken sind, als das Kreuzfahrtschiff im Golf von Mexiko in schwere See geriet, ihre Dienste angeboten.

Die *Beautiful Dreamer*: eine moderne *Marie Celeste*?

Ein Monat ist vergangen, seit die *Beautiful Dreamer* wieder aufgetaucht ist, nachdem sie unter mysteriösen Umständen fünf Tage lang auf dem Meer verschollen war. Und es hat den Anschein, als habe das National Transportation Safety Board immer noch keine Ahnung, was aus den 2962 Menschen an Bord geworden ist.

Hat die Besatzungsmitglieder und Passagiere der *Beautiful Dreamer* womöglich dasselbe Schicksal ereilt wie die der *Marie Celeste* und anderer Geisterschiffe in der Vergangenheit?

Denn wie kann ein Schiff, das dreitausend Menschen bequem Platz bietet, heutzutage einfach verschwinden? Obwohl in den fünf Tagen nach seinem mysteriösen Verschwinden intensiv nach dem Schiff gesucht wurde, gab es keinerlei Hinweise auf seinen Verbleib. Verschwörungstheoretiker polieren bereits ihre Hüte aus Alufolie, und im Internet und in den Medien wird erwartungsgemäß viel darüber geflüstert, dass die *Beautiful Dreamer* dem berüchtigten Bermudadreieck zum Opfer gefallen sei, obwohl dieser Mythos bereits vielfach widerlegt wurde.

Einer Stellungnahme von Foveros Cruise Lines zufolge wurden das Logbuch des Kapitäns, das Bildmaterial der Überwachungskameras und die GPS-Blackbox offenbar manipuliert und »tragen nichts Beweiskräftiges bei«. Und das Einzige, worin sich die Experten offenbar einig sind, ist, dass der Kapitän eine Evakuierung angeordnet haben muss, da sämtliche Rettungsboote fehlten. Allerdings kann sich niemand erklären, weshalb ein unbemanntes Schiff mitten im Golfstrom nicht in die Weiten des Atlantischen Ozeans hinausgetrieben ist.

Außerdem gibt es Anzeichen dafür, dass auf dem ganzen Schiff das Norovirus getobt hat. Ein Bergungsexperte, der nicht namentlich genannt werden möchte, sagte: »Auf dem Schiff herrschte Chaos. Es gab keine Nahrungsmittel mehr, überall lag kaputtes Inventar herum, und der Gestank, der in der Luft hing, war eine Mischung aus Kläranlage und dem Badezimmer eines Komasäufers.«

Die offizielle Erklärung lautet, das Schiff müsse vom Kurs abgekommen sein, ein Brand habe vorübergehend das Antriebssystem außer Kraft gesetzt, und aufgrund der schlechten Presse und den finanziellen Einbußen, die Foveros Cruise Lines in letzter Zeit hatte hinnehmen müssen, sowie aus Angst vor disziplinarischen Maßnahmen durch die Führungskräfte von Foveros Cruise Lines, wartete der Kapitän damit, einen Hilferuf zu senden. Das Schiff geriet in einen Sturm, und dann wurde die Evakuierung angeordnet.

Und was ist mit Jose Ferrigno, dem Mann, der das Schiff entdeckt hat und behauptet, Überlebende an

Bord gesehen zu haben? Angesichts seiner von Drogenschmuggel, Drogenmissbrauch und Depressionen geprägten Vergangenheit ist Ferrigno weit davon entfernt, ein verlässlicher Zeuge zu sein, doch er pocht nach wie vor hartnäckig auf seine Behauptungen. Macht er der Welt einfach nur falsche Hoffnungen?

Eines ist sicher: die *Beautiful Dreamer* (oder sollten wir sie *Beautiful Nightmare* nennen?) ist bei Weitem nicht das erste Schiff, das die Öffentlichkeit verwirrt.

- Im Jahr 2003 wurde ein mysteriöser Tanker ohne Namen und Registrierung 35 Meilen vor der australischen Küste entdeckt. Vermutungen zufolge hatte er Flüchtlinge beherbergt, doch an Bord wurde niemand angetroffen, und der einzige Hinweis auf die Gegenwart von Menschen war das Plüschtier eines Kindes.
- 1872 wurde die *Mary Celeste,* das vielleicht berühmteste Geisterschiff überhaupt, entdeckt: völlig unbemannt dahintreibend, aber mit unversehrter Fracht und sämtlichem Proviant.
- Die *Jenny* wurde 17 Jahre, nachdem sie 1823 in der Antarktis verschollen war, wiederentdeckt. In der letzten Aufzeichnung des Kapitäns hieß es: »4. Mai 1823. Seit 71 Tagen kein Essen. Ich bin als Einziger noch am Leben.«

Entdecker des geheimnisvollen Kreuzfahrtschiffs tot aufgefunden

Der Mann, der die *Beautiful Dreamer* entdeckt hat, ist vermutlich an einer Überdosis gestorben. Jose Ferrigno (49), der in der Vergangenheit Probleme mit Depressionen und Drogenmissbrauch hatte, wurde am gestrigen Abend gegen 19 Uhr in seinem Haus tot aufgefunden. Erste Berichte deuten darauf hin, dass er sich das Leben genommen hat.

Ferrigno, der nach seiner Entdeckung des verschollenen Kreuzfahrtschiffs vor drei Monaten traurige Berühmtheit erlangte, beharrte darauf, an Bord Überlebende gesehen zu haben. Dieser Aussage widersprachen die Mitarbeiter der US-Küstenwache und des National Transportation Safety Board, die als Erste am Schauplatz waren.

Verschwörungstheoretiker, die Ferrignos Behauptungen stützen, glauben an eine globale Vertuschungsaktion und sehen das für einen weiteren Beweis an, dass die Behörden Informationen zurückhalten.

Ein Sprecher des rechtsmedizinischen Amts des Miami-Dade County weigerte sich, zu diesen Anschuldigungen Stellung zu nehmen.

Ferrigno lebte alleine. Seine Leiche wurde von einem Nachbarn entdeckt.

NSA bestreitet die Existenz von Überlebenden und bezeichnet zugespielte Dokumente als »clevere Finte«

Die National Security Agency steht einmal mehr auf dem Prüfstand, nachdem sich gestern mehrere Dokumente, bei denen es sich dem Anschein nach um Fragmente von Befragungen handelt, wie ein Lauffeuer verbreiteten.

Der Ursprung der von @anonymous998 öffentlich gemachten Dokumente ist unbekannt.

Die Dokumente tauchten inmitten umfassender Spekulationen über das Schicksal und den Verbleib der 2962 Passagiere und Besatzungsmitglieder auf, die sich an Bord des Schiffs befunden hatten, als dieses am 28. Dezember 2016 von Miami in See stach.

Nach den Erkenntnissen des National Transportation Safety Board über die »wahrscheinlichste« Abfolge der Ereignisse geriet das Schiff in Schwierigkeiten, nachdem infolge eines Brandes im Maschinenraum der Strom ausfiel. Aus Angst, dass es bei schwerer See kentern könnte, ordnete die Crew eine Evakuierung an. Es wird davon ausgegangen, dass ein Tropensturm die Rettungsboote versenkt und das Leben sämtlicher Überlebender gefordert hat.

Kritiker aus verschiedensten Bereichen wenden ein, dass es dieser Theorie an Kohärenz fehle und dass sie nicht durch bekannte Fakten gestützt werde. Einige Kritiker beschuldigen die Küstenwache und das National Transportation Safety Board der Beihilfe zur Vertuschung entscheidender Fakten sowie der Tatsache, dass zumindest ein Teil der an Bord des Unglücksschiffs befindlichen Personen überlebt hat.

Der Nationale Sicherheitsberater hat am Morgen diese Behauptungen via Twitter zurückgewiesen: »Wir dementieren mit Nachdruck, dass es sich bei diesen Dokumenten um irgendetwas anderes als um Fälschungen handelt.«

»Sie sind eine clevere Finte, die unsere Sicherheitsbemühungen untergraben soll.« Und: »An Bord der *Beautiful Dreamer* wurden definitiv keine Überlebenden gefunden.«

STRENG GEHEIM

NICHT KOPIEREN NICHT PER E-MAIL VERSENDEN

Im Folgenden finden Sie die gekürzten Abschriften der Befragungen, die mit den fünf am 5. Januar 2017 an Bord der *Beautiful Dreamer* vorgefundenen Personen geführt wurden.

Die Abschriften sind in englischer Sprache verfasst. Es liegen zwei weitere Abschriften vor, die in Berichtform erstellt wurden; es handelt sich dabei um Zusammenfassungen der ersten drei Abschriften, bei denen unwesentliche und wiederholte Aussagen weggelassen wurden. Ein Teil der Informationen wurde aus den Anlagen gestrichen, da sie in Übereinstimmung mit der geltenden Fassung der Rechtsverordnung 12988 für gegenwärtig und sachgemäß geheim befunden wurden. Diese Informationen erfüllen die Kriterien zur Geheimhaltung wie in Absatz (c) und (g) von Sektion 1.4 dargelegt und werden weiterhin als STRENG GEHEIM und GEHEIM eingestuft, wie in Sektion 1.2 der Rechtsverordnung vorgeschrieben. Die Informationen unterliegen der Geheimhaltung, da ihre Offenlegung die nationale Sicherheit mit großer Wahrscheinlichkeit erheblich gefährden würde.

Die Berichte sind zu Querverweiszwecken chronologisch geordnet. Eine Zusammenfassung der Untersuchungsergebnisse erscheint demnächst.

Die Befragungen wurden überwacht von [redacted] [redacted] [redacted] [redacted] und [redacted], die allesamt in [redacted] erprobten Verhörtechniken ausgebildet sind. Die Parapsychologen [redacted] und [redacted] waren ebenfalls anwesend. Die Interviewer waren instruiert, nach Möglichkeit auf nicht-konfrontative und berührungsfreie Art und Weise an Informationen zu gelangen. Die Hauptintention war, den Verbleib und das Schicksal der übrigen 2957 Passagiere und Besatzungsmitglieder zu ermitteln, die sich an Bord der *Beautiful Dreamer* befunden hatten, als diese am 28. Dezember 2016 aus dem Hafen von Miami auslief.

Die Befragten wurden getrennt voneinander in einer [redacted] Einrichtung untergebracht, die eine [redacted] Sicherheitseinstufung besitzt. Sie hatten ausschließlich mit dem Personal Kontakt, das rund um die Uhr überwacht wurde.

Wir haben einen möglichen Zusammenhang mit dem nicht lange zurückliegenden Costa-Rica-Zwischenfall berücksichtigt, bei dem ein Fischtrawler, der angeblich fünfundfünfzig illegale Einwanderer an Bord hatte, vor der spanischen Küste verschwunden ist, sowie die in den Medien als »Schwarzer Donnerstag« bekannten Ereignisse (siehe Nachtrag 17a in Sektion 18c).

Bitte sichten Sie das Material und geben Sie uns bis spätestens 31.03.2017 Ihre Empfehlung zur weiteren Vorgehensweise.

NICHT KOPIEREN NICHT PER E-MAIL VERSENDEN
>>Smith, Xavier L./Befragung #1/Seite 1

NAME DES BEFRAGTEN: Xavier Llewellyn Smith
GEB.: 17.11.1988
ADRESSE: 47 A Street, South Beach, Miami
BERUF: Freier Schriftsteller. Schreibt täglichen Blog mit dem Titel »The Wildcard-Blog«, um Hellseher und Wunderheiler zu entlarven. Gibt an, ein Mitglied der American Society of Skeptics zu sein. Siehe Nachtrag 34a für Blog-Einträge, die von Smiths Laptop stammen. Smith lebt von einem Fonds, den sein verstorbener Großvater mütterlicherseits für ihn eingerichtet hat. Mit seinen leiblichen Eltern ist Smith zerstritten.
ANMERKUNGEN: Smith verhielt sich zunächst feindselig. Bei einer psychiatrischen Evaluierung wurden keine Anzeichen für eine Wahn- oder Persönlichkeitsstörung festgestellt. Keine Probleme mit der geistigen Gesundheit in der Vergangenheit.

Tests haben ergeben, dass er gelegentlich Alkohol und Marihuana konsumiert.

Mr Smith, bitte nennen Sie für das Protokoll als Erstes Ihren Namen und Ihr Geburtsdatum.

XS: Ich habe Ihnen doch schon erklärt, dass ich ohne Anwalt nichts mehr sage. Wer sind Sie überhaupt? Nationale Sicherheitsbehörde? Verfassungsschutz? Was?

Mr Smith, wir würden es begrüßen, wenn Sie kooperieren würden.

XS: Sie können mich mal kreuzweise. Ich bin kein illegaler Einwanderer. Ich bin amerikanischer Staatsbürger. Sie können mich nicht so behandeln.

[Befragung wegen Erregung des Befragten unterbrochen.]

[Befragung wird fortgesetzt.]

Mr Smith, Sie sagten zuvor, das Schiff sei fünf Tage lang dahingetrieben, wobei sämtliche Kommunikationssysteme sowie der Großteil der Betriebssysteme ausgefallen waren. Wo befand sich das Schiff in diesem Zeitraum?

XS: Woher zum Teufel soll ich das denn wissen? Ich bin schließlich kein Navigator. Das Schiff ist vom Kurs abgekommen. Vielleicht ist es in den Golfstrom geraten. Hat sich ins Bermudadreieck verirrt. Ich habe keinen blassen Schimmer.

Und Sie befanden sich an Bord des Schiffs, um Celine del Ray wegen des Lillian-Small-Falls zur Rede zu stellen, ist das richtig?

XS: Ja.

Welches Interesse haben Sie an Celine del Ray, Mr Smith?

XS: Mir gefällt nicht, was sie tut: Leute täuschen.

Hatten Sie in der Vergangenheit persönlichen Kontakt mit ihr?

XS: Nein.

Was hat Ihr Interesse an Mrs del Rays Aktivitäten geweckt?

XS: Ich habe sie in einer Radiosendung gehört. In der Kavanaugh Show. Sie hat behauptet, sie wüsste, dass Bobby Small und seine Mutter noch am Leben sind. Das hat mich wütend gemacht.

Und Sie hatten die Absicht, sie auf dem Kreuzfahrtschiff zur Rede zu stellen?

[Der Befragte hält mehrere Sekunden inne.]

XS: Ja. Das ging allerdings nach hinten los, oder nicht?

In welcher Hinsicht, Mr Smith?

XS: Herrgott. Ich habe Ihnen doch schon erklärt, was sie getan hat. Sie hat uns in Gruppenhypnose versetzt oder so was Ähnliches. Das habe ich Ihnen doch schon erklärt, als ich hierhergebracht wurde.

Bitte beruhigen Sie sich, Mr Smith. Wir wollen Ihnen doch nur helfen.

XS: Ja, klar wollen Sie das. Sie brauchen nicht zu glauben, ich wüsste nicht, dass ich mir ein One-Way-Ticket nach Guantanamo gekauft habe. Niemand weiß, dass wir hier sind, stimmt's? Wenigstens darauf könnten Sie mir eine Antwort geben.

Mr Smith, ich kann Ihnen versichern, sobald wir Sie instruiert haben, dürfen Sie Ihr Leben wie gewohnt fortführen.

XS: [lacht] Ja, genau.

Um es noch einmal zusammenzufassen: Sie glauben, dass alles, was Sie ab dem vierten Tag der Kreuzfahrt erlebt haben, darauf zurückzuführen ist, dass Sie einer Täuschung unterlagen?

XS: Sagen Sie es mir. Schon möglich. Was ich gesehen habe, war jedenfalls nicht möglich.

Wir wüssten es zu schätzen, wenn wir von Ihnen erfahren würden, was Sie gesehen haben, Mr Smith.

XS: Das möchte ich wetten.

Wo befinden sich die vermissten Passagiere und Besatzungsmitglieder?

XS: Möchten Sie das wirklich wissen?

[Der Befragte beugt sich nach vorne.]

Wir haben ihre Mai Tais mit billigem Wodka vergiftet. Haben Raffinadezucker in den Schokoladenbrunnen geschüttet. Sie sind der Reihe nach umgekippt, da ist uns nichts anderes übrig geblieben, als sie über die Reling zu werfen.

Mr Smith, wir versuchen nur, uns ein Bild von der Situation zu machen.

XS: Das versuchen wir beide. Ich weiß nicht, wo sie sind.

[Der Befragte hebt die Stimme und schlägt mit der Faust auf den Tisch.]

Ich habe keine Ahnung, wo sie sind. Celine del Ray hat so eine Art Selbstmordsekte geleitet. Vielleicht hat sie ja alle dazu gebracht, über die verdammte Reling zu springen, nachdem der Kapitän und die Crew während des Sturms das Schiff verlassen hatten. Keine Ahnung. Warum sind wir hier? Was verschweigen Sie uns?

[Befragung unterbrochen.]

>>Gardner, Madeleine/Befragung #1/Seite 2

aber ja. Mir war klar, dass Celine eine Betrügerin ist, als ich den Job annahm. Wenn Sie das von mir hören möchten, dann kann ich es Ihnen buchstabieren. Na und? Aber das war keine Erklärung für Lizzie Bean oder Archie oder das, was manche Leute behaupteten, an Bord dieses verdammten Schiffs gesehen zu haben.

Sie glauben, es handelte sich dabei um leibhaftige Wesen, Mrs Gardner?

MG: Denken Sie, ich weiß nicht, wie das klingt? Hören Sie, Sie haben mich gebeten, dass ich Ihnen mit meinen eigenen Worten sage, was ich gesehen habe. Das ist es, was ich gesehen habe. Ich habe Lizzie Bean gesehen. Das ist verrückt? Dann bin ich verrückt. Xavier hat dazu seine eigenen Theorien – Gruppenhypnose oder was auch immer. Aber man weiß, wenn sich etwas echt anfühlt. Lizzie Bean hätte nicht existieren dürfen, existierte aber trotzdem. Die anderen hätten genauso wenig existieren dürfen, aber einige Leute haben sie gesehen.

Haben Sie Celine del Ray nach ihnen gefragt?

MG: Nein. Aber ich habe meine eigene Theorie, warum sie da waren.

Und wie lautet die?

MG: Sie hat sie benutzt, um uns zu manipulieren. Um uns einzuschüchtern. Nichts ist wirksamer als Angst, wenn man jemanden kontrollieren möchte. Xavier sagt, dass ich gesehen habe, was ich sehen wollte. Dass ich auf Celines Schwachsinn reingefallen bin. Aber … alles, was später passiert ist … kann sich unmöglich nur in meinem Kopf abgespielt haben.

Sie sagten vorhin, »Celine war nicht Celine«.

MG: Alles, was sie tat, nachdem das Schiff stehen geblieben war – nachdem sie ihren Schub hatte oder worum in aller Welt es sich dabei handelte –, war völlig untypisch. Sie war nicht mehr Celine. Nicht mehr die alte Celine, meine ich. Sie redete wie Celine, hatte deren Erinnerungen, aber … man sah es in ihrem Blick. Nein, das war nicht Celine.

Soll das heißen, Sie glauben, sie war besessen?

MG: Meine Güte. Nein. Vielleicht. Ich … Sehen Sie, ich versuche noch immer, das alles zu verarbeiten, es zu begreifen.

Dauert das noch lange? Wann darf ich denn gehen?

Sie stehen nicht unter Arrest, Mrs Gardner.

MG: Aber ich kann nicht einfach aufstehen und gehen, oder?

Wie wir Ihnen bereits sagten, als Sie hierhergebracht wurden, handelt es sich nur um eine Nachbesprechung. Um eine notwendige Formalität. Die Menschen, die sich mit Ihnen auf dem Schiff befanden, werden noch immer vermisst.

MG: Man hört Gerüchte, das ist alles. Über das, was Sie tun. [lacht] Zwielichtige Behörden, Leute, die verschwinden, solche Sachen.

Wir haben Verständnis für Ihre Bedenken. Um wieder zu Mrs del Ray zurückzukehren: Sie haben gesagt, sie wäre besessen gewesen.

MG: So habe ich das nicht gesagt.

Wenn sie besessen war, könnten Sie sich vorstellen von wem? Oder von was?

MG: Ich bin noch nicht bereit, diese Frage zu beantworten. Ich bin mir nicht mal sicher, ob ich die Antwort kenne.

Gehen wir noch einmal zurück. Was geschah, nachdem die *Beautiful Dreamer* wieder funktionsfähig war?

MG: O Gott! Als sich das Schiff wieder in Bewegung setzte, blieben Xavier und ich noch eine Weile in Celines Suite. Ich nehme an, wir fühlten uns dort sicher, und … ich war vermutlich noch nicht bereit nachzusehen, wo wir uns befanden oder worauf wir uns gefasst machen mussten. Ich weiß nicht, was Xavier dachte, aber ich war zu diesem Zeitpunkt überzeugt, dass an Land irgendwas Schreckliches geschehen sein musste, das die Rettungskräfte davon abhielt, zu uns zu gelangen. Oder dass wir irgendwie in unbekannte Gewässer abgetrieben waren, nur dass heutzutage nichts unbekannt ist, nicht wahr? Also, ja … diese Angst hat mich zunächst gelähmt.

Ich weiß nicht, wer von uns beiden schließlich die Entscheidung getroffen hat, die Kabine zu verlassen.

Ich kann mich nicht erinnern, dass wir darüber diskutiert haben, wir sind einfach aufgestanden und rausgegangen. Ich habe noch mal an Helens Tür geklopft, um ganz sicherzugehen, dass sie nicht in ihrer Kabine war. Ich hatte es bereits mehrmals versucht, sodass ich zu diesem Zeitpunkt nicht wusste, ob sie sich in einem der Rettungsboote befand oder nicht. Da Elise so krank war, konnte ich es mir eigentlich nicht vorstellen. Also, ja. Wir sind aus der Kabine raus und nach draußen aufs Pool-Deck gegangen. Es war noch dunkel – etwa vier Uhr morgens oder so.

Wer hielt sich dort auf?

MG: Fast alle, die noch an Bord waren. Der Großteil von Celines Gruppe. Vielleicht zweihundert Leute. Und ein Pärchen, das auf Celines Deck untergebracht gewesen war. Die Linemans oder Linekers hießen sie – oder so ähnlich. Ich erinnere mich, dass ich sie gesehen habe, als Xavier und ich zu den Rettungsbooten gerannt sind. Niemand hat etwas gesagt. Unheimlich beschreibt die Situation wohl am besten. Eigentlich hätte ich mich zu diesem Zeitpunkt schon an Dinge gewöhnt haben sollen, die mir eine Heidenangst einjagen, aber das hat mich trotzdem schaudern lassen. Keine Spur von Celine. Dann ertönte eine Männerstimme mit italienischem Akzent über die Lautsprecheranlage und sagte, dass wir uns Miami nähern. Er klang nervös, und seine Stimme bebte. Später erfuhr ich, dass es sich um Baci gehandelt hatte. Er war geblieben, als die anderen Offiziere das Schiff verlassen hatten. Ich weiß nicht, warum er nicht auch gegangen ist. Er hatte nicht zu Celines Gruppe gehört. Ich glaube, er hatte sie nicht mal kennengelernt, bis die Motoren wieder zum Leben erwachten.

Warum Miami? Warum nicht ein anderer Hafen?

MG: Ich weiß nicht. Vielleicht war das der nächstgelegene Hafen. Xavier sagte, die Crew könnte mithilfe manueller Navigation bestimmen, wohin das Schiff abgetrieben war, also ist es möglich. Vielleicht wollte Baci einfach nur nach Hause. Vielleicht war es Celines Idee.

Haben Sie mit irgendjemandem gesprochen, während Sie sich an Deck aufhielten?

MG: Nein. Alle waren völlig verstört, erholten sich noch von dem Sturm. Ich habe Jacob gesehen, einen von Celines ursprünglichen Anhängern, wenn man sie so nennen kann, und er hat mich gegrüßt, aber mehr Kontakt hatten Xavier und ich zu diesem Zeitpunkt mit niemandem. Wir hatten alle so viel durchgemacht. Oh, Moment ... Ich habe gelogen. Xavier ist zu einer jungen Frau hingegangen, die er kannte. Lisa, sagte er, hieß sie. Sie stand völlig neben sich, schien ihn kaum wahrzunehmen.

Wir standen schweigend da und warteten. Fünf bis zehn Minuten vergingen, dann sagte Xavier, der Offizier müsse sich getäuscht haben, was unsere Position anbelangt.

Warum?

MG: Wenn wir uns Miami genähert hätten, hätte man Lichter sehen müssen. Aber da waren keine Lichter. Die Küste war vollkommen dunkel.

Ich bin müde. Bekomme ich jetzt eine Pause?

[Befragung unterbrochen.]

>>Trazona, Althea/Befragung #1/Seite 2

die Kreuzfahrtgesellschaft seit fünf Jahren.

Und waren Sie mit Ihrer Stelle zufrieden, Mrs Trazona?

AT: Es war ein guter Job.

Hatten Sie während Ihres Aufenthalts an Bord irgendetwas mit Celine del Ray zu tun?

AT: Ja.

Würden Sie uns bitte sagen, was?

AT: Nein. Ich sage gar nichts mehr, es sei denn, Sie garantieren mir, dass ich eine Greencard bekomme. Sie können mich nicht zwingen, etwas zu sagen.

[Die Befragte weigerte sich trotz mehrerer Versuche, sie zum Sprechen zu bewegen, etwas zu sagen.]

[Befragung unterbrochen.]

NICHT KOPIEREN NICHT PER E-MAIL VERSENDEN

>>Zimri, Jesse C./Befragung #1/Seite 1

NAME DES BEFRAGTEN: Jesse Clarence Zimri
GEB.: 17.11.1984
ADRESSE: 7 Acacia Road, Sun Valley, Kapstadt
BERUF: Allgemeinarzt. Dr. Zimri beendete sein früheres Arbeitsverhältnis auf eigenen Wunsch, nachdem er bei der sechzehnjährigen Sasha Lee Abrams eine Fehldiagnose gestellt hatte. Mrs Abrams klagte über Unterleibsschmerzen, die Dr. Zimri als Dickdarmentzündung diagnostizierte. Abrams starb in der Folge an den Komplikationen einer Bauchhöhlenschwangerschaft. Der Befragte war pethidinabhängig, besuchte seinerzeit aber keine Entzugsklinik.
Der Befragte ist mit Farouka Majiet verheiratet, von der er jedoch getrennt lebt.
ANMERKUNGEN: Die erste Befragung mit Dr. Zimri wurde abgebrochen. Der Befragte befand sich im Delirium, übergab sich und litt unter Pethidin-Entzug.

>>Fall, Helen/Befragung #1/Seite 2

die britische Botschaft? Das ist keine Befragung. Das ist ein Verhör. Weiß irgendjemand, dass wir hier sind?

Mrs Fall, Sie befinden sich in einer ganz besonderen Situation.

HF: Wo sind wir? Ich nehme an, wir sind immer noch irgendwo in Florida. Wie haben Sie das geschafft?

Was geschafft, Mrs Fall?

HF: Uns einfach so wegzuzaubern. Ich gehe davon aus, niemand weiß, dass wir hier sind. Das ist alles sehr Tom-Clancy-mäßig, und ich bin zutiefst beeindruckt. Also. Lassen Sie mich eines klarstellen: Ich werde mich nicht mit Ihnen unterhalten, was auch immer Sie mit mir machen.

Mrs Fall, wir garantieren Ihnen, dass Sie diese Einrichtung verlassen dürfen, sobald wir mit dem Ergebnis Ihrer Befragung zufrieden sind.

HF: Und was genau ist unter »zufrieden« zu verstehen?

Wir brauchen Antworten, Mrs Fall. Wir müssen das Schicksal der Passagiere und Besatzungsmitglieder klären, die sich nicht auf dem Schiff befanden, als es entdeckt wurde.

HF: Wie werden Sie es denn tun?

Was tun, Mrs Fall?

HF: Uns beseitigen, nachdem wir Ihre Fragen beantwortet haben, natürlich. Haben Sie ein System wie die Mafia, und verfüttern Sie uns an Schweine? Lassen Sie uns in Schweinegedärm verschwinden? Ich nehme an, man kann auf schlimmere Art und Weise das Zeitliche segnen.

Mrs Fall, wir sind im Besitz Ihres Computers. Wir haben Grund zur Annahme, dass Sie sich auf dem Kreuzfahrtschiff befanden, weil Sie die Absicht hatten, sich das Leben zu nehmen.

[Die Befragte zeigt Symptome starken Unbehagens.]

HF: Das ist privat. Sie haben kein Recht, auf mein persönliches Eigentum zuzugreifen.

Wir verstehen, dass Sie verärgert sind, Mrs Fall. Aber es gibt da draußen viele Angehörige, die Antworten brauchen.

HF: Von mir bekommen sie keine. Wo sind denn die anderen? Wo ist Maddie? Althea?

Die anderen sind extrem hilfsbereit und kooperativ, Mrs Fall.

HF: Dann brauchen Sie mich ja nicht.

[Die Befragte weigert sich gegenwärtig, auf weitere Fragen zu antworten.]

[Befragung unterbrochen.]

>>Gardner, Madeleine/Befragung #2/Seite 2

und dann ging die Sonne auf … na ja … Wir sahen es zum ersten Mal.

Sie sahen was, Mrs Gardner?

MG: Hören Sie, ich erzähle Ihnen, was ich erlebt habe, aber es soll noch mal ins Protokoll aufgenommen werden, dass mir bewusst ist, wie unglaubwürdig es klingt. Es klingt verrückt. Eigentlich sogar völlig verrückt, aber Sie haben mich gebeten, ehrlich zu beschreiben, was ich gesehen habe, also werde ich das tun. Wenn Sie mich anschließend in die Klapsmühle stecken, dann sei es so.

Zur Kenntnis genommen. Bitte fahren Sie fort. Was haben Sie denn gesehen – oder glaubten Sie zu sehen?

Das Schiff näherte sich der Küste und steuerte auf den Kanal zu, der in den Hafen führt, und je näher wir kamen, desto mehr konnten wir erkennen. Mein Gott. Ich glaube, als Erstes fiel mir auf, dass ich nichts sah, was sich bewegte. Niemand am Strand, kein Boot im Wasser. Nichts.

Dann hatte Eleanor, eine aus Celines engstem Kreis von Freunden, die Idee, einen Blick durch die Fernrohre auf dem Sport-Deck zu werfen. Aber ich brauchte da nicht durchzuschauen. Als wir noch näher kamen, sahen wir von Rauch geschwärzte Häuserblocks mit Ferienwohnungen. Am Strand standen überall Fahrzeuge – große Armee-Lastwagen – und riesige weiße Zelte.

Mein Gott. Ich glaube, das war der Moment, als der Geruch uns erreichte. Wenn ich nur daran denke, wird mir übel. Eine ganz leichte Brise trieb ihn zu uns her. Haben Sie jemals eine Leiche gerochen? Ich nicht. Bis dahin nicht. Stellen Sie sich vor, welchen Gestank zehntausend Leichen verursachen, die in der Sonne verwesen. Uns wurde wieder übel. Ich habe mehrere Male gewürgt, hatte aber nichts im Magen.

Baci meldete sich wieder über die Sprechanlage und sagte, er könne ohne einen Lotsen, der das Schiff in den Hafen einweist, nicht mehr näher heranfahren. Die Motoren liefen noch, aber das Schiff wurde langsamer, bis es ganz stehen blieb.

Ich weiß, Sie glauben mir nicht, aber die anderen werden es Ihnen bestätigen. Ich meine, warum sollte ich eine derart verrückte Geschichte erfinden?

Und die anderen an Bord? Wie haben sie reagiert?

MG: Ich nehme an, zunächst konnten wir nicht glauben, was wir sahen. Einige fingen an zu weinen, ein paar sagten, dass bestimmt Terroristen dafür verantwortlich wären. Sie wissen schon, was ich meine: »Scheißaraber haben uns letzten Endes doch erwischt«, diese Art von Schwachsinn. Uns war allen klar, dass irgendwas passiert sein musste, während wir liegen geblieben waren. Ich nehme an, damit hatten wir alle gerechnet. Aber es dann so vor Augen zu haben … Unsere schlimmsten Befürchtungen wurden wahr. Mein Gott. Es war … Könnte ich bitte etwas Wasser haben?

[Befragung für sieben Minuten unterbrochen.]

Wo hielt sich Celine del Ray zu diesem Zeitpunkt auf?

MG: Sie befand sich inzwischen auf dem Hauptdeck, wartete in ihrem Rollstuhl. Ich weiß nicht, wie lange sie schon dort war. Ich habe sie nicht ankommen sehen. Jacob schob sie zur Reling, und alle drehten sich um und sahen sie an. Und dann sagte sie ... sagte sie etwas wie: »Was für ein Schlamassel. Dieses Mal haben wir es wirklich vergeigt.« Ich kann es nicht genau wiedergeben. Ich war in diesem Moment ziemlich aufgewühlt.

Was hat sie damit gemeint?

MG: Ich weiß nicht. Was sie sah, schien sie nicht allzu sehr zu überraschen.

Xavier stand neben mir, und er drückte meine Hand so fest, dass ich meine Knochen knacken spürte. Das ist ein Detail, das die ganze Sache wirklich macht. Er sagte: »Ich wusste es, ich wusste es«, immer und immer wieder. »Ich wusste, dass irgendwas passiert ist.«

Irgendjemand – ich weiß nicht, wer, vielleicht wieder Eleanor – sagte: »Sollen wir an Land gehen und nachsehen, ob es Überlebende gibt?«

Eine ganze Zeit lang antwortete niemand. Es bestand kein Zweifel daran, dass Miami im Arsch war – Entschuldigung. Wir waren uns nicht sicher, ob wir mit den Folgen eines Krieges konfrontiert waren oder denen einer Seuche oder von irgendwas anderem. Dann brach der Damm, und Diskussionen begannen. Manche sagten, wir sollten an Land gehen und nachsehen, andere hielten das für Irrsinn, falls chemische Waffen eingesetzt worden waren. Celine ließ sie einfach streiten. Wahrscheinlich wusste sie, dass sie es rauslassen mussten.

Als das Geschrei vorübergehend verstummte, sagte Celine: »Gehen Sie und sehen Sie nach, wenn Sie möchten. Ich würde mir allerdings nicht die Mühe machen.«

Wir drehten uns alle um und sahen sie an. Dann fragte sie: »Gibt es Freiwillige?«

Eine gefühlte Ewigkeit sagte niemand etwas, dann trat Devi vor, einer der Wachmänner, und sagte, er würde es tun. Er sah schrecklich aus, als hätte ihn ein Bus überfahren, das Gesicht aufgedunsen und voller blauer Flecken. Rogelio, einer der stellvertretenden Kreuzfahrtdirektoren, flehte ihn an, es nicht zu tun.

Ich glaube, dass es den Leuten erst dann langsam bewusst wurde, und sie fingen an, Fragen zu stellen wie: »Was ist, wenn nicht nur Miami betroffen ist?«, und von ihren Angehörigen und Freunden zu sprechen. Celine meldete sich erneut zu Wort und sagte etwas wie: »Es ist nicht nur Miami, meine Lieben.« Und dann begann sie … Mein Gott, ich nehme an, man nennt es predigen. Sie redete mindestens eine halbe Stunde lang, versprach den Leuten, dass sie ihre Angehörigen »im

Geiste« wiedersehen würden, und erinnerte sie daran, dass sie bislang für ihre Sicherheit gesorgt hätte und sie ihr weiterhin vertrauen müssten. Die Leute wollten das hören. Sie wollten, dass ihnen jemand sagt, was zu tun ist. Sie waren verängstigt, traumatisiert, am Ende. Celine konnte gut reden. Das war eine echte Begabung von ihr. Wenn sie sprach, hörten ihr die Leute zu. Nicht einmal Xavier unterbrach sie.

Devi beharrte trotzdem darauf, vom Schiff zu gehen und sich mit eigenen Augen ein Bild zu machen, was geschehen war. Dann sagte Xavier aus heiterem Himmel: »Ich komme mit.« Ich erinnerte mich daran, dass er in South Beach wohnte. Ich hatte seine Adresse auf seinem Führerschein gesehen. Celine schenkte ihm ein breites Lächeln und blinzelte ihm zu. Es war beinahe so, als wollte sie, dass er geht. Und dann trat ich zu meiner Überraschung selber vor. Weiß Gott, was mich dazu bewegt hat.

Ich weiß es immer noch nicht.

Jacob wollte wissen, wie wir zum Ufer gelangen würden, und einer der Deckarbeiter sagte, dass noch ein Beiboot da wäre, das sich verklemmt hatte, weil die Davits falsch abgelassen wurden oder so ähnlich. Er sagte, es würde in einem verrückten Winkel vom Schiff herunterhängen, aber er könnte es befreien. Devi schlug vor, dass wir den Schiffsarzt mitnehmen, und schickte Xavier und mich auf die Suche nach ihm. Seit Stunden hatte ihn niemand mehr gesehen.

Wir fanden ihn schlafend in einem der Betten der Krankenstation. Er sah aus, als hätte er getrunken, und reagierte kaum, als er die Küste zum ersten Mal sah. Als er Celine untersucht hatte, war er ziemlich mies gewesen, deshalb sah ich nicht viel Sinn darin, ihn mitzunehmen, doch Devi bestand darauf. Ein Krankenpfleger namens Bin, der sich hundeelend fühlte, wollte ebenfalls mitkommen. Und dann meldeten sich noch mehr Leute freiwillig. Aber Devi vermasselte ihnen die Tour. Er sagte, dass jeder, der mitkommen wollte, Schutzbekleidung und ein Atemgerät tragen müsste, weil möglicherweise Infektionsgefahr bestand. Er hatte die Feuerschutzanzüge geholt, mit denen das Schiff ausgerüstet war und zu denen Helme und Sauerstoffflaschen gehörten – mein Gott, die waren so was von schwer –, und es gab nur fünf von den Anzügen. Der Sauerstoff reichte nur für eine Stunde, also war klar, dass es in jedem Fall ein kurzer Ausflug werden würde.

Während das Beiboot befreit wurde, warteten Xavier und ich auf dem Hauptdeck. Er war mit seinen Gedanken woanders und hatte keine Lust, sich zu unterhalten. Er warf immer wieder einen Blick auf die Küste. Celine war damit beschäftigt, alles zu organisieren, ließ die Stühle zurechtrücken, die während des Sturms überall herumgeworfen worden waren, schickte Althea und ein paar andere los, damit sie Wasserflaschen holen und was sie noch finden konnten. Sie sagte den Leuten, dass sie sich keine Sorgen machen sollen und dass sie diejenigen wären, die Glück gehabt hätten. Auf dem Schiff wären sie fürs Erste in Sicherheit.

Fürs Erste. Das sagte sie.

Die Leute arbeiteten zusammen, und etwas zu tun zu haben, das half ihnen. Eine Passagierin, mit der ich bis dahin noch nicht gesprochen hatte, fragte Celine, ob sie einen Gebetskreis organisieren dürfe, und Celine entgegnete, das solle sie ruhig tun.

Paulo, einer der Stewards, sollte das Boot fahren, und Devi erklärte, wir würden über eine der Verladerampen hineinklettern müssen, was einfacher klingt, als es war. Paulo hatte keinen von den schrecklich schweren Anzügen, und er hatte eine Heidenangst, machte sich fast in die Hosen. Ich habe versucht, ihn zu beruhigen, aber was konnte ich schon sagen? »Keine Sorge, das ist nicht das Ende der Welt«?

Xavier war immer noch weggetreten, und der Arzt und Bin kotzten abwechselnd seitlich aus dem Boot. Ich fühlte mich … mein Gott, ich nehme an, verletzlich ist das richtige Wort, als wir uns von der *Beautiful Dreamer* entfernten und sie sich neben uns auftürmte und ihren Schatten auf uns warf.

Könnte ich bitte einen Kaffee oder so was haben?

[Befragung unterbrochen.]

AT: Haben Sie meine Greencard?

Wir arbeiten daran, Mrs Trazona. Solche Dinge brauchen Zeit. Es würde helfen, wenn Sie uns zeigen, dass Sie bereit sind zu kooperieren.

AT: Ich bin doch nicht blöd. Ich weiß, wie der Hase läuft. Sie helfen mir, ich helfe Ihnen. Ich habe zu viele Leute gesehen, die abgeschoben wurden, um Ihnen zu trauen.

Wir versichern Ihnen, dass es dazu nicht kommen wird, Mrs Trazona. Wenn Sie kooperieren, garantieren wir Ihnen, dass Sie und Ihr Kind in Sicherheit sind.

AT: Der Junge? Sie haben den Jungen gefunden?

Welchen Jungen, Mrs Trazona?

[Die Befragte weigert sich zu antworten.]

Mrs Trazona, unsere medizinischen Tests zeigen, dass Sie in der achten Woche schwanger sind. Ich wiederhole, wir versichern Ihnen …

AT: Wenn ich Ihnen helfe, garantieren Sie mir die Staatsbürgerschaft?

Ja.

AT: Das möchte ich schriftlich haben.

[Die Befragung wird für mehrere Stunden unterbrochen.]

[Befragung fortgesetzt.]

AT: Was möchten Sie denn wissen? Ich werde nur das beantworten, was ich beantworten möchte.

Selbstverständlich. Mrs Trazona, würden Sie uns bitte von Ihrem Verhältnis zu Celine del Ray erzählen?

AT: Was ist denn damit?

Mochten Sie Celine del Ray, Mrs Trazona?

AT: Ob ich sie mochte? Nein, ich mochte sie nicht.

Würden Sie bitte erklären, warum nicht?

AT: Ich habe sie durchschaut. Man konnte ihr nicht trauen. Das wusste ich von Anfang an. Und ich habe recht behalten. Sie hat mich reingelegt. Mich benutzt. Genau wie alle anderen.

Sie haben einen Jungen erwähnt, mit dem Sie auf dem Schiff gesprochen haben.

AT: Da war kein Junge.

Als Sie in diese Einrichtung gebracht wurden, sagten Sie unserem medizinischen Beauftragten, die Rettungskräfte müssten zum Schiff zurückkehren und den Jungen suchen.

AT: Da ist kein Junge.

[Die Befragte weigert sich, momentan noch etwas zu sagen.]

[Befragung unterbrochen.]

>>Smith, Xavier L./Befragung #2/Seite 3

XS: Maddie leidet unter Wahnvorstellungen. Das war mir sofort klar, als wir uns nach dem Sturm in der Suite trafen. Celine hatte irgendwas zu ihr gesagt. Hatte sie mit ihrem Schwachsinn infiziert.

Mr Smith, zuvor sagten Sie, was Sie gesehen haben, sei »nicht möglich«. Könnten Sie das näher erläutern?

XS: Ich habe gar nichts gesehen. Lassen Sie es mich noch mal für Sie aufdröseln: Das Schiff ist liegen geblieben. Es gab einen krassen Sturm. Der Kapitän und die Crew haben uns im Stich gelassen, die Leute sind in Panik geraten und mit den Rettungsbooten abgehauen. Alle, die zurückblieben, wurden Opfer einer kollektiven Wahnvorstellung, in der sie in ein alternatives Miami zurückgekehrt sind. In eins, das völlig im Arsch war. Dann … Scheiße, ich habe keine Ahnung. Celine überredete alle, über Bord zu springen oder was auch immer.

Warum hätte sie das tun sollen, Mr Smith?

XS: Leute wie sie wollen, dass über sie gesprochen wird. Vielleicht wollte sie in die Geschichte eingehen oder so.

Mr Smith, Sie sagen, das Schiff sei fünf Tage lang dahingetrieben, ehe die Motoren wieder ansprangen. Wo befand sich das Schiff in den folgenden zwei Tagen?

XS: Es ist im Golfstrom rumgekurvt. Woher soll ich das denn wissen?

Sie streiten kategorisch ab, dass Sie das Schiff zu irgendeinem Zeitpunkt verlassen haben?

XS: Herrgott noch mal. Wie oft denn noch?

[Der Befragte gerät in Erregung. Befragung unterbrochen.]

>>Fall, Helen/Befragung #2/Seite 5

Ich spürte, wie das Schiff stehen blieb. Eine Zeit lang rührte ich mich nicht von der Stelle. Ich wollte sie nicht zurücklassen.

Sie sprechen von Elise Mayberry?

HF: Ja.

Dann hielten Sie sich also nicht an Deck auf, als das Schiff sein erstes Ziel erreichte?

Nein.

Sie haben nichts gesehen? Sie waren nicht neugierig?

HF: Ich habe getrauert. Und ich hatte bereits genug gesehen. Ich hatte gesehen, wie tief Menschen sinken können.

Wir möchten Ihnen unser Beileid aussprechen und wissen es zu schätzen, dass Sie mit uns sprechen.

HF: Ich tue das nicht für Sie oder für diejenigen, die Angehörige verloren haben. Ich habe nur die einfache Bitte, dass Elises Asche neben der ihres Mannes verstreut wird, wenn Sie mit Ihren Tests, oder was auch immer Sie tun müssen, fertig sind.

Und wo ist das?

HF: Das weiß ich nicht. Aber das lässt sich doch herausfinden, oder etwa nicht? Was haben Sie denn mit Elises Leichnam gemacht?

Ich kann Ihnen versichern, Mrs Mayberrys sterbliche Überreste werden …

HF: Ich hätte sie begleiten sollen. Ich hätte sie begleiten sollen, als ich die Möglichkeit dazu hatte. Aber … aber …

[Die Befragte ist sichtlich verzweifelt.]

[Befragung unterbrochen.]

>>Zimri, Jesse C./Befragung #2/Seite 2

JZ: ich fühle mich nicht wohl. Ich bin nicht in der Verfassung, um Ihre Fragen zu beantworten. Ich muss mich … Ich glaube, ich habe das Norovirus. Wurde ja auch Zeit.

Dr. Zimri, Madeleine Gardner zufolge gehörten Sie der Gruppe von Personen an, die das Schiff verlassen hat. Können Sie das bestätigen?

[Der Befragte beharrt weiterhin vehement darauf, in sein Zimmer zurückkehren zu dürfen.]

[Befragung nach medizinischem Eingreifen fortgesetzt.]

JZ: Meine Güte. Was haben Sie mir denn gegeben? Diazepam?

Sie fühlen sich gestärkt, Dr. Zimri?

JZ: Ja. Deutlich. Mir tut alles weh, aber ansonsten alles okay.

Dr. Zimri, Madeleine Gardner zufolge gehörten Sie der Gruppe von Personen an, die das Schiff verlassen hat. Können Sie das bestätigen?

JZ: Ja.

Können Sie uns sagen, wer Sie begleitet hat?

JZ: Bin – meine Güte, Bin ... Dieser Wachmann, Devi, wobei er noch immer in miserabler Verfassung war. Maddie, die Frau, die für Celine del Ray gearbeitet hat. Und ein Typ, den ich vorher noch nicht kannte.

Paulo, mein ehemaliger Kabinensteward, fuhr das Boot, falls Sie es für möglich halten. Ich wusste nicht, dass er das draufhat. Allerdings hatte ich keine Gelegenheit, mich mit ihm zu unterhalten, denn obwohl wir nicht weit fahren mussten, wahrscheinlich nicht mal einen Kilometer, wurde mir fast sofort schlecht, nachdem ich an Bord geklettert war. Bei Bin war es genauso. Je näher wir zum Ufer kamen, desto echter wurde das Ganze. Als ich die Küste zum ersten Mal vom Kreuzfahrtschiff aus sah, war ich high. Dachte, ich würde mir das nur einbilden. Jetzt waren wir unmittelbar mit Gebäuden mit zersplitterten Fenstern konfrontiert, keine Autos, kein Geräusch außer dem Brummen des Motors und dem tiefen Summen, bei dem es sich um die Fliegen am Strand handelte, wie ich später erfuhr.

Der Kanal wurde von einem anderen Kreuzfahrtschiff blockiert, das unversehrt aussah, aber richtig feststeckte – es war riesig, und ich konnte seinen Namen lesen: *The Beautiful Wonder.* Paulo manövrierte das Boot zum Ende der Mole und zurrte es fest. Er wirkte immer noch verängstigt. Devi forderte uns auf, unsere Ausrüstung anzulegen. Ich fing sofort an zu schwitzen, als ich in den Anzug schlüpfte, in dem man sich vorkam, als wäre man in Asbest eingewickelt. Er sagte, er würde losgehen und nach einem Polizeirevier oder nach Militärangehörigen Ausschau halten – oh, ja, das ist die andere Sache: auf den Gehwegen standen ein paar Armee-Lastwagen herum. Leer, aber man sah, dass irgendwann Militär vor Ort gewesen war.

Maddies Freund – ernster Typ mit krassen keltischen Tätowierungen, ich kann mich nicht mehr an seinen Namen erinnern – wollte nach seiner Wohnung schauen, die sich um die Ecke vom Hafen befindet. Auf dem Boot hatte er die ganze Zeit kein Wort gesagt. Maddie sagte, sie begleitet ihn.

Devi bat Bin und mich, am Strand entlangzugehen und herauszufinden, was es mit den riesigen Zelten auf sich hat, die dort überall aufgestellt waren. Ich machte mir ernsthaft Sorgen um Bin und versuchte, ihn zu überreden, dass er bei Paulo bleibt. Er weigerte sich. Ich hätte mich mehr anstrengen sollen.

[Der Befragte bittet um fünfminütige Pause.]

[Befragung fortgesetzt.]

Sind Sie am Strand entlanggegangen, Dr. Zimri?

JZ: Ja.

Bitte fahren Sie fort, Dr. Zimri.

JZ: Kaufen Sie mir tatsächlich ab, was ich Ihnen erzähle?

Bitte fahren Sie fort, Dr. Zimri.

JZ: Herrgott. Na ja, es war von der ersten Sekunde an ein Albtraum. Zunächst einmal wäre ich fast aus dem Boot gefallen, als ich rausgeklettert bin. Die Flaschen und der Helm … meine Güte, man muss selbst bei perfekten Bedingungen super fit sein, um all das mit sich herumzuschleppen, und wir mussten über einen Zaun steigen und über Felsen klettern, um zu dem verdammten Strand zu gelangen. Es war unerträglich heiß, in diesem Anzug am Strand entlangzumarschieren. Ich weiß nicht, ob der Geruch durch das Atemgerät dringen kann oder ob ich es mir nur eingebildet habe. Herrgott, es war wie … Und Bin, ich hatte echt Mitleid mit ihm. Er hatte sich mit Methylprednisolon und Imodium vollgepumpt, aber das hat das Norovirus nicht aufgehalten.

Nach einer Minute oder so habe ich nicht mehr nachgedacht, was ich tue, sondern bin einfach marschiert.

Dann kamen wir beim ersten Zelt an. Insgesamt waren es ungefähr sechs, glaube ich. Alle am Strand aufgestellt. Ich wusste sofort, worum es sich bei ihnen handelte. Ich wusste, dass sie die Leichen dort untergebracht haben mussten, um sie vor den Fliegen zu schützen. Warum dort, weiß ich nicht. Vielleicht war sonst nirgendwo mehr Platz. Es handelte sich eindeutig um eine Operation im großen Stil. Vielleicht hatten sie vor, sie ins Meer zu schmeißen. Am Eingang befand sich ein riesiger Haufen aufeinandergeworfener Leichensäcke. Jemand hatte sie mit Kalkpulver bestreut, und der Wind hatte Sand und anderes Zeug draufgeweht. Die Fliegen hat das allerdings nicht abgehalten. An manchen Stellen flogen so viele herum, dass man die Hand vor den Augen nicht sah.

Mir war klar, dass ich eine Leiche öffnen musste, um nachzusehen, womit wir es zu tun hatten.

Und haben Sie?

JZ: Ja.

Würden Sie den Zustand der Leiche bitte beschreiben?

JZ: Ja. Sie war völlig im Arsch. Das ist übrigens ein medizinischer Begriff.

Was war Ihrer Ansicht nach die Todesursache?

JZ: Ich bin kein Pathologe.

Wir würden gerne Ihre Meinung hören.

JZ: Mein Gott, keine Ahnung. Ich wollte sie nicht anfassen. Was wir taten – dass wir uns so nahe heranwagten –, war ohnehin schon gefährlich. Gegen einen aerogenen Erreger hätten uns die Anzüge nicht geschützt.

[Der Befragte seufzt.]

Sehen Sie, soweit ich es beurteilen konnte, sah es aus, als würde es sich um eine Art Super-Grippe oder um eine ebolaähnliche Infektion handeln. Die Leiche war derart aufgedunsen, dass es sogar schwierig war, ihr Geschlecht zu bestimmen. Dem Anschein nach hatte sie einige Läsionen und angeschwollene Drüsen, doch das konnte auch eine Folge der Verwesung sein.

Wie lange waren die Personen Ihrer Meinung nach schon tot?

[Der Befragte schweigt.]

Bitte beantworten Sie die Frage, Dr. Zimri.

JZ: Ich fragte Bin nach seiner Meinung, aber er schüttelte nur den Kopf. Ohne ein Wort ging er weg und den Strand hinunter, und ich schrie ihm hinterher, dass er stehen bleiben soll. Er hörte mich nicht oder wollte mich nicht hören. Wir hatten nur noch für etwa fünfundvierzig Minuten Sauerstoff übrig. Wie ich schon sagte, die ganze Aktion war unglaublich kurzsichtig.

Und dann fing Bin an zu schreien und auf etwas zu deuten. Ich bin zu ihm hingerannt, was mich fast umgebracht hätte. Das Visier des Helms beschlug, und der Sauerstoff, den ich einatmete, schmeckte wie Diesel. Und dann sah ich es ebenfalls. Ein roter Farbklecks im Sand, ungefähr fünfhundert Meter entfernt.

Bin glaubte, es könnte sich um ein Rettungsboot handeln, aber wegen der Fliegen und der Gischt und dem beschissenen Helm konnte man es nicht genau sagen. Er setzte sich in Bewegung, und ich rannte hinter ihm her. Wir liefen an einem weiteren Zelt vorbei, das von Erdbewegungsmaschinen und einem umgekippten Armee-Jeep umgeben war.

Es handelte sich um eine Rettungsinsel. Um so eine aufblasbare dreieckige. Sie war in sich zusammengefallen, was eigentlich nicht passieren sollte, also weiß Gott, was sie durchgemacht hatte, und das Meer versuchte, sie wieder zu sich zu holen. Bin kam als Erster dort an. In den Seilen, die daran befestigt waren, hatte sich was verheddert.

Eine Leiche.

Erkannten Sie die Leiche?

JZ: Ja. Es war Damien. Der Kreuzfahrtdirektor.

[Befragung unterbrochen.]

>>Gardner, Madeleine/Befragung #3/Seite 2

alles, was er sagte, immer und immer wieder. »Das ist unmöglich. Das ist unmöglich.«

Warum unmöglich?

MG: Das Schiff war zu diesem Zeitpunkt bereits … Mein Gott, wie lange? Es war seit fünf Tagen von der Außenwelt abgeschnitten. Man sah, dass das, was passiert war, länger gedauert haben musste. Und in Wirklichkeit ist keine Katastrophe über Miami hereingebrochen, oder? Ich bin hier … sitze hier. Unterhalte mich mit Ihnen. Wir sind doch in Miami, nicht wahr? Oder in der Nähe.

Bitte fahren Sie fort, Mrs Gardner.

MG: Wir gingen vom Strand weg Richtung Highway. Die Wohnblocks zu unserer Rechten waren mit Stacheldrahtrollen verbarrikadiert. Ich konnte nicht sagen, ob das die Leute daran hindern sollte, hineinzugelangen oder herauszukommen. Wir kamen an dem Tor zum Hafen vorbei, in dem sich noch Boote befanden, Jachten, aber ich sah noch was hinter dem Tor liegen … ausgestreckt, von Fliegen bedeckt. Nichts von alledem kam mir wirklich vor. Nichts. Xavier ging voraus bis zum Ende des Fußwegs, um eine Ecke und auf einen breiten Boulevard zu. Hinter uns, ein paar Hundert Meter entfernt, wo die Hauptstraße auf den Highway traf, sah es so aus, als hätte die Armee eine Art Barriere errichtet. Noch mehr Stacheldraht, riesige Militärfahrzeuge. Ich glaube, es war sogar ein Panzer dabei. Ich weiß es nicht. Mir lief Schweiß in die Augen, ich hatte Schwierigkeiten, etwas zu erkennen, und meine Schultern schmerzten und zitterten unter dem Gewicht des Anzugs und der Sauerstoffflaschen. Ich versuchte, daran vorbeizuspähen, weil ich hoffte, vielleicht bis zum Flughafen sehen zu können. Eigentlich dumm von mir, weil ich wusste, dass er Meilen entfernt ist.

Wir kamen an einem großen Einkaufszentrum vorbei. Mein Gott, das hat mir echt den Rest gegeben. Eine riesige Tierhandlung mit allen möglichen Graffitis an den Schaufensterscheiben. Eine Apotheke, die aussah, als wäre sie zu einer Art Kirche umfunktioniert worden. Und die Plakatwände … Statt McDonald's oder was auch immer waren … ähm … Auf einer stand nichts außer »Buße tun« in riesigen roten Buchstaben, die aussahen, als wären sie mit Blut gemalt. Eine andere zeigte eine Fotoserie von Teenagern, und über jedes ihrer Gesichter war das Wort »Sünder« geschmiert.

Wie fühlten Sie sich in diesem Moment?

MG: Wie betäubt, würde ich sagen. Benommen. Das lag zum Teil an der Ausrüstung. Mein ganzer Körper war schweißnass. Mir ging die Kraft aus, und ich fragte Xavier, wie weit es noch wäre. Er sagte mir, wir wären nur noch drei Querstraßen entfernt. Er ging weiter, und ich folgte ihm. Ein Teil der Hauptstraße war überflutet, weil eine Wasserleitung geplatzt war, und wir mussten einen Umweg machen. Ähm … Mein Gott, es gab so viel zu verarbeiten. Und Fliegen. Überall Fliegen. Ich musste sie ständig von meinem Visier wischen. Was auch immer die Menschen getötet hatte, hatte die Fliegen nicht getötet.

Letzten Endes bog er in eine Wohnstraße ein, die beruhigend normal wirkte. Allerdings waren die Fenster etlicher Häuser verbarrikadiert, und an allen Haustüren und Garagentoren, an denen wir vorbeikamen, hingen Zettel. Die meisten waren zerrissen oder verwittert, aber ich fand einen, der in einer Plastikhülle steckte. Haben Sie ihn gesehen?

[Die Befragte bezieht sich auf das folgende Dokument, das der Einfachheit halber hier eingescannt wurde:
Was ist zu tun, wenn Sie den Verdacht haben, dass jemand aus Ihrer Familie mit dem Ishi-Virus infiziert ist?

Wenden Sie sich NICHT an die Behörden und versuchen Sie NICHT, die Gegend zu verlassen. Rufen Sie die 0700-Hotline an.

WIR KOMMEN ZU IHNEN.

Stellen Sie die infizierte Person in einem Zimmer

unter Quarantäne und versiegeln und verschließen Sie den Ein- und Ausgang. Sämtliche Gegenstände, die von der infizierten Person berührt wurden, müssen verbrannt werden. Wer versucht, aus der Quarantäne zu fliehen, wird strafrechtlich verfolgt. Mögen Jesus und Gott unser Herr sich unserer Seelen erbarmen.

ANMERKUNG: Eine als »Ishi-Virus« klassifizierte Erkrankung existiert nicht. »Ishi« war der Codename für Unit 787, die geheimen biologischen und chemischen Forschungsarbeiten der Japaner im Zweiten Weltkrieg.]

Drei Querstraßen weiter blieb Xavier schließlich vor einem Haus stehen, hinter dem sich eine Art Park befand. Eine Doppelhaushälfte. Nicht luxuriös oder so, aber recht nett, bis auf die Tatsache, dass die Fenster mit Zeitungspapier zugeklebt waren. Die Haustür war abgesperrt, aber er hob einen Blumentopf vor der Tür an und holte einen Schlüssel hervor.

Dann gingen wir hinein.

In welcher Gemütsverfassung war Mr Smith Ihrer Meinung nach in diesem Moment?

MG: Sie meinen Xavier?

Ja.

MG: Durch das Visier konnte ich sein Gesicht nicht genau sehen, aber ich erkannte, dass er versuchte, seine Gefühle zu verbergen. Als ich ihn fragte, ob er die

Fenster mit Zeitungspapier zugeklebt hätte, fuhr er mich an, sagte etwas wie: »Sei doch nicht so bescheuert.« Im Haus war es eng und dunkel. Wir probierten die Lichtschalter, aber der Strom war ausgefallen – keine Überraschung nach allem, was wir gesehen hatten. Die Küche und das Wohnzimmer befanden sich im Erdgeschoss, und es sah aus, als wäre gerade der Gerichtsvollzieher da gewesen. Der Fußboden war verstaubt und verdreckt, es gab überhaupt keine Möbel, nichts außer einem Schreibtisch und einem leeren Bücherregal, und jemand hatte auf die Kühlschranktür ein Peace-Zeichen gesprüht. Xavier hatte mir erzählt, er wäre finanziell unabhängig. Ich hatte nicht erwartet, dass er in derart heruntergekommenen Verhältnissen lebt.

Hat Mr Smith eine Bemerkung zum Zustand seines Zuhauses gemacht?

MG: Er sagte was wie: »Das kann nicht sein«, dann ist er die Treppe raufgerannt. Keine Ahnung, wie er sich in diesem Anzug so schnell bewegen konnte.

Sind Sie ihm gefolgt?

MG: Nicht sofort. Ich habe ein paar Minuten herumgeschnüffelt, habe in die Küchenschränke geschaut – die alle leer waren – und habe die Schreibtischschubladen kontrolliert. Dort habe ich den E-Reader gefunden. Ich bin mir nicht sicher, warum ich ihn eingesteckt habe. Vielleicht weil er die einzige Sache von Wert im Haus zu sein schien, und ich dachte, dass Xavier ihn womöglich gerne hätte. Uns lief inzwischen wirklich die Zeit davon, und um ehrlich zu sein, bekam ich es langsam mit der Angst zu tun. Als würde ich mich in einem Spukhaus aufhalten oder so. Ich rief, dass wir uns beeilen müssten, damit uns noch genug Luft blieb, um zurück zum Beiboot zu gelangen, aber er antwortete nicht. Ich rief noch mal, aber er reagierte immer noch nicht. Mir blieb nichts anderes übrig, als ihm nachzugehen.

Und wo war er?

MG: Er stand in der Türöffnung eines Raums, bei dem es sich um sein Schlafzimmer gehandelt haben muss, und starrte irgendwas auf dem Fußboden an. Als ich ihn an der Schulter berührte, schrie er auf. Ich habe ihm noch mal gesagt, dass wir so schnell wie möglich verschwinden müssen, und diesmal hörte er auf mich und ging zur Treppe.

Was starrte er denn an?

Das Zimmer war leer bis auf eine Matratze und eine verklumpte Bettdecke, die auf ihr lag. Sehen Sie, ich bin mir nicht sicher, aber es wäre möglich, dass etwas … mein Gott, jemand – okay? – unter der Decke lag. Ich weiß nur, der Fensterrahmen war schwarz vor lauter toten Fliegen.

Haben Sie noch weitere Nachforschungen angestellt?

MG: Auf keinen Fall. Sehe ich so aus, als wäre ich bescheuert? Nein. Ich habe so schnell wie möglich das

Weite gesucht. Könnte ich bitte etwas Wasser haben? Ich habe Halsschmerzen.

[Befragung unterbrochen.]

>>Fall, Helen/Befragung #3/Seite 2

Althea war diejenige, die nach mir gesucht hat. Sie war freundlich, das muss ich ihr lassen. Während der ganzen Zeit, die wir auf dem Schiff waren, war sie freundlich zu Elise und mir. Sie sagte, dass Celine mich sehen möchte. Sie sagte, Celine würde im Wellnessbereich auf mich warten.

Haben Sie sich mit Mrs del Ray getroffen, Mrs Fall?

HF: Ja. Ich habe Elise nur ungern allein gelassen. Wahrscheinlich halten Sie mich für eine schrullige alte Frau, aber obwohl ich wusste, dass sie tot ist, dass ich nichts mehr für sie tun kann, wollte ich sie nicht allein lassen. Aber ich habe es trotzdem getan.

Ich war neugierig. Vermutlich wollte ich einfach wissen, was Celine mir zu sagen hatte.

Die Schäden im Inneren des Schiffs schockten mich nicht. Damit hatte ich gerechnet. Und was den Wellnessbereich betrifft, müssen Sie wissen, dass Elise und ich ihn während der ganzen Zeit, die wir auf dem Schiff waren, nicht einmal betreten hatten. Er war weitgehend unversehrt. Zerbrochene Flaschen, was dafür sorgte, dass es dort stank wie im Ankleidezimmer einer Prostituierten, und er war eindeutig geplündert worden, aber es war ruhig.

Celine wartete im Haarsalon auf mich. Sie saß in ihrem Rollstuhl und blätterte in einer Zeitschrift – ja, tatsächlich! – wie eine Kundin, die auf ihre Stylistin wartet.

Sie begrüßte mich wie eine alte Freundin. Es war … es war … und ich benutze dieses Wort nicht gerne … aber es gibt kein anderes: surreal. Zwei ältere Damen im Schönheitssalon oder beim Friseur, die Smalltalk machen.

Bitte fahren Sie fort.

HF: Sie bedankte sich bei mir fürs Kommen. Ich fragte sie, warum sie mich sehen wollte. Sie sagte, dass sie Gefallen an mir gefunden hätte. Dass ich mich ihr gegenüber bewiesen hätte. Sie sagte … Ich habe eigentlich ein gutes Gedächtnis, aber … Moment. Ja. Sie sagte: »Nach einer Weile wird es öde. Sich immer und immer wieder im Kreis zu drehen. Viel besser, wenn man der Puppenspieler ist und nicht die Marionette. Welten einzureißen und sie dann wieder aufzubauen. Räder in Bewegung zu setzen, um zu sehen, wie und wohin sie rollen.«

So redete sie weiter, erzählte eine ganze Zeit lang klischeehaften Blödsinn. All das war ziemlich ärgerlich, wenn ich ehrlich bin.

Wissen Sie, was sie damit meinte?

HF: Ich nahm an, sie sprach von ihren Tricksereien.

>>Smith, Xavier L./Befragung #3/Seite 2

und dann wären da noch diese medizinischen Tests, die Sie durchgeführt haben. Haben Sie uns auf Drogen getestet? Auf Halluzinogene?

Mr Smith, um es noch einmal klarzustellen: Sie behaupten, nie zu Ihrem Haus zurückgekehrt zu sein?

XS: Ich bin nie zu meinem Haus zurückgegangen! Fragen Sie doch meine verdammten Nachbarn.

Ich bin nie von dem beschissenen Schiff runter.

Der Kapitän und die Crew haben uns sitzen lassen, viele Leute sind in Panik geraten und geflüchtet, nur um dann im Sturm ums Leben zu kommen. Und der Rest von uns ... Celine hat uns eingeredet, dass wir etwas erleben, was wir eigentlich nie hätten erleben können.

[Dem Befragten wird der E-Reader gezeigt, von dem Madeleine Gardner behauptet, sie habe ihn aus seinem Haus mitgenommen.]

Würden Sie uns bitte erklären, worum es sich hier handelt, Mr Smith?

XS: Das ist ein Kobo. Man kann Bücher darauf lesen. So was Ähnliches wie ein Kindle, nur ethischer.

Mr Smith, würde es Ihnen etwas ausmachen, das Inhaltsverzeichnis vorzulesen? Nur die erste Seite.

XS: Ja, es würde mir was ausmachen.

[Dem Befragten wird die Liste der Bücher gezeigt, die auf dem angeblich aus seinem Haus stammenden Gerät gespeichert sind: *Vom Absturz zur Verschwörung* von Elspeth Martins, *Jenseits des Schwarzen Donnerstags* von Carter Edwards, *Die Wahrheit über den Schwarzen Donnerstag* von Ace Kelso und *Gefährlicher Glaube* von Michael Shermer.
ANMERKUNG: Es wurde zweifelsfrei nachgewiesen, dass die Autoren der genannten Bücher dieses Material nicht verfasst oder veröffentlicht haben.]

XS: Die habe ich noch nie gesehen.

[Der Befragte verweigert eine weitere Stellungnahme.]

[Befragung unterbrochen.]

>>Gardner, Madeleine/Befragung #4/Seite 7

ihn zurück zum Boot zerren. Inzwischen war ich völlig erschöpft. Xavier sagte immer wieder: »Das passiert nicht wirklich, das passiert nicht wirklich.« Ich machte mir nicht die Mühe, mit ihm zu diskutieren. Mein Rücken tat mir weh, ich war am Verdursten. Die *Beautiful Dreamer* war weiter aufs Meer hinausgetrieben, und ich erinnere mich an die seltsame Panik, dass wir es nicht wieder an Bord schaffen würden. Nach allem, was wir auf dem Schiff durchgemacht hatten! Mein Gott …

Devi traf als Nächster ein. Er war bei der Absperrung gewesen, von der ich gesagt habe, sie sah aus wie eine Art Militärblockade. Er sagte, dass er das Funkgerät ausprobiert hätte und dass sie Satellitentelefone und alle möglichen Geräte besäßen, aber nichts funktioniert hätte. Kein Signal.

Keiner von uns sprach das Offensichtliche aus: dass dieses Ausmaß an Zerstörung unmöglich in fünf Tagen entstanden sein konnte. Es musste Monate gedauert haben, bis es zu der Zerstörung gekommen war, die wir gesehen hatten.

Der Arzt kam allein zurück.

[Die Befragte erbittet sich eine zehnminütige Pause.]

[Befragung unterbrochen.]

>>Trazona, Althea/Befragung #4/Seite 2

sagte sie der alten Frau, dass sie ihren Ehemann zurückbekommen könnte. Dass es Möglichkeiten geben würde. Dass sie alles haben könnte, was sie sich wünscht. Dass jemand wie Helen erlernen könnte, was Mrs del Ray tat. Wir alle könnten das. Es war schwierig, sich auf das, was sie sagte, einen Reim zu machen. Ich hörte sie zum Beispiel sagen, wir könnten alle lernen, immer und immer wieder in einem

Schiff unserer Wahl zurückzukehren. Für mich klang das nach religiösem Blödsinn.

Wie reagierte Mrs Fall darauf?

AT: Sie starrte Mrs del Ray an, als wäre sie verrückt. Vielleicht war sie das auch. Oder ist es. Ich mochte Helen und Elise. Sehr angenehme Passagiere. Sauber. Ruhig. Es tat mir leid, dass Elise starb. Dann sagte Mrs del Ray, ich könnte sie allein lassen. Das habe ich auch getan.

Wohin sind Sie gegangen?

AT: Ich bin hinaus aufs Hauptdeck gegangen. Dort wurde gerade aufgeräumt. Die meisten halfen. Wohin gingen sie? Womit, nur Mr und Mrs Lineman, Passagiere von meiner Station, saßen allein an einem Tisch in der Nähe der Lido-Bar. Mrs Lineman rief meinen Namen und bat mich, zu ihrer Kabine zu gehen und Mr Linemans Medikamente zu holen.

Wie haben Sie reagiert?

AT: Ich war versucht, den beiden zu sagen, dass sie mich mal können, aber sie wirkten so verloren, dass ich eingewilligt habe. Sie waren bereits genug bestraft worden. Mr Lineman hatte sich den Arm gebrochen, und sie war sehr blass, und ihr liefen Tränen übers Gesicht. Auf dem Weg zu ihrer Kabine begegnete ich Rogelio, einem meiner Landsleute. Er machte sich große Sorgen um einen Freund von ihm, den Wachmann, der mit den anderen zum Festland gefahren war. Ich sah, dass er mit jemandem reden wollte. Ich ließ ihn.

Er wusste, dass ich die Leiche der jungen Frau gefunden hatte.

Kelly Lewis?

AT: Ja. Rogelio erzählte mir, dass ihr Mörder in der Leichenaufbewahrung eingesperrt wäre. Er sagte, dass Devi, der Wachmann, ihn zur Strafe für seine Tat da drinlassen wollte.

Wie fanden Sie das?

AT: Ich kannte den Mann nicht. Rogelio sagte, er würde sich Sorgen um Devi machen und wie dieser sich fühlen würde, falls der Mann da drin starb. Er sagte, Devi wäre sensibel und würde sich womöglich Vorwürfe machen und es bereuen, obwohl der Mann ein Vergewaltiger ist.

Ich schlug vor, dass wir nachsehen sollten, ob der Mann noch am Leben ist.

Wir gingen hinunter zur Leichenaufbewahrung, und Rogelio schlug gegen die Klappe, um zu sehen, ob er eine Antwort bekam.

Und, bekam er eine?

AT: Ja. Ein leises Klopfen. Ganz schwach. Ich hörte den Mann nicht aufschreien oder so, aber es klang, als wäre er noch am Leben.

Was taten Sie dann?

AT: Ich sagte Rogelio, dass er auf mich warten soll, und bin zu Mrs del Ray gegangen, um sie zu fragen, was wir mit ihm machen sollen. Ob wir ihn drinlassen oder rauslassen sollen.

Was hat sie gesagt?

AT: Sie hat gesagt, es wäre Rogelios Entscheidung, ob wir wollen, dass sich so jemand ihnen anschließt.

Haben Sie infrage gestellt, was sie damit meinte?

AT: Nein.

Rogelio und ich haben lange darüber diskutiert, was wir tun sollen. Devi hatte Rogelio seine Taser-Pistole gegeben, und Rogelio richtete sie auf die Klappe, als er diese öffnete. Dieser Geruch! Ich dachte, ich muss mich übergeben. Der Mann hatte sich in die Hosen gemacht, und er stöhnte und schwitzte und redete allen möglichen Unsinn. Dann versuchte er rauszuklettern, und Rogelio schoss auf ihn.

Der Mann zuckte wie eine Marionette, und dann schien er das Bewusstsein zu verlieren.

Ihn da rauszuholen, war nicht einfach. Wir mussten ihn einen Teil des Weges schleifen. Er war schwer. Aber als wir am I-95 angelangten, konnten wir eine Transportliege aus der Krankenstation benutzen.

Wohin wollten Sie ihn bringen?

AT: Ich wusste, dass die Crewmitglieder eine der Verladerampen geöffnet hatten. Es war ganz einfach. Rogelio packte ihn an den Beinen und ich ihn an den Armen, und dann trugen wir ihn gemeinsam zum Rand. Er stöhnte, und Rogelio dachte schon, er müsste noch einmal den Taser verwenden, aber dann war er wieder still. Wir rollten ihn ins Wasser.

Ich möchte klarstellen, dass wir nicht vorhatten, den Mann zu töten. Als wir ihn ins Wasser warfen, war er nicht tot. Er hatte eine Überlebenschance verdient. Die verdient jeder. Er hätte aufwachen und schwimmen können. Aber ich gebe zu, dass wir nicht kontrolliert haben, ob er das tat. Vielleicht wollten wir es gar nicht wissen. Wir waren nicht weit von der Küste entfernt. Rogelio sagte, auf diese Weise würde Devi wenigstens nicht vom Geist des Mannes und von seinem Gewissen heimgesucht werden. Er meinte, Devi würde davon ausgehen, dass der Mann geflohen war und sich über Bord gestürzt hatte. Auf diese Weise würde er sich keine Schuld geben.

Was taten Sie als Nächstes?

AT: Es gab da noch etwas, was ich tun musste. Ich musste jemanden suchen.

Wen?

AT: Trining. Eine der anderen Stewardessen. Ich dachte, sie wäre womöglich noch auf dem Schiff.

Haben Sie sie gefunden?

AT: Nein. Aber ich habe mir geschworen, dass ich weitersuchen würde. Mrs del Ray sagte, dass er – sie – nicht mehr auf dem Schiff wäre, aber ich glaubte nicht alles, was sie sagte. Ich musste mich selbst vergewissern.

>>Gardner, Madeleine/Befragung #5/Seite 3

Warum haben Sie Miami nicht verlassen und sich in der Umgebung umgesehen, ob woanders noch Leben existiert?

MG: Weil uns der Sauerstoff ausging. Außerdem lag auf der Hand, dass *nirgendwo* mehr Leben existierte. Solche Zerstörung beschränkt sich nicht auf einen Ort. Ihr Ausmaß war … Ich habe Ihnen ja schon gesagt, wie schlimm es war.

Wie haben die anderen Passagiere reagiert, als Sie ihnen berichteten, was Sie entdeckt hatten?

MG: Nicht gut. Und diese Ehre wurde Devi und mir zuteil. In dem Augenblick, als wir auf das Schiff zurückkehrten, verschwand Xavier und schloss sich in Celines Kabine ein. Er verkraftete nicht, was er gesehen hatte. Jesse verließ uns ebenfalls. Er war am Boden zerstört, dass er den Krankenpfleger allein hatte losziehen lassen und nicht versucht hatte, ihn zurückzuhalten. Ja, also taten Devi und ich unser Bestes, aber sie wollten es nicht hören. Sie hatten nicht gesehen, was wir gesehen hatten, deshalb beharrten sie darauf, dass wir uns täuschen würden, dass es erst vor Kurzem passiert sein musste, während wir uns auf See befunden hatten, und dass das der Grund wäre, warum niemand gekommen war, um uns zu retten. Ein paar von ihnen – vor allem Jacob – wurden ziemlich wütend auf uns. Celine hörte nur zu und hatte ein provozierendes Lächeln auf den Lippen.

Was ist Ihre Erklärung für das, was Sie in Miami gesehen haben, Mrs Gardner?

MG: Ich habe nur eine, und die ist völlig bescheuert: Dass wir irgendwie in eine … keine Ahnung … in eine andere Version der Realität geraten sind. In eine, in der eine Katastrophe über die Welt hereingebrochen ist. In eine mit einer Geschichte, die nie stattgefunden hat. Celine – oder das Schiff – hatte uns woandershin mitgenommen.

Ja. Glauben Sie mir, ich weiß, wie das klingt.

Was ist als Nächstes passiert?

MG: Celine meldete sich zu Wort und hielt wieder eine Ansprache. Sie sagte, wir müssten uns an einen Ort begeben, an dem wir leben können, bis die Leichen sich zersetzt haben und kein Gesundheitsrisiko mehr darstellen. Und, Überraschung, Überraschung, sie wusste genau, wohin wir uns begeben sollten.

Sie hatte alles haargenau geplant.

Und wohin war das?

MG: Auf Foveros' Privatinsel. Dream Cay. Wir hatten dort am zweiten Tag der Kreuzfahrt angelegt. Celine – die alte Celine – hatte sich dort an der Strandbar betrunken.

Warum dorthin?

MG: Celine zufolge lebten dort nur sehr wenige Menschen, daher wäre das Entsorgen der Leichen nicht allzu schwierig gewesen. Die Insel wäre groß genug für uns alle gewesen, und es gab jede Menge Nahrungsquellen. Es gab Pferde und Hühner in rauen Mengen. Am Strand eine Bar, die wie ein Piratenschiff gestaltet war. Fischfang. Und vergessen wir nicht den riesigen Duty-free-Shop. Wenn man vorhat, irgendwo bis in alle Ewigkeit zu bleiben, war das der richtige Ort. Dort war alles vorbereitet.

>>Zimri, Jesse C./Befragung #4/Seite 2

JZ: Ich habe mich beschissen gefühlt. Schlimmer noch. Ich konnte nicht fassen, dass ich Bin hatte gehen lassen. Ich meine, er hätte uns eigentlich gar nicht begleiten sollen. Er sprach die ganze Zeit davon, dass er zu seiner Familie zurückkehren würde, aber wie zum Teufel er das machen wollte, weiß ich beim besten Willen nicht. Vielleicht verkraftete er die Vorstellung nicht, wieder aufs Schiff zu gehen. Die Geschichte »Die junge Frau erwacht in der Leichenaufbewahrung zum Leben« hat ihm eine Heidenangst eingejagt, und die Passagiere hatten uns während der ganzen Sache wie den letzten Dreck behandelt. Aber ich hätte ihn aufhalten sollen.

Als wir zurückkamen … Scheiß drauf. Als wir zurückkamen, bin ich auf die Krankenstation gegangen, um nachzusehen, was ich nehmen konnte, um mich wegzuschießen. Und es ging nicht nur um Bin. Ich begriff einfach nicht, wie irgendwas von alledem hatte passieren können. Die Leichen, die Verwüstung. Alles war … Herrgott. Keine Ahnung.

Baci passte mich ab, bevor ich eine Gelegenheit hatte, mich auf das Pethidin zu stürzen. Er befand sich in einer schlimmen Verfassung. Er war bei Alfonso geblieben, als der Rest der Crew das Schiff verlassen hatte, und er erkundigte sich, ob ich irgendeine Spur von den Rettungsbooten gesehen hätte. Ich log ihn an und verneinte. Und ich sagte ihm, er hätte die richtige Entscheidung getroffen, indem er auf dem Schiff geblieben war. Das war ebenfalls gelogen. Er sagte, es würde Alfonso mental deutlich besser gehen, und der »dunkle Mann« – der Geist oder der Teufel, den er sich eingebildet hatte – wäre weg.

Einer der Ingenieure kam und richtete Baci aus, dass Celine mit ihm sprechen wolle. Es klang so, als würden sie planen, einen anderen Hafen anzusteuern, da ich sie über Treibstoffvorräte und Strom und so Zeug reden hörte, bevor sie gingen. Mir war egal, wohin sie gingen. Ich hatte andere Pläne.

Und welche waren das?

JZ: [lacht] Mithilfe der Medizinwissenschaft alles auszublenden. Und das ist mir auch gelungen. Das Nächste, woran ich mich erinnern kann, ist, dass ich von zwei riesigen Marines zu einem Helikopter getragen wurde.

Das ist alles. Mehr habe ich nicht zu sagen.

Und Sie halten an Ihrer Version der Ereignisse fest, Dr. Zimri?

JZ: Ich habe Ihnen erzählt, was ich erlebt habe. Nicht mehr und nicht weniger. Ob Sie einem Drogenabhängigen glauben möchten, bleibt Ihnen überlassen.

[Befragung unterbrochen.]

>>Fall, Helen/Befragung #4/Seite 2

in die Suite. Ich bereitete Elises Leichnam vor. Wusch ihn. In gewisser Weise half das.

Wie lange blieben Sie in der Suite, Mrs Fall?

HF: Ich blieb so lange dort, bis die Tür aufflog und ich draußen Männer in schwarzen Sondereinsatzkommando-Uniformen herumlaufen sah. Ich wurde zu einem Helikopter gebracht, in dem ich Althea und Maddie sitzen sah. Althea tat mir so leid. Sie war hysterisch, und einer von Ihren Mediziner-Schlägertypen hat ihr irgendein Beruhigungsmittel verabreicht. Maddie sagte kein Wort, aber sie lächelte. Allerdings handelte es sich nicht um ein erleichtertes Lächeln, weil wir gerettet wurden. Ich … kann es nicht beschreiben. Sie sagte, sie hätte an meine Tür geklopft und wäre davon ausgegangen, dass Elise und ich das Schiff verlassen hätten. Und damit hatte sie zur Hälfte recht: eine von uns beiden hatte das Schiff verlassen, zumindest ihre Seele.

Und das ist alles, was ich Ihnen sagen kann. Und nein, ich werde keine weiteren Mutmaßungen anstellen, was Celine del Ray betrifft. Nicht, dass irgendwas von dem, was ich über sie sage, noch eine Rolle spielen würde.

Würden Sie bitte erklären, was Sie damit meinen, Mrs Fall?

HF: Sie wissen doch, was ich damit meine. Sie werden uns begraben. Sie werden uns nicht gehen lassen. So dumm sind Sie nicht. Wir sind keine Terroristen. Wir stellen keine Bedrohung dar. Aber es gibt einen Grund, weshalb Sie uns niemals gehen lassen werden.

Und dieser Grund ist?

HF: Das spielt keine Rolle.

Was spielt keine Rolle?

HF: Das alles. Diese Farce. Vielleicht glaubt man an Himmel oder Hölle, vielleicht glaubt man an Nirwana oder Narnia, oder man glaubt, dass alles vorbei ist, wenn man stirbt. Das ist es, was einen bewegt. Das ist es, warum wir hier sind, nicht wahr? Wenn die Geschichte an die Öffentlichkeit gelangen würde, unsere Geschichte, würden die Leute sie vielleicht nicht glauben. Aber was wäre, wenn sie sie doch glauben würden? Wie würden die Leute Ihrer Meinung nach reagieren, wenn ihnen das weggenommen wird? Wenn sie Beweise haben?

Beweise wofür, Mrs Fall?

HF: Dass wir es nicht unter Kontrolle haben. Das Leben. Den Tod. Dass wir manipuliert werden, gesteuert werden. Ich bin ein rationaler Mensch, aber ich habe auf diesem Schiff Dinge gesehen, die es nicht geben kann und nicht geben sollte.

Und … ich denke mir immer noch … was ist, wenn sie recht hat? Was ist, wenn es nie aufhört? Was ist, wenn es keinen Tod gibt? Wenn ich nicht glaube, was ich gesehen habe, warum habe ich dann solche Angst zu sterben?

[Befragung unterbrochen.]

>>Gardner, Madeleine/Befragung #6/Seite 3

Wie lange wir brauchten, um dorthin zu kommen? Nicht lange. Auf dem Weg sahen wir andere Anzeichen von Verwüstung. Halb versunkene Öltanker, zwei andere Kreuzfahrtschiffe in der Ferne, die beide aussahen, als wären sie nahe dran, den Geist aufzugeben. Baci und die Crewmitglieder, die das Schiff steuerten, schafften es nicht, direkt an der Insel anzulegen, und Celine sagte, wir müssten das Beiboot benutzen, um die Leute zum Ufer zu bringen. Sie forderte uns auf, alles zusammenzusuchen, was wir womöglich brauchen würden, und uns dann so schnell wie möglich hinunter aufs Ladedeck zu begeben.

Ich habe versucht, Xavier dazu zu bewegen, aus der Kabine herauszukommen, aber er hat gesagt, ich solle mich »verpissen, das kann alles nicht passieren«. Ich hatte keine Ahnung, dass sich Helen noch an Bord befand, und habe deshalb ein schlechtes Gewissen.

Die Freunde organisierten alles im Handumdrehen. Und sie halfen sich alle gegenseitig. Einige Passagiere hatten sich während des Sturms verletzt – das Pärchen, das auf Celines Deck untergebracht war, zum Beispiel –, und Eleanor stellte sicher, dass sie als Erste nach unten gebracht wurden, damit sie es möglichst bequem hatten. An Bord befanden sich noch ein paar aufblasbare Rettungsboote für Crewmitglieder, die diese ins Wasser warfen und darin zur Insel übersetzten.

Ich fühlte mich irgendwie isoliert. Fast alle machten einen großen Bogen um mich, nach dem, was Devi und ich ihnen nach unserer Rückkehr aus Miami berichtet hatten. Devi begab sich als einer der Ersten auf die Insel. Er zögerte nicht. Er wirkte ... Ich lernte ihn nie besser kennen, aber er wirkte glücklich. Er kannte die Wahrheit, aber die Welt, in der wir uns befanden, war nicht unsere eigene. Ich habe das Gefühl, er wäre auch dann geblieben, wenn er die Wahl gehabt hätte, die Celine mir gelassen hatte.

Celine bat Jimmy und Annabeth, ihren Rollstuhl zu tragen. Anschließend bat sie mich, ihr die Treppe hinunterzuhelfen.

Haben Sie ihr geholfen?

MG: Ja. Ich glaube, sie wollte allein mit mir sein – wollte unter vier Augen mit mir reden. Und sie sagte, ich bräuchte nicht mit ihr auf die Insel zu kommen. Sie sagte, ich könnte auf dem Schiff bleiben und mein Glück versuchen.

Dann sagte sie, wenn ich wollte, könnte ich »zurück«.

Was meinte sie damit?

MG: Sie wollte mir nicht sagen, was sie damit meinte. Aber es war ziemlich offensichtlich. Sie meinte entweder zurück nach Miami, das zerstört war, oder zurück nach Hause. Hierher.

Ich sagte ja, ich würde mein Glück versuchen. Ich zögerte keine Sekunde.

Die Alternative – eine Ewigkeit mit den Freunden, wie nett sie auch sein mögen, in einem riesigen Duty-free-Shop zu verbringen – kam nicht infrage.

Wie hat sie reagiert?

MG: Sie war zufrieden. Ich bin mir nicht sicher, ob sie genau wusste, wer noch an Bord war und wer nicht.

Ich war schockiert, als ich Althea und Helen im Rettungshubschrauber sah. Ich wusste, dass sich Xavier in Celines Suite befand, dachte aber, alle anderen hätten das Schiff verlassen.

Wie sollte Ihre Rückkehr vonstattengehen?

MG: Sie sagte, sie würde Alfonso und Baci anweisen, dass sie das Schiff wenden. Ab dann wäre es meine Sache.

Nachdem der letzte der Freunde von Bord gegangen war, startete Baci das Schiff. Ich dachte, er würde womöglich noch bleiben, was er jedoch nicht tat. Das Beiboot tuckerte neben uns her, und obwohl ich ihn nicht dabei gesehen hatte, mussten er und die anderen Crewmitglieder, die es in Bewegung hielten, vom Ladedeck an Bord gesprungen sein.

Sie befanden sich auf einem Schiff, dessen Fahrtrichtung und Geschwindigkeit niemand kontrollierte?

MG: Ja, ich weiß. Das klingt selbstmörderisch.

Sagte Celine irgendetwas zu Ihnen, bevor sie auf die Insel übersetzte?

MG: Nein. Sie hat sich nicht mal verabschiedet.

Warum hat sie Sie zurückgeschickt?

MG: Das weiß ich nicht. Vielleicht wollte sie, dass wir Ihnen erzählen, was wir gesehen haben.

Hat Celine Ihnen gesagt, warum ausgerechnet die

***Beautiful Dreamer* für diese »Unternehmung« ausgesucht wurde?**

MG: Ja. Ich habe sie gefragt, als sie mir das Angebot machte, mich zurückzuschicken. Sie hat gesagt, es hätte jeder sein können. Ein Boot voller kubanischer Flüchtlinge. Ein Schiff mit somalischen Piraten. Eine voll besetzte Boing A 767 mit Pendlern. Aber das, sagte sie, hatte den Anschein erweckt, als würde es mehr Spaß machen. »Auf diese Weise endet der Urlaub nie.«

Wer oder was ergriff Ihrer Meinung nach Besitz von Celine?

MG: Sie verriet mir, was sie war. Unmittelbar nach dem Sturm.

Sie sagte, sie wäre früher so wie wir gewesen. Man stirbt nicht, behauptete sie. Man setzt seinen Weg fort. Es gibt keinen Tod. Sie sagte, der einzige Unterschied zwischen ihr und allen anderen bestünde darin, dass sie bestimmen könnte, wie und wann sie zurückkehrt. Sie sagte, sie wäre wir. Wir alle. Sie sagte, sie hätten das schon öfter getan. Unzählige Male.

Sie sagte, sie würden es wieder tun.

»Sie«?

MG: Ja. Sie.

[Befragung unterbrochen.]

Uns ist bewusst, dass Sie glauben, Sie standen unter dem Einfluss einer kollektiven Wahnvorstellung, Mr Smith. Wir würden gerne von Ihnen hören, worin diese Wahnvorstellung Ihrer Ansicht nach bestand.

XS: Mein Gott. Okay. Die Wahnvorstellung bestand darin, dass Celine das Schiff irgendwie in eine andere Realität versetzt hat. In eine total kranke Realität.

Rein hypothetisch, wie hätte sie das bewerkstelligen sollen?

XS: Woher zum Teufel soll ich das wissen? Selbst rein hypothetisch glaube ich nicht, dass sie es mit ihrer Willenskraft bewegt hat. Vielleicht haben die Verrückten recht, vielleicht sind wir einfach ins Bermudadreieck getrieben oder wie auch immer man es nennen mag.

Rein hypothetisch, was war ihre Absicht?

XS: Ist das nicht offensichtlich? Die Welt, in die sie uns gebracht hat, war tot. Und die *Beautiful Dreamer* war ihre Arche Noah.

[Der Befragte lacht.]

[Befragung unterbrochen.]

Sie sind gekommen und haben mich in meiner Kabine gefunden. Die Männer. Die Soldaten. Dann habe ich erfahren, dass Mrs del Ray gegangen war. Sie hat mir gesagt, meine Wünsche würden in Erfüllung gehen, aber sie hat gelogen. Sie hat mich benutzt.

Wer oder was ist Celine del Ray Ihrer Meinung nach?

AT: Ich weiß nicht. Woher soll ich das wissen? Sie war nur eine alte Frau, die andere Menschen benutzt hat. Trining meinte, sie wäre der Teufel.

Glauben Sie das auch?

AT: Nein. Sie war zu grausam, um der Teufel zu sein.

[Die Befragte schweigt einige Sekunden.]

AT: Wenn sie irgendetwas ist, dann ist sie Gott.

Die Gefangene

Es ist zu spät. Sie hat zu lange gewartet. Wenn sie die Entscheidung doch nur gestern getroffen hätte, dann hätte sie womöglich die Chance gehabt, hier rauszukommen. Seit sie vor zehn Tagen angekommen ist, sagt sie sich: »Warte noch einen Tag.« Es sind nicht die Stunden, und es ist nicht die Stadt oder die Arbeit oder die Einsamkeit. Es ist das Kind. Das verdammte, verfluchte Kind. Sie beißt in das zerfetzte Fleisch an ihrem Daumen, bis sie Blut zutage fördert – eine Angewohnheit, von der sie geglaubt hatte, sie hätte sie schon vor Jahren abgelegt –, und überfliegt die Websites noch einmal.

Die Reddit- und Zoop-Foren spielen verrückt, und sie klickt sich schon die ganze Zeit von einem Link zum nächsten, in der aussichtslosen Hoffnung, es könnte sich womöglich doch herausstellen, dass das Flugzeug einfach nur in Schwierigkeiten geraten ist; dass es vielleicht auf irgendeiner unbekannten Rollbahn gelandet ist. Oder sogar, dass es abgestürzt ist. Das wäre immer noch besser als das. Aber es gibt immer noch keine Berichte über Wrackteile. Es passierte im Handumdrehen: Im einen Moment war es noch auf dem Radarschirm, im nächsten war es verschwunden. Schwupp. Das zweite innerhalb eines Monats, nur dass es sich diesmal nicht um einen

China-Airlines-Inlandsflug handelt, sondern um einen Airbus, der mit Passagieren – überwiegend Amerikanern und Briten – von Heathrow zum John F. Kennedy International Airport unterwegs war.

Sie überfliegt die Schlagzeilen, klickt zwischendurch Audiodateien an. Es ist unmöglich, sich über sämtliche Theorien auf dem Laufenden zu halten: Terrorismus, der Bermudadreieck-Effekt, die Anfänge der Entrückung, Umweltschützer, die die Flugzeuge vom Himmel gesprengt haben. Absolut jeder hat eine Theorie, genau wie vor vier Jahren, als all die Menschen auf diesem Kreuzfahrtschiff verschwanden – und die Verrückten haben immer noch nicht lockergelassen, was das betrifft. Sie hatte eine Zeit lang einen Freund, der fest an die schwachsinnige Geschichte über die Überlebenden glaubte.

Sie sucht erneut nach Flügen nach London. Dann Europa. Fehlanzeige. CNN zufolge wird der Luftverkehr »für die vorhersehbare Zukunft« ausgesetzt. Könnte sie mit dem Schiff nach Hause fahren? Sie stellte sich vor, wie sie sich eine Mitfahrgelegenheit auf einem Trawler besorgte – als Schiffsmädchen. Sie googelt Kreuzfahrten, die von New York nach Europa in See stechen, doch selbst die günstigste ist weit außerhalb ihrer Preisklasse, und sämtliche Kojen sind für einen Monat ausgebucht. Sie hat kein Geld, um sich ein Hotelzimmer oder ein Apartment zu mieten – sie hat ihren Eltern gemailt, aber die können nur ein paar Hundert Pfund entbehren, nicht annähernd so viel, wie sie brauchen würde, um die

Miete oder eine Kaution zu zahlen, bis sie einen anderen Job findet.

Vorerst sitzt sie in der Falle.

Sie steht auf, streckt sich. Reibt ihre besockten Füße auf dem polierten Holzboden. Auf dem Kaminsims steht ein einzelnes Foto von Joshua als Baby – dasselbe, das sie ihr schickten, als sie sich für den Job bewarb. Er sieht süß aus, in eine babyblaue Decke gewickelt, aus der seine Augen herausspähen. Es existieren keine Fotos von ihm, auf denen er älter ist als zwei. Sie weiß nicht, woher sie ihn haben, ob sie ihn über eine Agentur adoptiert haben oder ob sie eine Leihmutter hatten. Sie haben es ihr nicht gesagt, und sie kann sie kaum fragen. Desiree und Marcus. »Figjams« würde ihre Mutter die beiden nennen: *Fuck I'm Great, Just Admire Me.* Marcus, Biochemiker, Desiree, Psychiaterin. Die beiden sind genau so, wie sie es erwartet hatte, nachdem sie Filme über New York gesehen hatte: Wohnung in einem Sandsteinhaus in Brooklyn Heights, beide fit und mit glänzendem Haar und schnell sprechend und fast nie zu Hause. Und sie ist nicht das erste Au-pair. Sie hat mitgehört, als sie sich eines Abends darüber unterhielten. Ihre Vorgängerin – Clara aus Südafrika – hielt gerade einmal drei Tage durch.

Ihr Alarm piept. Es ist fast Zeit für den Klavierunterricht. Sie atmet ein, dann tappt sie die Treppe hinauf. Desiree und Marcus stellen sicher, dass seine Tage mit Aktivitäten gefüllt sind: »Young-Einstein«-Unterricht, Schwimmunterricht, Französischunterricht. Desiree plauderte aus, dass früher einmal in der Woche eine Frau kam, um ihm Tagalog beizubringen, »damit er nicht den Bezug zu seiner Kultur verliert«; warum die Stunden nicht mehr stattfinden, sagte sie nicht. Die Klavierlehrerin, eine spröde Osteuropäerin, die Tracey beinahe genauso Furcht einflößend findet wie Joshua, ist die einzige Person, die sie bislang kennengelernt hat, der die seltsame Art des Jungen nichts auszumachen scheint.

»Hi, Joshua! Es wird gleich Zeit für deine Klavierstunde.« Sie hasst die übertrieben helle Stimme, die sie benutzt, wenn sie mit ihm spricht. »Bist du startbereit?«

Er bedenkt sie mit einem von seinen »Bist du bescheuert?«-Blicken. Er ist bereits angezogen, sitzt auf dem Bett und wartet auf sie. Sie hat versucht zu formulieren, was sie so abstoßend an ihm findet. Es ist nicht nur die Tatsache, dass er nie lächelt; auf ihm lastet ein Gewicht, als würde er stets insgeheim über sie urteilen. Die Kinder aus der Nachbarschaft sind ihm gegenüber ebenfalls misstrauisch. Sie hat versucht, bei den anderen Au-pairs und Kindermädchen Anschluss zu finden, dem kleinen Club, der sich jeden Tag an den Bänken im Park versammelt, doch sie nehmen sie nicht in ihre Reihen auf. Sie weiß, sie sollte das nicht persönlich nehmen. Es liegt nicht an ihr, es ist die Angst ihrer Schützlinge, in ein Spieltreffen mit Joshua hineingezogen zu werden. Jedes Mal, wenn sie in den Park gehen, spielt er am Ende allein. Wobei er nie wirklich spielt – er beobachtet nur mit leicht sarkastisch verzogenem Mund.

An ihrem dritten Tag wurde ihr alles zu viel, und Marcus ertappte sie weinend in der Küche. Er vertraute ihr an, dass Joshua bis zu seinem dritten Geburtstag fast ununterbrochen geschrien hatte. Das hatte jedoch über Nacht aufgehört, als wäre ein Schalter in ihm umgelegt worden. Marcus lachte humorlos und sagte, er wüsste nicht, was schlimmer wäre: das ständige Schreien oder wie er jetzt war. Tracey hat den Eindruck, dass Marcus sie seitdem meidet.

Sie geht mit Joshua zur Haustür hinaus, und in dem Augenblick, als sie auf die oberste Stufe treten, fängt es an zu nieseln. »Was für ein scheußlicher Tag!«, zirpt sie. Er steht völlig regungslos da, während sie ihm seine Handschuhe anzieht. »Ist dir warm genug, Joshua?«

»Ja.«

»Machen wir uns auf den Weg?«

»Ja.«

»Gut.«

Als sie auf dem Bürgersteig ankommen, fängt es an, stärker zu regnen. Herbst in New York. Der Himmel ist schwer und hängt tief. Bislang ist sie noch nicht einmal über die Brücke nach Manhattan gegangen; die Skyline verhöhnt sie. Die Hand des Jungen fühlt sich an wie ein kleiner, widerlicher Klumpen Holz in ihrer Hand. Als sie seine Verschlossenheit noch für Schüchternheit hielt, plauderte sie immer, wenn sie aus dem Haus gingen: »Sieh mal, ein Hund!« Oder: »Irgendwann müssen wir unbedingt ins Museum gehen.« Doch jetzt macht sie sich diese Mühe nicht mehr. Sie gehen schweigend die fünf Häuserblocks bis Fulton. Das Laub ist glitschig und schleimig unter den Sohlen ihrer billigen Stiefel.

An der Kreuzung warten sie, bis die Ampel auf »Gehen« schaltet, dann eilen sie mit den anderen Leuten über die Straße, die dem Regen entfliehen wollen. Sie kommen an einer Boutique vorbei, in der jedes Kleidungsstück mehr kostet als ein Monatsgehalt, und an einem Feinkostladen voller Käselaibe.

»Fast da«, trällert sie und wünscht sich, sie könnte einfach Musik hören und ihn vergessen. Tracey wartet während seiner Unterrichtsstunde normalerweise im Starbucks an der Hauptstraße, was langsam zum Highlight ihrer Woche wird. Sie biegen um die Ecke. Eine Frau mit hohen schwarzen Stiefeln und einer übergroßen Strickmütze, die sie kunstvoll auf ihrem kurz geschnittenen Haar drapiert hat, macht einen Schlenker um sie und wirf Joshua einen »Ah, bist du niedlich«-Blick zu. Und er sieht tatsächlich niedlich aus in seinen Baby-Gap-Stiefeln und seinem Paddington-Bear-Mantel. Die Frau setzt dazu an, die Straße zu überqueren, und hebt dreist die Hand, um den Lastwagen anzuhalten, der auf sie zufährt. Tracey spürt einen Anflug von Neid und wünscht sich, sie besäße das Selbstbewusstsein, das nötig ist, um den Verkehr zu stoppen. Der Lastwagenfahrer steigt auf die Bremse, um die Frau passieren zu lassen, doch sie hat nicht mit dem Motorrad dahinter gerechnet. Sein Motor dreht hoch, als es beschleunigt, um den

Lastwagen zu überholen. Es passiert, wie solche Dinge immer passieren: in Zeitlupe. Der Motorradfahrer bremst scharf ab, versucht, der Frau auszuweichen, gerät ins Schlingern, kippt um, schlittert über den Asphalt und reißt die Frau von den Füßen. Für den Bruchteil einer Sekunde trifft sich ihr Blick mit dem von Tracey – *das kann nicht passieren* – und dann: *Wumm.*

Tracey packt Joshua an der Hand und zieht ihn zurück. »Nicht hinschauen!«, schreit sie. »Nicht hinschauen!«

Sie versucht es ebenfalls, kann jedoch nicht umhin, die Sudelei anzustarren, wo sich eigentlich der Kopf der Frau befinden sollte, und … und … da ist etwas auf dem Asphalt verspritzt. Sie schiebt Joshua zu der Starbucks-Filiale und fällt vor ihm auf die Knie. Der feuchte Bürgersteig durchtränkt ihre Jeans. Das Schaufenster des Coffeeshops füllt sich mit Gaffern; einige bahnen sich den Weg zur Tür hinaus, glotzen auf das Display ihrer Smartphones in Schutzhüllen, filmen das Blutbad.

Sie wischt Regentropfen von der Vorderseite von Joshuas Parka. Das Gesicht des Jungen bleibt schlaff. »Joshua, alles in Ordnung mit dir?«

Er nickt. Sie nimmt seine behandschuhten Hände in ihre, überlegt verzweifelt, was sie sagen könnte, sprudelt schließlich hervor: »Die Dame, die hingefallen ist, schläft nur. Der Krankenwagen kommt gleich, und ihr geht's bald wieder gut, du wirst schon sehen.«

Er sieht sie mit solcher Verachtung an, dass sie seine Hände loslässt und sich ihre an ihren Jeans abwischt. *Noch ein Kind, noch ein Kind.* »Sie schläft nicht«, sagt er. »Sie ist tot.«

»Das wissen wir nicht sicher, Joshua.«

»Doch, das wissen wir. Aber keine Sorge«, sagt er mit einem müden Grinsen. »Du musst wissen, es *gibt* keinen Tod.« Und dann lacht er.

Danksagung

Vielen Dank an meine fabelhafte Lektorin Anne Perry und an meinen Ausnahmeagenten Oli Munson für deren endlose Geduld und Unterstützung: Ihr seid beide ganz große Klasse! Lauren Beukes, Kate Sinclair, Alan Kelly, Paige Nick, Helen Moffett und Alan und Carol Walters waren so nett, den Roman in seinem Entwicklungsstadium zu lesen, und machten fantastische Anmerkungen, gaben mir Ratschläge und traten mir in den Hintern, als es am dringendsten nötig war. Ich danke euch allen.

Außerdem stehe ich in der Schuld von Ben Summers, Becky Brown, Vickie Dillon, Hélène Ferey, Jennifer Custer, Veronique Norton, Jason Bartholomew, Conrad Williams, Oliver Johnson, Reagan Arthur und der hart arbeitenden Marketing- und Herstellungsteams bei Hodder & Stoughton und Little, Brown.

Der Großteil derer, die mir großzügigerweise Insiderinformationen über die Kreuzfahrtbranche und/oder Informationen über sämtliche maritime Angelegenheiten gegeben haben, möchte aus unterschiedlichen Gründen hier nicht genannt werden (in erster Linie, weil sie in der Kreuzfahrtbranche arbeiten). Sie wissen, wen ich meine, und ich bin Ihnen für Ihre Zeit und Ihre Hilfsbereitschaft extrem dankbar. Alle Fehler gehen auf mein Konto.

Charlie Martins und Savannah Lotz stemmten geduldig die Hauptlast der Lektüre unendlicher Entwürfe und ertrugen es, um drei Uhr nachts vom Mahlen der Kaffeemaschine wach gehalten zu werden. Wie immer: Danke, dass ihr mir den Rücken freihaltet.

Autorin

Sarah Lotz ist Drehbuch- und Romanautorin und lebt mit ihrer Familie und diversen Tieren in Kapstadt, Südafrika.
Mehr zu Sarah Lotz: www.sarahlotz.com.

Sarah Lotz im Goldmann Verlag:

Die Drei. Thriller (auch als E-Book erhältlich)
Angstrausch. Thriller (auch als E-Book erhältlich)

GOLDMANN
Lesen erleben